戴逸文集

学界记往

中国人民大学出版社
·北京·

目　　录

纪念郑天挺老师*

郑天挺教授是我的老师。我听他讲课、和他过从较多是在1946年至1948年。那时，我是北京大学史学系的学生，郑老师则是史学系的主任，兼学校的秘书长。北大的校长胡适是社会名流，从事政治活动，暇时研究《水经注》，管不了学校的许多具体事务。北大不设副校长，而设秘书长、教务长、训导长，由“三长”分工代行校长的职权，其中秘书长尤其重要，对外代表学校，事务繁多，差不多相当于副校长，实际管理着这座名闻遐迩的最高学府。所以，郑天挺先生是十分忙碌的，每天来校上班，他工作勤勤恳恳，兢兢业业，生活很有规律。每天早晨，在上课铃打响之前，一辆三轮车从沙滩北大的西门进来，郑老师端坐在车上，带着公事包，天冷时盖着一条呢毯，直奔孑民堂（秘书长的办公室在孑民堂西侧厢房，与校长办公室相对）。他整天忙着和各方面打交道，或埋头处理学校的公务。当暮色苍茫，同学们准备吃晚饭时，他才乘车离去，回到西城毛家湾住宅。北大的同学经常见到辛苦忙碌的郑先生风雨无间，早来晚归。这一情景至今深印在我的脑子里。

那时，郑天挺老师将近50岁，身体健康，精力过人。工作那样繁忙，待人接物却总是和蔼可亲、从容不迫，工作有条不紊、深入细致、效率很高。北京大学是包括六个学院（文、法、理、工、医、农）的大学校，机构繁多，人员复杂。全国解放战争正在激烈进行，学校碰到许多困难，物价飞涨，经费拮据，学生运动正在蓬勃开展。郑先生要照管全校几千人的学习、吃饭、人身安全，肩上的担子是

---

* 原载《郑天挺学记》，北京，三联书店，1991。以下没有题注或题注中未标原载的，均为首次刊载。

很重的。可他还兼史学系主任，给学生开课，处理系里的工作。现在说这些，也许令人难以置信，偌大的北京大学史学系并没有一个专职干部，系里的具体事务是郑天挺老师亲自处理的，只有一位助教协助他工作。郑老师对具体事务极其认真。记得我刚入学校，开学选课时，郑老师主动找我们几个同学谈话，指导我们在选课时应注意的问题，这是我第一次和他接触。他对青年学生诚恳、亲切，以平等态度待人，十分关心我们的学业和生活。

郑天挺老师坚持不脱离教学，给我们开设“明清史”，认真讲课，从不缺课或迟到。他讲课是没有讲稿的，只带一叠卡片，讲起来却成竹在胸，旁征博引，滔滔不绝。他知识渊博，观察力敏锐，讲话既清晰扼要，又条理井然，记录下来就是一篇好文章。他的课是最叫座的课程之一，同学们都喜欢听这门课，选修的人很多，教室里总是坐得满满的。他又乐于和青年学生接触、谈话，我和郑老师就是这样逐渐熟悉起来的。他曾经借给我一部《明元清系通纪》作课外读物。我那时花了很多时间，读了半部《明史》，也是在他的鼓励和指导下进行的，这是我生平第一次阅读大部头的历史著作。阅读中碰到一些问题，有一些心得，我多次去向郑老师请教，每次他总是放下公务，兴致勃勃地和我谈史说古，议论风生。从几次谈话中，我开始领会到了做学问的方法和道理。

我和郑天挺教授的接触就是从求学问业开始的，建立了颇为融洽的师生之谊，我们的谈话内容都是有关历史的。但后来，学生民主运动勃兴，我越来越多地从事进步活动，和郑天挺老师发生几次政治性的交往。几次交往中，郑先生都是以北大校方负责人的身份和我谈话，因为他和我已经相当熟悉，所以谈话很随便，不拘束，从中可以了解他当时的思想和对学生运动的态度。

较早一次是在 1947 年，我们学生开始筹办孑民图书室，这是北大学生自己组织起来的。当时，青年同学如饥如渴地希望阅读进步的书籍、报刊，北大图书馆虽然号称藏书丰富，却没有进步书刊，连一份《文汇报》都找不出来。为此，同学们在墙报上对北大图书馆多次提出要求和质问，后来，我们索性自己创办一个图书室，向各处募捐书籍，给同学们提供精神食粮。我们本想争取得到学校当局的支持，图书室以蔡元培先生的号（孑民）命名，提出“学术自由、兼容并包”的宗旨，想通过正式的交涉和申请从学校获得一些经费，并解决房屋、家具的困难。为此，我和另一位同学被推举去找校长胡适，带着学生院系联合会的信函走进校长办公室，胡适询明了来意，眉头紧皱，很不高兴，他说话的大意是：学校已有设备良好的图书馆，学生没有必要自办图书室；学生的本分是努力读书，不要把时间浪费在没有意义的活动上。他不但不同意拨给经费，借给房屋、家具，而且要我们把已经募捐到的图书交给学校图书馆代管代借。我们反复申述自办图书室的理由，他坚决不同意。我们碰了一鼻子灰，交涉未得结果。图书室在筹备期间占用一间小教室，总务科天天催我们搬走。后来由我单独去找郑天挺老师商谈，郑老师已经知道我们和胡适交涉的情况，当然不好公开违反校长的决定，但他耐心、同情地听取学生的要求，详细询问我创办图书室的困难，并且说我们已占用的那间教室可以暂时不退出。他的态度和蔼、恳切，和胡适的严厉训斥恰成鲜明对比，他还答应以后再考虑同学的要求。后来孑民图书室虽然没有得到学校一分钱的资助，可是总务科不再催我们搬家了，并且还送来一些书架和桌椅，这正是我们急需的家具，还在教室内多接了几盏电灯，作阅览照明之用。我们没有询问谁给送来的家具，但心照不宣，知道是郑天挺老师在默默地支持学生们的事业。

郑天挺先生是北京大学的实际负责人，不好公开发表支持学生运动的言论，也没有参加过学生中的政治性集会，谈话中也不涉及现实政治，但他对学生运动是同情的，视学生如同自己的子弟，尽力保护学生不受反动派迫害，尽可能利用他的地位和权力，暗中帮助学生运动。北大学生中有很多社团，不少社团都占有一间房子（或地下室）作为活动场所。还有，北大的学生宿舍里，居住着不少没有北大学籍的青年，他们大多生活贫苦、思想进步、在北平无亲友依靠，通过种种关系住进北大学生宿舍，有的还旁听北大的课程。有一次，国民党的党部要求北大校方清理房产和“闲杂人等”，也就是收回学生社团使用的房屋，驱逐宿舍内的非北大学生。这是很毒辣的一招，实际上是釜底抽薪，要取缔学生集会和活动的场所，驱赶进步青年，打击革命力量。我们听到这个消息，很着急，就分头活动，希望阻止这一活动。我到郑天挺老师处探问校方的意图，郑先生很坦率地告诉我：学校受到外界的压力，这一行动是迫不得已的，但决不会和同学们为难，请同学们谅解；此事是学校的内部事务，由校方调查、处理，决不让校外任何机关干预；凡是同学们正当活动的用房，包括学习、社交、歌咏、座谈、办福利的用房，只要登记一下，仍可使用，不必收回。并且告诉我：在某天，学校要派人检查和登记房屋，希望同学们把违禁物品转移，以免引起麻烦，并且在检查、登记房屋时，如来人有粗鲁行为，可以向学校报告，千万别和来人发生冲突。探知这一消息后，我们就放下心来，后来学校果然派人到一些房子去看了一下，不过是应付了事，没有发生什么事端，也没有收回一间房子。这件事，我不知道北大校方受到了什么压力，怎样进行交涉的，但即将来临的一场风波，由大变小，消弭于无形，郑天挺老师和其他教授想必花费了不少心力和口舌的。

1948 年，国民党在战场上节节败退，全国学生运动的声势日益浩大，北大更多的师生员工投身于进步运动，校园内贴满了揭露国民党黑暗腐败的大字报，学生自治会和各种群众组织都掌握在进步学生的手里。国民党做垂死挣扎，准备武装镇压，颁布了《戡乱时期危害国家紧急治罪条例》，磨刀霍霍，对准了青年学生。这年 4 月间的一个夜晚，国民党的特务黄夜闯进北大校园撕墙报、砸家具，又炮制“反共”游行，雇人在学校周围乱吵乱嚷，冲进教授宿舍，捣乱破坏。北平警备司令部下令取缔华北学联，指名逮捕进步学生，声称如不交出这些学生，将武装冲进北大，进行搜捕。同学们紧急动员，连日集会抗议国民党的暴行。为自卫计，我们在宿舍和教室内用桌椅堆置障碍，警戒巡逻，并联络全校教职员工和校外力量，进行坚决斗争。进步势力和反动势力针锋相对，剑拔弩张，形势十分严峻。我作为北大学生自治会的一名理事，和学校当局以及许多教授联系交谈，我们当时的策略是：团结全校师生，也要争取学校当局能和学生们站在一起。刚好校长胡适不在北京，郑天挺教授是学校的实际负责人，我和他多次恳谈接触，他怀着正义感和高度的责任心，同北平警备司令部周旋，为保护学生的安全，竭尽全力。那几天内，他奔走交涉，忧虑焦急之情，溢于眉宇。郑先生的态度十分明确，决不交出一个学生，并用一切手段阻止军警入校。为了声援学生，郑先生和上百名教授举行全体教授会议，发表宣言，决定罢课几天，以示抗议。郑先生作为北大的负责人不仅参加会议，而且是会议的召集人，向大家介绍了和军警当局谈判交涉的情形。他的信念是：保护学生的人身安全，保卫学术自由的传统，是自己不可推卸的职责。他亲口对我说：坚决不能让军警入校抓人，如果努力失败，将和其他教授一起，辞职抗议。他的话，说得斩钉截铁，明确坚决，铿锵有声。

由于北平各院校师生员工团结一致、坚决斗争，又由于社会各界的有力声援，国民党政府怵于事态扩大的后果，只得暂时退让，没有武装入校，避免了一场流血冲突。这次斗争取得了胜利，其成功的经验之一，是我们扩大了团结面，争取学校当局和学生站在一边，这和郑天挺老师的态度是很有关系的。在那紧张的几天内，郑老师代表北京大学，向各方呼吁交涉，他把和军警当局谈判的情况、结果及时地告诉我们，和我们商量对策，协同掩护被指名缉捕的学生，为学生的安全费尽了心力。

自然，国民党反动派是不甘心失败的，它只是暂时缩回了魔爪，而在窥伺时机，进行更大规模的镇压。1948 年暑假期间，便发生了“八一九”大逮捕事件，大批学生被列上黑名单，以“共匪嫌疑”，刊登在全国报刊上，指名通缉，我的名字也被列在黑名单上。当时，我放假回到了南方，对北平和学校里的情况一无所知，从报纸上看到了被通缉的消息。不久，我的父亲接到了郑天挺教授的一封信，告知我被通缉的消息，叮嘱我善自躲藏，不要住在家里，以免被捕。信中还说今后的生活和前途，等待事态平息，他可以设法介绍职业。以后，我和组织上取得了联系，经过一些迂回曲折而前往解放区。但郑先生的来信是我在被通缉以后从北平得到的第一个信息。

北平和平解放以后我回来已在 1949 年 5 月间，去看望了留在北大的老同学和师长，当然也去拜访了郑天挺老师。那是一个下午，仍然在孑民堂西厢房他的办公室内，这天他公务不多，所以谈话的时间很长，他心情很欢畅，有点兴奋、激动，很健谈，在他面前我似乎不是一名青年学生，而是一个可以倾吐心曲的老朋友。他告诉我，看到了北平和平解放时万众欢腾的动人场面，看到了进城的解放军和干部公而忘私、纪律严明的好作风，体会到长期受屈辱的中华民族正以雄伟的姿态站立起来。他反复赞叹："这样好的干部，这样好的军队。"他详细询问我解放区的情形，渴望了解党的政策、革命的道理。他还说：北平和平解放的前夕，国民党动员他离开北平，到南京去。他激动地说："我留下来是对的，我的选择是正确的。""胡先生（指胡适）他们是错了，他们也应当留下来，也应当留下来。"当然，像郑天挺这样有地位、有名望的教授一定是国民党在南逃时要敦促撤离的重点对象，但是郑先生和其他许多教授一样留下来了，这标志着他和旧势力的决裂，标志着他新的生活的开始。他所以留下来，和他一贯的思想信念有关，和他对进步学生运动的态度有关。一个正直的、爱国的老知识分子在关键时刻做出了正确的选择。

北平和平解放以后，我不在北大了，学习、工作又很忙，没有像从前那样向郑先生请教的机会，后来郑先生调往天津南开大学，见面很少，只在偶然的会议上叙谈几句，也不很了解他的工作和思想。但每当我想起解放前夕风雨如晦的岁月，我总会想起郑天挺老师为保护学生而做的努力。我相信：在社会主义的新中国，他必定会按照自己的生活逻辑不断地前进。"条条道路通向共产主义"，一个正直的、博学的、爱国的知识分子，将会看到自己爱国爱民的理想得到实现，而日益信赖和靠拢共产党，走上光明、宽阔的道路。后来，当听到郑天挺老师以 80 岁高龄加入共产党的消息，我并不感到奇怪，感到这是郑天挺老师最后的、必然的归宿，我对郑老师的不断进步、勤奋工作、追求真理、老而弥笃的革命信念和革命精神深怀崇敬之心。

纪念郑先生的文章已经发表了不少，很多是谈他的学术成就和道德品质的，这方面已用不着我赘言。我所亲历和了解的一些情节，表现了郑老师在革命和反革命搏斗时的政治态度和优秀品德，知者并不很多，我有义务写出来让大家更加了解他。

与胡华同志相处的岁月*

与胡华同志诀别已经十个年头。回忆当年和他相处的岁月，随从他学习，共同工作，一起读书、议论、写文章，一起谈天、逛街、游览，往日的情景，历历在目，他的音容笑貌，仿佛就在眼前。

我和胡华同志于1948年在正定华北大学相识。那时我从国民党统治下的北平进入解放区，在华北大学一部学习。该校是一座革命的熔炉，锻炼、培养青年知识分子，以迎接即将来临的全国胜利。学校分成四部两院，一部是政治训练班，对青年知识分子进行短期培训；二部是教育学院，有较正规的本科，分设系科；三部是文艺学院；四部是研究部。两院是工学院和农学院。胡华同志是华北大学一部最年轻的教师，给我们讲授中共党史（当时称新民主主义革命史）。我虽然是北京大学史学系的学生，热爱历史专业，读过一些通史和专门史，却从来没有听说过中国共产党的历史。对党如何诞生、如何成长、如何奋斗、如何历经挫折走向胜利，我所知甚少。第一次从胡华同志那里听到这些知识，了解当代最重要的历史发展，犹如发现了一个新世界，既新鲜、惊奇，又兴奋、感佩，对共产党的崇敬之情油然而生，革命的信念更加坚定。那时，青年知识分子成群结队投奔革命阵营，华大的学生激增，几天之内就新编一个班，我被编在第十七班。上课是在一片广场上，成千人坐着小马扎听课。华北大学的教师们都富有革命经验，学识广博，口才雄辩。胡华同志是很突出的一位，他的课程内容丰富，条理清晰，语言生动，分析史事精辟而深刻，讲课带着充沛的革命感情。当他讲到死难的烈士、牺牲的军人时，淋漓尽致地刻画了可歌可泣的斗争情节，真实

---

* 原载《胡华纪念文集》，北京，中国人民大学出版社，1997。

地反映了爱国爱党的浩然正气和甘冒斧钺的刚烈精神。他讲课至激动处，往往声泪俱下，满座为之动容，成千青年的心灵被课程内容深深地打动。新中国成立前后，胡华同志经常讲课、做报告，听过他讲课的人不下几十万人，其影响之广、作用之大是难以估量的。胡华同志是革命队伍中杰出的教师、宣传家，我听了他的课，深深为这位年轻的革命教师所折服，那时他只有二十七岁。

十分有幸，我在华大一部结业后，被留在一部的政治研究室革命史组工作，组长就是胡华同志，从此和他共处三年多时间。组员有冯拾、李季、彦奇和我，进城后又有彭明、潘喆、何东、王淇、戴鹿鸣等同志。

1948 年底，我们向胡华同志报到，他坐在昏暗的小房中，这是他的书房、卧室、会客室，披着一件破旧的羊皮大衣。当时，大家穿着灰棉制服，他的那件皮大衣可算一件奢侈品了。小房里杂乱地堆放着许多书籍、刊物、报纸。他正伏案写作，抬头打量了我们一眼，放下笔，招呼我们在炕沿坐下，向我们微笑，和我们交谈。谈论内容我已记不起来，而他亲切的微笑、柔和的声音，给我留下很深的印象。

胡华同志是待人宽厚、爱护后进的好导师。他督促我们学习，要我们多读马克思、恩格斯、毛主席的书。他那里有一套解放区出版的《毛泽东选集》，在当时是难得的珍本书，我借来第一次通读了毛主席的著作。进城以后，胡华同志忙碌起来了，在校外讲课、做报告，出版书籍，为报刊写文章，主持行政工作（他是华北大学第八区队的区队长）。我们做他的助手，也跟着忙碌起来。他讲课经常在大礼堂内，听众成百上千。党史中很多人名、事件、词汇，长期生活在国统区的人不熟悉，需要有人写在黑板上，我和彦奇同志担任这项板书工作。因此，胡华同志每次讲课做报告，总有我们两个人跟随着，人们戏称为“哼哈二将”。

胡华同志写文章，我们帮他找资料，记得当年他撰写中苏关系的文章，我们抄录了许多资料，和他一起商讨整理和分类的方法。有时也给他起草几段文字，他出版的《中国新民主主义革命史（初稿)》中最初未写东北抗日联军一段，即将付印时发现此一重大遗漏，要立即补上。他要我连夜起草，口授了提纲、要点，又给我找来一些重要材料，草稿写成后，和我一起字斟句酌地进行修改。他写作的态度极其认真，一丝不苟。

胡华同志对我们的思想、学习、生活都很关心，用他的微薄稿费给我们购买生活用品，如毛巾、肥皂之类，有时请我们打牙祭，在小摊上吃馄饨。他平等待人，从来不摆师长和领导的架子，总是那样和蔼、亲切，询问大家的要求，听取大家的意见。他对人宽容，鼓励大家发表不同意见，即使你说错了话，做错了事，或者顶撞他几句，他也不会疾言厉色，总是淡淡一笑，慢慢地解释。他在第八区队工作，为了进行研究，把彭明、彦奇和我带到区队上，我们的任务就是读书、找资料、研究、写作。那时，我们之间朝夕相见，有时讨论，有时吟诗，有时散步，四个人亲密无间，相处极为融洽。

那时，胡华同志精力旺盛，忘我地工作，往往彻夜不寐。他撰写并编辑了许多著作、文章、材料，还组织和指导别人写作。当时，他要我挑选一个研究题目，试着写作。抗日战争，在我们一代人心灵中留下深沉的伤痛，抗日胜利也给我们带来了最大的欣悦，可是国统区人民对抗战中共产党、党领导下的人民武装力量的作用并无了解，我想用通俗的演义体裁，写一本抗日战争的简史。这个课题受到胡华、彭明、彦奇的支持，他们给了我很多帮助和指导，胡华同志读了我试写的章节，感到满意，鼓励我坚持写下去，并给我保证时间、提供资料、介绍出版。1951 年，《中国抗战史演义》以王金穆的笔名在新潮书店出版，这是我在胡华同志指导和帮助下完成的处女作。

新中国成立之初，全国掀起了学习党史、革命史的热潮，胡华同志在其中发挥了卓越的作用。他经常在各处讲授中共党史、中苏关系史、时事形势，他的《中国新民主主义革命史（初稿)》是当年最畅销、最有影响的党史教科书。为了配合全国的学习，胡乔木同志指示胡华主编《新民主主义革命史参考资料》，彦奇和我协助编辑，收集了党的许多文件和各种珍贵资料，大多是胡华同志收藏和借来的，篇目经乔木同志审定，由商务印书馆出版，畅销几十万册。所得版税极为丰厚，当时正值抗美援朝，由胡华提议，用我们三人的名义购买一架飞机，捐献给前线的志愿军战士。

1951年，一场狂风暴雨骤然降临，胡华同志遭到批判，我不理解为什么要进行批判。胡华同志自进城以后，废寝忘食地工作，宣传党的历史和党的政策，使广大人民、各界人士和青年学生更加了解中国共产党经历的艰难而伟大的历程，更加热爱党，投身中国革命，他对新中国成立初期的思想教育工作做出了重要贡献。当时，最重要的罪名是：胡华为新潮书店组织了许多书稿，而新潮书店是一家私营书店，这就沾上了与资产阶级勾结的罪状。其实，新潮书店的同人大多是跟随共产党多年的文化出版界的进步人士，他们当年所做的也是有益的工作，即使有缺点，也可以引导、纠正，没有必要扣上大帽子，一棍子打死。思想文化工作中的关门主义和“左”的倾向，只能给工作带来损失。

胡华同志遭到党内批判，再三检讨。“城门失火，殃及池鱼”，同他在一起的人也受到株连。当时，没有任何人指出我们所写的内容有什么错误，但我们还是要检查资产阶级思想。从此，在胡华领导下一个颇有生气的青年学术群体停止了写作，偃旗息鼓，闭门思过。

此后，我被调往中国历史教研室，和胡华同志不在一起，见面少了，但有时还聊天、谈心。胡华同志经过批判之后，锋芒骤敛，谨言慎行，很少写文章，但仍担负着繁重的教学任务。他关心党史领域中如何推进研究工作，并向我多次谈起。他说：《红旗飘飘》是很好的党史资料和教材，这些都是活着的革命者的回忆录，还有许多牺牲了的烈士已长眠地下，不能撰写他们轰轰烈烈的革命经历，希望能组织一批同志来为共产党的烈士写传记，将英烈们的事迹传之久远，这是推动党史研究的一大举措。我不知道他后来主编《中共党史人物传》的缘起，但他早就萌生了这一念头，多次和我谈论过。

60年代，思想学术界的批判之风大盛。杨献珍、孙定国、孙冶方、尚钺、巴人（王任叔）、周谷城、罗尔纲，一个接一个地被批判，胡华同志再一次难逃劫数。他赴外省市巡回讲学亦被点名批判，他不承认讲学内容有什么原则错误，这样一来，只能遭到更猛烈的批判。他虽感到苦恼，但扪心无愧，尚能坦然处之，我见到他只能说几句劝慰的话，他的身体却明显地衰弱了。

我又一次和他长期相处是在“文化大革命”中的牛棚里。这场失去理性的疯狂行动使许多人蒙受灾难，胡华和我都在被打倒之列。工宣队进校之后，把被打倒的干部、教师集中在一起，我和胡华等二十多人挤住在两间小屋中，每天劳动、写检讨、听训话、背语录，过着牢狱般的生活，完全被剥夺了自由。“黑帮”之间即使是从前十分熟悉的同志，表面上也只能如同陌路，不敢公开交谈，但一有机会，就要低声谈几句，通一点消息，说两句宽心话。自己已被批得“体无完肤”，但仍忘不了用剩余的一点微热去温暖别人被冻得快要凉透的心，真所谓“涸辙之鲋，相濡以沫”。胡华同志不愧是经过锻炼的老干部，虽处逆境中，仍保持坚强、乐观的心情。他相信局势会起变化，鼓励“难友”们勇敢地坚持下去。有一次工宣队和红卫兵布置学习一篇批判刘少奇的文章，还要写学习心得。在没有人的时候，他低声对我说了八个字：“造谣诬蔑，一派胡言。”他也是敢和工宣队、红卫兵讲理、顶撞的人。有一次，他和工宣队争执起来，为的是要给一位年老体弱的老干部减免体力劳动，他据理力争，言谈从容，不畏惧工宣队的权势，终于说服了工宣队，达到了要求。

不久以后，我们被“半解放”了，有了行动自由，恢复了党籍，但仍是列入“另册”的人，下放到江西余江县刘家的“五七”干校。凑巧的是胡华和我都分配在养猪班当猪倌，相处近两年，一起喂猪、清圈、做饲料、值班守夜。“五七”干校中仍然风波迭起，不时敲响批判的锣鼓。有一天，忽然有人贴出要批判胡华的大字报，开列的罪名仍是“反动权威”“修正主义分子”“勾结资产阶级”之类，并加了一条新的罪名。胡华同志是浙江奉化人，在江西干校期间曾请假回家探亲，因蒋介石也是奉化人，大字报中竟说胡华回奉化探亲是怀念蒋介石，策应蒋介石“反攻大陆”，这种莫须有的罪名真令人啼笑皆非。胡华同志毫无惧色，找到那个写大字报的人，把他驳斥得哑口无言，这场所谓“批判”因得不到人们的同情而进行不下去。胡华同志一向和蔼，从不疾言厉色，而在必须抗争的时候却锋芒凌厉，显示了铮铮风骨，使我认识到了他性格中刚强的一面。

在“五七”干校的日子里，人们普遍忧虑、苦闷。全国局势仍一片混乱，国家不知走向何方，中国人民大学已被解散，教师们被打发下乡，个人的命运难卜。大家有一种被人抛弃、任人宰割的感觉。当时，领导已决定把江西“五七”干校的教师、干部在当地就地分配工作。但这批人工资挺高，年迈体弱，不能胜任重体力劳动，江西方面不肯接收，又推回北京去。这个“包袱”被推来搡去，最后仍由北京市接收安置。

1972年，“五七”干校中传开了好消息，我们将回北京去，重新分配工作，而不至于千里“发配”，流落他乡，人人喜上眉梢。可胡华同志和我们却碰上了一件小小的难事，即如何处置两年来豢养的一条小狗。

这条狗是胡华同志从远处要来的。它通体乌黑，额上有一片白毛，灵活而精神，很讨人喜欢，养猪班把它养下来，取名“小纠纠”。胡华同志精心照料，给它搭了个舒适的窝。两年下来，“小纠纠”出落得伶俐、俊美、健壮。它白天围着我们奔跑欢跃，帮我们轰猪守门，晚间陪我们值班查夜，人们都喜爱它。现在我们要撤离干校，怎样安置这条狗，一段时间里我们很愁闷。带回北京是不可能的，如果留在江西，江西老乡们吃狗肉之风甚盛，它很快会被捕杀吃掉。胡华同志和我们商议多时，无计可施。后来，胡华先要回北京了，那天，他在猪倌房内和小狗逗弄半天，最后闷闷地离去，临走时嘱咐我：“小纠纠”的事，尽量安置一下，你最后瞧着办吧！我是最后一批回北京的，“小纠纠”似乎知道大祸临头，那几天依偎在我身边，寸步不离。一些好吃狗肉的战友们，再三动员我把狗杀掉，我坚决不同意。他们说：“就要回北京了，总不能把狗带回去，与其留下给老乡吃，不如让战友们饱餐一顿，增加点油水。”禁不住他们天天催问、敦促，我只好撒手不管，任凭他们处置。我请假一天，躲开了杀狗吃肉的场面，但耳畔仿佛响着“小纠纠”的凄厉叫声。我为此事内疚，心神不宁。1973 年春返回北京，第一次见着胡华同志，向他讲述了小狗的噩运，我们两人相视半晌，黯然无言，他最后叹了一口气说：“只能是这样的结局。”在那年头，我们自己的命运尚在未定之天，哪能庇护这条可怜的小狗。

到 1976 年，十年浩劫的噩梦才逐渐淡褪。中国人民大学于 1978 年复校，我们各自回归工作岗位，忙碌着自己的专业。我和胡华虽然住地很近，但长谈的机会很少，我感到他历经风雨，磨炼得更加沉着厚重，而且在他心底燃烧起要求工作的强烈愿望，要把失去了的时间追回来。讲课、写作、开会，他忙个不停，多年前曾经向我透露的为共产党烈士写作传记的心愿变成了现实。他为此而勤奋写作，夜以继日，忘我拼搏。他身体本来衰弱，得过肝炎，这样争分夺秒地工作，损害了他的健康，导致旧疾复发，终于转化成不可救治的肝癌。他去上海做肝脏手术前，我去看望他，他身体很虚弱，内心很痛苦。他不愿做保守治疗，迁延病榻，而宁肯冒着风险，走上手术台，进行彻底切除，以争取治愈，获取继续工作的一线机会。他就是在这种迫切希望继续工作的心情下前往上海的，谁料到，他竟一去而未能复返。

我和胡华同志朝夕相处，先后有六个年头。我所认识的胡华是一位宽容、和蔼、爱护青年的导师，是一位怀抱理想、渴望工作、坚持原则、内柔外刚的革命者，是一位才华焕发、知识渊博、做出了重要贡献的党史专家。

悼念尚钺同志*

尚钺同志与世长辞了。我，作为他的学生和助手，和他相处 30 多年，在他的谆谆教诲下成长，一旦永诀，感到十分悲痛。

尚钺同志是久经考验的无产阶级老战士，是马克思主义历史学家，他的革命一生是很不平常的。青年时代，他在北京大学学习期间，得到鲁迅、李大钊的教导，走上了革命的道路。1925 年至 1927 年，鲁迅先生和尚钺过从甚密，鲁迅日记中记录了和“尚钺”“仲吾”（即尚钺）频繁的会晤、通信和稿件往还。当时，鲁迅先生已是誉满全国的文学家，而尚钺还是 20 余岁的青年学生。尚钺同志常常提到这段难忘的往事：“当初，鲁迅先生那样亲切地、耐心地关怀和教育青年，曾一字一句地给我改文章，使我一生得益匪浅。我要学习先生那样去关心、爱护青年一代。”

尚钺同志在学生时就积极地参加了刚刚兴起的新文学运动。他是“莽原社”和“狂飙社”的重要成员。他的小说集《斧背》《病》是我国早期文坛上有影响的作品，鲁迅先生在总结中国早期新小说的发展史时写道：“尚钺的创作，也是意在讥刺，而且暴露、搏击的。小说集《斧背》之名便是自提的纲要。他创作的态度比朋其（按：指黄鹏基）严肃，取材也较为广泛，时时描写着风气未开之处——河南信阳——的人民。”

尚钺同志在北京大学毕业，正在北伐战争的时候，他脱下学生装，回到自己的故乡——豫南农村，从事革命活动，组织农民协会，准备迎接北伐军。后来，在李大钊的指示下，到了上海和武汉，经郭沫若的介绍，在北伐军总政治部工作。“四一二”和“七一五”，

---

* 原载《历史研究》，1982 年第 2 期。

蒋介石、汪精卫相继叛变，大批屠杀共产党员，生气蓬勃的大革命被葬送了，全国笼罩在白色恐怖中。尚钺同志并没有被吓倒，被慑服，他顶着狂风恶浪，勇猛前进，1927 年 9 月，他在开封入党。在我党处在最艰难的时刻，他成为光荣的共产党员。以后 55 年，始终跟着党走，历尽艰危，九死一生，但他意志坚定，对党忠诚不渝。

尚钺同志的革命一生充满传奇性的经历。他自己说："革命，必须置生死于度外。如果不是许多同志的掩护和营救，我不知已死了多少次，我的生命是属于党的，是先烈们用鲜血换来了我的幸存。"1927 年底，尚钺同志在河南组织农民暴动，任工农军的党代表和当地苏维埃主席。有一次，他率领十几人的小队进行活动，被优势敌军包围，在突围时同志们大多牺牲，只生还了六个人。1931 年，尚钺同志在上海做地下工作，任《红旗日报》采访部主任，当时发生了著名的东方旅社事件，党的秘密会议场所被敌人破获，我党的重要领导人何孟雄、李求实、林育南以及左联成员胡也频、柔石、殷夫、冯铿等 30 多人被捕，后来大部分人被杀害于龙华。尚钺同志也赶去参加会议，被扣押盘查，但他事前知道旅社中住着一个国民党官员，他准备了一封求见的假信件，敌人看了这封假信，在忙乱中未及仔细追查，以为是抓错了人，将尚钺同志释放，这样才脱离了虎口。每当尚钺同志谈到以往的历史，他总是深情地怀念着这些牺牲了的同志而不胜感慨。

尚钺同志出入于枪林弹雨，经受过战火的锻炼，又曾被捕入狱，受尽非刑拷打，几濒于死，他英勇坚强，严守党的机密，被难友们称誉为"不屈的年轻人"。1932 年他任中共满洲省委秘书长，因反对"左"倾教条主义，受到打击，被开除出党。他为了递送信件到苏联，不畏严寒，泅渡波涛险恶的黑龙江；又为了寻找组织，颠沛流离，跋涉宁夏，企图越过封锁，奔往陕北。他虽然长期失掉党的关系，而仍然一心向党，以党的名义，联系和组织进步青年，进行革命活动。抗战时期，他受党的委派，在昆明团结一批进步的知识分子，冒着被逮捕、被暗杀的危险，和国民党反动派进行斗争。他长期在困难的环境中，为党工作，却很少向人们谈论过去的贡献。新中国成立以后，他废寝忘食地从事历史研究，获得了重要的研究成果，但长时期受到不公正的对待，特别在十年动乱期间，遭到“四人帮”的疯狂迫害，丧妻失子，精神上、肉体上备受摧残。但他坚持着，战斗着，不向邪恶势力低头。在任何困苦中，他心中总是点燃着永不会熄灭的共产主义的火焰。每当我回忆起和他一起被关在牛棚里，他劝慰和勉励我的那些坚定、乐观、充满信心、卓有远见的话，在我心中就会浮现出一位战士、学者、良师的高大形象。了解他的革命经历，了解他的坚强性格，就能够懂得他为什么在逆境中始终能保持着坚定、乐观的精神，他是革命行列中的一位真正的“强者”。

对待青年，尚钺同志是一位严格认真、诲人不倦的导师。新中国成立初期，高等学校急需补充历史教师，他在短短几年内培养了几十名研究生，当时，人手缺乏，他几乎单枪匹马地工作，为了讲课和指导论文，他夜以继日，不倦地劳动，倾注了大量心血，他的学生今天分布在全国高等学校和科研机关，大都成了学术骨干。他对青年的要求是很严格的，谁有缺点，他一定要进行严肃的批评，但是，在批评的背后，你会感受到一种善意和热情，一种殷切的期待和希望，他的批评充满了督促和鼓舞青年积极向上的力量。他勉励学生们勤奋学习，要有攀登科学高峰的雄心壮志，他自己就是我们队伍中最勤奋、最有事业心的领路人。当我们还是精力充沛的年轻人的时候，他已经年过半百，须发斑白。可是每到深夜，人们早已酣然入梦，他的窗前却还是灯火明亮，甚至常常是通宵达旦，他总是孜孜不倦地工作着。

尚钺同志对中国历史有渊博的知识和精湛的研究，但他转而从事历史研究，已近中年，所以他常谦逊地说自己不是“科班”出身。为了进行革命，他一生从事各种职业，记者、作家、厨师、报务员、商人、中学教师、大学教授等等，党需要他做什么工作，他就做什么工作。他以后教历史、研究历史也是为了革命的需要。一是以教历史作为职业，在大学中站住脚，便于做知识分子的工作；二是用马列主义理论研究中国历史，向群众宣传革命的道理。因此尚钺同志非常强调马克思主义理论对历史研究的指导作用，他自己熟读马列主义的经典著作，有很深的理论造诣。我记得第一次和他长谈，他滔滔不绝地谈论列宁的名著《什么是“人民之友”以及他们如何攻击社会民主党人?》，对其中光辉的历史唯物主义思想体会甚多。青年人向他请教怎样学历史，他常开出一批马、恩、列、斯、毛的著作，指出掌握马列主义、毛泽东思想的重要性。他培养研究生，第一年不上业务课，只上马列主义理论课。他说，高水平的历史学家，主要并不在于多掌握八条、十条史料，而在于能否运用马列主义理论去解决历史问题。新中国成立之初，大家刚开始学马列主义理论，对理论的指导作用还体会不深，尚钺同志就非常强调理论学习，并引导刚开始学习历史的青年去钻研理论。

尚钺同志很重视理论，却不是死抱住革命导师的片言只字，将其当作万能的灵丹。他最不囿于成说，最重视创新，在史学研究中能从大处着眼，通贯全局，大胆地突破框框，勇于探索，创立新说。他在1949年以后屡次受到“批判”，主要就是在某些重要的历史问题上，别树一帜，提出了新见解，被指摘为反对毛泽东思想。尚钺同志的主要学术观点，一是关于中国古代史的分期问题，一是关于中国资本主义萌芽问题，他提出了许多值得重视的新见解，构成他对整个中国历史发展规律的系统的看法。

中国古代史的分期，是长期聚讼未决的问题。尚钺同志根据自己对马列主义基本原理的理解，从多方面研究了中国的古代社会，不同意西周封建说，也不同意战国封建说，而提出魏晋封建说，成为与前两说鼎足而立的第三个学派。尚钺同志认为：从西周到春秋初，主要的农业生产工具是石器，“由于生产工具的原始性，中国社会还没有完全脱离原始公社的脐带”，当时基本的生产关系“是以家长制公社为基础的早期奴隶制的关系”。他用较丰富的史料论证了周初以血缘关系为基础的氏族公社怎样发展到春秋时以地区关系为基础的农村公社，并指出当时的农业生产劳动者——“庶民”“庶人”“国人”——主要是公社的成员，是自由民，他们和皂、隶、舆、台、仆等奴隶阶级处于对立的地位。他认为：从战国到两汉才是奴隶制发展和走向没落的时期，并从生产力、社会分工、阶级矛盾、国家政权、意识形态等各个方面对这一历史的转变做了详尽的论证。

关于中国资本主义的萌芽问题，在新中国成立以前也有别的学者早已提出过，但尚钺同志是较早对这一重大历史问题做出详细研究的人。他力图按照马克思的《资本论》和列宁的《俄国资本主义的发展》这两部巨著所阐明的经济规律去考察中国历史，指出至迟在明代已有资本主义的萌芽，而且这一经济现象，并不是孤立的、偶然的，而是中国封建社会内部经济结构发展变化的必然结果。他搜集了大量史料来论证工场手工业的出现，商品经济和城市的发展，大规模的社会分工，农产品的商品化，某些地区自然经济结构分解的趋势，以及当时阶级斗争、思想意识所带有的新的特色，等等。

中国古代史分期和资本主义萌芽，是我国历史研究中的两个重大课题，30 多年来，研究者踵接，成果极为丰富，但至今尚无一致的结论。尚钺同志是这些研究领域早期的开辟者之一，今天的研究比新中国成立之初当然是大大地前进了，尚钺同志当年仅仅是探索的开始，不可避免地会有这样那样的失误和不足。但是，重要的并不是这些，像这类重大的学术课题将会世代相继地研究下去，不断地发现新材料，提出新见解，人们的认识也将不断地发展、加深，而更加接近历史的实际。我们不能够要求研究者一下子就做得尽善尽美，无懈可击。重要的是尚钺同志用马列主义理论研究中国历史，跨出了重要的一步。他对中国历史的发展规律提出了独立的新见解，做了详细、系统的阐述，提供了进一步研究和探索的依据。无论如何，先驱者筚路蓝缕的拓荒的功绩，是不能泯没的。

尚钺同志和我们永别了。他坚强的革命意志、勤奋的治学态度、诲人不倦的精神值得我们学习，他的研究成果值得我们继承。他虽享 80 高龄，但新中国成立后长期被“批判”，失去了进行研究的条件，他的才能和知识未能充分发挥，许多想做的工作没能完成，这是令人痛惜的。像尚钺同志这样的老革命家、老学者，因中国古代史分期和资本主义萌芽等学术问题而受到长期不公正的对待，这是值得人们深思的。科学的发展有自身的规律，学术上的不同意见是好事情，不是坏事情，不能强求一律。应该允许和鼓励不同观点、不同学派的存在和发展，培养起在相互尊重之中进行平等讨论的风气。学术上的不同意见不是政治上的不同政见，个别理论观点的失误也不能无限地上纲上线。必须尊重科学，尊重科学家，保护他们的积极性，坚定地贯彻“双百”方针，只有这样做，社会主义的学术研究才能够繁荣昌盛起来。

睿智的学者　勇猛的斗士*

——忆黎澍同志

黎澍同志是我所熟悉的前辈历史学家，他富有思想才华、理论勇气和学术良知，是年轻一代历史学工作者杰出的导师。

我认识黎澍同志在 50 年代中期，几次会议上见到过他，听过他的发言，但印象不深，也没有和他交谈过。直到 1958 年，中国人民大学校长吴玉章要写纪念孙中山的文章，约请黎澍同志进行讨论。我当时担任吴老的学术秘书，在座听了他们的谈话，做了记录。吴老非常敬重黎澍，亲自送黎澍出门，还对我说，黎澍同志的理论水平高，他的意见非常好。时过 40 年，那次谈话的内容我怎么也想不起来了。我当学术秘书时，有两厚册吴老的谈话记录，主要是吴老谈个人的经历，也有不少学术见解，可惜在十年浩劫中被抄走，一直没有归还给我。我是通过在吴老处的谈话和黎澍同志相识的。

《历史研究》是我国史学界的权威刊物，在国内外影响甚大。1961 年，《历史研究》编辑部改组，黎澍同志从中央政治研究室调到中国科学院近代史研究所，任副所长，并主编《历史研究》杂志。当时，正值学术界“拔白旗”运动以后，历史学界受“左”的思潮的侵袭，批判了许多教授，空气沉闷，万马齐喑，大家不愿也不敢写文章。《历史研究》闹稿荒，从月刊变成两个月出版薄薄的一册，假大空的文章充斥于报刊上。黎澍同志受命于这样的环境之中，力图改变局面，活跃学术空气，贯彻“双百”方针，调动大家的积极性。

他为了办好《历史研究》，广泛征求意见。有一天，他邀我去他

* 原载《黎澍十年祭》，北京，中国社会科学出版社，1998。

家中谈话。那是一个晴朗的下午，他住在沙滩中宣部的宿舍里，一间宽大敞亮的书房，周围全是图书，整整齐齐排列在书橱里。他的大写字桌放在书房的正中间，桌上堆放着各种书籍、报纸、杂志。他给我倒了一杯茶，相对坐在藤椅中，谈了很久。他身体健康，神采奕奕，待人热情，思路敏捷而清晰，熟谙马列著作。他是长者、著名的理论家，又是党的高级干部，而待人和蔼，思想解放，无所拘束。他对问题都有自己的看法，有胆有识，目光如炬，我被他的谈话深深吸引。他谈到当时正在进行的关于农民战争的讨论，山东历史学家孙祚民正遭到批判。他认为：孙祚民的意见符合马列主义，没有什么错误，为什么要挨批判，这是“左”的思想作祟。他要我去找孙的文章和批判文章，仔细对照读一读。他反对把历史上的农民战争现代化。他说：革命是生产关系的根本变革，是一个阶级取代另一个阶级的统治。历史上的农民战争只能打乱某些封建关系，并不能创造新的生产关系，农民阶级也不能成为一个时代的统治者。所以，农民战争很难说是严格意义上的革命。当年，“左”的思想盛行，说农民战争不是革命，这种主张实闻所未闻，可说是石破天惊之论。他还讲了《历史研究》的编辑设想。他说：《历史研究》是高规格的学术刊物，应该组织高质量的文章，文章不在长短，而要求质量，哪怕 5 万字、10 万字的文章也可以登载。要推动百家争鸣，提倡创造性研究，树立良好学风，文章要言之有物，反对动不动搞批判、打棍子。在黎澍同志主持下，《历史研究》就是力图贯彻这样的方针。

以后几年中，我和黎澍同志经常见面，每次都在那间大书房内。他经常邀我去聊天、谈问题，谈一些历史理论问题，谈史学界的思想倾向。他的意见中肯、新颖，有说服力，我深深服膺他的思想深度、创新精神和理论勇气。他具有洞察事物本质的智慧。有一次，他谈到浮夸风、共产风。他说：我们目前依然处在新民主主义革命阶段，因为生产力没有充分发展。过早地改变生产关系是不能促进生产力的，只能是“揠苗助长”。什么跑步进入社会主义，只能是好心的空想。今天回想起来，他的话多么重要，多么正确。他讲“揠苗助长”四个字，一直印在我的头脑中。这种话，当时可说是大逆不道，但黎澍同志无所畏惧地敢于讲出来，实在难能可贵。

那几年，理论界强调阶级斗争，而且强调到很不适当的高度，黎澍同志多次反对这种论调，他认为：必须把阶级斗争和历史主义结合在一起，才是马克思主义观点。那时，阶级斗争要年年讲，月月讲，天天讲，把历史主义提出来和阶级斗争相提并论，不能不冒很大的风险。后来，宁可同志根据黎澍的意见，写了论历史主义的长篇文章，刊登在《历史研究》上，引发了一场大讨论，以后遭到批判，黎澍同志也受到牵连。

《历史研究》刊载过戚本禹批判太平天国忠王李秀成的文章，引起学术界的震动。此文刊登之前，黎澍同志给我看了稿件，征求我的意见。我认为：李秀成作为农民英雄，思想上有弱点，有失败主义的情绪，但说他是叛徒，我思想上不能接受。不过作为学术讨论，这篇文章可以发表。黎澍同志同意我的意见。文章发表以后，众论哗然。近代史研究所召开了一次讨论会，由范文澜主持，翦伯赞、侯外庐、刘大年、邓拓、吴晗、黎澍都参加了，大家的发言都不同意戚本禹的观点，但还属于学术讨论范围。中宣部林涧青同志说：周扬同志的意见是，近几年来历史人物否定过多，人物评价要慎重，不要随便地拔掉旗子。“文化大革命”中，这次讨论会被称为历史学界的“黑会”。

黎澍同志写过一篇《让青春放出光辉》的文章，鼓励青年们立志远大，努力上进，勇于探索。文章几经修改，写得精练而有文采，作为《光明日报》评论员的文章发表，当时各级青年团组织曾把它作为思想教育的范文，组织学习座谈。但这篇文章极为难产。据说：有关方面认为，现在青年们高中毕业以后，上大学相当困难，大批青年要下乡插队，在这样的时候，鼓励青年立志上进是不切合实际的，不利于稳定青年的思想。这篇文章几乎夭折，我们的思想教育工作往往有这样似是而非的高论。

黎澍同志的文章凝练、畅达，富有理论深度，往往闪烁着思想的火花。他和我谈论写文章的经验，主张一个“慢”字，要反复思考、推敲、修改，务求写出新意，切忌信笔所至，海阔天空，陈话连篇。他写文章有时一句话写不下去，憋大半天在房间里来回溜达，冥心思索。他常说：写文章是苦事。他的文章全是呕心沥血之作。

黎澍同志在学术上勇于开辟，不囿于成说。在培养青年方面，又热心爱护，奖掖后进，不遗余力。他有一次详细地谈到在近代史研究所招收研究生的计划，询问我们在中国人民大学培养青年教师的情形，非常赞赏我们重视理论教育和锻炼写作能力的好经验。当时，国家尚无学位制度，没有培养硕士和博士的规章与先例。怎样培养下一代学术工作者，确实是面临的重大课题，而各单位的做法很不相同。近代史研究所人员众多，力量雄厚，但年龄偏高，缺少青年同志，这引起黎澍同志极大的关心，开始认真考虑培养的方法和途径。我建议他到全国高等学校物色杰出的本科毕业生，招收他们当近代史研究所的研究生。后来，近代史研究所果然派刘桂五等同志到全国各高校去选拔学生，招收研究生。这批研究生今天是近代史领域中的学术骨干，都已年近60岁。回想35年前和黎澍同志多次商谈培养青年的计划，他那种求才若渴、爱才如命的心情溢于言表，至今仍历历在目。

谈到黎澍爱护青年，不能不想起当年的沈元事件。沈元是北京大学历史系的学生，聪颖好学，很有才华。1957年被划成右派，勒令退学。他在家中自学，写了有关《急就篇》的文章，此文很多学者均甚赞赏。郭沫若见了此文，称沈元为“神童”，黎澍将此文刊载于《历史研究》，并将沈元调到近代史研究所工作，希冀他日后成才。沈元到了近代史所，就得研究近代史，他写了一篇《论洪秀全》，文章很长，拟在《历史研究》刊登。《人民日报》编辑部看到此文甚为称誉。要沈元缩写该文，但仍长达万余字，由《人民日报》整版刊载。沈元的事引起学术界的轰动，也招来了许多非议。沈元是摘帽右派，培养和重用沈元被认为是政治上的重大失误，许多人写信告状，窃窃私语，黎澍同志因此遭到重大压力。沈元本人的性格确有弱点，恃才傲物，盛气凌人，但确有才学，且十分勤苦用功。有一次我去黎澍同志处，看到和听到黎澍同志与沈元的一席谈话，谈及两件事。一件是沈元和考古学家陈梦家发生争执，可能陈梦家写文章引用了沈元的话而未注明出处，沈元大为不满，指责陈梦家抄袭和剽窃，因而发生龃龉。黎澍对沈元说，陈梦家是考古界的前辈学者，是有贡献、有声望的专家，应该受到尊敬。如果他引用别人的话而未注出处，可能是一时疏忽，怎能武断地指为抄袭和剽窃？这是极不负责的说法。另一件事是沈元在北京图书馆借阅书籍，因管理员取书延误而发生口角。黎澍批评沈元说，管理员为我们服务，借还图书，工作烦琐辛劳，我们应该感谢和尊重他们，体谅他们工作中的困难。你凭什么向他们颐指气使，横加责难。他要求沈元向陈梦家和图书管理员赔礼认错。黎澍的话既严肃、坦直，严格要求沈元，又委婉说理，苦口婆心。沈元受到感动，他低头沉吟良久，向黎澍同志恳切承认错误。我的亲见亲闻可以纠正外间所传黎澍放任姑息沈元的说法。像沈元这样一位既有才华又有缺点的青年，划右派后被社会遗弃，失去了学习和工作的机会。黎澍同志录用了他，帮助他加入史学研究的行列，不惜自己受人的误解和指责。他的仁心慧眼、古道热肠，实是令人敬佩。

后来在批判历史学家刘节的历史观时，史学界拿不出什么像样的文章。《历史研究》发表了署名张玉楼的文章，大家认为这篇文章写得不错，具有理论色彩，比较讲道理。周扬同志还打电话询问黎澍："张玉楼是谁？"原来张玉楼就是沈元。他用本名发表了两篇文章，引起众多非议，此时只好改用笔名了。但此事仍引起了风波，此后，上级命令不许再刊载沈元的文章。黎澍同志为录用沈元遭到沉重的压力，特别是在"文化大革命"中成为"招降纳叛"的罪状。"文化大革命"期间，沈元遭受批斗，心怀不满，竟化了装想逃到外国大使馆中避难，被我公安部门抓获，开了公审大会。如何处理，交付北京市居民进行讨论。第一次讨论后，他获宽大处理，未处死刑。可是不久之后，不知什么原因又第二次讨论，结果被宣判死刑，立即执行。沈元性情孤傲，思想上有缺点，但罪不至死，"文化大革命"后得到了平反。在当时，小小年纪的沈元到处受敌，四面楚歌，只有黎澍同志能顶住压力，爱惜人才，希望引领沈元走上正道，成为有用之才。可叹的是一场浩劫，不仅黎澍同志爱才育人的苦心未能实现，就连沈元的性命也未能保住。“文化大革命”以后，我同黎澍同志谈到沈元时，他默默无言，目光中流露出痛心和惋惜之情。

1963 年，上级从中国科学院和高等院校先后调集 20 多名历史科学工作者，从事一项研究任务，我和许多朋友都在其内。我们这批人起先集中住在香山，黎澍同志是这个研究组的负责人，因此我有近半年的时间在他直接领导下工作。他平易近人，对下级关心、热情，经常到香山来看望我们，有时也住在香山，和我们一起生活，一起讨论问题，一起散步聊天。他是一位极富爱心的长者。有一次，我搭他的汽车从城里开往香山，路上见到一位妇女，躺在地上呻吟，旁边一个小孩在哭泣。我们的车子停下来，黎澍同志下车询问。原来这位妇女带着孩子往邻村走亲戚，在路上突然病倒。黎澍同志问明情况，急命司机将病人和孩子送往附近医院，并设法通知病人的家属。他将事情处理完毕，和我步行到汽车站，乘坐公共汽车前往香山参加会议。这是一件小事，却也体现了他的急公好义和对病难者济难扶危的精神。

熟悉黎澍同志的人无不称道他崇高正直，有独立见解而从不趋炎附势。“文化大革命”前，在“左”的思想氛围中，他自己承受着重大压力，却乐观开朗，不改初衷。“文化大革命”中，他遭受批判是必然的事，与他人被诬蔑为“东霸天，西霸天”，处境很困难，他仍不以为意，泰然处之。红卫兵要他写揭发、检举材料，他总是实事求是地对待曾经共事的同志，甚至为他们申辩。“文化大革命”开始以后，全国的学术刊物都停止出版了。后来，毛泽东主席提议复刊《历史研究》，这是“文化大革命”期间第一个恢复出刊的学术性刊物。刊物本为中国科学院所办，黎澍是主编，复刊后理所当然应由中国科学院哲学社会科学学部主办（简称为“学部”）。但“四人帮”不肯放过这样一个唯一公开出版的大型刊物。那时，实际主管教育部工作的迟群伸手争夺《历史研究》，当时，黎澍同志知道毛主席提议《历史研究》复刊，也在草拟复刊计划。他不畏惧“四人帮”的气焰，敢于和他们争夺这片学术阵地，结果还是被“四人帮”抢到手，由迟群负责《历史研究》的复刊工作。迟群从高等院校调集了多名历史系的教师，组织编辑部，搞评法批儒。开始是在西单教育部的招待所里，后来搬到前门饭店。我也被指名调去教育部。迟群在一次会议上宣布，要求编辑部人员保守工作秘密。一个学术性刊物，有什么工作秘密，真是奇谈怪论！还要求大家不得和学部的人往来，特别是不得和黎澍、任继愈接触，迟群偷偷摸摸，简直像搞特务工作那样来办学术刊物。不久，黎澍同志托人给我带话，希望我赶快离开那个“是非之地”。我自己也很不愿意在那里工作，就想办法对工作拖拉磨蹭，又借口要完成前些日子外交部交给的一项重要研究任务，几次要求脱离编辑部，回原单位工作。迟群等很不高兴，认为我不识抬举，同意我离开。我回校时心情愉快，如释重负，立即打电话告诉黎澍同志，他在电话中为我祝贺，并打趣地说：“你终于逃脱了‘曹营’的磨难。”我去《历史研究》编辑部临时工作只有三个星期时间。

1975 年，黎澍同志继续担任《历史研究》主编。“四人帮”被粉碎以后，黎澍同志积极在学术界拨乱反正。有一次他跟我谈话说：最近于光远同志倡议民间组织研究会，以活跃学术空气，消除“四人帮”的余毒。这一倡议很好。考虑到历史学界的太平天国史研究较有基础，人数较多，建议先成立一个太平天国史研究会，以倡导风气。民间组织学术研究会，这在新中国成立以来尚无先例，在黎澍、于光远等同志的支持下，我和王庆成、郭毅生、马汝珩、贾熟村等同志酝酿、准备，在 1978 年 7 月成立了北京太平天国史研究会，并请罗尔纲先生担任顾问，在中国历史博物馆礼堂举行成立大会，黎澍、于光远参加了大会并讲话。这是全国社会科学理论界最早成立的民间研究会，《光明日报》为此发表评论员文章。此后各种研究会如雨后春笋般破土而出，对开展百家争鸣、促进学术研究起了积极作用。黎澍、于光远等同志有首倡之功。

粉碎“四人帮”以后，黎澍同志为重建马克思主义历史学而发奋工作，他发表了许多理论文章，批判封建主义的残余，讨论历史的创造问题，评论阶级斗争的理论，揭批“四人帮”，讨论历史的求真精神，等等。他在最后十年中，作品之丰硕、用力之勤奋、见解之深邃更胜于以前。一场重大的政治风暴过去之后，必有智者、勇者去反思、去探索，黎澍同志就是其中的一个。他自言："文化大革命"使他"大彻大悟"，"使人感到有重新认识许多问题的重大必要性"。他探寻刚刚逝去的历史的经验教训，而着眼的却是国家的现代化。他能言人之不能言，敢言人之不敢言。他在开辟那混沌未知的领域，永远前进而不肯止步。黎澍同志是一位睿智的学者、勇猛的斗士、不知疲倦的探索者。

吴晗同志和我谈清史编纂*

1960 年北京市历史学会成立，这是北京市最早成立的群众性学术团体之一。首任会长是著名的历史学家、时任北京市副市长吴晗。当时，我和吴晗相识虽不久，但那段时间内，过从稍多，因为他当时主编“中国历史小丛书”，我参加编委会，经常在一起开会。我像对师长那样敬重他，他则把我当作忘年之交，和我谈过几次话，涉及的内容很广泛，谈得最多的是古籍整理的设想，北京市历史学会的筹备与工作，也谈过发掘明陵的工作，北京市的文物保护，甚至市政和中小学教育的情况，也向我透露一些情况，征询我的意见。他谈锋甚健，纵论古今，我说话的时候很少，但我说话时，他耐心听着，不时插几句话，提几个问题。

吴晗同志学识渊博，性格爽朗，朴实正直，平易近人，尤其关心青年人的工作和生活。他治学勤恳严谨，孜孜不懈，在繁忙的公务之暇，撰写了许多脍炙人口的论著、短文和其他作品，我深深地敬仰他的治学和为人。

60 年代初，我国正经历困难时期，政治运动连续不断，全国的学术空气很沉闷。但北京市历史学会在吴晗同志的领导下很活跃，做了许多工作，经常举行年会、座谈会、报告会，团结了首都广大的史学工作者。有一次吴晗同志和我谈话，内容是关于编纂清史的问题，这次谈话深深地铭刻在我的头脑中。

吴晗同志任会长期间，邵循正、赵征夫同志任副会长，安捷和许师谦同志先后任秘书长。邓广铭是古代史组的组长，翟良超是现代史组的组长，张芝联是世界史组的组长。我担任常务理事，兼中

---

* 原载《北京市历史学会成立三十周年纪念文集》，1990。

国近代史组的组长，近代史组副组长是北京师院苑书义同志、民族学院的王炬堡同志，专业组秘书是中国人民大学李文海同志。

1961年的某日，北京市历史学会召开常务理事会讨论工作。会后，吴晗同志约我留下来谈谈。在场的只有我们两人，他笑吟吟地坐在沙发上，慢慢地说，中央领导同志正在考虑清史编纂工作，这是一项艰巨的、长期的大工程。《明史》的编纂花了将近一百年，清史的编纂也得用几十年。当前，清史尚是一片荒芜的园地，治清史者甚少。他说，因为我是研究近代史的，近代史即是晚清史，所以找我谈谈，应怎样开展这项工作，目前清史研究的状况如何，想听听我的意见。

说实在话，在此以前，我从未想过要编清史，也不曾听说过有关建议，脑子里并未转过这方面的念头，因此也谈不出什么意见和建议，只是说说清史研究的情况。当时，研究清代前期和中期史的专家只有郑天挺、谢国桢、王锺翰、商鸿逵、李洵等数人，他们虽有精深的造诣，但人数甚少，没有形成一支队伍。我除了赞成、支持这一大工程之外，说的话很少。但吴晗同志打开了话匣子，滔滔不绝地说起来，如何团聚、培养研究队伍，如何搜罗资料，如何接管全部清代档案，如何拟订工作计划，如何确定史书体例，如何整理、翻译满文档案和外文资料，以及《明史》编纂中的经验与失误等等。我惊讶地发现，在他头脑中已有一套比较周密、详细的设想。他有一个很明确的意见，即是要设立“清史馆”，作为常设的修史机构，并由一位副主席或副总理兼任清史馆馆长，才能调集人才，统一事权，甚至史馆的建址、内部编制也想到了。我这个后学新进听这位著名史学家的宏伟规划，衷心拥护、钦佩，静静聆听，竟不能赞一词。他的设想很宏伟，要求很严格，要完成清史的编纂，没有政府的大力支持是难以做到的。必须集中优秀的人才，拨给充足的经费，宽以岁月，按部就班，把人员团结、组织起来，才能成功。他对任务的艰巨性是有足够估计的。他说：要写成一部比较像样子的清史，即使立即组织力量，全力以赴，并且工作顺利，我今生恐怕也难以见到全书的完成了。吴晗同志那时还只有52岁，在他心目中，这部大型史书，非数十年时间，不能竣工。

这次谈话中，就多个问题，详细交换了意见。一是人才的培养，我主张到全国各大学历史系挑选优秀的学生从头培养，专攻清史。吴晗同志赞成这个想法，并说，还要到外语系找一批学生，翻译各种外文资料。他开玩笑地对我说：将来就请你来当教师，领他们一起读《清实录》《清史稿》，先把基础知识搞得扎实一点。另一个问题是可否在北京市历史学会内设立一个清史专业组，先聚集几个人，做点准备工作。我不同意这样做，因为北京市历史学会是一个群众性学术团体，成员只包括北京市各高等学校和中学教师，不包括中国科学院哲学社会科学学部的几个历史研究所，组织松散，力量薄弱，不足以承担这类重大的实质性任务。且北京市历史学会内，设置清史专业组，不伦不类，难以协调。研究清史的人数又少，凑不成一个专业组，不如另起炉灶为好。设置清史组的意见，后来也未见实施。

我万万没想到，这次谈话竟和我后半生的研究方向大有关系，我原来研究中国近代史，即鸦片战争以后的晚清史。但 1965 年秋被提名参加清史编纂委员会，奉命筹组清史研究所。因十年动乱，此事一直被拖下来，直至 1978 年才正式建立清史研究所，我终于走上了清史研究的道路。

这次谈话以后，吴晗同志再没有跟我提起过编清史的事，大约因为三年困难时期，全国各项工作进行调整，故清史编纂的事缓议。大约 1963 年的一次会议上，讲到京密运河的修浚，吴晗同志说：将来在运河中可以航行船只，直通颐和园，我们开会可以搬到船上开，一面开神仙会，议论清史编纂的体例、计划，一面可以观赏沿河两岸的秀丽风光。不过，这是发言中随便谈到的，并不是作为工作规划提出的。

这时，我陆续从领导上和历史学界前辈听到清史编纂的事，知道这是由董必武同志提议，周恩来总理亲自主持的，周总理首先和吴晗同志商议此事，后黎澍同志也就此事写过书面意见。1964 年毛泽东主席也和范文澜同志提到过编纂清史的事。

1965年秋，中国人民大学孙泱副校长到我家里看望，正式通知我：中央宣传部召开部长办公会议，专门讨论编纂清史事宜，成立清史编纂委员会，由郭影秋同志任主任，委员有郭影秋、关山复、尹达、刘大年、刘导生、佟冬、戴逸等七人，先在中国人民大学内建立清史研究所，由我筹建此所，担任所长，所址定在沙井胡同。七人委员内没有吴晗同志，因为当时已是“文革”前夕，姚文元《评新编历史剧〈海瑞罢官〉》已经写成，即将出笼。学术界风声鹤唳，弥漫着恐怖气氛，空气中的火药味已经非常强烈。吴晗同志首当其冲，不时遭到指责。在这种情况下，清史编纂委员会中已不能把他包括在内。其实，当年是周总理把清史编纂的任务首先交给吴晗同志来筹划考虑的。

拟议成立清史编纂委员会之后约一个多月，上海《文汇报》即刊出了姚文元批判吴晗的文章，一场全国性的大灾难降临中国大地。吴晗同志遭到了难以置信的诬蔑和折磨，以致夺去了这位卓越而正直的历史学家的生命。北京市历史学会以及中宣部主持下成立的清史编纂委员会全都成了“黑帮”组织的“黑会”。

我是北京市历史学会的最早一批常务理事，80年代又曾担任会长。当此学会成立30年之际，第一个想到的就是吴晗会长。没有他的努力，北京市历史学会就不会那样早成立，也不会做出那么多成绩，团结那么广泛的学者专家。大家对吴晗同志的怀念文章很多，都惊异、钦佩他的工作热情和充沛精力。但他筹划考虑编纂大型清史的事，尚鲜为人知，我借这个机会写一写这段往事。

30年后，大型清史的编纂任务，虽因种种原因而尚未完成。但清史研究园地中百花竞秀，取得了极其丰硕的成果，清史研究的队伍茁壮成长，已非30年前的光景可比。吴晗同志如果没有这场奇冤大难，今年正逢81岁。我想：他会积极参与和领导清史研究工作的。在他这样博学多才、经验丰富的前辈史学家的领导下，清史研究的成绩肯定会更加出色，更加辉煌。这又不能不惋惜他遭逢不幸而早逝，实在是史学界的重大损失。

从爱国的民主主义者转变为共产主义者的光明大道*

——在纪念吴晗同志诞辰七十五周年、逝世十五周年大会上的讲话

今天，我们在这里举行纪念会，隆重纪念已故著名历史学家、北京市原副市长吴晗同志诞辰七十五周年，逝世十五周年。我受北京市历史学会的委托，在这里讲几句话。

吴晗同志（1909—1969）是浙江省义乌县苦竹塘村人。他是勤奋、正直、渊博的历史学家，爱国的民主主义战士，优秀的共产党员，社会主义学术文化的勤劳建设者。正像彭真委员长在为《吴晗史学论著选集》题词中所指出：“吴晗同志从一个勤奋治学，追求真理，不断进步的历史学家和爱国的民主主义者转变为共产主义者的道路是本世纪我国知识分子前进的光明大道。”

吴晗同志自幼家境贫寒，在困难的条件下，一方面工作，一方面学习，时读时辍。他奋发有为，刻苦努力，二十五岁毕业于清华大学历史系以前，已经发表了《西汉的经济状况》《胡应麟年谱》《胡惟庸党案考》《〈清明上河图〉与〈金瓶梅〉的故事及其衍变》等四十多篇文章。一个青年学生取得这样优异的成绩是很难得的。因此，他在同学中赢得了“太史公”的美誉，在学术界也初露头角。

大学毕业以后，吴晗留在清华教书，在我国大学课堂上开设了系统的明史课程。他热爱祖国的历史，热爱自己的专业，踏实钻研，辛勤地耕耘着历史学的园地，有了丰富的收获。在1949年以前的十四年内，写了几本著作以及二百几十篇文章和政论，很多收进了《史事与人物》、《历史的镜子》和《投枪集》内。他还用很多时间，

---

* 原载《皓首学术随笔·戴逸卷》，北京，中华书局，2006。

抄录和纂辑朝鲜实录中关于明清史的资料，每天到图书馆去，早出晚归，风雨无阻，抄录的资料达三百万字之多，当年的手稿幸而保存至今。从中可以看到这位可敬的学者锲而不舍的可贵的治学精神。他的代表作《朱元璋传》的初稿也在这时问世，这部著作内容翔实、丰富，论断精辟，功力深厚，吴晗同志对此倾注了大量心血。新中国成立以后，还在不断修改，达到了很高的科学水平，得到毛泽东主席和学术界的好评。

在半殖民地半封建的旧中国，内忧外患，纷至沓来，像吴晗这样正直、爱国的学者不可能长期埋头读书而无动于衷，现实必然要迫使他一步一步地走出书斋，投身到火热的斗争中去。这是旧中国千千万万爱国知识分子的共同经历。当日本帝国主义侵占我国东北时，吴晗还在大学中读书，爱国主义的火焰在这位青年的心中燃烧着。他在《感事》诗中写道："阴风起地走黄砂，战士何曾有室家。叱咤世惊狮梦醒，荡除人作国魂夸。烦冤故鬼增新鬼，轩轾南衙又北衙。翘首海东烽火赤，小朝廷远哭声遮。"这首诗表现了他的救国热情和对国民党不抵抗政策的不满。

全面抗战爆发后，吴晗同志来到昆明，目睹国民党的消极抗日、黑暗腐败，更增加了他的憎恶。而对共产党的坚决抗日、政治清明，表示由衷敬佩。他日益靠拢党组织，接受党的领导，提高了民族意识和阶级觉悟。抗战后期和全国解放战争时期，国民党统治区的民主运动风起云涌，吴晗同志积极参加斗争，逐渐锻炼成为争取民主、反对独裁的无畏的战士。他用犀利的笔锋，写了《论皇权》《论贪污》《明代锦衣卫和东西厂》等大量文章，矛头直指国民党的独裁统治。他经常在学生集会上发表演讲，评论政局，措辞尖锐，旗帜鲜明。他和西南联大的另一名教授闻一多，都因向反动势力勇猛做斗争而得到外号，闻一多被称为"狮子"，吴晗被称为"老虎"。斗争是激烈而残酷的，国民党企图用屠杀手段来遏阻爱国民主的浪潮。昆明发生了"一二・一"惨案，不久，李公朴、闻一多相继被暗杀。吴晗同志看着战友们一个个倒下去，心情十分沉痛。虽然自己的处境也非常危险，但他坚持真理，置个人生死于度外，在悲愤中写了

《哭公朴》《哭一多》等文章。他呼喊着："公朴，你不会死"，"死去的是一个万人所痛心疾首的政权"。他的声音在千万进步青年的心中引起广泛的共鸣。

吴晗同志回北平以后，更加积极地参加革命活动。他在清华园的家，是联系进步教师和革命青年的场所，也是特务们监视、盯梢的目标。不管压力多么大，风浪多险恶，吴晗同志一直战斗着。他继续写了《是谁绞死了民主?》《论儿皇帝》《明初的恐怖政治》等文章，熔历史和现实于一炉，铸成一支支锋利的投枪投向反动派。他还帮助大批进步青年和党的地下工作干部离开北平，投奔解放区，以免遭受迫害。可是他自己，据说已被国民党特务列为黑名单上的头号人物，却仍坚持在岗位上，直到北平和平解放前不久，在党中央的关怀和指示下，方才离开虎口，绕道前往解放区。他犹如一位经历了激烈战斗的将军，掩护和送走了他的战友和士兵，而自己却挺立在枪林弹雨之中，最后才撤离战场。

吴晗同志到解放区后，努力学习马列主义、毛泽东思想。在政治思想和世界观上发生了重大的转变。他给毛泽东主席写了一封长信，提出参加中国共产党的要求。毛主席回信中说："我们同意你的要求，唯实行时机，尚值得研究。详情恩来同志面告。"几天之后，周恩来同志找吴晗畅谈了几个小时，肯定他的进步，鼓励他努力学习、努力工作，吴晗同志以后在社会主义革命和社会主义建设的实践中继续锻炼，不断前进。1957 年他光荣地加入了中国共产党，实现了多年的夙愿。

新中国成立以后，吴晗同志担任北京市副市长兼文教委员会主任，主管首都的文化教育和民政工作。他认识到自己的重大责任，社会主义建设不仅要有经济的迅速增长，而且要有科学、文化、教育的高度发展，特别是北京市，作为社会主义新中国的首都，作为驰名世界的历史文化名城，抓好这方面的工作，既很艰巨，又有重大意义。他遵循党的方针，努力提高学校的教育质量，发展文教事业，增添文教设施，发展群众性的文教活动。他在党的领导下，积极推动和具体领导，建立了北京师范学院、北京市教师进修学院、北京少年宫、少年科技馆、各区的少年之家、首都图书馆、北京天文馆、北京市历史学会、中国书店、龙潭湖教学植物园以及北京电视大学、广播函授学校、工读学校等。这些单位现在正为“四化”建设做出优异的成绩，它们的创建过程，无不凝聚着吴晗同志的心血。

吴晗同志作为一名历史学家，十分重视历史文物的保护和整修，他参与了中国历史博物馆的筹建，在他的倡议和指导下，建立了首都博物馆，保护了古代冰川遗迹，还对长城、雍和宫、戒台寺进行了修缮。他又亲自主持明朝定陵的发掘工程，在发掘和布置地下宫殿的陈列期间，他不顾严寒酷暑，多次亲临现场，参与各种问题的设计和讨论，做具体指导，工作十分认真。当我们看到这些名胜古迹巍然屹立的雄伟新姿，怎能不怀念吴晗同志保护文物的辛勤劳绩！

吴晗同志担负着极为繁忙的行政工作、社会工作，兼职很多，占用了很多时间，但他并未因此放弃学术研究。他仍然保持着勤奋钻研、刻苦攻读的书生本色。新中国成立以后的十七年，他努力运用马列主义观点，从事著述，参加学术讨论，共撰写了六百余篇文章，并修改整理以前的旧作，先后出版了《灯下集》、《春天集》、《投枪集》、《学习集》、《海瑞的故事》和《朱元璋》的新版。凡是熟悉他的人，对他那种渊博的知识、旺盛的精力、快速的效率无不表示钦佩和赞叹。他怎样在繁忙的工作中写出这样多的作品，《灯下集》的命名透露了部分的奥秘。这些作品都是在百忙中“挤”出来的。当夜深人静，人们酣然入梦的时候，吴晗同志却不顾疲劳，在灯下争分夺秒地攻读、钻研、写作，为祖国历史科学的发展，为社会主义学术的繁荣而忘我地工作。

吴晗同志不但自己刻苦研究，以身作则，并且积极推动和领导我国的一些重大科研项目。标点《资治通鉴》和二十四史以及绘制中国历史地图是规模宏大、意义深远的学术工作，吴晗同志是这些项目的发起人和主持人之一。他亲自组织众多的学术单位和专家们进行协作，开展工作，参加讨论。这些集体的学术项目所取得的重大成绩，是和他的努力分不开的。他在历史学方面的另一重要贡献是积极提倡和领导普及历史知识的工作。他说："单有提高，没有普及，只是少数人提高了，大多数人还是一穷二白，这是不符合我们党和国家的要求的。"他希望"使人人懂得点自己和别的国家的历史，掌握社会发展的规律，认识自己的前途，并通过历史的学习，更加热爱自己的祖国，热爱党，热爱人民，信心百倍地投身到社会主义事业的建设洪流中去"。他把历史知识作为进行爱国主义和共产主义思想教育的武器，主编了"中国历史小丛书"和"外国历史小丛书"，直至十年动乱以前，"中国历史小丛书"出版了一百五十多种，"外国历史小丛书"出版了五十多种，其选题之广泛、影响之大是从来没有的。丛书许多种的定稿发排，吴晗同志常常亲自审阅、提出意见，还帮助青年作者修改稿件。他另外又主编了《中国历史常识》八册，给青年提供比较生动、通俗的历史知识读物。1959 年初，吴晗同志根据中央负责同志建议响应毛主席发出的要学习海瑞刚直不阿精神的号召，写了《海瑞骂皇帝》、《论海瑞》和历史剧《海瑞罢官》。这些文章和作品的内容基本上是正确的，博得广大群众的赞扬。

吴晗同志的一生，在国民党白色恐怖下坚持战斗，又为祖国社会主义的文教建设做了大量工作。他对人热情诚恳，对工作认真负责，对党忠心耿耿。他贡献于革命、贡献于人民是这样多。万恶的"四人帮"把他视作眼中钉，这位杰出的学者、优秀的共产党员竟成了"文化大革命"的突破口，被横加许多莫须有的罪名，罗织株连，以至演变成一场危害全党、危害国家的大灾难，而吴晗同志本人也被投入牢狱，非刑毒打，吐血而死。吴晗同志的去世，是我国学术界的巨大损失，是革命人民的巨大损失。

现在，天空中的黑云早已驱散，"四人帮"被扫进了历史的垃圾堆，吴晗同志的冤案已经平反，这类悲剧也永远不允许在中国重演。社会主义现代化的车轮正在滚滚向前，我们在建设社会主义物质文明的同时还要大力建设社会主义精神文明，知识分子将更受尊重，更能发挥积极的作用。在这样的时刻我们更加怀念和惋惜吴晗同志过早离开了我们，时代多么需要像他这样勤奋、正直、有理想、有作为的学者和领导人。吴晗同志就像许多老一辈的革命知识分子鲁迅、郭沫若、吴玉章、邹韬奋、闻一多、范文澜、翦伯赞、茅盾、孙冶方一样，他们身上闪耀着的爱国主义、共产主义的光辉，将引导和鼓舞后代知识分子为复兴民族、振兴中国而奋斗前进。

哲人其萎　风范长存*

郭影秋同志逝世多年了，我和他相识是在他来到中国人民大学担任副校长以后，有多次交往，往事历历在目。一个睿智、博学、坚强、正直、慈祥的高大形象，矗立在脑海中，每次谈话、书信往还，都使我对他的崇敬之心油然而生。他酷爱历史，和我的谈话大多是关于历史科学的，偶尔也谈及时局和学校的问题。他高瞻远瞩，对许多问题具有深刻的洞察力，又博闻强记，分析透彻，善于说理，熟知历史学界的动向和争论。每次和他谈话，都如饮醇醪，不知不觉长谈下去，在亲切温暖的气氛中受到启迪和教诲。

我第一次见到影秋同志是在 1963 年初夏，他来中国人民大学担任副校长不久，我在范文澜同志处参加一个重要的会议，急需向校领导汇报。汇报只有我们两个人，我对他仰慕已久，而且早就读过他的著作《李定国纪年》，所以很注意他的举止言谈。我的第一个印象是：这位新领导既是久经锻炼、饱受风霜的老革命，又带着浓重的书卷气；在他亲切温文的言谈举止中透露出英毅果断之风。我汇报完以后，他却兴致勃勃地打开话匣子，和我谈了学校的很多问题，诸如教师队伍、思想工作、专业设置、校舍、领导干部的团结等等。说实在话，那时，我很少了解和关心全校性的问题，静静地聆听着，很少插话，只是惊讶地发现：他来校时间很短，却对学校的情况和人员有这样深入的了解，而且深思熟虑，对学校的发展前景已形成系统的看法。后来，话锋一转，他询问我历史科学在文科大学中应占什么地位。我对此考虑也很少，简单地回答了几句。他沉吟着说："如果条件成熟，可以考虑成立历史系或研究机构（当时我校尚无历

* 原载《郭影秋纪念文集》，南京，南京大学出版社，2002。末署 2001 年 4 月。

史系和研究所），重要的是要办出特色，要重质量。”我一直记着他的话，这也许可算是我校设立和发展历史专业的发轫点。

此后，我有半年时间借调在外，又有一年下乡参加“四清”，一直没有和影秋同志单独谈话的机会，可是，设立研究所的事有了进展。1965年10月，中宣部在周总理的指示下，召开部长会议，决定成立清史编纂委员会，编写大型清史。清史编委会由七人组成：郭影秋、关山复、尹达、刘大年、刘导生、佟冬、戴逸。并拟在中国人民大学内设立清史研究所。那时，影秋同志在北京郊区，孙泱副校长向我传达了中宣部的决定和影秋同志的意见，要我考虑拟订成立研究所的计划。不久，姚文元抛出了批判《海瑞罢官》的文章，“文化大革命”开始了，计划也就成了泡影。以后，影秋同志遭到迫害，被添加了一条罪状，成立清史编纂委员会被说成是中宣部的阴谋，有意抵制即将到来的“文化大革命”。

影秋同志新中国成立后担任过云南省省长，后调南京大学任党委书记兼校长。1963年周恩来总理调他来北京，原拟任命他为国务院副秘书长，当时中国人民大学副校长胡锡奎同志调任中共中央西北局书记，人大缺少一位主持日常工作的副校长，校长吴玉章久闻郭影秋同志品德高尚，作风谦和，能力很强，亲自面见周恩来总理，要求把郭影秋调来中国人民大学，以辅佐自己的工作。

影秋同志有杰出的领导才能。他经验丰富，知识渊博，深入群众，了解情况，故而能谋善断，对许多重大问题能做出正确的决策。他和大家在一起，总是先耐心听取群众和部下的意见、建议、汇报，在笔记本上详细做记录，在总结的时候吸收大家的意见，择善而从。对许多讨论的问题进行透彻分析，要言不烦，条理清晰，以理服人。一些疑难同题，经过他的说明都涣然冰释。

影秋同志记忆力过人，经过的事，见过的人，听过的话，都深深印在他的脑海中，经久不忘。他叙述多年往事，娓娓而谈，具体详尽。我听他讲过在云南各地寻访南明史迹的经历，对各地风光、习俗都有很生动详细的描述，颇引人入胜。他对多年未见面的老同事、老下级大多能说出其姓名。在讲话中时常引述别人讲的论点、事例和语言，丝丝入扣地切合当时谈论的主题。

影秋同志对自己的要求极为严格。他来中国人民大学工作时已有五十五岁，而事必躬亲，尽心竭力，不辞辛劳，对同志和部下则和蔼、尊重、关心、爱护，从不摆架子。他刚来学校就深入基层，到各处校舍视察，有一次来到学校的某个单位，单位传达室的工作人员不认识他，不让进门，多方留难，后来要他填写一张会客单子。郭影秋在会客单上写了自己的名字以后，工作人员才大吃一惊，发现来人正是新上任的副校长郭影秋同志。

郭影秋同志来到中国人民大学显露出高尚的品德和卓越的才能。人大师生员工庆幸学校来了一位好领导，相信学校工作将会有很大改进，展现出新面貌。但影秋同志来校刚两年还没有来得及大展抱负，1965 年他就率领教师学生，到北京郊区前沙涧领导农村“四清”运动。在一年的“四清”工作中，影秋同志工作出色，有口皆碑。他在农村访贫问苦，和农民打成一片，工作十分深入，他走遍了前沙涧、后沙涧、苏家坨、西山农场、车二营、龙泉寺等许多农村和生产队，和贫下中农结成了好朋友。他很少在指挥部开会布置工作，总是跑到各个生产队去，栉风沐雨，亲临第一线，了解情况，在他身上见不到官场常有的官僚主义、瞎指挥、讲排场的歪风。他又能倾听不同意见，即使普通干部和学生的意见，他都能虚心听取。有一次，影秋同志在“四清”工作干部会上点名批评了一位教师，有些情况说得不甚准确，那位被批评的教师虽然感到委屈却不敢声辩。在场的历史系二年级学生孔祥吉站起来发言，对影秋同志进行反批评，说这位教师固然有工作错误，但校长没有完全弄清情况，所以批评不符合实际情况，伤害了同志的工作积极性，也是不对的，校长应该下来更多了解情况，批评才能实事求是，有的放矢。孔祥吉是一个青年学生，在会议场合公开批评有崇高威信的郭影秋副校长，使大家感到意外和震惊。而影秋同志静静地聆听孔祥吉的发言，认真记录，面无愠色，反而感到孔祥吉说得有理有据。影秋同志表现出君子“闻过则喜”的宽宏风度。他很欣赏孔祥吉的直言无忌，以后多次找孔祥吉了解情况，往还亲密，两人成了无话不谈的忘年之交。

影秋同志生活上俭约朴素，不搞特权，“四清”时他和教师学生同吃同住同劳动，不但不开小灶，连吃饭也和大家一起排队，不要勤务员替他代买。有一次下大雪，影秋同志早晨第一个起来在老乡的院里院外扫雪，这一个无声的命令动员了所有的“四清”工作队员行动起来为农民扫除积雪，清理道路。农民们对郭影秋的领导才能和工作作风赞叹敬佩，称他是“焦裕禄式的好干部”。

“文化大革命”中，郭影秋同志遭到重大的冲击。“文革”初期，他受命于危难之际，担任北京市委书记处书记，负责向北京各高等学校派遣工作组。因此，在中共中央召开的群众大会上受到批判，并被撤职。派遣工作组本是中央的决定，却被说成是执行资产阶级反动路线。影秋同志成了替罪羊，从此陷入罗网，遭到无休无止的狂批乱斗。大多数群众不了解“文化大革命”是怎么回事，不同意批斗他、打倒他，尽管“四人帮”屡次点郭影秋的名，但中国人民大学仍有很多教师学生称他是好干部。这样，学校中形成了揭郭和保郭两大派，曾经多次举行群众大会，揭郭和保郭是辩论的主题，许多中央领导同志，包括曾是郭影秋同志老上级、老领导的邓小平同志也来到中国人民大学，听了两派的辩论。当时，影秋同志曾参加“四清”地方的农民群众听说要斗争郭影秋，有八百人赶进城来，要保护他。这一事件被说成郭影秋同志调农民进城，保护自己，是挑动群众斗群众，反而加重了他的罪名。其实影秋同志当时已被造反派囚禁斗室，哪里还能调农民进城，这完全是农民群众听说他们敬爱的郭副校长遭斗争，出于义愤，主动赶进城来的。一些别有用心的人信口开河，编造郭影秋种种罪状，说他在校内建造了供自己享受的别墅豪宅，还开放了他的住宅，供外地来的红卫兵参观，以暴露郭的“罪恶”。其实这不过是几间略加整修的普通平房，红卫兵们参观了这座“豪宅”，都惶惑地问道：“就这几间旧房子吗？我们在外地看到许多高级干部的住宅，没有一处比郭影秋的住房更加简陋的了。”这一参观的效果反而表明了影秋同志的清廉与俭朴。

郭影秋同志在“文化大革命”中遭受非人的折磨，身心受到极大的摧残，不久就患病，又因误诊而加重了病情，长期缠绵病榻，不能起床。他知识广博，经验丰富，才能卓越，精力过人，本来可为社会主义现代化建设做出重大贡献。但重病在身，徒唤奈何，一切了解影秋同志的人都会因他未能充分发挥才能而深深感到惋惜。

1969 年中国人民大学被明令解散，教工都去江西余江的“五七”干校下放劳动。影秋同志虽已在病中，但对学校前途和全校人员的工作去向仍十分关心。在他心目中，大概认为中国人民大学不会就此被解散，从此消失了，所以他向上级建议将来中国人民大学的教师不要分散分配工作，而要成建制地集中安排工作，一旦需要就可以迅速地集合起队伍。上级接受了他的建议，人大教师被集中安排到北大、北师大、首师大、财经大学等校，这显示了影秋同志的长远目光，保留了一大批长期培养起来的教学和科研队伍。他这时也没有忘怀“文革”前夕中央委托他编纂清史的任务。1972 年他向北京市委建议成立清史研究小组，隶属于北师大，我校一部分搞历史和文学、档案、法律的同志得以在这一名义下聚集在一起，在困难的条件下，开始了清史研究工作。

1973 年，我从干校回京以后，同影秋同志见面的机会多了。他缠绵病榻，不能行动，但精神很好，思维清晰，能大量读书，谈话的内容大多是有关清史研究。通过许多次交谈，我更深入地认识了作为历史学家的影秋同志。他读书甚多，博闻强记，知识丰富，有深刻的洞察力，分析事件、评价人物独具卓识。他最熟悉明末清初的历史，和我谈过李自成、张献忠、崇祯帝、史可法、张煌言、郑成功、李定国、孙可望、多尔衮、范文程等人，谈到明朝何以失败、清朝何以兴起，谈到农民起义军的重大失误和归宿等等。他熟知历史过程和各个历史人物的经历、性格、才能、优缺点，做出许多很有见地的分析。他娓娓而谈，如数家珍，一谈下去就忘了时间，常常要谈两三个小时。他的秘书怕影响他休息，有时出来干预，才终止了我们的谈话。他掌握的史料极为丰富，不少稀见的稿本、抄本，是我闻所未闻的。影秋同志的记忆力特别好，给我介绍书籍的作者、卷数、版本、收藏单位、内容梗概以及他的评论，使我深受教益。

他读书的面极广，有一次我去看望他，他正在读《资治通鉴》，从二王八司马事件谈起，谈到对韩愈、柳宗元的评价，又谈到藩镇、宦官，以及唐宋诗文的演变、五代词风、唐代佛教宗派等等，见识精当，议论风生，我没想到他对唐史和唐代文化也是十分熟悉。又有一次，他向我借阅清人沈德潜等辑的《明诗别裁集》，我在这本旧书上有些胡乱的批语，其中对高启的诗，批了“伤于浅露”四个字，影秋同志看到以后，不以为然，他和我谈明初的诗人和诗风，有很精辟的见解，甚至还能背诵明人的不少诗句。他公事繁忙，百务缠身，却拥有非常广阔而精深的知识，实足令人敬佩。

影秋同志非常关心清史研究所的工作。人大复校，清史研究所成立，他抱病前来出席会议，勉励全体同志努力钻研。此后，我们的工作一直得到他的指导和关怀。只要他住在北京而病体又许可的话，他总是乐于听取我们的工作汇报，并就研究所的方针、方向和具体工作进行指示，为我们排除干扰，解决困难。他非常尊重下级的意见，总是用商量的口吻和我们谈论工作，从来不用简单的命令。他认识所内许多研究人员和研究生，经常和他们谈话，关心他们成长，指导他们前进。他虽然久病，而深入群众、平易近人的作风并无改变。他对我们的帮助具体、细微、切实。例如，我所的重点科研项目“清史编年”，就是在他的倡议、帮助下编写的，他为此书的编写体例和内容多次和我们谈话，并亲自写了序言。这本书现在已全部完成出版，可惜影秋同志已见不到他所关怀和培育的这一成果的问世。

影秋同志已逝世多年，我们失去了一位亲切可敬的导师。他的品德、学问、作风，他的指示、教诲永远铭刻在我们心中，永远是激励我们前进的巨大力量。哲人其萎，风范长存。

纪念陈垣教授*

陈垣教授是杰出的进步学者，是历史学界的一代宗师。他学识广博，为学精核，治史缜密，毕生著述宏富，在历史学的各个领域做了大量开拓性的工作。他富有正义感和爱国思想，在敌伪的淫威下不屈不挠，大义凛然。他随着时代不断前进，从一位民主主义的学者，进而服膺马克思主义，晚年成为光荣的共产党员。今年是他的 110 周年诞辰，我们纪念他，就是缅怀他的成就和贡献，学习他的人品和治学，激励自己和后人，继承他的事业，发扬他的精神，以弘扬中华民族的优秀历史文化。

陈垣教授出生于 1880 年，逝世于 1971 年，历经晚清、民国和中华人民共和国三个时代。这正是中国被侵略、被奴役，人民处于贫穷落后而奋起抗争、努力探索、不断前进，终于获得新生的时期；也是国难重重，饱经忧患，风雨如磐，而历史潮流汹涌澎湃，历经民主革命进入社会主义革命的时期。陈垣教授从青少年时代即接受进步思想，投身民主革命，又反对军阀割据，反对守旧复古，后乃潜心学术研究与教育工作。他的著作甚多，贡献卓越。他的一批学生在其教诲熏陶之下，济济多士，卓然名家，分布在各个地区和各种岗位上，成为新中国科学、教育方面的学术带头人。

陈垣教授经历了天翻地覆的伟大革命时代，也是中国历史学从传统学术，经过巨大的蜕化演变，承前启后，汇通中西，开拓前进的时代。这时期内，新的历史科学孕育、诞生、成长、发展，出现了一大批卓有成就的杰出历史学家，如章太炎、王国维、梁启超、夏曾佑、陈垣、陈寅恪、顾颉刚等，稍后又有郭沫若、范文澜、翦

---

* 原载《历史研究》，1991 年第 1 期。

伯赞等运用马列主义理论，把历史研究推向新的高峰。这一批历史学界的大师从各方面开拓创造，犹如群星灿烂，光照长空。他们是中国学术界的精华，是中国史学界的骄傲。在短短的半个世纪产生了如此众多的史学大师和名家，是值得注意的现象，在悠久的中国历史上是绝无仅有的。这些大师治学有其共同点，即是热爱祖国、追求进步、研习民族文化，知识渊博而精深，功力厚实，研究面宽广，又能吸取西方文化的优秀部分，受过科学训练，接受某些西方思想的影响。但每位大师又各有特色，他们的专政范围、治学风格和贡献各不相同。章太炎精通小学，治经学和子学，印证佛学，继承了古文学派的传统；王国维开辟了考古学、甲骨学及辽金元史，考事论史，多有创见，旁及于戏曲辞章；梁启超介绍历史研究法，涉猎广泛，其论学术思想史，多精辟之见；陈寅恪学贯中西，博闻强记，治隋唐史，兼及诗文；顾颉刚辨析古史传说之是非真伪，辟疑古之蹊径。他们的贡献和影响都是巨大的。而陈垣教授则在元史、宗教史、校勘学、年代学方面，用力最多，成绩最大。他以知识渊博、考释精审、学风严谨见称。他又是一位极重民族气节的学者，许多作品反映了他的爱国思想，如《明季滇黔佛教考》《通鉴胡注表微》都是针对日寇对中国的侵略，在沦陷区以笔当枪，口诛笔伐，有所为而发。他的宗教史研究，探究袄教、伊斯兰教、基督教、佛教在中国的传播，利用中外文献，抉幽发微，开辟了史学研究的新领域。他的《校勘学释例》在前人成果的基础上，又总结了自己校释《元典章》的经验，提出校勘四法，即对校、本校、他校、理校，上升到方法论的高度，是王念孙《读书杂志》、俞樾《古书疑义举例》以后之名作。还有他的年代学、史源学、史讳学均是嘉惠后学、树立典范的开拓性工作。

为什么在清末民初的几十年内产生了一大批史学大师和名家？他们成就之高、影响之大，后生晚学几难企及。这是史学史上值得深入研究的重要课题。当时，正是传统历史学发生巨大变化，进入近代历史学的时期，生活在这个变革时代中的杰出历史学家，既继承了中国历史学优秀的传统，具有广博的学识和扎实的学风，又接受欧风美雨的洗礼，睁眼见到了前人所未曾见到过的新世界，掌握了历史研究的新思想、新方法，发现了新的研究课题与研究资料，所以能够超越前人，新辟蹊径，把历史学推上新的高峰。试看包括陈援庵先生在内的那些大学者，他们虽与清代乾嘉诸老有一脉相承的渊源，但他们的历史观、方法论已受西方学术文化的影响，他们的研究范围、目的，论证的路数，使用的资料以至文字表达的风格已与前人迥异，可说是“青出于蓝而胜于蓝”了。

这次会议上，有的同志从区域文化的背景来理解陈垣教授和其他学人。这确实是有价值的研究视角。在研究近代的文化和政治时，区域性的人物群像时常突现在我们眼中，给人以启迪。例如，近代的广东就是极其令人注目的区域，从前，广东在政治上和文化上相对落后，明代有陈白沙，清初有屈大均、梁佩兰，人才屈指可数，学术文化较为冷寞。清代，广东经济有很大发展，对外贸易集中在广州一口，广州成为中西经济、文化交流最早的地区，又有阮元、林则徐、张之洞督两广，设书院、译书报，提倡文化，引进西学，甚至连公行商人也竞相出资刊印书籍，岭南之风气大开，产生了一批学者、诗人、科学家，如梁廷枏、朱次琦、黄遵宪、陈澧、詹天佑，政治人物则更为显赫，有洪秀全、洪仁玕、康有为、梁启超、孙中山等，新兴的岭南文化，孕育了一大批近代的政治家、学问家，陈垣教授也是其中的一位。

另一个可与岭南文化相媲美的新兴区域文化是湖湘文化。长沙的岳麓书院虽出现得很早，清初又产生过像王夫之那样的大哲学家，但湖南的文化环境也迟至近代才得到充分发展并日趋成熟。故王夫之的学说，如空谷足音，并无传流，埋没许久，几乎无人知晓，至近代而其学始显。清中叶，湖南经济发展迅速，又为南北商品交流的通路，其文化亦相应进步。贺长龄、陶澍、魏源等倡导于前，稍后曾国藩、胡林翼、罗泽南、左宗棠、彭玉麟、刘蓉均以儒生从戎。他们虽属于反革命阵营，以镇压太平天国为己任，却以绍述儒学自承，倡导学术、奖掖人才。湖南的风气从此大变，产生了一大批封建官僚和将领，也出现了一批学者和改革家、革命家，如王闿运、王先谦、谭嗣同、唐才常、皮锡瑞、黄兴、宋教仁、蔡锷等，可谓英才济济。五四运动以后，毛泽东、刘少奇、蔡和森等一批青年知识分子跃登历史舞台，接受马列主义理论，其力量巨大，影响深远，更超越前人，开辟了中国历史的新纪元。

第三个区域文化，发育较早，源远流长，即是江浙皖文化。这一地区经济素称繁荣，学术文化亦早有根基，明清以来，文人才士，层出不穷，科举中式者最多。长期以来是学术文化的中心，明代有姚江之学、泰州之学，东林书院、复社都是著名的学术流派和团体，清初则有黄宗羲、顾炎武等大师，清代中叶的乾嘉学派亦尽萃于斯，如吴派之惠栋、钱大昕、王鸣盛，皖派之江永、戴震、凌廷堪，扬州之汪中、王念孙、王引之、焦循、阮元，以及晚清浙江的俞曲园、孙诒让，直到近代又有章太炎、王国维、蔡元培、陈独秀、鲁迅、钱玄同、胡适、瞿秋白等人。这一区域在数百年内孕育出来的学者、文士、诗人、艺术家、科学家如群星灿烂，不可胜数。

近代历史上这三个区域的文化，相互颉颃，相互影响，竞秀争妍，各有产生发展的源流，各有其贡献和特色，江浙皖多大学者、大诗人、大文豪与艺术家、科学家，方法严谨、思想缜密、善于独立思考，其学风富科学和实证的色彩，直到今天，该地区仍为人文渊薮，产生了众多的科学家、文学家。岭南文化，受西方文化的影响较深，富哲理性，体大而思精，善于构筑思想体系，提出救国救民的纲领，如洪秀全的《天朝田亩制度》、洪仁玕的《资政新篇》、康有为的《大同书》、孙中山的三民主义，其学风富理想而浪漫的色彩。江浙皖地区似乎缺少这类胸怀宽广、目光如炬的思想家和政治家。湖湘文化注重实践，强调经世致用，突出了实行家的角色，如康有为之后，有谭嗣同、唐才常；孙中山之后，有黄兴、宋教仁。其学风富实践和事功的色彩。至于毛泽东等接受和传播马克思主义，气概磅礴、包罗万千，思想内容焕然一新，成为革命的伟大领袖，中国新文化的奠基者、开创者。

这次会议上，有的同志提出“南学”的概念，建议弘扬“南学”的优良传统，我深表赞成。各个区域文化都有其深厚的根基和优长的特色，发扬各个区域文化的优良传统，即能在全国范围相互交流，取长补短，使我国社会主义新文化更加丰富多彩。据我的理解：“南学”即是岭南文化，它与湖湘文化、江浙皖文化相对应，三者是近代史上最光彩夺目的区域文化的奇葩。这三个区域文化何以得到长足的发展？其经济条件、文化渊源、学术特色、社会贡献以至门类和流派、人物群体结构都值得进行深入研究。

有的同志还提到了更加重要的北京文化。我认为：近几百年来，北京的地位是特殊的，是历代的首都，政治和文化的中心。北京文化汇集了全国各地的文化，如百川归海，博采广纳，融会贯通。任何区域文化，都力图使其影响扩展到首都，也只有在首都占领了阵地，才能成为“显学”，造成全国性的影响。北京形势，如高屋建瓴，其风气常可歆动和风靡全国。学者们大多也来到北京，广交天下名士，博览古今图书，以使学业精进，臻于大成。从清代中叶说起，如戴东原、钱大昕、段玉裁、王念孙、王引之、阮芸台、龚自珍、魏源、康有为、梁启超、王国维、陈独秀、鲁迅、陈寅恪、陈垣等大多在北京居留了相当长的时间，这对于他们的思想发展和学术成就是很有关系的。

陈垣教授生于广东新会，青年时代在广州求学，得风气之先，据说他很钦佩乡先贤陈兰甫。我在50年代，听过他一次讲话，谈到他求学时代与康有为万木草堂弟子们之间的接触往来，可见他青年时确受岭南文化之熏陶。早年又研读医学，经过科学方法的训练，像鲁迅、郭沫若那样。受过医学那样高度严密的科学训练，对他们以后转攻文学、史学是不无影响的。但陈垣教授以后长期住在北京，将近60年之久，他转治史学也在到北京之后，对他影响最大的还是清代的主流学派，即乾嘉学派。陈寅恪教授以为陈垣之学识渊博、考释精审可比嘉定钱竹汀。他的学风似和康、梁迥异，也不同于湖湘之学。在他的作品中，可以感受到求实证验的学风与进步的时代精神、强烈的爱国思想相结合，当然，他治学方面宽广，不是三言两语所能概括。陈垣教授是中国近代杰出的史学大家，希望能把他放在时代的大潮流里，放在一批学术大师的行列中进行研究，正确地认识他在近代史学史上的地位和作用，发扬他的优良学风，继承他的学术事业，发展他所开拓的学术领域，获得新的成绩。

纪念范文澜同志*

今年是尊敬的范文澜同志 100 周年诞辰。范老是老一辈无产阶级革命家，是杰出的马克思主义史学大师，又是中国史学会的创始人和早期的领导人。借此机会，我代表中国史学会对范老表示深切怀念，对范老在学术上的卓越贡献和他的高风亮节，表示崇高的敬意。

范老是用马克思主义立场、观点、方法研究中国历史最有成就、最早的历史学家之一。他的两部著作，一部是《中国通史简编》，一部是《中国近代史》，全面地、系统地阐明了中国的全部历史，教育、影响了后代的历史学家，也教育影响了当时千千万万的革命者。范老的著作很多，这两部著作可以说奠定了他在历史学界崇高的、不朽的地位。用历史唯物主义观点阐明全部中国历史，范老是第一个，当然，还有很多老一辈历史学家，做了很多卓越的开创性工作，但他们没有写过中国通史，范老是第一个用马列主义写中国通史的。而且他的著作，观点鲜明，见解精辟，学识贯通。他的文章很有特色，具有中国民族的气派，大家的风范。他的作品风靡一时，经久不衰，不仅我们历史学者、社会科学工作者经常阅读，而且是当时许多革命干部案头的必读书。一个伟大的时代，必然会涌现出一大批伟大的、杰出的人物，群星灿烂，立功立言，造福后人。20 世纪前期，中国从半殖民地半封建社会经历了民主革命、社会主义革命，推翻了三座大山，建立了中华人民共和国，新中国巍然屹立于世界的东方，这是一个伟大的时代，因此，产生、涌现了以毛泽东为首的一大批在各个领域里的杰出人才，我们历史学界也产生了像郭沫

---

* 原载《近代史研究》，1994 年第 1 期。

若、范文澜、吕振羽、翦伯赞、侯外庐这样一大批人物，他们各方面的学术成就都很高，对我们后人来说有一种高山仰止、心向往之的心情，崇敬、仰望，几乎是不可企及的境界。为什么会产生这样一大批人物呢？我想，这是时代的产物，时代需要他们，时代也造就了他们。对于范老及范老的著作，必须放在这样一个大的时代里面，才能充分理解范老的为人，他的治学，他的著作的价值、影响。

范老的这两部书，写作于抗日战争后期和全国解放战争时期，这时，中国共产党已走过了饱经忧患的幼年时代，逐渐走向成熟，毛泽东思想已在全党确立了领导地位，中国革命正在大踏步走向胜利。在这样的时候，这样的形势下，需要有一部用马列主义观点来阐明中国历史的书，这样的书，马、恩、列是不能代替中国人来写的，任何外国人都不能越俎代庖，只有中国人自己来写。而中国革命的领袖们，忙于领导革命战争，也不可能来写。这时，就产生了一批革命的学者。而且，在这个时候，我们党不仅在政治上成熟了，而且有一整套正确的理论，对于中国社会的性质，对中国的一些重大历史事件和历史人物，经过长期争论、研究，有了比较正确的一致的认识。在这样的形势下，写作一部科学的、系统的中国历史，不仅是必要的，而且有了可能。范文澜同志正是在这个形势下、这种条件下投入了极大的力量，经过了艰苦的劳动，呕心沥血，创作了这样两部杰出的著作——《中国通史简编》和《中国近代史》。这样两部书，当然是范老个人的作品，而在某种意义上，也是时代的要求，是时代精神的体现，它集中了当时革命者的许多智慧，第一次系统地说出了革命者对中国历史的全部看法。对范老的作品、他的为人、他的评价，要放在这样一个大的时代背景之中才能更好地得到理解。

我们党领导的中国革命，不是历史上的改朝换代，而是一次深刻的翻天覆地的革命，在政治、经济、文化各个方面都是非常深刻的变革。因此，过去封建的、资产阶级的、官方的历史不能不重新加以阐明，把它颠倒过来，站在人民的立场上加以叙述、总结。这是当时推进革命的需要。这样的书，一旦产生出来，必然成为革命者的锐利的思想武器。我第一次阅读范文澜同志的《中国通史简编》，是在北大史学系读书的时候，是一个青年学生，当时也看过一些历史书。但这部历史书与众不同，与以前看的都不一样，观点新颖，气势磅礴，站在劳动人民的立场上指点江山，评论千古，给人一种振聋发聩、耳目一新的感觉，给人极大的震动。当时我想即使以后我不搞历史专业，不成为一个职业的历史工作者，我也会牢牢记住范老这本书给我的印象，确实是一种启蒙的作用。中国人从前学习政治、文化知识往往通过读历史书，历史书是知识的主要源泉之一。以往封建统治者把《资治通鉴》当作他们的政治教科书。正在迎接革命胜利的人民，也需要有一种教科书，但《资治通鉴》不能起作用。范老这两部书可以看作革命时代的《资治通鉴》，是当时革命人们所需要的《资治通鉴》，它的意义价值也就在这里。当然，这两部书写作于解放区那样非常艰苦困难的条件下，时间也较仓促，没多少参考书可读，也没很多人可以进行研究，不像我们今天可以开个讨论会、座谈会来提意见，进行反复修改，不可能精敲细打，因此，这两部书也都带有一些缺点。这两部书全部的优点、缺点都是时代的产物，带着时代的烙印，带有时代的特征。我觉得范老的这两部著作，是时代精神的体现，教育、影响了后代历史学家，也教育、影响了千千万万的革命者，这是研究范老的一个主要着眼点。

当然，范老的知识、学问、道德文章，有口皆碑，所有接触过范老的人，都知道他的优长的地方，确实是我们后人学习的楷模。今天会上许多同志讲了，我就不多说了。最后用两句话来结束我的发言：时代需要这样的历史学家，时代也造就了这样的历史学家。

融学术、哲理、诗思于一身*

——纪念翦伯赞同志

翦伯赞同志是杰出的马克思主义历史学家，是中国史学会的缔造者。1949年以前，他和郭沫若、吴玉章、范文澜等老一辈史学家一起，倡议成立中国史学会。翦老的一生，坚持革命，坚持马克思主义，坚持走社会主义道路。他为发展和繁荣祖国的历史科学，为宣扬、捍卫马列主义，英勇奋斗，奉献了一生。

我最早见到翦老是在1946年，当时我是上海交通大学的学生，学生会邀请他来做过两次报告。翦老给我的印象是：既是学识渊博的学者，讲话时旁征博引、口若悬河，很有条理，又是反对国民党反动统治的坚定勇猛的战士，十分尖锐地揭露国民党的罪恶。他给我留下了非常深刻的印象。新中国成立以后，翦老在北京大学工作，我虽然没有机会在他身边工作，但经常在会议上聆听他的教诲，也曾几次个别接触，向他请教在工作中和学习中的问题。翦老是位大学者，但谦恭和蔼，平易近人，丝毫没有架子。他很喜欢和青年教师交谈，帮助青年们成长，真是一位循循善诱的好导师。

翦伯赞同志的学术成就很高。他治学的一大特色是把历史学、哲学、文学熔于一炉，把三者有机结合起来。他是历史学家，但又是一位出色的哲学家，他的作品极富哲理性。他早年所写的《历史哲学教程》，是我国第一部系统阐明马克思主义唯物史观的理论著作，观点鲜明，思想深刻，富有战斗性。这部书在抗日战争时期影响甚大，教育了大批青年。新中国成立以后，他的几篇史学理论文章流传甚广，影响甚大。他熟悉马列主义，全面、准确地理解马列

---

* 原载《高校理论战线》，1999年第6期。

主义，善于对历史过程做理论思考，故而他的作品有史有论，寓论于史，史论结合，具有理论的深度。

翦老还是一位出色的文学家，善于使用生动形象的语言来讲述历史过程和历史人物，故文章优美流畅，令人百读不厌。我早年读他的《中国史纲》，不仅学到了许多历史知识，而且被他精彩的语言、典雅的辞章、诗画般的描述所吸引。他后来写的《内蒙访古》就是一篇代表作，用生动的形象来表述历史的变迁，读起来兴味无穷，可以说是开创了历史散文的新体裁、新道路。

中国古代文史哲不分家，司马迁既是史学家，毛泽东称他也是伟大的文学家；庄子的哲学思想很深邃，他的文章也生动飘逸；宋朝欧阳修既是文章诗词的大手笔，又是杰出的史学家，撰写了《新唐书》《新五代史》；明末清初的王夫之写过许多著名的哲学著作，也写了《读通鉴论》《宋论》《永历实录》等史论和史书。翦伯赞同志继承和发扬了中国古代优秀知识分子的传统，熔文史哲于一炉。他的许多作品，既给人以真实的历史知识，又蕴含着丰富的哲学智慧，而且文采斐然，用生动的文学语言，给人以美的享受。将史学、哲学、文学熔于一炉，这是翦伯赞同志学术风格的重要特色。

翦伯赞同志为捍卫马克思主义历史科学做出了卓越贡献。50年代末和60年代初，社会上盛行一股“左”的思潮，影响到历史学界，片面强调阶级斗争，拔高农民战争，否定历史上的杰出人物，对马克思主义做简单化和公式化的理解。当时，能够和敢于挺身而出，顶住这股歪风邪气的就是翦伯赞同志。他写了几篇著名的文章，如《对处理若干历史问题的初步意见》《目前史学研究中存在的几个问题》，结合当时史学界的状况，阐明了史学理论中的基本问题，如历史主义与阶级观点、历史人物的评价、经济基础和上层建筑、古与今、史与论、民族主义、让步政策等。我听了翦老有关这些问题的讲演和发言，在当时笼罩着一片“左”的迷雾的形势下，真是如拨云雾而见天日，振聋发聩，指点迷津，让人受益匪浅，对史学界的影响和教育甚大。但翦老也因此而在“文化大革命”中受到冲击，翦老是继吴晗之后在历史学界第二位被公开点名批判的。1967年春，文化界一大批名人遭批判，包括经济学界的孙冶方，文学界的田汉、夏衍，历史学界的翦伯赞、邓拓。现在回想：当年翦老那种高远的理论见识、大无畏的理论勇气，尤其值得我们学习和钦佩。一个好的历史学家就是要能独立思考、探索新知，在大风大浪中不转向；就是要有勇气，威武不能屈，坚持真理，无所畏惧。翦老是我们的好榜样。

翦伯赞同志还是一位真诚的、热情的爱国主义者。他是维吾尔族人，热爱我们这个由许多民族共同缔造的祖国大家庭。抗日战争中，他写了许多南明史的文章，如《桃花扇底看南朝》《南明史上的弘光时代》《南明史上的永历时代》等，结合抗日战争的实践，讲述300年前的南明史，其笔锋指向日本侵略者，指向出卖国家主权的汉奸卖国贼，歌颂了反侵略的英雄人物，写得生动感人，可歌可泣，对广大群众进行了爱国主义的教育。尽管翦老后来自己说，当时的文章有缺点，以古人影射时人，但在今天看来，那是在国民党思想统治很严密的情况下的作品，是不得已的手段。以古讽今，吐露爱国的心曲，这些文章的学术价值和现实意义还是应当充分肯定的，它反映了翦老满腔热忱，关心祖国前途、命运的爱国主义精神。

总之，翦伯赞同志是20世纪中国杰出的历史学家。他治学的范围、途径很有特色，形成了自己的风格。他对历史学界的影响是很大的，他的著作是留给历史学界的珍贵遗产。我们应当学习、继承和发扬他的革命精神、求实精神以及捍卫真理、热爱祖国的精神，为繁荣中国的历史科学而努力。

邓拓与历史科学*

邓拓原名邓子健，笔名邓云特、左海、殷洲、马南邨、于遂安、丁曼公、卜无忌、高密、鸥子、向阳生等，1912年2月26日出生于福建省闽侯县（今福州市）。他在青年时代就接受了马克思列宁主义，献身于伟大的中国革命事业。1930年，他刚满十八岁就参加了党领导下的左翼中国社会科学家联盟；同年，参加了中国共产党。九一八事变后，他积极投身于轰轰烈烈的抗日救亡运动。七七事变后，他投笔从戎，和一批爱国知识青年一道由太原到达晋东北五台县抗日斗争前线。在晋察冀革命根据地，他先后担任中共晋察冀中央局宣传部副部长、《抗敌报》和《晋察冀日报》社社长、新华通讯社晋察冀分社社长等职。新中国成立后，他先后担任党中央机关报《人民日报》社总编辑、社长，中共北京市委书记处书记，1966年5月被林彪、“四人帮”迫害致死。

邓拓一生的成就是多方面的。他不但是杰出的无产阶级政治家、记者，著名的作家、诗人、散文家、书法家，古代文物和艺术珍品的鉴赏家，而且是优秀的马克思主义历史学家，在历史研究方面，有独到的见解和卓越的成就。今年是他逝世二十周年的日子。在这个值得纪念的日子里，重新研究他的史学论著，正确评价他在历史学领域的成就，是我们历史工作者对他最好的纪念。

一、参加中国社会史论战

30年代，正当国民党对共产党发动反革命围攻之际，我国思想

---

* 原载《历史研究》，1986年第3期。与李华同志合写。

理论界展开了中国社会史问题的论战。以中国共产党领导下的马克思主义社会科学家为一方，以托派和国民党文人为另一方，围绕着中国社会性质问题和中国社会史问题，展开了激烈的争论。刚满二十三岁的邓拓，积极地投入了这场具有重大意义的思想斗争。

托派分子和国民党文人无视中国封建社会历史的实际，公然说什么鸦片战争以前的中国不是封建社会，而是早已进入了“商业资本主义社会”。他们说：“中国商业资本主义已有几千年的发展，历史上的封建主完全没有了。土地可以自由买卖，因而集中到商业资本阶级手中。因此，中国所谓封建势力，只有商业资本家。”他们认为：“周朝的末期，商业资本主义已发达起来，最显著的是齐，在春秋时代首先称霸的便是资本主义的齐国。”如此等等。他们鼓吹“商业资本主义社会”说，目的是企图否认中国当时是半殖民地半封建社会，否定中国共产党领导的反帝反封建革命。邓拓在1935年、1936年先后在《中山文化教育馆季刊》第二卷第四期和第三卷第三期上发表了《中国社会经济长期停滞的考察》《再论中国封建制的“停滞”问题》等文章，对这种错误论点，给以有力的驳斥。

众所周知，无论中国的或是其他国家的封建主义生产方式都建立在地主剥削农民的基础之上，其经济结构都是自给自足的自然经济占主导地位，这是判断封建社会性质的主要标志。当然，中国的封建社会具有与别国不同的特点，这主要表现在：商品经济有一定程度的发展，早在春秋战国时期就有了发达的商业，出现了一些在政治上和经济上较有影响的大商人。为什么有这个特点呢？重要原因在于中国的土地制度与其他国家有所不同，中国是封建土地私有制占主导地位，土地可以自由买卖，在客观上为商品经济的活跃、商业资本的发达，创造了必要的条件。但绝不能因此而得出中国早在春秋战国时期就是什么“资本主义社会”“商业资本主义社会”的结论。邓拓批驳说：“某些研究者只看到战国以后的若干特点，就武断地说，中国的社会早已是什么商业资本主义社会或别的什么社会了。这是同历史开玩笑。”

商业资本是很古老的资本形态，在人类历史上很早就存在着。

斯大林在《苏联社会主义经济问题》中说："商品生产比资本主义生产更老。它在奴隶制度下存在过，并且替奴隶制度服务过……它在封建制度下存在过，并且替封建制度服务过"，"不能把商品生产和资本主义生产混为一谈"。在封建社会，商品经济的发展，确能对自然经济起着一定的分解作用，但不能估计过高，马克思在《资本论》中说过："就它本身来说，还不足以促成和说明一个生产方式到另一个生产方式的过渡"。邓拓运用马列主义的原理，精辟地分析了中国古代社会经济的历史，正确地指出："从西周到清代鸦片战争以前，在这一个长时期中，都是封建制度的历史，这是事实。但是它和其他社会形态一样，曾经有许多发展变化，可以划分成若干小阶段；虽然在根本性质上说，它们还没有什么根本的变化，它们都还是封建社会。"因此，那种认为春秋战国时期，商业资本比较发达，就说当时中国已经是"商业资本主义社会"，是十分错误的论调。

邓拓根据马克思列宁主义的原理，论述了划分社会经济形态的基本标准和商业资本的作用，指出："商业资本自身既不能建立任何生产方法，也不能造出任何剩余价值，它只有附丽于既存在的生产方法而活动。"所以，中国历史上根本就不存在过什么"商业资本主义社会"，更不能得出春秋战国时期不复存在封建制度，已经是"资本主义社会"的结论。

除了驳斥"商业资本主义社会"说之外，邓拓还对中国古代社会的许多重大问题进行了探讨。他于 1936 年《新世纪》第一卷第三期上发表了《论中国经济发展史中的奴隶制问题》一文，运用马列主义原理，研究了世界各国的奴隶制度，并与中国的古代历史相对照，指出：中国和古希腊罗马一样，同样经过了奴隶社会。他写道："东方和西方各民族的许多历史事实，明白地告诉了我们，奴隶制是世界一般民族共同经过的历史阶段，它并不仅仅是古代希腊罗马所特有的。"世界各国的"奴隶制度显然是有各式各样的色彩浓淡不同的多种形式"，这样就构成了各个国家奴隶制的不同特点，"我们不应当机械固执一种形式去衡量一切"。尽管各个国家奴隶制都有着自己的特点，但是，"各种形式的奴隶制，在本质上是同一的”。

邓拓还有力地批驳了美化帝国主义侵略的“外铄论”。自从1840年鸦片战争以后，在外国资本主义的侵略下，中国从封建社会逐步沦为半殖民地半封建社会，中国人民蒙受着屈辱和灾难。有人却讴歌这一变化，认为“帝国主义促进了中国经济的进步”，“帝国主义本身是代表高度的资本主义势力……它绝对地破坏了中国封建势力……促进和发展了中国城乡的资本主义”。有的甚至说：鸦片战争以后，由于外力的作用，中国已从封建主义进入了资本主义。他们说：“中国资本主义的发展不是内在的，而是外铄的”，“现在乃至将来，关于中国资本主义，帝国主义的资本仍有伟大的作用与影响”。按照他们的逻辑，帝国主义的侵略给中国带来了进步和幸福，中国人民不但不应该反对帝国主义的侵略，反而应该对它感恩戴德。邓拓于1937年在《中山文化教育馆季刊》第四卷第一期上，发表了《中国近代资本主义发展的过程及其特性》一文，尖锐地批判了“外铄论”，指出那些“自命为‘新历史家’”的人们，“却认为近代中国社会的发展是受了外力的影响，并且认为在外力影响之下，中国已经变成资本主义社会了”，“这是一种荒谬的理论，应该受到批判”。邓拓根据马克思主义关于内因与外因相互关系的原理，指出：外因虽对社会发展起重大的作用，但起决定作用的却是内因，从而指出了“外铄论”者在理论上的错误。邓拓进一步论证了中国封建社会后期“已经有了某些资本主义的因素，但是这些只是某种程度的量的变化，而不是质的变化”。在鸦片战争以前，“当时手工业的经营还没有达到工场手工业的完成阶段”，“所以在闭关形势打破之后，经不起外国资本主义的打击，才会变成国际资本主义统治下的半殖民地的经济结构”。他深入地剖析了中国近代历史的发展过程，指出在外国入侵以后的五十多年，即中日甲午战争之后，“中国自己的机器工业，仍然不能建立，仍然不能自动转向产业资本主义的发展道路”。因为这时，外国资本主义向帝国主义阶段发展，由商品输出转化为资本输出，从而“堵塞了中国自身工业化的道路”，“造成了从封建社会经济结构到半殖民地半封建经济结构的历史转变的基础”。邓拓从理论上和史实上粉碎了美化帝国主义侵略的“外铄论”，证明帝国主义的侵略只能把中国变为帝国主义的原料基地和商品市场，变为殖民地或半殖民地，绝不能把中国变成资本主义社会。邓拓还指出了中国革命今后的道路，他说：“现在我们还可以进一步相信，所谓新的产业革命，绝对不会是资本主义的，而必然是社会主义的。因为旧中国的命运，已经昭示了资本主义的‘此路不通’。”

中国社会史论战，不是单纯的学术争论，而是一场尖锐的政治斗争。反动派为配合反共的军事“围剿”，发动了文化“围剿”。他们披着历史研究的外衣，攻击马克思主义理论，曲解中国社会的性质，以否定我党反帝反封建的政治纲领，从思想上扼杀中国革命。青年时代的邓拓运用马克思主义的理论武器，以渊博的知识，犀利的笔锋，批判了种种谬论，捍卫了我党的纲领、路线，并对开拓马克思主义的历史科学做出了贡献。

二、中国救荒史的研究

《中国救荒史》一书，是基于邓拓在河南大学经济系的毕业论文而写成的。这本专著，观点明确，史料丰富，是我国现代学术史上第一部研究中国历代灾荒的专著，1937 年由商务印书馆列入“中国文化史丛书”出版。

我们知道，所谓灾荒，乃是由于科学技术不发达，人类不能控制、征服自然界的结果。但在阶级社会里，自然灾害的严重程度总是和统治阶级的腐败密不可分。统治者荒淫无道，横征暴敛，自然灾荒就会接踵而至，甚至可以出现小灾大荒，无灾有荒。邓拓运用马克思主义的阶级分析法研究我国灾荒史，在《中国救荒史》一书的绪言中指出：“一般地说，所谓‘灾荒’乃是由于自然界的破坏力对人类生活的打击超过了人类的抵抗力而引起的损害；而在阶级社会里，灾荒基本上是由于人和人的社会关系的失调而引起的人对自然条件控制的失败所招致的社会物质生活上的损害和破坏。”正是在这一科学认识的指导下，邓拓探究了历代的灾荒历史和救荒措施，上自远古、殷商，下至20世纪30年代国民党统治时期为止，历述灾荒的实况，产生灾荒的原因，灾荒给社会经济造成的破坏、给劳动人民带来的灾难，以及历代对灾荒的对策及其利弊，等等。他指出：“我国灾荒之多，世界罕有，有文献可考的记载来看，从公元前十八世纪起，直到公元二十世纪的今日，将近四千年间，几乎无年无灾，也几乎无年不荒。”他根据丰富的资料，其中包括国民党政府的公报和各种新闻报刊，统计了从民国元年（1912年）以来二十多年的灾荒，“各种较大的灾荒，就有七十二次之多。计水灾二十四次，旱灾十四次，地震十次，蝗灾九次，风灾六次，疫灾亦六次，雹灾四次，歉灾二次，霜雪之灾二次”。而每次灾害，少者一省，多者蔓延至十余省，“大都同时迸发”。仅1935年一年，长江、黄河同时泛滥，鄂、湘、赣、皖、冀、鲁、豫、苏八省，尽成泽国，灾民两千余万，财产损失高达四亿多元，其严重程度可想而知。邓拓着重地指出，造成连年灾荒的自然原因固然很重要，但是，“纯粹拿自然条件来解释灾荒发生的原因，实在是很肤浅的”。他指出：“我国过去数十年间，由于政治的腐败，封建剥削的严酷，战争的频繁，不仅水利组织只有破坏而很少建设，森林也大多被毁灭，加以广大农村经济破坏，农业恐慌的侵袭，就使灾荒接连爆发，不可收拾。”这样，就揭示了造成灾荒的政治原因，也无情地揭露了北洋军阀和国民党反动派的黑暗统治。他还指出：“战争也是造成灾荒的人为条件之一”，并举出自民国初年以来战争连年不断的事实。“自民国元年至民国二十二年间，国内大小战争约达七百次以上。若以省为单位来计算，则二十二年间发生的战争，当在一百五十次以上。两月一小试，五月一大打，杀人盈野，不在话下。”战争的结果，大批有生力量被消灭。就1933年河南省来说，“因战事死亡人口达十二万余口，受伤人口十万九千五百余口，逃亡在外者达一百一十八万五千余口，被军队拉夫达一百二十九万七千七百余口，其中因以致死者三万余口，而兵士之死亡尚不在内”。

《中国救荒史》对中国历史上，特别是国民党统治时期，灾荒给劳动人民造成的苦难和给社会造成的动荡，做了详细的统计，指出：“灾荒严重发展的最主要结果，就是社会的变乱，所谓社会变乱的主要形式，不外是人口的流移死亡”，乃至人民群众被迫揭竿而起，自发起来反抗。就人口死亡来看，从民国九年（1920年）到民国二十五年（1936年）十六年间，据不完全统计，全国“死于灾荒的人口已达一千八百余万之巨”。如果再加上遗漏的数字，“死亡的人数当更加惊人”。人口大量死亡，农村劳动力严重缺乏，又使灾荒加剧；即使有肥沃可耕的田地，因人力不足，也只得任其荒芜，使整个社会呈现出衰微破败的景象。

邓拓研究中国救荒史，是怀抱着济世利民的满腔热忱。他把研究工作放在为群众谋福利、与现实相联系的基础之上。他十分重视“救荒”工作，说：“明了了‘灾荒’的意义也就知道了‘救荒’的意义了。所谓‘救荒’就是人们为防止或挽救因灾害而招致社会物质生活破坏的一切防护性的活动。”他勤奋努力，孜孜以赴，希望总结救荒工作的历史经验，作为当时和以后的借鉴。他说：“把历代的人对自然控制的具体关系和防止或挽救因为这种关系被破坏而产生的灾害所采取的一切政策思想记述下来，找出经验教训，这就是救荒史研究的对象和目的。”又说：救荒史“不仅要记述历代灾荒的实况和救济政策，而且要记述和分析历代社会经济结构的形态和性质的演变以及它们和灾荒的关系。因此，救荒史不仅应该揭示灾荒这一社会病态和它的病源，而且必须揭发历史上各阶段灾荒的一般性和特殊性，分析它的具体原因，借以探求防治的途径”。“从救荒事业发展的程度上可以测量人类控制自然的能力的大小，可以作为人类文化进步程度的一种标志。”

《中国救荒史》是邓拓在五十年之前，年仅二十四岁时写的一部优秀著作。该书不仅历史资料丰富，而且能够运用马列主义的基本原理，结合中国的历史实际，对史料进行了去粗取精、去伪存真、由此及彼、由表及里的精辟分析，因而得出的结论是正确的、有益的。它在历史学上是一部开创性的专门著作，在今天仍然具有重要的科学价值和现实意义。

三、资本主义萌芽的研究

1954年，学术界开展了对《红楼梦》的讨论。1955年1月9日，《人民日报》发表了邓拓《论〈红楼梦〉的社会背景和历史意义》的长篇文章。邓拓通过研究清代中叶的社会背景来认识《红楼梦》的伟大意义和作者曹雪芹的创作思想。他运用大量的资料，深入而系统地论述了清代康雍乾盛世政治、经济、思想、文化等方面的情形，勾画出孕育了《红楼梦》这部巨著的历史环境。他指出："当时的中国是处在封建社会开始分解、从封建经济体系内部生长起来的资本主义经济因素正在萌芽的时期。虽然，作为当时占支配地位的决定着社会性质的还是封建经济，因为当时的社会还是封建社会。"这样一个社会经济繁荣发展、封建统治相对稳定的封建末期，必然对当时作为上层建筑并作用于经济基础的哲学思想、文学艺术乃至阶级关系的变化，产生深远而微妙的影响。因为"这个时期的封建社会毕竟不同于以前的任何时期。它已经产生了新的因素，其标志是：在封建经济内部生长着新的生产力和生产关系的萌芽，代表着资本主义关系萌芽状态的新兴的市民思想明显地抬头了"。由此，他得出结论："《红楼梦》应该被认为是代表十八世纪上半期的中国未成熟的资本主义关系的市民文学的作品。"而《红楼梦》的作者曹雪芹，"就是属于贵族官僚家庭出身而受了新兴思想影响的一个典型人物"。邓拓列举史实，指出曹雪芹是一个"充满着个性自由、思想解放和人道主义的作家"。"作者的这种思想倾向，显然是受了当时反映着萌芽状态中的资本主义关系的发生和发展的新兴市民思想的影响"，"基本上是站在新兴的市民立场上来反封建的"。邓拓三十年前对《红楼梦》和曹雪芹思想的评价，特别是"市民文学说"是否完全允当，今天看来是可以讨论的学术问题。但他在新中国成立初期，较早运用历史唯物主义的原理，把文学作品放置在一定的历史背景之下进行考察，这种研究方法无疑是可取的。这篇文章在文学界和历史学界产生的影响是巨大的、深刻的。文学界的许多人受其影响，接受了他的观点；历史学界也受其启发，研究资本主义萌芽从此成为长久不衰的热门课题。

在资本主义萌芽研究方面，邓拓用心之苦，用力之勤，令人感动。他在《历史研究》1956 年第 10 期上，发表了《从万历到乾隆——关于中国资本主义萌芽时期的一个论证》一文，“采取了史籍研究和实地调查相结合的方法”，对北京附近门头沟的煤矿业和其他地区的几种手工业进行了调查，搜集了许多有价值的史料，从而在某些重要的方面，填补了我们已有的历史知识的缺陷。

他为了研究门头沟煤矿业资本主义萌芽的状况，不辞辛劳，跋山涉水，调查了一百多座民窑的遗迹，访问了多位老窑主和老窑工，收集了大量煤窑的契约文字，由明万历“截至乾隆末为止的共有一百三十七张，另有民窑文约登记本和帐单各一，民窑业主的家谱一册，民窑争执的诉讼状两纸和一个抄本，还窑图两张”。他利用这些原始资料，结合开调查会，进行了综合的分析，对历史上门头沟一带煤矿业中民窑的分布、数量、规模、雇佣关系、经营方式、采煤手工业劳动者的生活状况、反抗斗争以及民窑与封建势力的相互关系等，进行了深入的分析，得出门头沟煤矿在明清时代存在着资本主义萌芽的结论。这种把调查研究、原始契据与文献资料相结合的研究方法，在历史研究工作中是一个突破，一项创举。在此以前，学术界对资本主义萌芽的研究和争论，多局限于长江三角洲及东南沿海一带的城市手工业，对北方一带有无资本主义萌芽，缺乏研究。邓拓对北方资本主义萌芽的研究，起了开创性的作用。他经过研究之后说：“中国资本主义因素的萌芽不仅仅在东南沿海地区出现，而且在北方地区，例如在北京近边同时出现。”这一结论，是中肯的、令人信服的。

邓拓还运用调查研究与历史资料相结合的方法，对北京历史上的工商业进行研究。北京，作为辽、金、元、明、清的古都，有不少享有盛誉、历史悠久的店铺，如崇文门外大街路西的万全堂中药铺，和同仁堂药店同出一源，是著名的老店。邓拓“打算把万全堂当作一只麻雀进行解剖，借以研究清代北京商业史”。当时他收集了万全堂大量的原始档案，其中有房契、根账、铺规、合同等资料，它们对研究万全堂的发生、发展和衰落，有很高的史料价值。由于邓拓生前公务繁忙和政治运动的频繁，未能完成此项研究工作。这批珍贵的档案，后经刘永成同志整理、标点，以《崇文门外万全堂药铺资料辑录》为题，发表在《清史资料》第一辑上，供研究北京商业史者利用。

邓拓还对驰名遐迩的北京“六必居”酱园做了调查。据传说，“六必居”创办于明朝嘉靖年间，该店的匾额“六必居”三字，即出自当时的权相严嵩之手。1965 年，邓拓来到“六必居”所属支店“六珍号”调查，并借阅“六必居”的大量房契和账本，计有“旧房契九张，根帐一本，众友使银帐一本，财东赵宅友银帐一本，取房租帐一本，收买六珍号本银帐一本，房租折两本，另有临汾会馆文墨拓五张”。邓拓根据这些原始材料，写成《“六必居”的材料证明了什么?》一文。邓拓对“六必居”的来历进行考证，发现这些原始资料中最早的是康熙十九年（1680 年）的一张房契，这张房契是在酱园创始不久以后订立的。又从账簿上查出，“六必居”作为酱园字号出现是乾隆六年（1741 年），而雍正六年（1728 年）账本上，酱园的名称叫作“陈升号”。由此可以得出结论：“六必居”大约创始于康熙前期，其名称是由“陈升号”演变而来，从而纠正了“六必居”创始于明代和严嵩题匾的传说。

邓拓对中国资本主义的研究，对明清北京经济史的研究，做了难能可贵的努力，特别是他用解剖麻雀的办法，进行微观研究，亲临现场，进行调查，获得了大量珍贵的第一手资料，开辟了历史研究的新途径。他说：“我希望有更多的同志进行这种调查研究，从各方面收集系统的资料，用马克思主义的观点和方法加以整理、分析和综合，使中国资本主义萌芽时期的历史问题以及中国近代社会经济发展过程中的许多问题，能够得到进一步的解答。”

四、写作《燕山夜话》和《三家村札记》

从1961年起，邓拓在工作十分繁忙的情况下，挤出时间，写了大量短文章。和吴晗、廖沫沙一起，在《前线》杂志开辟了《三家村札记》专栏，笔名吴南星；又单独在《北京晚报》开辟了《燕山夜话》专栏，笔名马南邨。这些文章，熔理论、历史和现实于一炉，寓意深远，富有启发，文字隽永，涉笔成趣，受到广大读者的热烈欢迎。就像作者在《燕山夜话》第一集出版时所说：“《燕山夜话》本来的目的是为工农兵服务的。”他抱着把自己的知识、才能贡献给广大群众的愿望，通过总结历史的经验教训，针对社会上的实际问题，宣传历史唯物主义和爱国主义，提倡读书，帮助大家学习文化知识，提高工作能力。

《燕山夜话》和《三家村札记》中，几乎每篇文章都离不开历史，或者从历史引申到现实，或者从现实追溯到历史。由于作者具有渊博的历史知识，引用的史事有根据、有选择、有分析，善于在浩瀚纷杂的史籍中爬梳抉剔，选取那些确凿、生动而又富有教育意义的史实、人物，适当剪裁，一题一事，写得生动精练，亲切感人。既不是板起面孔的唠叨说教，又不是稗官野史中的奇闻逸事，把科学性、知识性、趣味性很好地结合在一起。

邓拓笔下的这类历史杂文，读起来轻松有趣，内容却很严肃、有益。他坚持马克思主义的立场、观点、方法。如《学问不可穿凿》一文，从《汉书》的《河间献王传》中所说的“实事求是”，讲到唯物论、辩证法，要求大家“从积极方面努力学习马克思列宁主义的思想方法论，认真地把自己武装起来”。又如《说志气》《人穷志不穷》，教育青年应该“立志高远”，胸怀共产主义的伟大理想，并且百折不挠，“为它的实现而不怕一切困难，坚持战斗”。他对历史上勤劳、勇敢、正直的人赞美歌颂，对谄媚、奸邪、贪残的人讽刺鞭挞。他提倡政治锻炼和道德修养，教育人们“处理任何事情都要有鲜明的立场、坚定的原则、正确的态度，但是不排斥灵活的方式方法”。

《燕山夜话》和《三家村札记》涉及的范围非常广泛，有的谈思想修养，有的谈为人处世的态度与方法，有的谈读书和写作，有的谈各种知识和问题，天文地理、文史哲经、动物植物、农业工业、医药卫生、体育健身、文物古迹、书画戏曲，丰富广博，包罗万象，犹如一部生活百科全书，把读者带进一个广阔的天地，使人们从中陶冶情操，获取知识，得到享受。

邓拓很重视生产知识。《燕山夜话》中关于中国历史上的农业生产，论述甚多，例如古代种植白菜、番薯、生姜、茄子、枣、栗、豆、竹以及莳花栽树等等，还有养蜂育蚕，饲养牛、狗、猫、鸽。他收集了许多有关的材料，介绍各种事迹和经验。他又写了好几篇关于农田水利的文章，谈论疏导积水、围湖造田以及治理盐碱地。这些文章，结合生产，贯彻古为今用的精神，既通俗易懂，又有实用的参考价值。邓拓很推崇我国古代的农学家，写了一篇《向徐光启学习》的文章，介绍徐的为人和他的巨著《农政全书》，给予了很高的评价。他认为：“凡是负责农业生产领导工作的人员，对于这样重要的古代农书，应该予以充分的注意，仔细地阅读和研究它。并且要学习徐光启的研究精神，运用比他更加进步得多的新的科学方法，来总结我们现在的农业生产经验”。

《燕山夜话》和《三家村札记》大多是从历史中引发出议论，针对一些实际问题而发表意见。但也有一些文章专门研究、考证某个历史问题。如关于“扶桑国”和“沙门慧深”的几篇短文，是考证古代中国人是否先到过美洲；如《平龙认》是考证最早记载水中包含着氧气、氢气的这部中国古书，它是堪舆家（风水先生）的书；如《替宝岛游记更正》是考证海南岛的刻石“天涯”二字并非苏东坡所书，纠正传闻之误；还有《北京劳动群众最早的游行》描写1603年（明万历三十一年）由于矿税监的压迫，北京西山的民窑业主和挖煤工人联合到北京城内请愿，“黧面短衣之人，填街塞路，持揭呼冤”，这是当时矿工罢工斗争的生动实录。

邓拓非常关心首都地区的历史和文物古迹。《北京的古海港》是讲元代郭守敬开浚通惠河，使运河中的漕船可以直达北京城内的积水潭；《保护文物》是谈如何保护藏于房山云居寺的隋唐以来所刻一万数千多块的石经；《米氏三园》是谈明清之际，宛平米氏在北京城内和西郊营建的三处著名园林，即勺园、湛园和漫园。他还记述和表彰了一批籍贯北京的历史名人，如诗人贾岛、学者刘献廷、画家崔子忠、东林党人李三才、文物专家米万钟、学者朱汉雯祖孙、书法家张诗，以及虽非北京籍而长期在北京办报的林白水以及抗日战争中战斗在平北地区、为革命牺牲的共产党人白乙化等人。

邓拓一生的史学著作宏富，贡献突出。他的历史著作，内容充实，史料翔实丰富，文采绚丽，闪耀着马克思主义的理论光辉。他为了革命的需要而进行研究、著述，孜孜不倦。在 30 年代，为了捍卫党的革命纲领而参加中国社会史论战，希望减轻人民的苦难而进行救荒史的研究；在 50 年代和 60 年代，因研究资本主义萌芽问题而进行社会调查，为宣传唯物主义、爱国主义和普及历史知识而写作《燕山夜话》《三家村札记》。他的历史研究和他的新闻事业、诗文创作一样，都密切地结合实际，服务于革命的需要。他在《毛泽东思想开辟了中国历史科学发展的道路》一文中说：“历史科学是实践的科学，是革命的科学。因此，历史科学的研究工作必须符合于革命的需要。”邓拓对党忠诚，胸怀坦荡，才华出众，笔走龙蛇，四十七年前（1939 年）他写的诗句“文旗随战鼓，浩荡入关东”，这是他研究和著述生涯的真实写照。邓拓过早的谢世，是我国历史学界无可弥补的损失。党的十一届三中全会以后，邓拓多年的沉冤得到平反昭雪，他的作品，包括许多史学著作得以重新出版。读他的著作，可以想见他的高风亮节，想见他的饱学多才。他虽然离开了我们，但他的革命气节，他在学术上的贡献，他的治学精神，都是树在人民心中的一块不朽的丰碑，永远为人们所纪念。

刘大年同志与中国历史研究*

刘大年同志是我国杰出的马克思主义历史学家，也是中国史学会的创始人和领导人。长期以来，他在致力于马克思主义史学研究的同时，组织和领导了历史学界的活动，对新中国历史科学的发展做出了重大贡献。大年同志是抗日战争初期参加革命的，长期协助范老的工作，既是老一辈历史学家中较年轻的一位，又是知名历史学家中比较早接受马列主义的。他经历过革命战争的锻炼和考验，是一位既有深湛理论修养又有实际工作经验的历史学家。

我和大年同志虽然没有在一个单位工作过，但认识得比较早，在50年代初期就认识，就常常读他的著作；后来又在中国史学会一起工作，在他的领导下做一些事情。对大年同志的道德文章，我是非常景仰的，他在很多方面值得我们学习。这里，我谈几点大年同志给我的深刻印象。

第一点是坚持马克思主义。大年同志一生服膺、信仰、宣传马列主义，坚持科学的历史观。对于这一点，读他的文章，听他的讲话，可以清楚地体会到。大年同志并不专搞历史理论，但几十年来，特别是粉碎"四人帮"以后，他写了很多关于历史理论的文章，涉及历史研究的指导思想和对象问题、历史科学的任务问题和意义问题、人民群众与领袖的关系和作用问题，以及历史发展的动力问题，等等。我感觉到，他在这方面下的功夫是很大的，阐发的一些理论相当透彻，并且有明确的针对性，表现了他在理论方面的成熟，也表现了一位历史学家的远见卓识。当然，大年同志还有很多其他文章，像《论康熙》《中国近代史研究中的几个问题》，都讲了许多新

---

* 原载《近代史研究》，1995年第5期。

的意见。《论康熙》这篇文章，一直是我们研究清史的人经常阅读的。这些都是大年同志留给我们历史学界的宝贵财富。

第二点是坚持爱国主义。中国近代爱国主义的一个鲜明特点就是反对帝国主义侵略，大年同志早年就研究美国对中国的侵略，写下了他的成名作《美国侵华史》。在当时刚刚解放的环境中，对于揭露美国的侵略面貌，澄清当时存在的一些糊涂观念，发扬爱国主义，进行爱国主义教育，起了很大的作用。近年来，大年同志集中研究抗日战争问题，写了很多文章，组织、推动了全国抗战史研究。可能由于大年同志本人在青年时代参加过抗日游击战争，所以具有鲜明的、强烈的反侵略思想感情。他曾说，现在的青少年对抗日战争不大了解，历史教训逐渐淡忘了，所以他要用自己的余生研究抗日战争历史，把这段历史告诉子孙后代，唤起大家的爱国主义觉悟。他在这方面做的工作也是大量的。我记得是 1987 年，抗日战争全面爆发 50 周年，他率领中国历史学家代表团去日本，讨论抗日战争中的一些问题，努力和日本几派历史学家达成了对抗日战争的正确共识。这样，大年同志通过推动国际学术交流，促进了抗战史研究。大年同志还和其他同志一起，组织抗日战争史学会，出版抗日战争研究刊物。在他的领导和推动下，抗日战争的研究发展很快，确实很可喜，跨上了一个新台阶，可以说已成为我国史学园地中的一个很繁荣的分支。今年是抗战胜利 50 周年，我们出版了好几套抗战史丛书，也发表了很多有质量的论文，其中就有大年同志的一份功劳。

第三点是大年同志一贯关心历史学的发展。大年同志作为中国史学会的创始人和领导人，作为第二、三届的主席团成员、执行主席，积极关心和推动历史学科的建设和发展。1956 年搞社会科学规划时，大年同志就是这方面的负责人。我记得当时开规划会议，搞 12 年规划，他忙了很长时间。1958 年他组织和筹备了戊戌变法 60 周年的学术讨论会，在当时是很盛大的集会，章士钊、康同璧好像都参加了。1961 年他组织和筹备了辛亥革命 50 周年学术讨论会，这也是一次规模比较大的会，在武汉召开的，吴老、范老、翦老等很多史学界前辈都去了。1964 年他又组织和筹备了全国的近代史学术讨论会。这些都是大年同志实际主持的。在“文革”前，这样全国性的学术活动非常少，在大年同志的努力推动之下，开了几次很有质量也很有影响的学术会议。今天很多近代史方面的知名专家都是在这几次学术会议上脱颖而出的。

在频繁的学术活动中，大年同志高瞻远瞩，常常能提出一些新的思路、新的建议，来促进学术活动，来解决学术活动中的一些困难。例如，1979 年南京召开太平天国国际学术讨论会，这是粉碎“四人帮”以后中国社会科学界第一次召开国际会议。当时我们大家都没有经验，这个会能不能开好，怎么开法，都心中无数。大年同志在这方面跟我们谈了几次，后来他又亲自到南京，找负责这次会议的我和李侃，我们汇报情况以后，他对我们当时碰到的一些问题做了很具体的指导。我觉得他的意见都非常中肯，特别是如何在学术交流中对待国际朋友，如何在国际上进行学术交流，他的意见对当时开好那个会，以及以后开好国际学术会议，都有重要指导意义。又比如，1981 年在武汉召开的辛亥革命 70 周年国际讨论会，也是很大、很重要的会议。当时要求参加的人非常多，提供的论文就有 184 篇。怎么办？如果把他们都邀请来，加上外国人，就有二三百人，当然不可能。怎么个邀请法，我们都没有经验。大年同志提出组织一个论文评选委员会，按照论文的质量来邀请。当然评选委员会的决定不一定完全正确，但这至少有了一个邀请的依据。经过评选，入选论文 73 篇，只占总数不到 40%，其中 50 岁以下的作者占 60%，40 岁以下的占 25%，中青年比较多，其中有两位是中学教师，还有一位只有 23 岁，是本科学生。这种评选办法既保证了会议顺利召开，不至于人太多，同时也保证了会议质量，能够选拔一些比较优秀的中青年史学工作者。大年同志的这个意见我觉得非常重要，这个办法以后一直采用，好多会议都用评选的办法。如果用指名邀请的办法，由于没有别的标准，就只能按照年龄、资历、名望，就会使许多中青年历史学家不能参加这类重要学术会议，至少比例没那么高。又如，大年同志多次强调，学术会议的质量不在于人和论文很多，而是在于论文的质量，要紧抓论文写作和评审工作。而且，他很重视对研究情况的述评，要求每次会议，像前面谈到的辛亥革命讨论会那样的会议，都要对研究成果做一番检阅，在已有成果的基础上扎扎实实地前进。这些意见和建议对于促进历史学科的发展都是很重要的。

总之，几十年来，大年同志无论是在研究工作中，还是在组织和领导史学界的活动中，都付出了大量精力，成绩很大，贡献很大。大年同志确实是新中国优秀的马克思主义史学家和新中国史学界第一代领导人。今天庆祝他的 80 岁生日，我代表中国史学会向大年同志致以热烈的祝贺和衷心的感谢，感谢他在学术研究中富有创造性的研究成果，也感谢他对中国历史学发展做出的巨大贡献。

最后，祝贺大年同志健康、愉快、长寿。

纪念罗荣渠同志*

1998 年是罗荣渠同志 70 周年诞辰。罗荣渠同志是我在北京大学的学友，是一位富有才华和创造精神的马克思主义历史学家，是研究中国现代化历史的先驱和开拓者，在学术上筚路蓝缕，探索新的领域，开辟新的路径，做出了卓越贡献。

罗荣渠同志原先研究世界史，对世界各国的历史发展非常熟悉，精通马克思主义，精通外语，也精通中国近现代史。他学识渊博，才华横溢，最有条件从事世界史和中国史的比较研究。他写的《现代化新论》是一部杰出的著作。世界的现代化进程已有 300 年之久，中国的现代化进程也有了 100 多年时间，今天，现代化事业仍然是摆在中国人民和发展中国家人民面前的艰巨任务。如何来总结世界和中国的现代化历史，揭示规律，吸取经验教训，这是理论界、历史界的重要任务。中国和其他国家的现代化有什么不同？中国在实现现代化时碰到了什么样的矛盾和困难？如何解决？什么是走有中国特色的社会主义现代化道路？这些重大问题，迫切需要研究和答复。罗荣渠同志投身于现代化理论和历史的研究，他用马克思主义做指导，用邓小平理论做指导，研究了世界和中国的近现代史，收集了丰富的资料，进行了创造性的思考，写出了许多出色的作品，对我们当前的现代化建设有很重要的意义。

罗荣渠同志谦虚谨慎，淡泊名利，老老实实做人，勤勤恳恳做学问，待人赤诚热情，对青年爱护关心。这样一位品格高尚、才华出众、奋发有为的同志，正是在理论上、学术上做出重大建树的时候，却突然积劳病逝。按他的身体状况和年龄说，还不到离开我们

* 原载《语冰集》，南宁，广西人民出版社，1999。

的时候；按他正在承担的工作来说，他不应该也不能够离开我们。可是他毕竟先走了，离我们而去。历史学界损失了一位杰出的学者，我个人失去了一位令人敬佩而亲密的老同学、老朋友，悲怆痛惜之情难以抑制。

我深切希望，由罗荣渠同志开创的现代化研究这一新的研究领域将会由他的合作者和学生继续下去，来完成罗荣渠同志未竟的事业。罗荣渠同志地下有知，当含笑于九泉。

回忆金应熙同志*

如果要回顾一生中欢乐欣悦的时刻，我便会举出1963年夏至1964年春。那时，我有幸和历史学界的一些朋友共同生活在一起，为完成一项任务而在黎澍同志的领导下，组成了一支队伍。队伍中有金应熙、余绳武、齐世荣、李龙牧、蔡美彪、张岂之、宁可、张文淳、刘祖熙、李嘉恩、洪兆龙、廖学盛等。应熙同志年龄居长，实际上，他当时也不过44岁，而其他人都在30岁到40岁之间。这支队伍朝气蓬勃、奋发向上、交流思想、切磋学问，是紧张工作而又充满欢乐友情的青年之家，应熙同志是这个家庭中的老大哥。我们一起读书、写作、思考、讨论，一起散步、品茶、下棋、聊天。彼此专业相通、趣味相同、声气相应、友谊相投，似乎有说不完的共同语言，道不尽的见闻史事。应熙同志阅历宽广、知识渊博、津津乐道、谈锋甚健，给我们讲述许多新思想、新信息，大至世界要闻，小至生活琐事，使我们大伙往往莞尔而笑，眼界大开。

应熙同志是一位凝重宽厚的学者，彬彬有君子之风。他对待工作是那样认真负责、一丝不苟，对待学问是那样谨严勤奋、锲而不舍，他多才多艺，兴趣广泛，中外古今，无不涉猎。他具有清晰的思辨、卓越的才干、真挚的情谊，体现了传统的中国知识分子的才华与美德。在我们那个小小的队伍中，每个人都有自己的性格、风度，都有自己的专业擅长，而生活在一起，十分和睦融洽。应熙同志为大家所敬重、钦佩，他不仅在年龄上，而且在知识、品德上堪称是我们的老大哥。

30年岁月匆匆流逝，应熙同志离开我们已经三年。今天捧读他

---

* 原载《金应熙香港今昔谈》，北京，龙门书局，1996。

的遗著《金应熙香港今昔谈》，往事联翩而起，历历在目，使我的心情难以平静下来，每读几页，便不能不掩卷沉思，跌入遥远的回忆中去。读其书而思其人，这一篇篇文章是应熙同志晚年心血的结晶。他长期在香港生活，了解和热爱香港，从1984年后，全身心投入到对香港史的研究。这部遗作的字里行间洋溢着对香港史的关注、期望和深情。他勤奋工作，搜罗资料，考订辨析，精心钻研，对香港自古迄今的历史发展做了全面而透彻的清理和分析，填补了我国历史研究中这片重要的空白。全书既有长篇学术论文，又有讲稿、随笔、札记、谈话、回忆等等，写作严谨而流畅，深入浅出，把科学性、知识性、可读性结合在一起。我在阅读时，感到犹如30多年以前与应熙同志煮茗夜话，娓娓而道。应熙同志的文章像他的为人一样，谨厚纯朴而又生动清晰，使人如沐春风，如饮醇醪，怡乐赏鉴他建立的科学架构，既得到了知识上的充实和满足，又能引人入胜，趣味盎然。

香港史的编写是一项重要任务。天不假年，应熙同志未能完成他写作《香港史》巨著的夙愿，而八年功夫，收获甚丰，已为它奠筑了坚实的基石。到1997年，香港在被外国侵占一个半世纪之后就要回到祖国的怀抱，全国人民期待着这一时刻的到来，如同期待着远涉他乡、暌离多年而将要回家来的兄弟一样。《金应熙香港今昔谈》可以帮助我们更加真切而深入地认识香港的过去和今天，这对于增进全国人民对香港的了解，加强相互的联系是非常重要的。应熙同志留下的这笔遗产十分可贵，值得我们充分重视，倍加珍惜。

纪念马奇同志*

马奇同志离开我们将近一年了，他走得那样匆促，那样安详，我们简直没有一点思想准备，到现在还觉得他依然生活在我们中间。近三十年来，我们住得最近，交往最多，相知最深，他竟然真的离去了。我们失去了一位可以推心置腹、无话不说的长者和朋友，他的睿智，他的仁厚，他的宽容，他的高洁，他的音容笑貌，都随之而去了。我们为失去这样一位可亲可敬的良师益友而伤感惋惜！

马奇同志是一位饱经磨炼，具有丰富政治经验，思想水平高，对党的事业无限忠诚的老同志。他 19 岁在河南读中学时，参加了党，从事地下工作，在艰苦危险的斗争环境下废寝忘食地学习马克思主义。他跟我们开玩笑说，少年时熟读“五经”，这“五经”指的是马、恩、列、斯、毛的经典著作，他信仰坚定，理论娴熟，对党有深厚的感情。当时河南地下党遭到破坏，他奉组织的指示及时撤离去延安，未遭到反动派的逮捕。到达延安后，他本意想去“鲁艺”学习艺术，恰逢“抢救运动”，由于对白区组织的无端怀疑，诬指他们这些刚从白区撤退的一批党员是“特务”“假党员”。正是“刚离虎口”，又入“险地”。马奇同志遭到诬陷和残害，受到严重打击，他和我们谈到这段历史时都是平心静气地分析当时的客观情况。他虽受到很大委屈，但能正确对待。也许由于他有延安“抢救运动”中痛苦的经历和深刻的教训，所以二十年后，在“四人帮”横行的时候，许多党员、干部被打倒时，他能保持特别清醒的头脑，“文革”开始不久后就非常明确地指斥江青等人的错误，相信那种不正常局面迟早会扭转，革命会继续发展。

---

* 原载《皓首学术随笔·戴逸卷》，北京，中华书局，2006。末署 2004 年 1 月 17 日。

“四人帮”垮台以前，他多次和我们交谈，指出江青必定要失败。当“四人帮”垮台时，马奇同志最早向我们通报这一消息，我们听到这个消息都欢呼雀跃，兴高采烈，兴奋地谈论即将到来的大好政治形势。28年前我们和马奇同志一起欢庆议论的场面至今记忆犹新，历历在目。

马奇同志政治上十分坚定，能在政治斗争中明辨是非，站稳立场，而他胸怀又异常宽广，对同志关心爱护。中文系教师杨纤如是一位老共产党员，为革命做了很多贡献，由于有比较复杂的历史境遇，在原单位长期受到审查，工资被扣发，被残酷打击。调来中国人民大学后，马奇同志作为中文系的总支书记，虽然无力挽回局势，但坚持认为杨是一位好同志，多次为杨声辩，对杨采取若干保护措施。“文革”以后，马奇同志又为杨纤如的恢复党籍问题奔走不懈。还记得有一位教育部的老同志，反右时被打成右派，下放到山西，处境非常困难。马奇同志不但常常关心劝慰，还经常给予经济上的接济，这位同志回到北京时，曾和人谈道：“在那个时候，唯一关心我的人就是马奇。”

马奇同志在哲学系和中文系长期做党的领导工作，如何贯彻执行党的方针政策，既要坚持严肃的原则性，又要从实际出发，实事求是地灵活运用，这是他面对的工作任务，也是检验领导者政策水平的一个重要标志。马奇同志在这个方面给我们留下了深刻的印象。

“文革”后期，要给每一个同志做出政治历史结论。哲学系有个同志，年轻时，他的家庭通过上层关系弄到一张空头任命状，他自己添上了一个很高的头衔。为了这件事，这位同志吃了不少苦头，这次做结论时，得到了正确的处理，解除了多年来的政治压力。即使有的同志确有一些历史问题或是现实问题，马奇同志作为领导，也教导我们要正确对待。他说：“历史问题已经形成了的过去式当然是抹不掉的，但关键是要分析当时的历史环境。历史问题关系到同志的前途和身家性命，一定要实事求是，慎重处理。”他亲自参与领导和处理哲学系的许多问题，他和大家客观地、平心静气地研讨各种情况，核实证据。有一次，为了查实一个青年教师的家庭问题，他亲自跋山涉水，到外地去调查取证，而这份今天看来并不是一份十分重要的证明，在当时却影响了这位同志以后的事业和前途。

马奇同志成长生活在上个世纪，那是矛盾斗争极为激烈的时代。他长期做党的基层领导工作，自己亲历和处理的党内问题很多，他那种立场坚定、胸怀广阔、实事求是、与人为善、敢为受屈同志申冤辩护的精神难能可贵，因此而受他荫庇的同志不在少数。

马奇同志志趣高远，勤奋学习，手不释卷，涉猎深广，是一位思想敏锐、学问渊博的学者。他最喜欢文学艺术，大量阅读了这方面的书籍。新中国成立初期，他被分配在教育战线工作，研究和编写了中等教育教学的文章。1958年以后，撰写了关于个人道德修养的著作和关于北京市宗教和风俗习惯的书籍。无论从事什么工作，他都十分努力，非常投入，取得了卓越成绩。到中国人民大学以后，他研究美学，这是他热切的爱好和毕生的愿望。他为此废寝忘食，夙夜追求。他在美学研究中着重以马克思主义分析艺术形象，钻研许多理论问题，如，关于美的本质、美学的对象、形象思维和理性思维的关系、中西美学观念的比较等问题，都具有独创的见解。他曾参加全国的美学大讨论，他写的文章思想新颖，风格独特，词锋犀利，曾严厉批判姚文元的文章是经验主义的美学。他的美学著作《艺术哲学论稿》《艺术的社会学解释——普列汉诺夫美学思想述评》等是他精心研究的结晶，形成了特有的马克思主义美学思想体系，对我国美学学科的发展有重要影响。

马奇同志的专业是美学，但他经常阅读专业以外的书籍。我和他是近邻，我有一间书房靠近大门，马奇同志在院里散步，走到这里，常到书房中小坐聊天，有时谈论历史上的一些问题，有时翻阅架上历史书籍，有时索性借几本回家阅读。他最感兴趣的还是中国古代美学史和古典诗词散文以及书法画论，如董其昌、八大山人、郑板桥、袁枚、黄山谷、邓石如、包世臣、何绍基等人，他都耳熟能详。他对文艺理论、书画理论有精深的研究，曾几次拿来尚未发表的文章，征求意见。他的作品气势磅礴，立意新颖，思想深刻，文笔优美，我是外行人，自然说不出什么像样的意见，但常被他作品的思维力量和文采华章所震撼。马奇同志是一位美学大家，全凭着惊人毅力自学成才，能够写出这样精彩的佳作，实在令人钦佩！

有一次，马奇和我偶然谈到清代书法家邓石如，邓是清乾隆时人，布衣未仕，生计困顿，但书法精善，开创了碑书体例，影响甚大，清代书法风气为之一变。想不到马奇同志对清代书法传承和邓石如生平及书法艺术极为熟悉，信口论说，滔滔不绝。他认为邓石如的艺术成就是天才和勤奋相结合的典范，其言有理有据，多精辟之见，令人刮目。

马奇同志毕生尽瘁于党的工作和研究教学工作，他经历坎坷，立场坚定，孜孜向学，提掖后进，谦虚谨慎，宽厚待人。他深厚的造诣和高风亮节为同事们、学生们所敬仰。晚年离休后，志趣高洁，心情淡泊，辞谢一切职务和社交活动，全身心投入自己喜爱的书画艺术，作画论书，潇洒人生，乐在其中。儿子马中形容父亲晚年“去留无意，墨洒烟云”，达到了无我无欲的境界。

马奇同志的一生既体现了共产党员的高尚品质，又蕴涵着中国传统士人清逸淡远、遗世独立的精神。马奇同志可谓不朽矣！

怀念陆荫乔（戈平）学友

悠悠岁月，往事烟云，在我健忘的头脑中对许多人和事的记忆越来越淡褪，以至消逝了。青少年时同学的印象逐渐模糊，有些人连姓名也不记得了。但有一位学友清晰地铭刻在我脑海中，令我常常怀念，经久不忘，他名叫陆荫乔（后改名戈平）。

我们同窗学习，经历 1941 年末至 1944 年夏，共两年半时间，几乎每天负笈上学，课桌相并，同时听课，一起作业，相互讨论，携手散步、游览，甚至争论，友谊深厚，极为相投。我原来在上海租界中的苏州中学高一学习（苏州中学因抗战而迁至上海租界）。1941 年日军偷袭珍珠港，与美、英、法交战，强占上海租界，此前上海租界在抗战全面爆发后的四年中一直保持“孤岛”地位，即周围地区都被日军占领，而租界不受其统治，依然保持原来面貌。其中公开进行抗日活动，报纸讲演，学校谈话，充满爱国热情，拥护抗日，气氛热烈激昂，抗日歌声慷慨激昂，飘荡街头，国共两党仍半公开地活动。但 1941 年珍珠港事件后形势突变，抗日活动遭镇压，迁至租界中的苏州中学关闭，我原本不愿在日本统治下当亡国奴，这时也不得不回到故乡常熟插班孝友中学高一年级。恰在此时，陆荫乔也插班入学，成为学友，两个插班生被安排同坐一桌。入学之初，和其他同学还不认识，因此我们两人常单独在一起活动，自然不久之后，我们逐渐和全班同学认识了、熟悉了，融入了全班集体，情况就不同了。陆荫乔以后还担任全班的班长，成为全班的领头羊。

陆荫乔被举为班长，一是他年龄最长，比我大三到四岁（我插班时只有十四岁），他经验丰富，办事能干，更重要的是他功课优异，是全班学习的第一名，各项课程，均名列前茅。我当时的功课也较好，以他为追赶目标，但除了语文、历史、英语偶尔能超过他，数、理、化等课程远远落在他的后面，陆荫乔在全班是无可争议的状元。

两年半的高中同学时代，陆荫乔对我的影响在学业上极为重要，他待我若弟，我敬他如兄。他的学习成绩出众，读书很多，家多古诗文，我也爱好古文，我们经常论文谈古。我们共同听杨毅庵老师讲中国文学史课，经常以《昭明文选》为例，我很喜欢这部书。某天，我在旧书店里看到一部稍有残损的《昭明文选》，版本不错，价格很低，便用零用钱买了下来，残损的部分荫乔把他家中所藏的《昭明文选》借给我，并帮助我用一个暑假的时间，抄写补足，装订成册。他的古文基础扎实，毛笔字写得很好，他曾写过一幅扇面送我，字体娟秀飘逸，一个中学生能有这样水平，实在难能可贵。

荫乔对我影响更加重要的是在政治方面，回想我在青年时，第一恩师是杨毅庵先生，他引领我走上了治文史的道路。第一知友便是陆荫乔，他打破了我禁锢的头脑，引领我走进了全新知识的新世界。他并未向我言说共产党、新四军的情况，也没有向我宣传任何政治主张，却借给我读了许多新的文艺小说和浅显的政治书籍，他所藏这方面的书很多，轻易不示人。后来，我才悟到他是信任我，推心置腹地希望我阅读，能够进步，所以嘱咐我不可转借别人，也不可丢失。书籍中最多是鲁迅的书，这时期我几乎读了大部分的鲁迅作品，还有巴金、茅盾、曹禺、田汉，外国作家屠格涅夫、大仲马、高尔基，甚至有一本艾思奇的《大众哲学》。我自幼爱读“小人书”，年岁稍长，看武侠书、侦探书、《红楼梦》等中国章回体小说，以至《昭明文选》《纲鉴易知录》等，却没有机会接触新版书，听不到时代呼喊的声音，嗅不到进步和革命的气息。读了这些书，像电击一样地受到触动，爱国进步之心油然而发。高中时代是青年的人格思想和知识渐趋进步成型的关键时代，荫乔为我打开了思想启蒙的大门，春风化雨润泽无声，潜移默化，发生了重大作用，我进入北京大学后，很快靠拢共产党，投入学生运动，从荫乔那里读到的这些书产生了重大的作用。

在孝友中学读书时，我们还常向《常熟日报》写文、投稿，主要是徐保衡、顾荣欣（顾忿）、陆荫乔和我四人，报纸有个副刊，徐保衡投稿最多，他极富才华，文字潇洒，顾忿笔墨豪放，我们四个同学又是文友，陆荫乔投稿很少，但作品质量最佳，深沉精辟，他使用笔名，从未用过真名。

常熟在抗战期间是新四军的重要根据地，抗日爱国势力和日伪军的斗争极为激烈，新四军（当地叫“江抗”“民抗”）控制了极大部分的农村地区，日伪军仅能控制常熟城和几条公路线，日伪军屡次“扫荡”“清乡”，收效甚微。但1941年，日伪军集中较多兵力，大规模“清乡”，新四军大部转移到苏北，此后几年，形势严峻，“清乡”时期，常有抗日爱国人士遭到不幸。我的堂兄“江抗”戴秉忠被日寇捕获枪决，表兄胡天朴抗战前是常熟县高级警官，属于国民党系统的游击队领袖，在一次聚会中被日伪军包围，突围中饮弹身殉，我的同学徐菊坡、黄复初被日军拘禁关押。在“清乡”中，淼泉乡一位新四军干部与大部队失散逃到城里，躲在我家暗阁楼中一个月，我经常给他送饭、送水。抗日爱国部队和干部遭到重大打击，我后来才知道，陆荫乔原来也是新四军成员（不知属于“江抗”还是“民抗”），在“清乡”中与组织失去联系，不得不避居城内家中。他的年龄还小，暂时隐蔽下来，为寻求知识而复读高中。荫乔和同学闭口不谈游击队、新四军，是韬光养晦的必要。我们对他的经历抱着疑团，但日子久了，也猜想到几分，从来不询问什么，只是心照不宣。

1944年夏，我们高中毕业，按陆荫乔的聪明才智和家庭条件应当上大学深造，我们这些还是十七八岁的孩子纷纷到上海考大学，可陆荫乔选择了“归队”，他完成了正规的高中学业后，就急于返回新四军队伍，我想象他当时的心情应该像有名的电影《归心似箭》中那位失散的抗联连长一样，急于“归队”而丢下爱情。高中毕业，他秘密奔赴苏北新四军根据地，不幸在路上被日军截获，押回常熟宪兵队监禁。宪兵队是当年百姓们谈虎色变、万人咒骂的地方，对犯人日夜进行酷刑拷打，我想到荫乔关押在内不知道经历过多大的折磨和苦楚，怎样度过痛苦和劫难，死而复生。不久抗日战争胜利了，他幸而存活下来，日寇把他移交给国民党政府。国共谈判时，他仍未被释放，囚禁在离我家不远的国民党监狱里。

我在去北京大学求学前，曾与何鼎新同学（20世纪80年代已在北京病故）去探监一次，那是一次令人难忘的道别，探监时不能多说什么，我们送了一些食物用具，安慰他，请他宽释心情，不久就会出狱。他打听了几位同学的近况，互道珍重，凄然告别，他面容憔悴，非常消瘦，无复几年前的神采奕奕、英姿勃发。

以后几年，我远去北京，国内战争激烈，南北隔绝，音信不通，我一直不知道荫乔的消息。全国解放后，我们两人虽同在北京工作，却茫茫人海，无缘相见。我改名戴逸（原名戴秉衡），他改名戈平，只知道他可能在新华社工作，后来听说他又离开北京，在河北省工作。我们分别之后，五十多年之久竟没有再见面的机会。20世纪90年代，我有一次去石家庄开会，听说他可能在石家庄新华社河北分社离休，我下定决心要找到这位我青年时代的启蒙者。会议结束后留在石家庄到新华社河北分社探访戈平其人，经多方寻找，终于找到他的住址。招待单位特别派汽车送我和夫人前往他家。果然见到了五十年前的友谊深厚的友人，互相谈论当年交往，我当时感触甚深，心潮难平，从话语中听他后来的遭遇似乎并不甚好，受到严苛的审查，夫人是一位农村女干部，儿女拖累，负担较重。他自己身衰力弱，言语木讷，五十多年已同隔世。第二天，他在儿子的扶持下，来宾馆回访，我请他小宴，座谈约两小时。两次谈话中，我仿佛回到了十八岁前的青年时代，谈到了许多人和事，岁月沧桑，不胜感慨，我理解他在解放以后境况不十分顺利，幸而最后平反昭雪，也不敢多问，以免触及他的心灵伤处，因此，对他的经历一直不甚清楚，挚友重逢，喜悦中混杂着某些苦涩，欢乐中带着一点感伤。饭后，珍重告别，相约再见。隔了几年，听说荫乔逝世了，遗憾的是我未能为他送行，甚至唁电也未曾发出。斯人已往，记忆常存！

在近代，中国是贫弱国家，在贫弱中奋斗抗争。我们一代中国人更是多年做亡国奴，苦难深重，郁积着强烈的爱国奋进精神，经受过太多的磨难、挫折。荫乔同志少年时期就投身革命，与组织失散，转而求学，寻求更多知识，渴望再回到组织，冒险寻找组织，不幸被捕，备受苦刑，幸而大难不死，欢庆重生，但又遭到严苛的审查，长期不被谅解，他的一生求知、求真，爱党、爱国，迭遭挫折，在漫长而艰险的道路上探索前进，虽九死其犹未悔，终于得到昭雪，重见天日，但时光急逝，青春不再。前辈有多少人牺牲遇难，有多少人被敌寇虐杀，有多少人含冤负屈，才华被淹没，我们生活在从贫弱走向民族复兴的值得歌颂的伟大时代，但走过了坎坷曲折的道路，甚至是错误的弯路，为此付出了牺牲和代价，让我们永远记住它，记住这些付出了各种代价的人们，他们都是我们的先驱者、奠基者和开路人，值得后人怀念！敬礼！尊重！

回忆北京大学孑民图书室的草创*

孑民图书室是全国解放战争时期北京大学进步同学在地下党领导下创办的群众性团体，是当时北大学生以及北京许多大学、中学的学生们可以共同享用的精神粮仓。它存在的时间虽不长，但创办以后发展迅速，所藏书刊激增，业务蒸蒸日上，吸引了要求进步、求知欲旺盛的广大青年学生。在提供革命读物，团结教育学生，帮助他们走向革命征途方面产生了极大的作用。在学生运动史和图书馆事业史上，孑民图书室留下了不可磨灭的光辉印记，成为党发动和联系青年学生极有成效的组织形式。

自从1946年底发生沈崇事件之后，北京大学的学生们逐渐地、积极地投入爱国民主运动的潮流，经过反饥饿、反内战游行等一系列事件，学生运动蓬勃开展，各种进步社团出现，有歌咏团、读书会、戏剧社。这类社团越来越多，如雨后春笋，孑民图书室就是在这种形势下产生的。但它和其他社团不一样，它以借阅图书、为全校学生服务为宗旨，尽量不显露进步的色彩，并且以老校长、国民党的元老蔡元培先生的号“孑民”命名，向校方登记，成为一个公开的、合法的机构。它的创建有一段惨淡经营、逐渐成长的过程。

往远追溯，孑民图书室有其前身，这段历史已鲜为人知。1947年春，学生运动正在兴起，住在沙滩红楼和北河沿三院的一部分文法学院的大一学生，渴望读书，尤其想读进步书籍和文艺书籍，苦于无处寻觅。北京大学图书馆规模大、藏书多、设备新，名闻遐迩，却不肯购买具有进步色彩的新书刊，甚至连一份普通的《文汇报》也没有订。在学校图书馆中借不到所需要、所渴望的新书刊，此事

---

* 原载《北京大学孑民图书室纪实》，北京，北京大学出版社，1992。

曾引起同学们的义愤，几乎闹出一场风波。那时，学生们都很穷，无钱买书，但每个人或多或少也有几本自己心爱的书刊，互相交换阅读。时间稍久，大家就把有限的几本书放到一起，在一个小圈子里借阅，手续很简单，在本子上登记一个姓名、书名和借阅日期，并没有严格的借还制度和保管办法。书籍数量不多，约有一百本，以后这些书就归大一学生会保管。所谓“大一学生会”，是 1946 年秋入学同学的组织。这些一年级的学生，是抗战胜利后的第一届新生，人数最多，富有朝气，来自全国。当时，北大尚无全校的学生会（稍后有院系联合会），而大一学生率先组织了学生会，活动很多，极为活跃。

1947 年 6—7 月，我们即将升入二年级，大一学生会势必要解散，以后要筹组全校的学生会，它的财产也该清点移交。当时，大一学生会的负责人周桂棠同学（现名沙叶）找我，要我暂时保管一下这一百来册书籍。我是史学系一年级学生，与周桂棠是同班挚友，又曾同住一个大宿舍内。周桂棠为人豪爽、热情、能干，是学生中的领袖人物，曾在宣武门四院礼堂舌战陈雪屏（北大训导长，后任国民党中央青年部部长），那场精彩的斗争曾使许多同学激动和折服。我那时不懂得政治，但对周桂棠的人品、干劲、能力十分崇敬，在他的影响下，参与过大一学生会的具体工作，他托我暂时管理一下图书，我并不知道当时地下党是否已有建立图书室的意图。我素性爱书，在中学时代，就以零用钱购买、积聚了近二百册的线装书、平装书，保管这点书籍不是什么负担，而是一种乐趣，就痛快地答应了。

记得我接收这批书籍是在一个比较炎热的下午，地点在沙滩红楼一层西头面南的那间房子，当时这间房子是大一学生会唯一的活动场所，后来就是孑民图书室的阅览室。里面横七竖八地放着几把桌椅和纸张、油墨、文件、油印机，墙角有一个小书架，放着厚薄不一的百十来本书，只占小书架的一排多一点，很不起眼。我点完书籍后仍放在这间房子里，当时正值学期考试，没有多少同学来借阅，我暂时当一个清闲的保管员。

以后在座谈会上提及此事，周桂棠同志已记不起当年的情形。他当时是大一学生会（或院系联合会）的负责人，事情繁忙，移交几本书是件小事，时过境迁，很可能已淡忘。但这件事对我日后的生活道路却是很重要的，故印象特别清晰。至今，45 年前移交、清点书籍的情景仿佛就在眼前。

暑假期间，我同年级的另一挚友陈宗奇也来参加管理书籍，并议及要办个图书室。我并未意识到这是地下党的决定，但从心眼里赞成这个建议，仍以那个房间作据点，开始筹谋策划、招兵买马，商议着募捐书籍、筹措经费、建立机构的办法，找了几个人，忙忙碌碌地干起来。最初人手很少，工作无经验，头绪很乱，募书的圈子主要在同学和本校的教授中。我负责在教授中募书，经常登门拜访。曾去过郑天挺、邓广铭、许德珩、杨人楩、张奚若、向达、贺麟、费青、芮沐、樊弘、俞大缜、朱光潜、沈从文、冯至等教授的家里。说明来意后，教授们非常支持，当即捐出书籍。我记得在贺麟先生家中拿到一大堆书，一次拿不走，去了几次；又记得俞大缜先生不但捐了书，而且拿出一笔钱，资助正在筹备中的图书室。这些教授学识渊博、人品高尚，对学生非常关心爱护，体贴备至。他们都同情并大力支持图书室的创立，捐赠了很多书籍。当时，师生之间诚挚融洽的感情，实在是非常可贵的。

在募书过程中有一个印象很深的插曲，就是我去清华园初次会见历史学家吴晗教授。大约在 1947 年夏秋之交，听说有人从解放区带来一些珍贵的图书和文件，但我们打听不到此人的下落，多方寻找，也没能联系上。有人说，吴晗教授知道此人。于是我自告奋勇，通过一位熟人的介绍，到清华大学去找吴晗教授。当时，为了防范国民党特务盯梢，未去吴晗家中，而是约在另一个地方见面。吴教授满面春风地欢迎我们，他笑容可掬、谈吐爽朗、风度洒脱。我们说明了来意。那时孑民图书室的名称刚刚定下来，他对这个名称非常赞赏，由此说起，谈了很多蔡元培先生的学问和为人，也并不避忌地谈了对形势、战局和学生运动的看法。他谈锋甚健，滔滔不绝，兴致甚浓，虽是初次见面，却很相信我们。我是史学系的学生，刚刚读过他的《朱元璋传》，也谈了读后的感想。他注意地倾听，记下我的姓名、住址，答应给图书室送一批书。至于谈到解放区来人和所带书籍，他推脱得一干二净，说根本不知道有此人此事。这次寻书的任务没有完成，却会见了平日仰慕的吴晗教授，并听了他的一番宏论，印象甚深。十年之后，我和吴晗同志经常见面，曾向他提到这段往事，他对这次会见似乎还有一点点淡薄的印象。

在不太长的时间内，书籍以很快的速度增加，达到一千几百册。在今天看来，一千多册书不算是大数目，哪位大学教师家里不存有千把册图书？可对当时北京大学这批穷学生来说，已是一笔可观的财富，特别其中有不少进步书刊，还有解放区出版的书刊和毛泽东的著作，这些是当时青年们渴求一读而在国统区书市和图书馆中所找不到的。书籍虽然增多了，但还不能正式开馆，一是图书没有编目，凌乱堆放，没有书号，没有正式插架，难以查找；二是房子太小，没有书架和家具。

秋季开学后，图书室筹备开放。编目问题迫不及待地提上了日程。我从募书工作转而兼任编目股长，来解决这一令人头痛的难题。那时谁也不懂得怎样进行科学编目，临时抱佛脚，借了几本编目的书刊，什么杜威编目法、刘国钧图书目录学等，还参考了北大图书馆的分类编目，闭门造车，几乎在两三天内匆匆忙忙地拟订了一个编目方案。这个编目方案不伦不类、矛盾百出，拿给现在的图书馆学专家们看，也许会笑掉大牙。但为了应急使用，初生牛犊不怕虎，居然拿出了一个方案。当时正式在图书室工作的人并不多，临时请了些同学帮忙。记得参加工作的似乎有陈宗奇、田觉狮、李德文、顾文安、金永庆、裘祖逊、张守薏、傅琳、李克珍等人。在一段时间内，我专心致志于分类编目。编目有一套工作程序：登记、分类、编书号、写卡片、贴标签等。我们采用流水作业法，每天开夜车，工作到深夜，虽然紧张而疲劳，但大家情绪很高、干劲十足，同学之间关系亲密，沉浸在友爱和欢乐的气氛中。

最早的编目分类，采用十进法，分成十大类，几十个子目。编目时要登记两种书号，一是登录号，按书籍进馆的时间顺序登记；

一个是分类号，类目粗略不全，后面用小数点。后来增加的书籍，插入各类，用小数点之后的数字编列。我现在已记不清这种编目方案是怎样酝酿出来的。在编目过程中产生了很多问题，一个问题是如何确定书籍的类别。确定类别应根据书籍的内容而定，但我们对募集来的一千几百本书籍的内容并不清楚，有的书籍只看书名和目录也难判断它归属哪一类。有的书属于“禁书”，不能使用真书名，要换一个假书名，更不知道把它放在哪一类为好。另一个问题是这套编目分类是根据正规的大图书馆的编目法，用来给我们小图书室的书籍分类编目，却扞格难行。因为我们的书籍中自然科学类的很少，绝大多数属社会科学、政治、文艺。结果出现了有类无书或有书无类的情形，很多书籍分不进现成的任何类目。因此，进行编目时，我每天坐在现场，有的书不好分类，我和其他同学临时看看目录，浏览内容，就拍板确定分进哪一个类目。这样当然就会发生分类不当、乱点鸳鸯谱的笑话，甚至某类图书太多，编目方案中无其位置，只好修改方案，增添类目。就这样手忙脚乱地把一千几百册书籍编成目录，可以开馆出借了。

不到一年，书籍大增，突破了这套分类体系，不得不重新拟订编目方案，再一次将几千册书籍重新登记、重新编目。第二次编目的工作量更大，但工作比较正规化、制度化，参加工作的同学更多了。第二次编目时，我还是图书室名义上的常务干事之一，但没有参加具体工作。

开馆前夕，还有一个需向校方登记的问题，有了这道手续，孑民图书室才是一个合法组织，才可以公开活动。当时，北大校长胡适，除了参加政治活动，经常在北平和南京之间飞来飞去之外，还专门研究《水经注》，对学校具体事务不甚过问。北大不设副校长，实际工作由“三长”主持，即秘书长、教务长、训导长，尤以秘书长事务最忙，权力较大。北大的秘书长郑天挺教授，兼任史学系主任，他和同学们关系很好，暗中护持甚多。我一直在听他的明清史课程，曾和他多次交谈，比较熟悉。孑民图书室向校方登记之事，我曾找他谈过，他一口答应，以后还找过新任的训导长贺麟教授。

因得到他们的同意，故登记比较顺利。

由于房子太小，缺少家具，还希望多装电灯，我和田觉狮两人还一起找过校长胡适。胡适的办公室在沙滩孑民堂的东厢房，胡适坐在大交椅里，我们两人就站在办公桌前。开始时，胡适的态度很和蔼，我们说明来意，向他提出要房子和家具的要求。他沉吟良久，反问我们：北京大学有一个第一流的图书馆，藏书丰富，你们何必又要办一个小图书馆？我们回答：学校的图书馆虽然很大，但缺少新的书籍、杂志、报纸，不能满足同学们求知的需要。我们小图书馆是同学们自己组织、自己募捐，可以补大图书馆的不足。胡适似乎觉察到了这个图书室的背景和将来会起的作用。他微露愠色，说：学校图书馆的藏书够多的了，如果缺什么书，可以请他们补充。学生们应该专心读书，不要精力外骛，搞那么多的课外活动。你们的小图书馆以不办为好。我们两人自然不同意他的意见，大声争辩，不欢而散。

这次谈话，刚好有郑天挺、邓广铭两位教授在旁。我和田觉狮走出校长办公室，非常失望沮丧。郑天挺跟着走出来，笑吟吟地劝慰我们，不要灰心，以后再慢慢商量。从郑先生的话里，我体会到可能尚有转圜的余地。

就在孑民图书室即将开馆的前夕，我得了急性阑尾炎，而且误诊延搁，腹中已化脓，病情极为严重。郑天挺教授闻讯，即命急送北大医院免费治疗，金永庆、王雨若、裘祖逊、周大昕等同学送我去医院紧急抢救，住院 50 天。这正是孑民图书室正式开馆、工作最繁忙的时候，我因病暂离岗位，未得躬逢正式开馆的盛举。

我病愈出院，返回沙滩。孑民图书室的业务日新月异，蒸蒸日上，大受同学们的欢迎。图书每天都在增加，大批新人自愿来图书室服务，各项工作渐趋正规化、制度化。而且听说胡适校长反对办小图书馆的态度也有所缓和。我猜想：也许是郑天挺、邓广铭两位教授帮助劝说的结果。我在休息一段时间之后，仍到图书室工作，不久被选为全校的学生自治会理事，和张坚同学主管学艺股，工作重点转到学生自治会。但孑民图书室是自治会所属团体，我自己又和孑民图书室有亲密的关系，故以自治会理事的资格兼任图书室的常务干事之一，参加干事会，定期向自治会报告图书室的工作和问题，向自治会索要办事经费，但具体工作就参与比较少了。

孑民图书室草创时期，人数很少，知情者寥寥，我有责任把当时的情形尽量真实地回想、记录下来，以供参考。

罗髫渔同志的风雨征程*

罗髫渔同志（1901—1988），又名罗懋其，四川古宋县（今叙永县）人。家境贫寒，工读成才。1925年在上海大学参加中国共产主义青年团，翌年转为共产党员。曾任黄埔军校少校政治教官，参加八一南昌起义，担任第十一军政治部主任（第十一军军长叶挺、党代表聂荣臻）。起义失败后，长期在上海、香港做地下工作。抗战时期，在郭沫若领导的第三厅工作，直至抗战胜利。后奉当时四川省委（省委书记吴玉章、副书记张友渔）之命，留守四川，成立四川省临时工作委员会，罗髫渔任临时工委书记，组织四川地下武装，策反国民党军队，迎接解放军入川。

新中国成立以后，罗髫渔同志功成不居，淡于利禄。50年代初，他不愿就中央文化部副部长之职，坚辞任命，而宁肯当一名普通教师，先后在四川大学、中国人民大学担任历史系、文学系的教授。“文化大革命”结束后任中国人民大学清史研究所所长。罗髫渔同志学识渊博，擅长古典诗词，书法劲秀，楷隶皆精，与郭沫若为亲密的文字之交。又通晓英文、法文，曾译《世界历史》《经济学》《国际工人运动》等多种作品（笔名陈子和）。他品德高尚，生活俭朴，作风平易近人，恂恂儒者之风，深受青年学者的爱戴、尊敬。谁能知道这位博学多能、著译宏富的老教授当年叱咤风云、驰马疆场的战斗生涯？又有谁能知道这位性情谦和、讷于言辞、视官禄如敝屣的蔼然长者，当年出生入死、横眉冷对反动派的感人事迹？我在罗髫渔同志领导下工作十余年，多次听他谈起以往的经历，深受教育。今又看到了他的自传和一些遗作，把他在大革命时期的战斗生活整

---

* 原载《炎黄春秋》，1997年第11期。

理成篇，展示了一位进步青年投身革命后经历的风雨征程，表现了一位共产党人坚贞不屈、艰苦奋斗，一心为国家、为人民做奉献的高尚精神。

一、参加革命

罗髫渔同志出生于四川山村的一个穷苦家庭中，父亲是做挂面的工人。兄弟姊妹七人，除了罗髫渔和他的长兄罗银舟之外，其他五人均因饥寒交迫或工作过度劳累而在青少年时死亡。罗髫渔幼年学习成绩优异，受到老师、校长的喜爱，故能勉强读到小学五年级。后来家境实在维持不下去，被迫辍学，到一家钱店去当学徒，受尽老板的白眼和捶挞。后来得到老师、同学的资助、举荐，进初级师范传习所学习一年，在乡村小学当教师。他的远房叔父罗子骏是川军中的中级军官，见罗髫渔聪颖好学，便资助他到南充顺庆中学学习。1921 年，他随几位同学浪迹武汉、南京、上海。当时盛行勤工俭学之风，罗髫渔一面工作，一面学习，还得到亲戚、同学的不时接济，才能够勉强维持生计，但不管条件多么艰苦，他从不荒废学业。1923 年，罗髫渔 22 岁，他在上海得到南方大学校长江亢虎的允许，在学校中抄写文件表册，略得微薄薪水，同时注册入学，成为一名工读生。青少年时代的坎坷经历，长期食不果腹、衣不蔽体的贫穷生活，把罗髫渔磨炼得更加倔强自尊，更加奋发上进。

1924 年，罗髫渔因学习成绩优异，得到四川地方政府的奖学金，每年 100 元大洋。这笔钱对长期贫困而不能自给的罗髫渔来说，无疑是丰厚的金额和巨大的支持，使他能安心向学了，因此转入上海大学学习，从此开始了他人生历程中的一次飞跃。

上海大学是当时著名的革命学府，它本来是一所简陋的学校，后来孙中山先生派于右任去当校长，将它改造成为培养革命干部的学校。学校聘请邓中夏担任教务长，实际主持学校工作，厉行改革，摒除旧学堂的规章、习气，增设新课程。聘请了瞿秋白、蔡和森、恽代英、任弼时、萧楚女、陈望道、张秋人、蒋光慈等任教，进行马列主义教育，宣传革命主张。李大钊、戴季陶、吴稚晖、张继、汪精卫等名流也曾来校演讲。上海大学的声誉日隆，莘莘学子从四面八方慕名而至。四川籍的学生尤其多，同学中有何秉彝（五卅运动中牺牲）、刘华（工人运动领袖，被孙传芳杀害）、李硕勋（1931年在海南岛被捕牺牲）以及欧阳继修（阳翰笙）、李民治（李一氓）、刘披云、朱义权、何成湘、程源希等人。四川的同学们组织了一个同乡会，经常聚会活动。

罗髫渔早就认识恽代英，几年前在四川听过他讲课，恽代英当时已是共产党的著名理论家。他学问渊博，讲课透析，解疑答问，口若悬河，深受青年们的崇敬。他讲课时，课堂中挤满了学生，静听讲授，全场鸦雀无声。罗髫渔从课堂上以及当时《向导》《中国青年》《民国日报》等革命报刊上，开始学习革命道理，渐渐知道了社会主义、共产主义、三民主义、无政府主义、国家主义以及马克思、列宁等。罗髫渔的幼年经历使他非常容易接受革命思想，他受过地主恶霸的欺凌，遭到钱店老板的压迫，挨过军阀部队的毒打，在嘉陵江上碰到过土匪杀人抢劫，全家食不饱、穿不暖，过着艰难的生活。为什么世界上有那么多的痛苦和不幸？为什么外国人和军阀能横行不法？国家和个人的出路何在？这些长期萦绕在他头脑里的问题逐渐得到了解答。他专心致志地听讲，如饥似渴地读书，全身心扑在功课上，虽然在校的时间不算长，但思想和学业突飞猛进，是班上名列前茅的高才生。

1924年11月，孙中山先生北上召开国民会议，路过上海，仿佛吹来了一场革命的旋风。上海租界当局扬言，禁止孙中山登岸和停留。恽代英率领学生们联合工人、市民结队到黄浦滩十六铺码头欢迎，这是罗髫渔第一次参加盛大的政治活动。恽代英嘱咐罗髫渔等几个学生负责维持学生队伍的秩序，孙中山先生和宋庆龄上岸了，向群众招手致意。十六铺码头盛况空前，“打倒帝国主义”的口号声与欢呼声、鼓掌声响彻云霄，站在旁边的外国巡捕、暗探们垂头丧气，无法阻挡。罗髫渔初次经历这种场面，无比兴奋，充满憧憬，对孙中山无限崇敬。从前，罗髫渔在社会上闯荡，备历艰辛，屡遭挫折，像一株小草，无依无靠，软弱无力。今天，他在这一宏伟的场面中看到了力量，鼓舞起对前途的信心和勇气。

二、五卅抗暴

1925 年初，上海的工人运动蓬勃发展。沪西小沙渡一带有很多日本人开设的纱厂，上海大学校址在西摩路，离此不远。罗髫渔跟着一些进步学生跑去寻访工人，进行宣传，在一所工人平民夜校任教。他从书本上学到的一些理论、原则，经过群众工作的锻炼，日益成为自己的信仰。5 月中旬，日资纱厂的工人们不堪苛重的剥削，在工人领袖、共产党员顾正红的率领下，组织罢工，要求改善待遇，增加工资。在交涉时，顾正红竟惨遭日本资本家枪杀。这一事件像在火药桶上点了火，引爆起一场浩大的群众运动。上海的工人、学生纷纷集会，进行抗议。从此，罗髫渔被这场革命大潮推出了书斋，放下书本，积极行动起来，做宣传工作。租界当局一味采取高压措施，打伤和逮捕了许多工人、学生。学生们决定 5 月 30 日在全市宣传游行，要求释放被捕的学生、工人，惩治凶手，抚恤赔偿。

当天上午，上海各学校学生从四面八方向繁华中心南京路集合，沿路宣传，散发传单。当时罗髫渔住在提篮桥，参加了南方大学的宣传小队，当走到虹口小菜场进行演讲时，被许多巡捕、暗探所包围。罗髫渔和同学梁栋、彭宴等六人当场被拘捕，被送到虹口捕房的候审室，正在争辩抗议时，学校打电话来保释。大概因为全市被捕的人太多，事情越闹越大，巡捕房怕收不了场，就对罗髫渔等一阵拳打脚踢，撵了出去。他们急忙向南京路上跑去，在永安公司门前和上海大学的学生会合，这时已是下午三点多钟。上海大学学生何秉彝是罗髫渔的同乡好友，聪颖勤学，口才很好。他站在一个凳子上演讲，要求市民们支援工人、学生，反对租界当局的暴政。突然“砰砰”几声，一个英国巡捕向何秉彝开了枪，何当即倒地。愤怒的群众一拥而上，夺了凶手的手枪，揪住这个凶手。这时，西边老闸捕房门口排枪阵阵，英国巡捕用手枪、步枪向群众狂射，数十人中枪倒地。人群完全混乱了，喊骂声、呼救声、号哭声乱成一片。罗髫渔等把中枪的学生何秉彝、尹景伊（同济大学学生）、陈虞钦（南洋中学学生）抬到浙江路隐蔽处，急忙送往医院，但三位同学都不及救治而身亡。

帝国主义血洗南京路的惨剧激起了千万民众的奋起，帝国主义越施高压，群众的反抗越猛烈。5 月 30 日晚，各校学生代表齐集在上海大学开会，成立了上海学生联合会，决定全体罢课，扩大宣传，募款救济殉难者家属以及受伤、被捕的工人、市民、学生。5 月 31 日，大雨滂沱，宣传队仍冒雨分路出发，罗髫渔被分到南京路小队，拿着传单、小旗，挨门挨户向各商家宣传，要求商店罢市，反抗帝国主义压迫，为死难烈士报仇。下午又到天后宫上海总商会，与副会长方椒伯谈判。方椒伯说话期期艾艾，不肯答应罢市。罗髫渔担任联络工作，把谈判情况随时向等待在外面的群众做传达。直到夜间八点钟，在群众的压力下，方椒伯不得不接受要求，下达了罢市命令。

罗髫渔对帝国主义的暴行痛恨万分，他全身心投入到群众运动，长驻在上海学联，与他一起工作的还有陆定一、刘披云、朱义权等。这时，上海大学已停办，学联迁到南市办公，另在法租界开办一处夏令营，邀请名流学者演讲。来这里演讲的有陈独秀、郭沫若、恽代英、蒋光慈，也有戴季陶、陈布雷等。罗髫渔在这里做演讲记录，刻印宣传品，终日忙碌。在这里，他认识了一位年轻的女中学生谭勤先（后名谭乐华），她思想进步，端庄大方，罗髫渔对她的爱慕之心油然而起。三年之后，他们终于结成伉俪，共同战斗和生活了 60 年。

三、辗转川粤

罗髫渔在五卅运动中思想进步，工作积极，提出申请参加中国共产主义青年团（CY），南方大学的同学徐玮找他谈了话。还没有等到上级批准入团，他就接受了一项任务，护送五卅运动死难烈士何秉彝同学的灵柩回四川彭县。1925 年 12 月，他离开了上海。护灵完毕以后，罗髫渔回到了家乡古宋县。这时，他的父亲、三哥均已故去，老母病卧在床，全家靠体弱的大哥做工勉强糊口。家乡贫困如故，乡亲们衣衫褴褛，面有菜色。在外地闯荡多年的罗髫渔更加明白：不打倒帝国主义和封建军阀，老百姓不会有好日子过。他的革命意志更加坚定了。

在家乡期间，罗髫渔散发了从上海带回来的宣传品和图片，向乡亲们讲说五卅惨案的真相，宣传国共合作。他把少年时的同学卢仲防、温鹤元、刘彦承、刘真儒等组成一个学习小组，经常讨论时局。不久，风声泄露，当地军阀土豪指称他是赤化分子。古宋县的教育局局长童君实爱惜人才，恐有不测，嘱咐罗髫渔赶快离开，并且把 1926 年全年奖学金 100 元提前发给他。罗髫渔又出川再去上海。他在家乡组织起来的这批青年，不久就和吴玉章同志领导的四川成都莲花池国民党党部取得了联系，也走上了进步的道路。

罗髫渔回到上海，尚无批准他入团的消息。罗髫渔要求进步的心情很迫切，担心自己进步不快，条件不够，从而未获批准呢？他把自己的想法告诉了上海大学青年团的负责人程源希。程鼓励他说：“不会的。也许因你离开上海，入团申请被耽误了。你再写个报告，我替你催问一下。”罗髫渔的报告经过程源希送上去。十天以后，批准入团的消息就下达了。罗髫渔兴奋得一夜没有合眼。有了组织的指导，有了许多志同道合的同志一起干革命，他的眼前呈现出一片光明。

罗髫渔继续在上海大学上学。1926 年，北伐战争开始了，广州急需大批干部，共青团要罗髫渔去广州工作，罗髫渔放下了尚未完成的学业，于 1926 年 9 月前往广州。这里是革命的大本营，工农运动高涨，革命政权巩固，比起上海、四川来，又是一番新的气象。罗髫渔来到广州，先是住在广东大学（1926 年改名中山大学）学生汪浩的宿舍里，广东区委书记陈延年和组织部部长木青亲自找罗髫渔谈话，向罗介绍了广东的形势。广州的革命力量固然很强大，但目前许多同志随军北伐，各机关留下了很多空缺，反动分子蠢蠢欲动，要夺取各单位的领导权。陈延年说："广东省立第一中学的群众基础很好，但最近右派经常捣乱，那边的团员不少，却只有两名党员。你先去那里教书吧，区委已决定将你转为共产党员，到那里建立一个党小组，团结学校的教师、学生，开展工作。"随即在陈延年的主持下，罗髫渔和另外几位同志参加了入党的宣誓仪式，地点就在毛泽东主办的农民运动讲习所内。

广东省立一中在广州近郊，校长陈蕃是国民党左派，颇有声望，教务长程日新、社会科主任张鸿程是共产党员。罗髫渔到职后，三名党员紧密团结，努力工作，改革规章，增添课程，使工作蒸蒸日上。但国民党右派势力视他们为眼中钉，他们竟纠集了校外的一批地痞流氓，于某日凌晨冲进学校，捆绑殴打进步学生。广州公安局出面干涉，公安局局长李章达是国民党左派，他派一队警察来校恢复秩序，并拘捕了一些流氓。罗髫渔等执行学校纪律，开除几名肇事的反动学生。不料，国民党的元老、担任中央监察委员会主任的张静江亲自出面，下令恢复被开除学生的学籍，并且驱逐罗髫渔等共产党员离校，闹成一场轩然大波。这反映了革命阵营内部左派和右派激烈斗争的一个侧面。右派的气焰很嚣张。刚刚入党的罗髫渔同志亲自体会到了斗争的复杂性、艰苦性。当时中共中央领导执行右倾机会主义路线，在国民党右派的进攻面前步步退让，决定将共产党员都撤出省立一中。罗髫渔、程日新、张鸿程被派往新的工作岗位，去担任黄埔军校的政治教官。

四、黄埔军校

黄埔军校当时的正式校名是中央军事政治学校，已经创办了好几年，培养了大批军官。虽然校长是蒋介石，但在军校的筹建、教学、训练上，共产党人却竭尽了心力。周恩来、叶剑英、恽代英、聂荣臻都担任过教官。这时，北伐军已攻克武汉，正在向南京、上海进军。黄埔军校内的大批共产党员以及第一、二、三、四期学员，已离校参加各路军队，开往各个战场。军校急需补充一批干部。这样，罗髫渔和张鸿程、程日新被调到黄埔军校的政治部，罗髫渔等三人隐蔽了共产党员的身份，加入了国民党。罗髫渔被分配在宣传科，担任少校政治教官。政治教官的任务是给学员上“三民主义”“帝国主义”“社会学”“经济学”“时事形势分析”等课程，灌输革命的理论，增强学员们的革命意识。早期的政治部主任是周恩来，这时已离校到上海去了。继任的是邵力子，邵是个挂名主任，不管具体工作，也不常来校，实际工作由政治部副主任熊雄负责。熊雄精明干练，且待人宽厚。宣传科的科长是安体诚。当时的政治教官还有恽代英（恽是政治总教官，不久即离校前往武汉）、萧楚女、张秋人、韩麟符、毛泽覃、欧阳继修（阳翰笙）、饶乃杰、李元杰、廖划平、潘怀素等人，其中有好几位是罗髫渔在上海大学的老师和同学。

萧楚女是罗髫渔的老师，比罗髫渔年长十几岁，当时已是名闻全国的理论家、大学者。他学问渊博、文笔犀利、性格爽朗、身材高大，是深受军校学生爱戴的老师。他开过“帝国主义”“社会科学”等课程，内容精彩，讲授生动。他也往往在广场上发表讲演，解答疑问，声如洪钟，极富演说天才，军校中的国民党左派和右派都爱听他讲课。由于黄埔军校原来的政治干部大批北上，萧楚女受党的委托，长期住校，把主要精力用在军校的政治教育上。他还在广州担任很多重要职务，经常来往于广州、黄埔之间。这时，他已染上肺结核病，几次咳血，身体十分虚弱，但仍不肯休息，拖着病躯，日夜不停地工作。罗髫渔和他住房相邻，并且编在一个党小组内。萧楚女已年近四十，尚未结婚。两个单身汉在一起，故经常见面。罗髫渔对这位老师非常尊敬，向他请教学问，并照顾他的生活，给他炖鸡汤、做小菜，增加营养。为了让萧楚女不致太劳累，常常替他挡掉一些会议和约稿，代他誊写一些稿件，后来和其他教官一起，苦劝萧楚女住进医院治疗。“四一二”反革命政变发生后，反动派竟从医院病床上把萧楚女捆绑去杀害。为了此事，罗髫渔一直感到深深的疚悔。如果不劝萧楚女去住院，如果他们仍旧生活在一起，那么，在最严峻的日子里，萧楚女不会和外界隔绝而得不到消息。他也和大多数人一样，大概能逢凶化吉，脱离虎口。当时万万没有想到，住院治疗的决定竟葬送了这样一位绝代才人的宝贵生命。萧楚女非常欣赏罗髫渔的书法，罗髫渔曾经自撰一联，书赠老师，挂在萧楚女的房间内。“一身浩然正气，满腹锦绣文章”，这副对联表达了一个学生对老师出自肺腑的崇敬之情，也是萧楚女烈士生平的真实写照与确切评价。

军校政治部的年轻教官们办了一个《黄埔日刊》，张鸿程是主编，萧楚女是主要撰稿人。罗髫渔常给刊物写稿，一度协助编务。他们以这个刊物为阵地，在师生员工中开展政治教育，宣传革命思想，颇有影响。军校内左、右派的斗争很激烈，经常争论，产生摩擦。这时黄埔军校校长蒋介石已当上了北伐军的总司令。副校长李济深是留守广州的军政大员，不常来校，常住校的有教育长方鼎英、总教官孙炳文、政治部副主任熊雄。方鼎英是国民党左派，政治态度温和，对人宽厚，孙炳文和熊雄都是共产党员。军校内部虽有蒋介石的御用组织“黄埔同学会”，但是左派力量占优势，革命气氛很浓厚。尤其是政治部，更是共产党员和国民党左派的大本营。不过大多数人都隐蔽了真实身份，外人弄不清楚谁是共产党员。

随着北伐战争的胜利发展，从前线也传来了许多不祥的消息：帝国主义在武汉和南京公开干涉革命；身为北伐军总司令的蒋介石行为愈益乖张，更加暴露出反共面目；各处工农运动受镇压，江西工人领袖陈赞贤被杀害。一桩桩事件，使人触目惊心。黄埔军校的政治教官们纷纷聚议。在一次党内会议上，韩麟符、毛泽覃等先后发言，话语激昂，他们分析了当前形势，指出蒋介石正在磨刀霍霍，政变迫在眉睫，建议上海党中央早做应变的准备，放手武装工农，迎击反动派的突然袭击。政治部党组织派人把这个建议送往广东区委。后来的事态发展证明：这一建议完全正确。可惜当时党的领导人思想麻痹，未做足够的准备，遂使正在蓬勃发展的大好革命形势横遭摧折。

五、脱离虎口

4月中旬的一个早晨，罗髫渔等人被政治部的中共支部书记饶乃杰召集在一起。饶乃杰告诉他们：上海发生了“四一二”大屠杀，蒋介石动用军队并纠集青帮流氓对工人纠察队和共产党员大打出手，革命力量损失惨重。李济深刚刚从上海返回广州，方鼎英教育长、熊雄副主任夤夜赶去商议，说黄埔方面随时可能出事，要大家早做准备。过了不久，饶乃杰又单独找到罗髫渔，交给他几张邮票说：组织上已决定全部共产党员迅速撤离军校，方鼎英教育长也答应礼送共产党员出校。情况紧急，孙炳文已去上海，熊雄副主任和一些已暴露身份的党员正在撤离。但是还有一些党员外出未归，一两天内即将回校，他们不知道“清党”消息，处境危险。罗髫渔并未暴露党员身份，而且到黄埔工作未及半年，熟识的人不多，不为人们注意。饶乃杰要求罗髫渔留在军校两天，等待外出未归的党员们。饶乃杰告诉罗髫渔，大家都要撤往武汉，凭这些邮票可以与党接上联系，要罗髫渔把撤退的命令和凭信交给外出返校的几位同志。饶乃杰再三叮嘱说：这里已是虎穴，一定要小心谨慎，注意观察周围形势，相机行事，如发现情况不妙，即迅速撤离。

罗髫渔勇敢而忠实地执行了党交给的任务。为了等候外出未归的同志，他几乎是最后一个撤离黄埔军校的共产党员。政治部是被人注视的大目标，不能再在这里待下去。罗髫渔迅速清理了萧楚女、自己以及另外一些党员的寝室，当晚离开政治部，住到特务连的宿舍里。连长和士兵很多是四川人，和罗髫渔熟悉而亲近，罗髫渔得到他们的掩护而隐蔽了下来。

翌日早晨，军校周围的情况大变，交通断绝，贴出了广州公安局局长钱大钧的戒严令。中山舰和西江舰驶到黄埔岛，卸下炮衣，几挺机关枪摆在军校的大门口，铁栅门已关闭，杀气腾腾，如临大敌。军校内尚有第五期几个大队的学员一千数百人和第六期刚入学的部分学员，全部徒手列队，站在政治部对面俱乐部的广场上，挨次接受检查。一些反动分子出头指认共产党员，当场被捕近100人，以后还有许多共产党人陆续被捕，所谓“礼送出校”，竟是谎话。听说这些同志很快被转移出去，未经审讯就被执行枪决，反动派对革命者大开杀戒，狠下毒手。

罗髫渔通过特务连士兵的帮助，与外出回校的党员迅速取得联系，传达撤退命令，指定撤退的路线和地点，发给邮票作为联络的凭信。他身居虎口，临事从容，处危而不乱，圆满地完成了拯救同志的任务。他留在军校内四昼夜，未被反动派察觉，最后在士兵的帮助下，化装为平民逃出军校，雇了一艘小船，前往广州。在事先约定的联络点，找到了张鸿程、程日新，隐藏在省一中的同学、共青团员李培荪的家中。

广州笼罩在一片白色恐怖中。省港罢工工人的纠察队和反动军警战斗两天，因寡不敌众，已告失败。军警便衣沿街搜索，到处捉人，熊雄、萧楚女、熊锐、何琨等同志均已被捕牺牲，其他同志下落不明，广州不能久留，罗髫渔等急谋脱身之计。他们人生地不熟，这时完全依靠省一中的进步学生和他们的家长。有一位家长与桂系军阀头子黄绍竑相识，写了一封介绍信作为掩护，购好船票，由省一中的学生陪送，沿着珠江前往广西。一路上盘查严紧，几历险境，因为有了那封介绍信，都应付了过去。他们来到广西贺县的乡下居住几天，随后请当地农民领路，翻越九嶷山，到达湖南的江华，湖南省尚为武汉政府所控制，罗髫渔等总算到了安全地带。他们走在九嶷山上，遍野奇花盛开，溪泉流注，山草拂膝，鸟声入耳。几个人含悲忍泪，回顾来路，痛定思痛。这场灾祸多么突然，几天前还是黄埔一家，互称同学师长，蓦地反动派拿起屠刀，从背后狠狠砍杀，眼睁睁看着大批同志倒在血泊之中。如今总算逃离虎口，走上宽阔的山脊，呼吸着自由的空气，但他们的心底却是那样沉重、辛酸，他们牢牢记着这苦难的日子，发誓要为牺牲的同志们报仇雪恨。

六、北伐军中

罗髫渔一行进入湖南后，在长沙乘坐火车，于1927年5月初到达武汉。先到总政治部报到，交了邮票、凭信，接上组织关系。做接待工作的是章伯钧和欧阳钦，武汉政府还专为从广州脱险归来的同志召开了一次欢迎会。以后，罗髫渔被分配到起义部队高桂滋的第十六军政治部任中校宣传科长。罗髫渔和在第十六军政治部的中共特派员刘明汉取得了联系，刘命罗率领几名政工干部乘火车前往河南漯河第十六军军部去工作。第十六军是一支旧军队，人员混杂，刚刚编组成军，政治工作基础很差，队伍都分布在前线阵地上和奉军对峙。漯河军部只有几间房子，几个军部人员无所事事，天天打麻将、聊大天。问他们部队在哪里，各团有无政治指导员，他们都说不清楚。几天以后，特派员刘明汉来了，他也不抓工作，只知道要大家造名册、领军饷。罗髫渔建议下到团营连排去做政治工作，刘明汉摇头说行不通。罗髫渔从武汉带来大批宣传品，准备分发给部队。刘明汉诧异地说："十六军的士兵都不识字，发这些干啥?"罗髫渔把这些情况向前方总政治部汇报，总政治部组织处处长关向应了解到第十六军的政治工作暂难开展，向上级请示后，把罗髫渔调到前敌军委。

前敌军委书记是陆沉，负责工人运动的是李振瀛，负责地方党政工作的是黄锦辉，罗髫渔被派到黄锦辉手下工作。前敌军委不是指挥军事而是做地方工作的机构。河南是北伐前线，革命军和奉军在临颍激战之后，克复了许昌，正向郑州推进，奉军节节败退。前敌军委的工作十分繁忙，并正准备在收复河南全省之后即改为河南省委。罗髫渔前去报到的当天，就奉命以特派员身份前往确山，调查、视察县政府的工作。罗来到确山，市集上倒也熙熙攘攘，还算兴旺，城墙上和街道上站立着许多手执红缨长矛的人，这是刚从红枪会改编过来的队伍。县政府七个委员中，有五个是共产党员，但县长和另一个委员则是刚刚倒戈过来的靳云鹗部下的旧官僚。五个党员文化低，有的不识字，全县的民政、财政和军需供应大权都掌握在县长的手里。罗髫渔把五个党员带到僻静的山坡开会，嘱咐他们要提高警惕，克服骄傲麻痹思想，监督那位县长的工作，尤其要注意掌握武装。罗髫渔留在确山短短几天，工作十分忙碌，召开了农民大会，打击当地的地主和土匪，加强治安，整顿秩序。他返回漯河向陆沉、黄锦辉汇报了情况，建议派遣几个得力的干部前往确山工作，但当时人手紧缺，这项建议被搁置了下来。

战争进行得很顺利，奉军放弃了郑州，退往黄河北岸。为适应形势的变化，前方的工作调动很频繁。罗髫渔回漯河几天之后，即被调往第二方面军张发奎部的第十一军工作，军长是朱晖日，军部驻在许昌，罗髫渔立即赶到许昌报到，任第十一军政治部的宣传科长。北伐军占领郑州后，他很快随军部开进郑州，郑州城内外一片战乱景象，到处断垣残壁，奉军的大炮、车辆、军辎丢弃满地。罗髫渔忙于印制各种文稿，召开会议，向群众做宣传工作。这时，他在城内的一家旧书店里意外地买到了一批旧书，罗髫渔爱书成癖，工作之余就展卷阅读，行军时也带着这些沉重的书籍。想不到这些书籍日后竟成了八一起义部队南征途中一个小小的流动图书馆。

北伐的前途似乎仍很光明，奉军已全线溃退，河南的工农运动正在兴起。这时，总政治部主任邓演达专程去潼关，迎接国民革命军第二集团军总司令冯玉祥前来郑州，共商国是。武汉政府的北伐军总指挥唐生智已在郑州，其他政府要员汪精卫、谭延闿、孙科、顾孟余等亦联袂来郑，真有点“八方风雨会中州”的气象。罗髫渔等以为：武汉政府与东出的冯玉祥会师，必能彻底打败北洋军阀，完成北伐大业，并堂堂正正地讨伐蒋介石。但他们的想法太天真了，冯玉祥在郑州与汪精卫等商谈之后，竟开车到徐州去了，冯、汪虽然和蒋介石矛盾重重，但在对待共产党的态度上有着共同性，他们对工农运动的发展忧心忡忡。汪精卫和冯玉祥达成协议，停止北伐，北伐军撤回武汉，把河南地盘交给了冯玉祥。这样，罗髫渔又随第十一军返回了武汉。

武汉的形势日益紧张，夏斗寅的反动军队在北伐军出征时，乘武汉空虚，竟敢进行偷袭。幸亏武汉卫戍司令叶挺率领第二十四师及武汉黄埔分校的学生军英勇抵抗，打退了夏斗寅的进攻。北伐军回到武汉时，武汉的工人纠察队已被解除武装，湖南农民军进攻长沙的计划亦被陈独秀取消，各地的政客、军官、豪绅纷纷反扑，革命同志被捕、被杀的消息日有所闻。市面上物价上涨，人心惶惶，武汉政府中反共的迹象日益明显，汪精卫等拼命制造舆论，诬蔑工农运动过火，说什么共产国际策动中共篡夺军权、党权。

表面上看，武汉政府和蒋介石还是对立的，讨蒋的军事活动仍在进行，大批军队从武汉向九江方向调动，名义上是“东征蒋介石”，事实上宁汉正在合流，反动军官们步蒋介石的后尘，在各地打击共产党员和工农群众。当时，在武汉召开了东征誓师大会。会前，第四军政治部主任廖乾吾集合第四军和第十一军的政工人员，传达党的指示，要拟写一篇声讨蒋介石的宣传大纲和标语、口号。罗髫渔被指定起草宣传大纲，朱新繁起草标语、口号。这次誓师大会上，武汉政府的要员云集，汪精卫发表演说，说了一半，从口袋中掏出罗髫渔草拟的宣传大纲，大肆攻击说：“这个大纲，只强调三大政策，却不强调总理的三民主义，是对国共合作的破坏。此类错误，不能不予以纠正。”孙科演讲说：“国民党的右边是西山会议派，这条路不能走。左边是共产党，这条路更不能走。我们只应遵照总理的教诲，走中间路线。”谭延闿说：“蒋介石虽有错误，我们不是一味用武力压迫他，还要采用调停的方法。”身为讨蒋军总司令的唐生智，既不声讨蒋介石，也不指责共产党，言不及义，却说什么现在天气炎热了，东征军路上辛苦，要保重身体，多备些十滴水等。这次大会根本不像讨伐蒋介石的誓师大会，而联蒋反共已露端倪，革命前途渺茫，灾祸恐将来临，大家议论纷纷，忧急无计，难以扭转大局。

七、南昌起义

1927 年 7 月，张发奎所辖第四方面军的第十一军（军长朱晖日)、第四军（军长黄琪翔）以及贺龙的第二十军相继开往江西。第十一军政治部主任徐名鸿调离工作，前敌军委派罗髫渔代理政治部主任，并兼任上校秘书。军委书记是聂荣臻，以后又是第十一军的党代表；第四方面军的政治部主任是郭沫若。从此，罗髫渔就在聂荣臻、郭沫若的领导下工作，从八一南昌起义起，直到起义军南征失败为止。

7月15日，武汉政府发生“分共事件”，汪精卫等背叛革命，宣布同共产党决裂。7月25日，罗髫渔随同第十一军政治部到达九江。当时，革命形势千钧一发，许多部队都在往南昌集中，聂荣臻从九江赶到马回岭第四军的驻地，筹划起义事宜去了。临行前聂嘱咐罗髫渔，有许多革命同志已离开武汉，赶来江西，不日将到达，要罗髫渔等在九江暂候几天，做收容接待工作，并多多制作第十一军政治部的佩章，发给他们，将他们安全转送到南昌。

第十一军政治部设立在九江车站的仓库中，接待工作十分忙碌。连日来，很多同志或零散，或结队，纷纷从武汉来到九江。接待的条件虽然很差，但罗髫渔等竭尽全力，并得到当地党委的协助，送出了几批人员，其中有黄埔军校武汉分校女生队的一批学员，罗髫渔后来的夫人谭勤先（后名谭乐华）也在其中。罗髫渔和她在五卅运动中相识于上海，后来谭勤先考入黄埔军校武汉分校。分校开设了唯一的女生班，学员共200人，每天要上政治课和军事课，学校的实际负责人是恽代英。当夏斗寅进攻武汉时，女生队曾编入中央独立师，参加保卫武汉的战斗，和谭勤先同学的有一大批巾帼英杰，如赵一曼、游曦、郑梅仙、危拱之、张瑞华（聂荣臻夫人）、黄杰（徐向前夫人）、曾宪植（叶剑英夫人）、王鸣皋（李平心夫人）、杨庆兰、吕儒贞、胡毓秀、谢冰莹等。谭勤先和罗髫渔早已认识，戎马倥偬之中，不期而遇。此后，两人在南征的路上共同战斗两个多月，两心相印，互相倾慕。当然，在战斗和行军环境中是谈不上解决个人问题的，直到1928年又在上海相遇，才结成了革命姻缘。

刚刚往南昌送走了几批人，前面的道路已阻塞不通，政治部内挤满了收容待遣人员。7月30日上午，罗髫渔接到命令，将第十一军政治部撤离九江，速往南昌。这时政治部连同暂时收容的同志共70余人，有10多支步枪和40多支驳壳枪，还有一批文件、辎重。罗髫渔是政治部代理主任，率领全队。前敌军委派来傅维岳负责军事，傅维岳是黄埔一期的毕业生，深谙军事，勇敢善战，原为某师政治部主任，“四一二”时，险遭不测，幸脱虎口。后来南征军失败，他是汕头守卫战的指挥员。政治部的党支书则由王海萍担任。三人组成领导小组。罗髫渔宣布，即时紧急行军，赶往南昌，行动均听傅维岳指挥。7月30日下午，这支队伍从九江出发。这时，南浔铁路上到处是军队、车辆、辎重，拥挤难行，铁路已不通车，他们只得抛弃笨重行李，轻装步行。罗髫渔书生习气，把自己的衣服用具几乎全丢掉了，却留下一个藤箱，里面满装着在郑州购买的书籍，他背着沉重的书箱，随队伍蹒跚前进。7月31日，到达庐山脚下，九江党委派来的同志找了当地农民引路，并且雇到九艘船只，这对大家是意外的喜事，不但船行迅捷，而且可避炎热天气，可免行走疲劳之苦。这支船队。沿着鄱阳湖边，行至德安附近。一路上碰到不少南来北往的部队，乱哄哄的，不知前方消息。在从德安通向赣江的小运河上，罗髫渔等碰到了几个落伍的士兵，从他们嘴里得知8月1日南昌起义的消息，又知道在马回岭附近第四军的一部分队伍（第二十五师的第七十三团、第七十五团）也于昨天起义，撇下指挥官张发奎、黄琪翔、朱晖日等，奔往南昌而去，附近则有反动派缪培南的第十二师沿路捕捉失散的革命人员。罗髫渔等满心高兴，行动越发谨慎，小心翼翼地避开敌方的队伍，沿着鄱阳湖绕道行驶。8月4日夜间到达南昌城外赣江的江面上，远远望见牛行车站灯火辉煌，人声嘈杂，估计是张发奎的部队已接近南昌。大队伍进城恐有不测，便派罗稷南（当时名陈小航）乔装进城去探听消息。罗稷南是云南人，在驻江西的朱培德军队中有很多熟人，进城便于活动。船队不敢停留，向上游驶去，停泊在南昌城南数十里的生米街。罗稷南很快从南昌回队，探知朱德、叶挺、贺龙的起义部队已撤离南昌，前往抚州，他未能与组织取得联系。于是罗髫渔、傅维岳带着这支船队溯赣江、抚河南行，追赶大军。

天气酷热，骄阳似火。老百姓怕打仗和过兵，民船商舶都躲藏在港汊僻静之处，江面上空荡荡的。罗髫渔等乘坐的九艘大小船只，组成一支颇为壮观的队伍，向南行驶。他们警惕地注意周围的情况，派出持枪人员，在船队前后监护。岸上，三三两两的老乡们，注视和目送着这支船队。白天天气太热，大家躺在阴凉处歇息；凌晨和傍晚天气凉爽，微风习习，才赶路趱行。几个月以来，蒋介石、汪精卫相继叛变革命，残害同志，大家强忍悲痛，憋着一肚子怒火，也不知革命的前途如何。南昌起义如风暴乍起，扫尽了郁积在同志们心中的迷雾愁云，大家欢欣鼓舞，士气为之大振。他们冒着酷暑行军，恨不能两肋插翅，立即飞到抚州和起义的大军会合。

八、南征途中

8 月 9 日，罗髫渔等到达抚州，八一起义大军从南昌撤退，第一站就停驻在这里。罗髫渔、傅维岳率领的队伍与大队会合后，就分散到各军各单位。傅维岳被调到第二十军第六团当团长去了，罗髫渔仍任第十一军政治部代理主任，第十一军的新任军长是叶挺，党代表是聂荣臻。

部队即日向南进发，从抚州经宜黄、广昌到达瑞金。江西的群众工作基础很差，老百姓分不清革命队伍和军阀队伍。故而行军所至，群众逃避一空，连挑夫也雇不到。罗髫渔等也努力想接近群众，但军行匆促，加以言语不通，宣传工作没有什么起色，只能在沿路唱唱歌，写写标语，群众的会议也开不起来。

在瑞金，听说钱大钧在会昌集结重兵，有十几个团，大举进攻起义军，朱德和贺龙的队伍已和钱大钧部在会昌交火，第十一军奉命前往增援。周恩来与叶挺、刘伯承、聂荣臻等制订作战计划，绕道洛口，从后路包抄钱大钧部。从瑞金驻地赶到会昌，有两天路程，这时前线已十分吃紧，正面部队承受着很大的压力。叶挺命令第十一军所辖的第二十四师（新任师长古勋铭）、第二十五师（师长周士第）紧急行军，赶到会昌以西的山地。钱大钧部驻守在高山险隘之处，工事坚固，守御严密。叶挺则志在必胜，以第十一军全部兵力投入战斗，且出敌不意，突然出现于其侧后，居高临下，士兵们斗志旺盛，奋勇争先，向下压去，以一当十。政工人员和后勤人员也持枪上阵。罗髫渔也冲到了前沿阵地。一些女同志冒着枪林弹雨，勇敢地背负伤员，做救护工作。此役钱大钧部彻底溃败，几乎全军覆没，而起义军的伤亡也不少，陈赓将军当时是第二十军的一个营长，即在此役中受重伤。

8月30日晚七时，起义军攻克会昌，俘虏很多，而且缴获了钱大钧的几百艘运送给养、军械、弹药的船只，这是起义军急需补充的物资。罗髫渔奉命去清点和搬运这批物资，又在城内搜集了油盐粮茶等日用品，准备骡马，雇觅挑夫。政治部日夜忙碌，几乎成了副官处。在会昌停留数日，桂系黄绍竑的部队从西南向会昌逼近。第十一军奉命断后，向瑞金撤退。会昌之役，战斗激烈，是南昌起义部队南征路上的第一次大战，表现了起义部队的英雄气概。罗髫渔持枪上阵，亲历战斗，第一次体会到战地生活的滋味。

9月初，起义军进入福建汀州，在此休整。宣传工作已有起色，起义军所到之处，已有当地党组织接待，群众争相送水送饭。特别是穷人，对起义军表示了拥护和同情，也愿受雇挑运弹药、粮食，比在江西行军的困难减少了。政治部也召开过一些群众大会，宣传革命道理。但是打土豪、分田地的事还停留在口头上，事实上，起义军初来乍到，在一个地方停留时间也不长，弄不清当地土豪是谁，躲在哪里，也没有时间做没收和平分土地的工作。

9月中旬，起义部队在上杭，为了加强部队的政治工作，周恩来召开了一次全军的政治工作会议，地点在朱德副军长（第九军）的住所。出席会议的是各军师的党代表、政治部主任以及各团的指导员，其中有恽代英、聂荣臻、陈毅、郭沫若、徐特立、高语罕、贺昌、陈兴霖、李陶（李硕勋）、阳翰笙（欧阳继修）、李一氓（李民治）、罗髫渔（罗懋其）、梅龚彬、吴明、章伯钧、陈恭、韩麟符、朱雅林等人。会上，周恩来做报告，阐明了当前的军事形势，下一步拟向广东进发，攻取潮州、汕头。他强调政治工作和发动群众的重要性，否则军事行动将变成流寇式的盲动。会议决定改组总政治部，郭沫若仍担任主任，调阳翰笙为总政秘书长，贺昌为总政宣传处长，罗髫渔为总政组织处长，高语罕为第二十军党代表，聂荣臻仍为第十一军党代表。会后，聂荣臻认为，第十一军政治部主任一时找不到合适的接替人选，要求总政治部将罗髫渔仍调回第十一军，去掉“代理”名义，任命为政治部主任。总政组织处长由李一氓接任。

值得一提的是，罗髫渔为追赶起义大军，在九江时舍不得扔掉的一藤箱书籍，此时仍随着大军而搬徙。到达抚州之前，他们是坐船走水路，带一箱书不成问题。到了抚州，归还建制以后，改走陆路，沉重的书籍毕竟是长途行军时的累赘。有的同志劝罗髫渔把书丢掉，轻装前进。但罗髫渔下不了决心，幸好第十一军政治部有几匹驮载器材的骡马，这箱书也就被驮上了马背，随军迁移。后来，在行军路途或休整营地，渐渐有人来借阅了。第十一军中有不少知识分子，由于行军艰苦，谁也没有携带书籍、报纸、杂志。“物以稀为贵”，罗髫渔的这箱书受到第十一军的重视，成了行军途中的精神食粮。藤箱中的书籍有限，可品种多样，有《共产主义 ABC》一类小册子、《中国青年》等旧期刊以及现代散文和短篇小说，还有《庄子》《唐宋诗醇》《孙子兵法》《古文辞类纂》《曾国藩家书》等石印本古籍。以后借阅的人越来越多，行军休息之时，一卷在握，讽诵欣赏，自得其乐。其中如《唐宋诗醇》《孙子兵法》和短篇小说，是大家争相借阅的抢手货。郭沫若借去了《孙子兵法》，他戏谑地宣称：从此要弃文习武，刻苦研究兵法去了。罗髫渔的书箱受到大家的钟爱。叶挺军长称赞它是小小的“马上图书馆”，为紧张、单调的行军生活提供了精神上的调剂品。到了汀州，大家收集了一些图书作为补充，这些图书成为第十一军共同的文化财富。直到后来书箱留在潮州。起义军被冲散后，这些图书也随着南征部队的失败而全部丢失。

九、潮、汕受挫

9 月中旬，起义军离开福建，进入广东。兵分两路，朱德率教导团和第十一军第二十五师（师长周士第、党代表李硕勋）驻守在梅县的松口、三河坝，以监视侧后之敌，其他部队则向潮、汕进发。这里并无敌人的重兵设防，只有少数地方部队，但他们已闻风逃窜。起义军兵不血刃，进入汕头、潮州。广东的群众基础比江西、福建都要好，许多农村里已有农民协会和农民军，潮、汕的工人、学生也出来热烈欢迎起义军。政治部也显得热闹起来，忙于召开群众大会，组织宣传队伍，创办革命报刊。虽然留在潮、汕的时间不长，工作却颇忙碌，一路上，打击土豪也取得了一定成绩。当罗髫渔在潮州时，当地党组织拘捕了一名姓温的恶霸地主，送到第十一军政治部，罗髫渔当即将他解送保卫处（负责人是李立三），此人后被枪决了。半年以后，罗髫渔回到上海，看到报纸上刊载着温姓地主的儿子为了报仇，跟踪前来上海，将拘捕该地主的同志扭送法租界捕房，且指名寻拿罗懋其、李立三等。党组织火速通知罗髫渔离开上海，罗髫渔不得不到天津塘沽海关一位老同学处暂避，这是后来的事情，但也是南征途中打土豪行动引起的一点余波。

这时，张太雷从上海赶到潮、汕，传达“八七”会议精神和党中央的指示，认为起义军僻处潮、汕一隅，难于有所作为，应开往海陆丰，会合东江农民军，进攻广州，以图发展。并命令军中一些领导骨干和文职人员撤往上海，在别的地方开辟局面。当时急需补充兵员和枪械弹药，指挥部在福建途中曾派人往上海，找党中央联系，希望大军抵达汕头后，能从海上得到枪弹接济。但由于帝国主义的敌视，海面有外国军舰游弋，这一愿望未能实现。

9 月底，揭阳方面有敌军蠢动，由于情报失误，指挥部低估了敌方兵力，犯了临阵轻敌的错误。其实，这方面的敌人有陈济棠、薛岳、徐景唐所率 1.5 万人之众，实力强大，以逸待劳，而起义军兵力分散，弹药紧缺，长途跋涉，军力劳顿，剩余的兵力为第二十军和第十一军的一部分，只有5 000人，以少击众，不宜于硬打硬拼。9月29日，在汤坑展开战斗，起义军发扬英勇作战的作风，猛冲猛打，给敌人以狠狠打击，但自己兵员损失几达2 000人，锐气受挫。在部队返回潮、汕时，得知汕头海面开来了敌舰，桂系黄绍竑的军队也追蹑而至，从水陆两路进攻。潮、汕是革命委员会各机关所在地，守军却很薄弱，只有第二十军第三师的第六团和教导大队。第六团团长傅维岳是罗髫渔的老战友，和罗一起在九江带队追赶南昌起义大军。敌军冲入潮、汕，傅维岳率一团人协助第三师师长周逸群将起义军领导机关安全转移。起义军奋勇迎击敌军，但终因众寡悬殊，潮、汕失守。那时，谭勤先分配在潮州电报局内工作，与敌军巷战时腹部中弹负伤，被当地群众搭救，送往红十字会医院治疗。医院工作人员将她和胡毓秀、王鸣皋二位女战士藏匿在女厕所内，足足有一个星期，幸免敌人搜查。以后，三人从潮州潜往汕头，乘船去上海。谭勤先和罗髫渔同在第十一军政治部工作，谭为人活泼开朗，乐观大方，既做宣传工作，又善医疗护理。她年纪轻，身体好，能吃苦耐劳，长期的艰苦行军锻炼使她更加坚强，能在战场上背负着重伤员上山下坡。起义军中有30位女兵，都来自武汉黄埔分校的女生大队，其中年轻健壮者有“四大金刚”之称，谭勤先就是其中之一。南征途中，罗髫渔和谭勤先朝夕相处，情投意合，如今谭勤先身陷虎穴，生死未卜。罗髫渔随军转战，心事重重，既为南征部队的失利而忧心如焚，又为谭勤先的安危而寝食俱废。

十、革命退却时的坚强后卫

汤坑失利，潮、汕不守，起义军拟向海陆丰退却。彭湃是当地人，早年在这里搞农民运动，非常熟悉情况，在群众中享有崇高威望。他认为：到海陆丰去，那里群众基础好，易于发动农民，扩大军队，建立根据地，革命会打开新局面。这时，起义队伍受挫，士气低落。第十一军素有“铁军”的美誉，能征善战，所向克捷，但已被分割为两部分。朱德、周士第、李硕勋、陈毅率第二十五师留在三河坝，远在200里外；叶挺军长一心想把第二十四师拉向东走，和第二十五师会合，在闽西南求生存。叶挺将这个想法和罗髫渔讲过多次，并要罗派人去三河坝方向侦察，但格于党中央的指示和大多数人的意见，叶挺只好放弃自己北走的想法，改向西南方向进发，前往海陆丰。10月3日，行经流沙，召开干部会议，周恩来、叶挺、贺龙、刘伯承、聂荣臻以及从潮、汕撤出的机关领导人员吴玉章、谭平山、郭沫若、恽代英、林伯渠、张国焘、李立三等全都与会。周恩来抱病主持会议，宣布大部队将留在海陆丰，领导机关的文职人员大多撤往香港，已经准备好带路的农民和联络地点、信号，等等。会议充满悲壮的气氛，大家的心情很沉重，知道只有走这条路了，没有什么话可说。

流沙会议刚刚结束，即闻前方山头出现了敌军，队伍慌忙前进。贺龙的第二十军已在前头远去，失去了联系。领导机关随第二十四师跟进，走在两山之间的隘路上，忽遭敌军阻截，前有伏击，后有追兵，四面俱是枪声，队伍顿时乱了营。军中雇来的挑夫们丢弃物件，到处乱跑。师部掌握不了团、营、连、排，人员星散，分成一堆堆的人群。沿路村庄还有地主的民团武装，据守在碉堡里打冷枪。眼看情况危急，有全军覆没的危险。党组织为了保存有生力量，命令分散突围，罗髫渔紧随着周恩来、叶挺、聂荣臻等同志，共有100多人，还有一排士兵作保护。周恩来病情甚重，茶饭不进，有时昏迷，只能用滑竿抬着走。夜间，忽有一支地主武装鸣枪来袭，首长和大队立即动身离开险地。罗髫渔、白鑫和一位姓李的副排长率22名持枪人员断后抵抗，战斗两个小时，打退了地主武装的进攻。这时，周恩来等已脱险远离，罗髫渔等慌忙追赶，但没有赶上队伍。从此，罗髫渔和朝夕相处的第十一军军部首长叶挺、聂荣臻分离开了。

第二天，罗髫渔等在黑夜中摸到了一处乡场，找到了正在收容失散同志的彭湃，知道周恩来、叶挺、聂荣臻、吴玉章、郭沫若、恽代英等都安然无恙，正在安全转移，罗髫渔心中的一块石头落了地。彭湃安排一位当地姓徐的农民带路，先到金乡，后到甲子港。这时，当地农会发动群众，帮助滞留人员分批渡海，撤往香港。罗髫渔和缪芸仁、白鑫率领这支 22 人的武装队伍担任警卫，日夜放哨站岗，防止敌军、民团和海盗的偷袭。总算平安无事，几天内人员已疏散完毕。罗髫渔遵照党组织的命令，把枪械留给当地农会，刚准备乘船出发，忽有五艘海盗船驶到岸边，意在劫掠（当时留在那里的有一些枪械和物资），而刚刚拿到枪械的农民还不知如何放枪。罗髫渔决定推迟出发，拿回武器，聚集原来的队伍和一些农民，驾船出击，打退海盗，奋力追逐，解除了海面上的威胁。罗髫渔看到农民还不会用枪，索性留驻三天，专门教农民如何使用枪械。这支武装小分队成为起义军撤退时的坚强后卫。最后，罗髫渔和缪芸仁、白鑫等十余人分乘两艘小木船出海。漂流两天，到达香港，在筲箕湾登陆。

南昌起义失败了，无数烈士的鲜血挥洒在赣、闽、粤的大地上。但是革命的烈火并没有熄灭，失败激励着人们的斗志，它是革命者重新崛起并走向胜利的新起点。起义后的南征部队，一部分人留在海陆丰，建立、扩大东江农民军并参加了当年 12 月的广州起义；另一部分人在朱德、陈毅的率领下，转战赣南、湘南，翌年在井冈山和毛泽东会师；还有一部分人撤到香港、上海，前往全国各地，做地下工作。罗髫渔撤到香港后，不久即往上海，找到了在潮州失散的谭勤先，他们结成了革命夫妻。此后，罗髫渔长期在上海、香港、武汉、四川做地下工作。他身居虎穴，坚持战斗，革命意志愈益坚定。当年中国笼罩在一片黑暗的恐怖统治下，但革命的火焰仍在熊熊燃烧，终将冲破漫长的黑夜，迎来胜利的灿烂晨光。

忆交大学风*

交大的学风给我的印象极为深刻，与我后来所就读的北大，迥然不同。一个是严谨踏实，一个是自由宽松。这对我日后从事的历史研究，大有裨益。

1944 年我考入上海交通大学铁路管理系。交大是当时最难考的大学之一，以理工科闻名，但也有很好的国文基础。我就读交大时的名誉校长唐文治先生是国文大师，教我国文的陈柱尊教授是他的得意门生。记得当时考交大的作文题目是《仁人之安宅也义人之正路也》，没有标点符号，如果没有一点古文的基础，根本无从下手；英文考试是将《桃花源记》翻译成英文。我的国文基础比较好，考了第一，后来我考北大时，国文入学试题的作文题目是《船》，相对容易，考生能自由发挥。

所有在交大读过书的学生，都会对交大校风之严格，记忆犹新。除国文课和第二外语课外，其他所有课程都用英语授课，英语考试。入学考试也用英语。每堂课都要点名，上课时学生绝不能睡觉，也不能随便缺课，否则，后面的课程就无法跟上。如果缺课到一定程度，就会被学校取消考试资格。当时交大考试采取这样的做法：分数的计算用开方乘十的办法，如果是 25 分，开方以后，再乘以 10，于是就有 50 分；如果是 36 分，就及格了。考试不仅考学生会不会做，还考熟练程度。如物理基础课考题共有 3 大题，一般学生能做 2 大题就已经是很好了，掌握得特别熟练的，只来得及做两题半。考试快结束时，教师倒计时，大声宣布：还有 5 分钟、4 分钟、3 分钟、2 分钟、1 分钟、50 秒、40 秒……

---

* 原载《光明日报》，2006 年 3 月 17 日。

当时的交大，学生按成绩排座位，成绩好的坐在前面。我考入交大铁路管理系的时候是第一名，又是班长，就被安排坐在第一排。在严谨的校风和近乎苛刻的考试制度面前，同学们都非常勤奋，加倍努力学习。考前大家自愿结合，共同温课，自然形成学习小组。当时没有作弊情况，若有人作弊，大家都会看不起他，认为勤奋学习是学生的责任，作弊是自欺欺人，不诚实，没出息。近于苛刻的不易及格是老交大传统之一。因为题目难，大多数学生都考不到高分。教务处公布月考、期考分数时，用蓝色填写及格分数，红色填写不及格分数。记得当时总是红色一片，触目惊心。对于如此高的要求，学生却乐于接受，口服心服。对批红色分数多的教师，则敬畏备至，认为他必是学识渊博，深不可测。

日本人占领上海之时，有的师生员工搬迁到内地去了，但大部分教师坚持留在租界里继续办学。留下来的教师都非常有名，交大严谨踏实的学风、校风还是保持着。当时很多名校都有一个特点，名师都给大一即一年级的学生上课。学校强调一入学就使学生接受各种名教授思想的熏陶。因此给一年级上基础课的都是名教授。那时教我物理的是著名的物理学家裘维裕教授。此外的名师也不胜枚举，比如教微积分的胡敦复教授，教物理的姚启钧教授、赵富鑫教授，教化学的张怀义教授，等等。

1945 年，从大后方回来的交大，与前相比，感觉不再那么严格。因为在抗战期间，许多大学也四处流离，没有一个安静的学习环境。但相对而言，当时在上海这个地方，交大还是交大，没有太多的干扰。于是，老的传统可能就被传承下来。现在看来，传统的教育还是有许多值得我们学习和吸收的地方。虽然它也有很多的缺点，但是回过头来看看，很严格的学习纪律还是很有必要的。

初进北大*

1998年是我母校北京大学的100周年诞辰。五十二年前，我初进北大，在史学系就读两年，因故辍学，追忆前尘，如影如梦，当年的各种事件、众多人物，历历如在眼前。

1946年深秋，我从上海交通大学转到北京大学。乍来北方，对气候、水土很不习惯，生活不能适应，但北京大学浓厚的学术氛围、活泼的自由风气深深地吸引住了我。此前，我已在上海交大学过两年，交大也是我国的第一流学府，但其环境、气氛和北大迥然不同。交大的校风是严格、认真，有秩序、讲纪律，教师水平高、很负责。大多是必修课程，课堂有级长，上课要点名。同学们个个勤奋刻苦，日夜拼搏，一天到晚在习题的海洋中奋战，按时做题，按时交卷，按时考试。这一学习程式循环往复，无有终止，稍一懈怠，考试就不能及格。

初进北大，如同步入了一个洋溢着民主、自由气息的学术殿堂。课程很多是选修，大多是跨系科听课，课堂不点名，纪律宽松。同学中有的孜孜矻矻，勤奋攻读，成绩优异；有的则不修边幅，放浪形骸，读书不求甚解。两类学生考试时都能顺利通过。最吸引学生的地方是北大图书馆，馆藏宏富，缥缃满架，对学生实行开架阅览，取阅方便。我第一次走进沙滩图书馆的大阅览室，看到琳琅满目的图书，心境豁然开朗，很多以前听说而从未见过的书籍都陈列在跟前，真是“如行山阴道上，目不暇接”，可以随心所欲地尽情饱览。

尤其值得留恋和怀念的是当年给我们上课的师长们。当年北大的名教授有给低年级学生开基础课的好传统，故而使我这个刚入校

---

* 原载《光明日报》，1998年2月3日。

门的青年学子有幸认识了许多文化名人，亲聆教诲。我是史学系的学生，当年北大秘书长郑天挺兼任史学系主任，为我们开明清史课程。北大校长是胡适，不管具体校务，北大又不设副校长，郑先生实际上担当副校长角色，事务丛集，一切都要躬亲处理，但他仍坚持在教学第一线。他的课内容丰富，讲述生动，极有条理。校长胡适也给史学系上过课，是历史研究法系列讲座的第一讲。虽是史学系的课，但全校学生都要求来听课，人太多了，只好安排在晚上北楼的大教室内，讲课时座无虚席，教室内外还站立着很多听课的人。还有辅仁大学校长、史学名家陈垣先生被请来讲"史源学"，我旁听了三次。他坐在特设的椅子内，鹤发银髯，神态安详地向学生讲论今古。

大学一年级基础课的任教老师都是名教授。大一国文的老师沈从文，他身躯瘦弱，态度和蔼，低沉的语音迸放出精警的内容，每篇课文他都低回吟诵，以欣赏者的姿态带领学生进入课文中的意境。大一哲学的老师贺麟，他个子矮小，戴着宽边大眼镜，神采奕奕，讲课滔滔不绝，尽情勾画出一个沉思中的世界。他是北大训导长，但平易近人，亲近学生，我常常去他家中做客，他热情地和学生聊天，答复问题。他曾送给我一本他撰写的有关德国哲学家费希特的著作，上有他亲笔签名，遗憾的是这一珍贵纪念物已经丢失。大一社会学的老师许德珩，讲课内容是马克思主义社会发展史，这门课非常叫座，听者踊跃，因此安排在北楼大教室内上课。许德珩是进步色彩最鲜明的一位教授，有一次我到他家中邀请他参加一次学生的集会，我离开他家时，他嘱咐我注意身后有无国民党的特务盯梢，可见他当时处境之险恶和他对学生的关怀。大一时我还选修了朱光潜先生的美学课，至今我还能想象出当年他讲课的情形：闭着眼睛，举着粉笔，慢条斯理地讲说，既具哲理思考，又富语言魅力。他的课程融会东西方的学问，令人耳目一新。

我在北大两年还听了史学系的许多课程。隋唐史的老师向达，学识渊博，神态凝重。他讲课声音很小，语气平缓，学生们怕听不清，把凳子挪得很近，围成一个圈，而他讲课内容精彩，旁征博引，如数家珍，把学生带进博大辉煌的盛唐时代。谛听他的课程，你一定会敬佩他知识之广、构思之密、见解之深。宋史老师邓广铭，他治学勤奋，功底深厚。宋史资料号称浩瀚，可邓先生是当时唯一读完了宋史史料的青年学者。他做研究，必用大力把全部史料网罗起来，竭泽而渔，严谨而扎实。他讲课内容充实、生动，关心学生。我听他讲辽史的“四时捺钵”，有些问题弄不清楚，写了一封长信请教他，他竟在课堂上用半个多小时讲解我提的问题，使我铭记难忘。西洋史老师杨人楩学识精深，富有活泼自由的气度，言语清晰、富文采，有谐谑幽默感。他讲的希腊精神，具有真知灼见。邵循正是清华大学教授，被请来讲授元史。他精通英文、法文、波斯文、蒙古文等各种语言。他的课程穷本溯源，援引广博，既有宏观的剖析，又有微观的考证，而课程内容艰深，是同学们认为最难学好的一门课。还有一位从北京图书馆请来讲目录学的赵万里，他是王国维的学生、同乡，其读书之广、识断之精、记忆之强，令人惊叹。上课不带片纸，对各种珍本和善本的特点、刊刻年代、内容均烂熟于胸，娓娓而谈，均有来历。课堂上有问必答，略无迟滞。据说他幼年时走过几遍街道，就能把两旁商馆招牌暗记背诵出来。

以上开列了一串五十多年前给我授课的名教授的名单，我都听过他们讲课。还有许多我未听过讲课的教授，如汤用彤、郑昕、俞平伯、游国恩、魏建功、唐兰、废名、季羡林、毛子水、张政烺……当年的北大，确是英贤荟萃，人才济济，这强大的教授阵容会使后来的学生们永远歆羡叹慕！最难得的是，他们都亲临第一线，为低年级学生开课，传道授业，耳提面命，不辞辛劳，用他们的心血浇灌着学术园地中的嫩苗。当年的学生们虽在战火扰攘的岁月中，何其幸运能得如许名师的指点，真是得天独厚，受益匪浅。

这些老师，他们的专业不同，讲课风格各异。有的逻辑严密，立论精当；有的内容充实，援引繁富；有的学识渊博，口若悬河。但他们有一个共同点，就是着重启发式教育，从不照本宣科。他们全都没有固定的讲义，在课堂上评古说今，议论风生，答难解疑，出口成章。讲授的问题，有时寥寥数语，一带而过；有时则寻根问底，反复论证，穷究精义。他们鼓励学生们独立思考。课堂上和课堂外，师生们可以自由交流，各抒己见，相互问难。我在一次经济学的课堂上听老师和学生相互辩论了一个课时。

北京大学有强大的学术队伍，有优秀的学术传统，蕴蓄深厚，兼容并存，学风淳朴，思想自由。新中国成立以后，北京大学在新时代中得到迅速发展，为社会主义建设培育了大批人才。我预祝并坚信进入 21 世纪，北京大学的悠久传统将得到进一步发扬，我的母校将成为世界上顶尖的高等学府。

我选择了历史专业*

1946年夏季，我正在上海交通大学铁路管理系学习，却重新投考了北京大学史学系。被录取后，作为一年级的新生，到北京学习。

我的亲戚、同学、朋友无不投以惊异的眼光。上海交大是名牌大学，铁路管理是热门专业，毕业以后职业有保障。而在旧社会，文科各专业没有多大出路，求职谋生较困难。为什么非要吃亏，去当北大史学系的新生？在人们看来，这好像“下乔木而迁于幽谷”，难以理解。

在人们的生活道路上，往往要遇到可左可右的十字路口，需要做出选择。我选择了历史学专业，在当时看来，这似乎是奇怪的选择。但我热爱自己的专业，对三十六年来走过的道路并不后悔，并且还欣幸当时的正确选择。

人在幼年、少年、青年时代走过了一段学习和生活的道路，逐渐形成自己的理想、志趣、性格、爱好、世界观。这些主观的因素是激励和推动每个人前进的力量。人们将根据各自的经历，沿着不同的道路，做出反应，进行选择，持续地努力，发挥各自的才能，去实现美好的理想。世界上许许多多的人和事，时时刻刻在影响人们志趣、性格、世界观的形成。我想，其中书籍对人的影响恐怕是极为深刻、极为重要的。古往今来的贤哲之士不知道已经说过了多少赞美书籍的话，但每个人还会有自己不同的具体感受。

我之所以走上了研究历史的道路，很大程度上和我少年和青年时代阅读的书籍有关，我最早接触而且对我影响至深的是连环画。

大约刚进小学不久，我就开始看起连环画了。我的家乡，有一

---

* 原载《书林》，1982年第5期。

批以出租“小人书”谋生者，每到下午四点钟，就出来串街走巷，为小学生供应课外读物。他们都是些穷困潦倒的人，穿着旧长衫，头戴遮阳帽，背着破旧的藤篮或皮箱，里面塞满各种各样的连环画。他们专和孩子们打交道，我和姊姊兄弟是他们经常的顾客。每到夏天，夕阳西下，鸦噪蝉鸣，在树荫深处的流动书摊旁，总吸引了许多孩子。租金是便宜公道的，一个铜板租好几本书，租书人定时到来，第二天就可以换新书看。我最感兴趣的是历史故事，《东周列国志》《三国演义》《说唐》《西游记》《水浒传》等等，种类很多，内容不断更新。每本历史故事书，我总是津津有味地看了又看，爱不释手。有一位租书人据说是因抽鸦片而穷困失意的小知识分子，百无聊赖，也干起出租“小人书”的行当来。他却是一位善讲故事的能手，在许多小顾客的纠缠和恳求下，他有时给说一段“书”，内容生动隽永，人物神采飞扬。久而久之，我对历史养成了特殊的爱好，凡是画着历史故事的连环画，我都爱不释手。我还清楚地记得：当时新出了一套《薛仁贵征东》的连环画，故事生动，图画精美。我渴望购买一套，家里大人不给买，我使尽了一切办法，又是哭闹，又是哀求，又是软磨，好不容易得到大人的同意了，我兴高采烈的心情实在难以形容。不料，这时我因淘气掐死了家中一盆兰花，这对孩子来说是一个大错误，购书的权利被取消了。我为此而懊丧难过了很长一段时间，偷偷地哭泣，却始终没有能得到这套心爱的“小人书”。

今天回想起来，“小人书”里讲的历史，出自道听途说，真真假假，有许多是不可信的。可是，大多数中国人的历史知识，恐怕都来自演义、戏曲和“小人书”，这类儿童读物和通俗戏曲对人们的精神世界起着潜移默化的作用，不知不觉之中，它在对你灌输知识，培养你的兴趣，塑造你的性格，引导你走进生活。如果有人问我：你怎么会爱好历史的？我将回答：最初是受了连环画的影响，它是我最早阅读的历史书，而那位租书人是我的启蒙历史教师。尽管当时“小人书”里的历史知识并不正确，但重要的不是它给了我什么具体的知识，而在于唤起了我一种特殊的兴趣和爱好。如果我没有儿童时代的这段经历，也许这种兴趣和爱好会长期沉眠在我的心底。我十分感谢那些辛勤地编绘连环画的无名作者们，也感谢奔波劳碌、为小读者送去精神食粮和讲说历史故事的租书人，是他们把我带到了一个丰富浩瀚、令人心醉神往的神奇世界的边缘。自然，一个孩子还谈不上有多少历史知识，但我也算得上是个小小的历史爱好者了。

到了中学时代，我的“历史癖”与年俱增，语文和历史是我最喜爱的课程。学校里的课本不能满足我的要求，就去寻找课外读物，当然不再看连环画，而是去寻找各种古籍。我的故乡江苏常熟是文化发达之区，历史上出过不少诗人、画家、文士，也有很多有名的藏书楼。我读中学已是抗日战争时期，由于战争的破坏，经济萧条，昔日人文荟萃之地，至此已风流云散。可街市上还保存了几家小小的古籍书店，摆着各种线装书，成了我经常光顾的地方。一个中学生，自然不会有多大财力去买书，幸好旧书店的老板们还算大方，允许人们在那里随便看书。这等于是个开架阅览室，书籍并不多，也没有什么宋元精椠，但对于我一个中学生来说，已是极丰富的宝库了。旧书店里是没有座位的，只能捧着书，站立着阅读，时间一长，两腿酸疼，头晕眼花。尽管这样，这里仍是我课后的乐园。我并没有阅读古籍的起码常识，更不懂专门的目录学、版本学，只是乱翻乱看，贪婪地读着，经史子集，诗文词曲，一知半解，生吞活剥，什么都感到新鲜有趣。一进旧书店，就感到琳琅满目，如入山阴道上，应接不暇。有时，我也得到一点零用钱，几乎悉数在这里花费掉，买几册经过慎重挑选的廉价书。到了高中毕业时，我自己居然也拥有一个小小的书库，自然，这个小书库十分贫乏寒酸，但它是我的唯一财产，是多年来苦心搜集和积攒起来的，我十分珍爱它，为它感到自豪。记得我很长时间想购买一部《昭明文选》，但那样的“大部头书”已超过了我的购买力。有一次，旧书店来了一部印刷精美的大字本《昭明文选》，却残缺多卷，因此价钱很便宜，我简直喜出望外，凑够了钱，购买回去，这算是我小书库里的“珍本”书了。我决心抄写补齐它，借了完整的本子，又是抄写，又是装订，将近忙了一个月，才补足了这部“珍本《文选》”。我的书籍中很多就像这样来之不易，今天，这些书籍已大多散失，我只保存着有限的几种了，但每一种书几乎都能唤起我一段有趣而美好的回忆。

中学时代，数理化课程很繁重，压得人喘不过气来。我在应付了这些课程之后，总还要匀出时间去浏览历史和文学书籍。有时跑到旧书店，有时钻进图书馆，有时就在家里小楼上，在买来的书上，用红蓝色笔，浓圈密点。我那时不懂得写卡片、做笔记的方法，唯一的读书法是标点断句，这种方法很简单省事，靠这种方法当然不能深入理解书籍的内容。但为了把古书标点开，也要动动脑子，仔细去寻绎它的意义。每当夜深人静，万籁俱寂，独坐小楼之上，青灯黄卷，咿唔讽诵，手握彤管，朱蓝粲然，竟也自得其乐，我就是这样不求甚解地读了不少古籍。这些书籍确是我的良师益友，它向我娓娓诉说着我国悠久古老的文明发展的历史，讲述着我们祖先生活着和斗争着的那个时代的生动故事。我在祖国历史文化遗产的辉煌宫殿中摸索着，可我并不是有意识地在寻求知识，而仅仅是课余的爱好，为了获得精神上的满足和享受。

尽管我非常喜爱历史和文学，可当我高中毕业以后，并没有去报考文科。那时是抗日战争的1944年，当时，重理轻文的风气就很严重。人们的偏见、社会的舆论以及求职谋生的考虑，把青年学生大批地推向理工科。学文史被认为是没有出息的。再说，在日本占领下的上海，很多大学迁往内地去了，上海并没有好的文科大学。在这种情况下，我考入了上海交通大学。

青少年时代逐渐形成的爱好、志趣、理想，推动着人们去选择和开辟自己的生活道路。我在交大学习，那些课程总和我格格不入，我还是想念着历史和文学，真是“身在曹营心在汉”，感到苦闷、困惑、彷徨无计，展开了激烈的思想斗争。

正是碰巧，抗战胜利后，1946年夏，北京大学第一次在上海招生，考场设在交大，就在我的宿舍楼下。如果不是这次送到鼻子底下的机会，我大概也不会再去改换自己所学习的专业了。一种强烈的冲动诱使我去试一试，果然被录取了，经过反复考虑，我决定放弃上海交大的学籍，到北京大学上学，重新开始大学生活。

这是我生活中的一次重要转折，似乎一次偶然的机会完全改变了我以后的学习和生活。其实，我选择历史专业是并不奇怪的。人们在幼年和青少年时代的环境和经历就在为他的整个生活道路做准备，我早年遇到的人和事、读过的书籍在我幼小的心灵上打下了深深的印记，这对我未来的专业选择和生活道路起着极重大的作用，我走上历史研究工作的岗位是有其必然性的。即使我失去了投考北大史学系的机会，仍在交大学习，我的职业和生活道路将会完全不同，但我仍然会是一个历史科学的热烈的业余爱好者。

我的处女作——《中国抗战史演义》*

2005年是抗日战争胜利六十周年。事出偶然，在翻检旧书的时候，从尘封的书堆中找到一本《中国抗战史演义》，王金穆著，上海火星出版社1953年5月重排版。

这是我的处女作，一本幼稚、浅陋、平庸之作。正当全国纪念抗日战争胜利之际，找到这本旧作，喜不自胜，就像见到了违面已久的知心朋友，多少的思念、回忆、感慨要向它倾吐。

说它是我的处女作，是指印成书籍而言。在写作此书以前，1942年我在故乡常熟的报纸上发表第一篇短文《春》，那年我十六岁。以后又陆续在《常熟日报》、上海《时事新报》、天津《大公报》上发表过《读扇》《爱山篇》《西南联大复员见闻》《巫师娘》《故宫巡礼》等散文和小说。但这些文章数量很少，不到十篇，篇幅也很短，从未结集出版过。

1949年冬，我从解放区回到北京刚半年多，就以极大的努力和韧性，写作这本《中国抗战史演义》，那年我刚满二十三岁。断断续续写了两年之久，才写完这本书。

引发我写作这本书的原因是我亲身经历了抗日战争，当了八年亡国奴。1937年8月13日，日军侵略上海，经多日激烈战斗，中国军队西撤。日军长驱西进，烧杀抢掠，我的故乡常熟沦陷，那年我十一岁。我的青少年时代是在日本刺刀尖下度过的，经历了一桩桩国难与家仇：我的堂兄在游击战争中受伤，被日军俘获枪杀；我的表哥是抗日游击队队长，后中弹牺牲；一位姊姊因与大后方（重庆）的同学通信，被日本宪兵查获，传讯，此后被勒令居住常熟城内，

---

* 原载《中国图书评论》，2006年第1期。

不准离开；我的家中遭日伪军搜查，当时一位新四军战士与队伍失散，藏匿在我家，幸未被搜获；在长途汽车上我目睹两个日本兵下车抓捕两个农民拳打脚踢，捆绑上车；还有在高中上学时，日本兵突然冲进教室绑走了一位同学。抗战中悲惨、恐怖、痛苦的生活，真是诉说不尽。

我们当年血气方刚，激愤之情，难以纾解。兄弟姊妹和同学经常聚集在我家后院，放声歌唱《义勇军进行曲》《松花江上》《大刀进行曲》，以宣泄悲愤的抗日之情。日军的兽性和暴行深深铭记在我青少年时代的心灵上。

抗日战争胜利，全国共庆光复，我转入北京大学史学系读了两年书，就奔向解放区进入正定的华北大学学习，不久留校当研究生，在党史专家胡华同志的指导下学习和工作。华北大学创办于陕北，前身是陕北公学和华北联合大学，藏有许多解放区出版的书籍、报纸和刊物。我如饥似渴地阅读着，尤其注意读抗日战争的历史，这是我亲身经历的八年，但所见所闻所知局限在我的故乡常熟之一隅。我进入华北大学革命史组，在胡华指导下接触了许多书籍报刊，一下子进入了一个知识的新世界，不仅了解了整个党史，也了解了抗战的全过程。各种事件，各个战役，各种人物，对垒双方的战略部署、政策措施，毕呈在我的眼前，研读日久，在我头脑中形成了抗日战争史的大体轮廓。

后来读到一本通俗的解放战争史，是东北刚刚出版的，篇幅短小，叙述生动，文字清通，很受读者欢迎。我萌生了创作的冲动，想写一本通俗的抗日战争史。当年我和彭明同志同住一个宿舍，他已是教师，我还是研究生，但交谊甚笃，经常切磋业务，一起商议，认为用通俗的形式向新解放区的群众介绍革命历史是好的做法。于是我们两人决定分头去做，他选择“中国近代史话”为题，我则选择了“中国抗战史演义”为题。

为什么我选择了章回体的演义？因为我从小学起，读过很多章回体的演义，如《三国演义》《隋唐演义》《民国演义》，以及《水浒传》《西游记》《说岳全传》等，有的反复读过好多遍。《水浒传》里的一百单八将，我在小学时代就能把他们的姓名、绰号背诵如流。我又爱听评书、京剧，常流连忘返。有时家里人不得不在夜间到书坊、剧场寻找我，把我拉回家中睡觉。我少年时对之甚为痴迷，正经功课学不好，就爱读演义、喜欢演义、熟悉演义、热爱演义，这样决定了我第一本问世的处女作是《中国抗战史演义》。

选题已定，我每天读书、思考、写作，用心之专，几乎到了废寝忘食的程度。大约一个多月时间，写成了八回，约四万字，只从九一八写到七七事变，还没有展开全面抗战。1949 年底忽然有了新任务，工作忙碌，写作也停顿下来。

过了将近一年，我渐渐地有些空暇，又拿起笔来写下去。当初并没有出版社接受出版，只是一股写作的热情在推动着我往下写。我最主要的参考书是《抗战中的八路军和新四军》，是解放军总部编印的，记录抗战的每个阶段、每个地区、每个战役的人物、事件，十分详细具体。抗日军民不屈不挠的意志和团结战斗的精神鼓舞着我这个青年人，一定要谱写下这段气壮山河的抗战史。但这书快要写成的时候，党中央命令华北大学筹组为中国人民大学，全校工作人员都忙碌起来，我也接受了新的任务，写作不得不再一次中断。

我一直在胡华教授的指导下学习和工作。那时，胡华接受了新潮书店的委托，介绍中国人民大学的多位教师撰稿，向新解放区的群众宣传党的政策和历史。胡华同志读过我的未成稿，介绍给新潮书店，我匆匆忙忙地写完此书，由胡华同志转交新潮书店，于 1951 年出版了。

写作中我专心致志，十分投入，没有想过要出版，也没有指望能出版，正是只知耕耘，不问收获，凭着热情和创作欲坚持写作，去完成一件无人交给我的任务，且两次中断而热情不减，一有机会就回到该书的撰写上来。虽工作甚忙，还能忙里偷闲，坚持下去。

其实，我对抗日战争史根本谈不上研究。只是新解放区的群众毫不了解抗战的真相，我用演义的形式把八年内人民群众的苦难、中国军民英勇奋斗的事迹以及日军惨绝人寰的罪行介绍若干给读者。现在看起来出版于五十五年前的这本小书，其幼稚、浅陋、平庸，自不待言。当时抗战过去不久，却没有一本全面真实地写抗战全过程的著作，全国人民都殷殷期望了解这段历史的真相，而此书是演义，虽陋拙，却填补了空白，满足了大家的愿望，故而《中国抗战史演义》一出，不胫而走，成为当时的畅销书。全国好几个省级广播台连续播放此书，北京市委宣传部找我谈话，予以鼓励。当然这并不是此书质量好，而是群众渴望了解刚刚过去的这段历史。此书新潮书店出两版，因故停业，此书绝版。两年以后，上海火星出版社盗版重印两次，我发现后，经过交涉，收回版权，再没有出版过。

现在我手中已无新潮书店的初版本，只保存下一本上海火星出版社的盗版书。手捧此书，回想半个多世纪前创作此书的原因和经历，人事沧桑，感慨万千，是以为记。

我走上了历史教学与研究的道路*

我在历史学的路途上跋涉近60年，不能说一帆风顺，也还称得上比较畅通，没有遇到太多的坎坷和阻难。也许因为磨难不多，故成就不显，碌碌平庸，在学术上鲜有业绩。我一生过着读书人的普通生活，虽攻研有恒，执笔尚勤，著作十余部，文章六百余篇，但满意者少，总有一种"学力不厚""贡献不多"的负疚之感。

人生总会有多次机遇，我青少年时代有幸抓住了三次机遇，走上了历史教学、历史研究的道路。

一、第一次机遇：顽劣学童的转变

第一次机遇是小学毕业以后。小学时，我不吵不闹，不好说话，不愿交往，不爱读正课，从不好好阅读课本，却爱好各种游艺，读各种小说、连环画。因此成绩劣等，功课好几门不及格，小学几乎未能毕业，幸而学校网开一面，给我们班两个最差的学生"奉送"毕业。毕业典礼那天，我知道自己不能毕业，在家中躺在一张藤床上，发闷犯愁，手里拿着一本弹词小说《天雨花》，也看不进去。忽然，另一位与我同班不能毕业的劣等生，飞步进入我家，高兴地大喊："戴秉衡，快走！快走！到学校去，今天典礼会上宣布要发给我们毕业证书，我们也能毕业了。"我听了自然喜出望外，赶紧去学校，果然拿到了毕业证书。

---

* 原载《当代名家学术思想文库·戴逸卷》，沈阳，万卷出版公司，2011。末署2007年6月18日。

毕业是毕业了，但下一步考初中又是个难关，报考县立中学，发榜的那天，我父亲去看榜，回家来脸色阴沉，不言不语，我情知不妙，连羞带怕，躲到亲戚家去了。

中学没考上，很可能就此断绝了接受教育的机会，去当商店学徒，我的几位堂兄就是这样走上人生道路的。偏偏这年七七事变爆发，全国开始了抗战，我们全家逃难到了上海。我的两个姐姐进了苏州女子师范学校读书，邻居的孩子们也在小学和中学读书，每天晚上都在我家复习功课，演算习题，灯火通明。虽宁谧静寂，但孩子们用心灵和语言交流，亲密友好。他们都有书可读，唯独我静坐在壁角里无事可做，打不进这个读书圈，如此情景，长达半年之久。这时我心底逐渐升腾起渴望上学的强烈愿望。每天早上坐在窗台上目送两个姐姐上学，晚上盼着两个姐姐回家。有时偷偷翻开姐姐的书包，似懂非懂地偷阅她们的书本。人类本能中蕴藏的求知之火燃烧了起来。

机遇来了，第二年夏天我考上了苏州中学（因抗战迁至上海租界，校址在四马路外滩）。因成绩很差，只是个备取生，候补正取名额。我也有了上学的机会，兴冲冲每天远道赴校上学。

现在回想，我并不是一个顽劣透顶、愚笨不堪的孩子。小学时虽不爱读书，却很喜欢读小说，说故事，听京戏，听评书，简直入了迷。在小学中，《水浒传》《三国演义》《西游记》《说岳全传》，还有剑侠书、“小人书”，无不遍读。至今还能报出《水浒传》一百单八将的绰号与姓名。有一次听评书出了神，晚饭没有吃，竟在书坊里听到晚间 10 点钟，急得家里到处找我。住在上海时，有一次到新世界听上了京戏（演员是夏月珊和王竞妍，后来才知道是名角），从下午站着看戏一直站到夜间，粒米未进。人看似顽劣愚蠢，却往往有内心的爱好与潜在的才能，蕴藏在心底，得到正常的教育，人的潜能才能得以发挥，才可能脱颖而出。

进了苏州中学，好运气接连光临。我是备取生，不能和正取生坐在一起，只能坐在最后。正取生是按高矮排列的，有两位最年长的正取生长得最高，学习成绩最佳，且品行端正，坐在最后排，和我这个矮小年幼且成绩不佳的备取生坐在一起。日子久了，我们三个人成了最亲密的学侣，一起读书，一起游玩，一起走路回家。他们的学习、谈吐、品行时刻影响着我，像春风细雨一样不知不觉地沐浴着、熏陶着我。我的学业成绩突飞猛进，虽还不能夺取第一、第二，但已名列前茅，特别是语文课，学期末常能夺得冠军。从此我初中和高中的成绩稳步上升，摘掉了劣等生的帽子而成为班上的优等生。

二、第二次机遇：爱好诗文辞赋

我中学期间的语文课本都是文言，从未学过语体文，初中时代的语文老师姓邵，松江人，是一位精通古文、认真教学的好老师，我在课外阅读的大多是《曾文正公日记》《浮生六记》，以及林琴南翻译的外国小说，略略有了一点古文的爱好。

进入高中时正赶上日本偷袭珍珠港，美日开战，上海租界被日军占领，我回到故乡的常熟中学（后改名省立第七中学），期中插班，就读高中一年级。这年开设了一门中国文学史课程，我入学时已学到汉赋。这门课程令我赏心悦目，心怀大开，课本是由欧阳溥存编写、商务印书馆出版的。老师是杨毅庵先生。杨家是常熟恬庄的望族，旗人杨崇伊是戊戌变法时奏劾康有为的顽固旧派，杨崇伊的儿子杨云史是著名的才子、诗人，其发妻是李鸿章的长孙女李道清（李经方之长女），杨云史曾任吴佩孚的秘书长，抗日军兴，不受日伪胁迫，避居香港终老，著有《江山万里楼诗词钞》（这部书2004年出版。我久闻其名，购置一套，品读其诗，雄浑峻拔，气象万千，确是一代作手）。杨毅庵先生是无锡国学专修馆的高才生，又有家学渊源，深受陶冶，对中国古代诗文极有造诣，他讲授的中国文学史课程非常精彩，指点文章，论说千古，把我这个16岁的孩子听得如痴如醉，十分入迷。杨先生对我的用心学习似乎也很欣赏，要我在《中国人名大辞典》和其他书籍中查找古代文士诗人的小传，汇集成册，用钢板刻印后，发给同学们参考。不久我成了杨先生的义务“助教”，帮他查找资料，抄写作品。他也悉心教授我古文作业。每到寒暑假，我几乎每天上午都到他家中补习课程，他为我和其他学生讲授《左传》、《诗经》、《荀子》、《庄子》和《昭明文选》。他的讲授，清晰细微，一篇文章之新，用笔之妙，炼句之工，用字之切，讲得头头是道。他讲授时全神贯注，口若悬河，还能运用古人吟诗诵文的方法，朗朗上口，尤其是读辞赋和读骈体文，平仄对仗，神妙之至。我们最喜欢听杨先生吟诗诵文，抑扬顿挫，响遏行云，真正是美的享受。

在杨毅庵先生将近三年的指导下，我高中时代就接触到经史子集各部类的书籍。空闲时分，我经常逛旧书摊，用很少一点零钱购买旧书。日久也积存了一批线装书，夜深人静，独坐小楼，披卷阅览，随笔圈点，自得其乐。这样我的古文修养有了较大提高。

“人生难得一恩师”，杨毅庵先生是我故乡小城的普通文士，清贫一生，终身以教书为业。我从他那里学习所得最为丰厚。至今我每逢教师节总要想起杨先生对我的殷殷教诲，他帮助我奠筑了历史研究的知识基础，是我在学术领域的第一个领路人。我总想写一篇纪念杨毅庵先生的文章，惭愧的是我只知道他的姓名，略知他的家世，关于他的事迹，当年竟不闻不问，一无所知，连他的岁数也不知道。前几年几次向往日同学们打听杨先生的事迹，也无人知晓，纪念他的文章一直未能动笔，令我深以为憾。

三、第三次机遇：跨入北京大学史学系的门槛

在高中时代，我擅长的课程是语文和历史，但 1944 年高中毕业后，却考进了上海交通大学铁路管理系。这是因为抗日战争期间上海学校都迁往内地，没在一所像样的文科学校，我又不甘心在二三流的大学就读，而且读文科在当时毫无出路，毕业后就是失业，因此一下狠心，报考了当时在上海最为驰名的交大。

幸而考上了交通大学，就读一年后，抗日战争胜利，沦陷区的人民欢呼雀跃，迎接胜利。我正在交大上二年级，但我一心向往文科，对所学的铁路管理毫无兴趣，所学非所爱，心中感到苦闷，也就是硬着头皮学下去，毕业后能够在铁路部门混个饭碗，度过一生罢了。

1946年夏，暑假，我住在上海交大徐家汇的校舍里，没有返回常熟老家。突然有一天宿舍楼下来了一帮人，张贴告示，挂上布幅，布置教室，原来是北京大学从昆明迁回北京，准备在上海招生，考场刚好设在我所住宿舍的楼下。这真是送上门来的好机会，我没有多考虑，就报名投考北京大学史学系一年级。本意不过是试一试，不见得被录取。考试发榜，居然考上了史学系的正取生。这反倒使我为难起来。

我在交通大学读二年级，下学期即将升三年级，两年后就可毕业，我现在要上北京大学的一年级，从头开始要读四年，岂不是太亏了？我的同学、朋友、亲戚多数劝我不要去北大，我确实很犹豫。但是对文史专业的想慕，对北京大学的仰望，又使我情不自禁地想远走北京。特别是有件事坚定了我前往北京的决心。当时上海交通大学是汪精卫伪政府下的学校，留在上海读书的学生竟被称为“伪学生”，只有从重庆沙坪坝迁回的交通大学学生才是正牌学生，能拿到国家公费，上学、住宿、吃饭都不必花钱，而“伪学生”须甄别考试，考试合格才能成为正牌学生。这一歧视性的规定对沦陷区的学生是很大的刺激，蒋介石来上海时，“伪学生”曾成群包围蒋的行辕进行抗议。现在我考上北大史学系一年级正取生，虽然亏了两年，却无须甄别，入学即能得到公费，四年在学期间，学习和生活都有经济保证。有了这层原因，我毅然决然放弃交大学籍，投奔北京大学，跃进心仪已久的北京大学史学系的门槛，选择了终生从事历史教学和历史研究的道路。

我热爱历史专业，对这一选择无怨无悔。我一直认为，这是命运对我的眷顾与关爱。

人生道路十分曲折漫长，有顺境也有逆境，会遭遇各种各样的事件，有各种各样的机遇和选择。有时，一个偶然的机会便改变了人生的路程，如我少年时因避日军而逃到上海，失学一年，却激发了我的读书渴求；中学时遇到了杨毅庵老师而能多读古典文史书籍，稍窥学习门墙；大学时一个偶然投考北大的机会，使我从此进入了历史研究领域。人生无常！似乎许多偶然性在左右着一切，但仔细琢磨又觉得并不尽然。我小学时习性虽顽劣，但有爱读课外书的潜能，因此辍学一年，反而激活了自己的求知欲，又遇到优秀同学的帮助，故中学时代学习成绩常列前茅。正因如此，遇到杨先生的指引，初中特别爱好语文课的我，如鱼得水，学业日进。因为自己当年对文史甚为嗜爱，所以北大招考，我能够毅然舍弃交大的两年学业，改考北大，就此走上了历史教学和历史研究的道路。

人一生中会碰到许多次机遇，但机遇要在人的生活中发生作用，还必须有人自身的回应。要能应答机遇，抓住机遇，及时做出正确的选择，否则，机遇将和你擦身而过，不发生任何作用，甚至人也并未意识到某种机遇曾经光顾自己，只是叹惜和埋怨命运不济，没有给自己发展的机会。

老天并不吝惜给每人以发展的机遇，重要的是时刻准备着，努力充实自己，当机遇光临，你能够迅速认识它、抓住它，选择自己最为适合的道路勇敢地走下去！

我的学术生涯*

在这本集子里，我选了41篇学术文章，大多数是历年分散发表的单篇论文，小部分是从我所写各种著作中选录的。我之所以这样做，有两个原因，一是专著的分量太大，字数太多，在限定的篇幅中不能更多地选录；二是专著的发行量稍广，读者也许会有机会看到，而单篇论文分散发表在历年的报纸刊物上，不容易找到，因此，我采取了多选论文而少录专著的办法。选录的标准，着重学术性，即选录那些自认为学术含量比较高的作品。这本集子反映了我将近半个世纪的学术生涯，代表我主要的学术观点与心得。

我的治学，沿着“逆向回溯”的路径进行，即由近而远，由今至古。最初我从事党史和革命史研究，稍后研究中国近代史，最后研究清史，一步步往前推移回溯。这固然是由于我的性格中有点“嗜古癖”，愿意研究离现实较远的历史，而更主要的是由于工作上的需要。革命队伍中教什么课，研究什么专业，不由自己选择，而是由组织上分配确定的。所幸组织上分配的工作和我个人志趣大致相符合。因此，我一直是愉快、积极地进行专业研究的。

我的学术生涯要从1948年离开北京大学史学系开始说起。那时由于国民党政府对我下通缉令，在北大存身不得而奔往解放区。当时我非常迷恋文史专业，热爱北大那种浓郁的学术气氛，敬佩那些学识渊博、和蔼可亲的师长们。虽然如此，但我只读了两年书，两年中还有许多时间在从事学生运动，对历史专业连一知半解也谈不上，至多只是个未入门墙的青年爱好者。

1948年进入解放区华北大学（在河北正定），经过几个月的政治

---

* 原载《当代学者自选文库·戴逸卷》，合肥，安徽教育出版社，1999。

学习，在分配工作时，我填写的志愿是“历史研究”，居然幸运地分配到华北大学一部政治研究室革命史组，在著名党史专家胡华同志的领导之下工作，从此正式走上历史专业研究的道路，至今已有半个世纪。华大进入北京以后，改为中国人民大学，我一直在这里工作至今。

初学革命史，我被革命斗争宏伟壮丽的场景所吸引，全身心地投入。从胡华同志那里，我学习到许多革命史知识，阅读了他所收集珍藏的革命史文献、书籍，也帮着他从事教学，收集资料。那时，胡华同志正在撰写他的名著《中国新民主主义革命史（初稿）》，他时常和我谈论写作中的问题。

那时全国刚刚解放，掀起了学习马克思主义理论的高潮。我也废寝忘食地攻读马列的经典著作，三四年内读了不少马列的书，所用时间几乎要超过从事革命史专业的时间。我相信，马克思主义是指导历史研究的科学理论。研究历史的目的是要揭示历史发展的规律，要通过历史的表面现象探索其深层本质，要指明历史的相互联系、相互作用等等，而要做到这些，就必须运用马克思主义这把锐利的解剖刀去分析历史。此后，我经常保持阅读马列经典著作的习惯，目的在于研究历史，寻找历史发展的规律。

年轻人永远是精力旺盛、不知疲倦的。我在稍稍学习了中国革命史以后，就试图挤时间写作。当时受到东北出版的一本通俗小册子的影响，想写一本有关抗日战争史的普及读物。断断续续写了两年之久，居然写成了《中国抗战史演义》一书，于 1951 年在新潮书店出版，笔名王金穆，当时我 25 岁，这是我的第一本著作。此时全国刚刚解放，不少人对刚刚过去只有几年的抗日战争的历史不甚了解，特别是对中国共产党和八路军、新四军在抗日战争中的中流砥柱作用全无所知，这是促使我写作此书的原因。将近半个世纪之后再来审视这部作品，当然缺点错误不少，但它毕竟是我学术道路上的起跑点，是我一边学习历史，一边锻炼写作的产物。在新中国成立初期，人们普遍缺乏革命史知识，这本普及读物还是有一点社会效益的。此书一版再版，销行颇广，还在一些广播电台中播放。当年，不知疲倦地阅读史料、用心构思、伏案写作、推敲文字的情景，至今历历在目。

1952 年，随着中国人民大学的发展，中国革命史教研室一分为二，原有历史组单独成立中国历史教研室，由于缺少中国近代史的教师，我被调到中国近代史组，填补缺额。说实在话，当时我对中国近代史的知识极为缺乏，只读过范文澜的《中国近代史》和胡绳的《帝国主义与中国政治》等书，远没有我在马列主义理论、党史和中国古代史方面读的书多，但是为了工作需要，我转入了中国近代史专业，一切几乎都要从头学起。

中国人民大学的近代史教学任务，本来是由尹达同志担任的。他知识渊博，理论分析能力强，讲授生动、风趣。不久他调离中国人民大学，实在没有人能够接替他，这一任务竟落在了难以胜任的我的肩上。那时的中国史学界重视古代史，专家名流群集于上古先秦史。秦汉以后的历史，研究者已少。鸦片战争以后的近代史研究者更少，几乎不被承认是一门学问。用马克思主义观点撰写的中国近代史书籍，寥寥无几，资料也十分缺乏。1954 年才出版了杨松、邓力群原编，荣孟源重编的《中国近代史资料选辑》，但篇幅不大，不能满足教学和研究的需要，在备课和研究中必须阅读线装本，查阅原始资料，要花费很多时间和精力。1952 年，中国史学会主编的“中国近代史资料丛刊”开始出版，第一种是《太平天国》，以后陆续出版十余种，最后一种《北洋军阀》到“文革”以后才出版，全部字数两千数百万，为近代史初究者提供了有用的资料。这套丛刊收罗了重要的近代史资料，大量发行，风行全国，影响及于海内外，不仅新中国成立初期像我这批近代史工作者身受其惠，连一位美国教授也说，这套丛刊在美国帮助培养了几十位研究中国近代史的博士。

1955 年和 1956 年，我给中国历史研究班的中国经济史研究班上中国近代史课，学员前后有七八十人，有调干生，有大学毕业生，也有全国高校历史系的教师，许多学员年龄比我大，具有丰富的历史知识，其中有些人已是副教授，而我还只是讲师。当时，上中国古代史课的是尚钺同志，我上中国近代史课。应该说，我承担这个课程是力不胜任的。但艰难的任务鞭策着我格外努力拼搏，认真备课，夜以继日地阅读史料，思考问题，在近代史领域中摸索前进。

从1954年开始的中国近代史分期问题的讨论，可以看作新中国成立以来正规地展开近代史研究的发轫。胡绳同志在《历史研究》创刊号上发表《中国近代史的分期问题》一文，提出以阶级斗争来划分近代历史的各个时期。以后相继有孙守任、金冲及、范文澜、李新、荣孟源等发表文章，我也撰文参加了讨论。这场讨论持续三年之久，对中国近代史的发展和特点做了整体性、宏观性的思考和争辩。当时，用马列主义去研究中国近代史，在全国范围内刚刚起步，这场讨论有力地推动了近代史研究的深入。

这几年紧张地上课、写讲义，我的全部心力都扑在教学上，没有写过论文。几年的教学实践使我对近代史的全过程摸了几遍，形成了较系统的看法，形成了一些新观点，我产生了编写一本中国近代史的想法。1956年，应人民出版社之约，我准备把几年来讲授的内容和思考的观点写成一本著作。但是，课堂讲授和学术著作并不是一回事，其间相距还较遥远。课堂讲授中一些含糊的、未确定的概念要求明晰，要求论证；课堂上可以简略的历史过程和细节要求增添，要求充实；课堂上未运用的大量史料要求补充，要求查明，要求考订；课堂上不甚规范的语言要求明确地规范化。这都需要长时间的读书、研究和思索。从1956年起，我在担任繁重的教学任务的同时，开始写作《中国近代史稿》，两年时间写了近40万字，写到太平天国运动失败为止，尚只及全书的四分之一，比原先计划的内容大大扩充了，写作的时间也延长了。

《中国近代史稿》第一卷，1958年由人民出版社出版，这是我的第一部代表作。此书内容叙述两次鸦片战争和太平天国运动。太平天国运动这一在世界历史上规模最大、时间最久的农民战争尤其被我所注意。我希望用马克思主义来分析这次农民战争，弄清它的发生、发展、困难、矛盾，它所面临的问题和最后的失败。写作过程中，时时会想到我党领导的农民革命，感到两场农民革命之间存在着明显的联系和类似，但其内容、特征、外貌、结局又如此之迥异。我深深认识到历史发展的连续性、相似性、多样性、具体性。前后相续的历史不会重复，也不可比附。但太平天国运动与共产党领导的新民主主义革命相距不过几十年，却留下了许多非常相似的经验教训，我以前学习的革命史知识对我理解太平天国运动很有帮助。这就是，对现实知道得更多，对历史会理解得更深。

新中国成立以后，政治运动和思想批判十分频繁。“三反”、“五反”、《武训传》批判、《红楼梦》讨论、审干肃反、批判胡风集团，意识形态领域内的斗争，一浪接一浪，人们的生活节奏和思想情绪十分紧张。1957年反右派斗争，中国人民大学的大批教师和青年学生被划成右派，思想之弦绷得更紧了。对我们触动尤深的是，此时开展了批判尚钺同志学术观点的运动。尚钺同志是1927年入党的老党员，长期从事地下工作，出生入死，历经险难，对党忠贞不贰。后来从事历史研究，成为知名的历史学家。他在中国古代史分期、资本主义萌芽等学术问题上做了开拓性的研究，建树了新的见解，这本来是正常的事，也是应予鼓励的好事。但尚钺同志性格倔强、耿介，和许多史学家不和，较为孤立。他的文章也有论证不周密的地方。当时学术界弥漫着“左”的思想，尚钺同志遂成众矢之的。他的学术观点被上纲上线，和托派观点挂上了钩，被指为“反毛泽东思想”，成了重大的政治问题。中国人民大学中国历史教研室的教师们并不都同意尚钺同志的观点，但尚钺同志是教研室主任，我们在他领导下工作，不能不背上包袱。大家忧心忡忡，不知运动会引向何方。批判尚钺同志的大会、小会开了无数次，公开表态，划清界限，发言批判，但大多数同志内心是不服气的，同情尚钺同志的遭遇，在中国历史教研室很少有人公开写文章批判尚钺。尚钺本人被开除出党，其他人幸而未被连累，后来此案平反。但到“文化大革命”中，尚钺同志又被戴上“反动学术权威”的帽子，受到批判，关进牛棚。

这时，我正在写《中国近代史稿》第二卷，但进展很不顺利。因为运动太多，大炼钢铁，“大跃进”，“放卫星”，批判彭德怀，教学检查，拔白旗插红旗，诗画满墙，数不清搞不完的新花样，弄得头昏脑涨。每次运动都要开无数次会议，耗费很多时间，传达、学习、讨论、执行，通宵达旦地进行批判和自我批判，“向党交心”，“给党献礼”，还要下乡劳动。1964 年，我们中国历史教研室倾巢而出，到山西五台搞“四清”，长达一年之久。刚刚返回北京，1965 年又有大部分同志到京郊与河北邢台搞“四清”，直到“文化大革命”爆发以后，才返回北京。回想那几年白白浪费掉的时间和精力，真是可惜。

这时我的行政工作、社会工作加重了，也分散了我的精力。我担任了中国历史教研室的行政工作，又参加了吴晗同志主编的“中国历史小丛书”编委会的工作。北京市历史学会成立后，又任常务理事兼中国近代史专业组的组长。就在这样杂乱而繁忙的环境中，我进行《中国近代史稿》第二卷的写作。这卷写的是洋务运动，历史时间跨度大，史料多而分散，问题复杂。阅读、摘抄、思考、写作，遇到一些难下判断的问题，往往徘徊踌躇，终日不能下笔，直到 1964 年才基本完成第二卷，共 40 多万字。当时，“左”倾之风越刮越厉害，上海有的同志因写洋务运动文章而受批判，我担心第二卷如果出版，将会引起政治风波，因此把稿子搁在一边，只印了个油印本，没有公开出版。接着又写了第三卷，写到戊戌变法，这时“文化大革命”爆发了。

说到“文化大革命”，就不能不提到我主要执笔的《论“清官”》那篇文章，因为这篇文章是我在“文革”中遭受批判的始因。《论“清官”》发表于 1964 年《人民日报》，笔名星宇，是集体写作，主要由我执笔。此文力图用马列主义解释历史上的清官和清官现象。主要观点是：清官是地主阶级中维护法定权利的代表，他反对豪强权贵追求法外权利，无限制地进行剥削。清官在一定程度上同情人民群众，减轻了他们的苦难，缓和了阶级矛盾，但本质上还是为了维护封建统治，这本来也是尽人皆知的老生常谈。但两年多以后，姚文元发表《评新编历史剧〈海瑞罢官〉》，成了“文化大革命”的导火线，海瑞是清官，我在《论“清官”》一文中涉嫌为清官辩护，于是，一场灾难降临到我的头上。

1966 年姚文元的文章发表以后，中宣部组织了龚育之、邢贲思、林甘泉和我四人写作组，撰写了《〈海瑞罢官〉代表一种什么社会思潮?》的文章，笔名方求。文中关于清官问题的论述采用了星宇的观点，方求的文章后来被“四人帮”认为是陆定一、周扬为了抢夺“文化大革命”的旗帜而写的，是对吴晗假批判、真包庇，星宇的《论“清官”》则是调和主义、折中主义的大毒草。1967 年 4 月，上海写作组以康立为笔名撰文，点名批判星宇，发表在《人民日报》上，全国报刊广泛转载。全国范围内批判清官的文章铺天盖地，其势汹汹。它们的论点是：清官更坏、更反动，因为贪官进行残酷剥削，能引起人们的反抗；而清官同情人民，对人民反而有欺骗作用。这种牵强的逻辑实难令人信服。

“文化大革命”一开始，我就被打成“黑帮”，监督劳动，关进牛棚。以后学校形势大乱，两派武斗，纷争不休，我属于靠边站的“黑线”人物。1969 年幸而恢复了党的组织生活，但中国人民大学被“四人帮”解散，教职员工被勒令到江西余江“五七”干校劳动，我在那里被分配养猪，过了几年猪倌生活。“文革”开始时，我四十多岁，正是思想成熟、精力充沛，可以更多地开展科学研究的黄金时代，“文化大革命”中却有八九年与书本绝缘，中止了研究工作。直到 1973 年，中国人民大学教职员工全部回北京，原中国历史教研室的教师被成批地分到北京师范大学，在北师大内新建了一个清史研究小组，我也被留在这个小组内。

为什么在北师大内新建这个小组，其原因还要从头说起。新中国成立初期，董必武同志曾向中共中央建议编纂两部大型的历史书，一部是中共党史，一部是清史。这一建议受到毛泽东主席、周恩来总理的重视。50 年代末，周总理和吴晗同志谈过编纂清史的工作，吴晗同志考虑了初步设想，他找我谈论过并征询我的意见。以后由于国家经济困难，被推迟实行。1964 年，毛泽东主席和范文澜同志个别谈话时说，他对研究清史有兴趣，如果有空闲时间，想读一点清史的书。1965 年，周总理要求中宣部筹划清史的编纂工作。10 月间，中宣部召开部长会议，决定在中国人民大学成立清史研究所，以原中国历史教研室为基础，由郭影秋、关山复、尹达、刘大年、刘导生、佟冬、戴逸为清史编纂委员会委员。11 月间，孙泱副校长向我传达了中宣部的决定，要我考虑和制订建立清史研究所的方案。不久，“文化大革命”到来，建立清史研究所的事又被搁置。郭影秋副校长是研究明清史的专家，对编纂清史的工作十分热心，故中国人民大学教师从江西干校回北京后，原中国历史教研室的教师，没有分散，保留原建制，合并入北师大。成立清史研究小组，使人力不致分散流失，待条件成熟时，即可建立清史研究所，开展清史编纂工作，实现“文革”以前中央领导编纂大型清史的愿望，这是郭影秋同志为保存研究力量的一片苦心。

返回北京之后，批儒评法、批林批孔，仍成天在运动中过日子，但总算有了一点研究历史的时间。当时正值珍宝岛事件之后，中苏两国举行边界谈判，外交部希望历史学界开展边界问题的研究，作谈判时的参考。我选择了《中俄尼布楚条约》这一研究课题。投入约四年时间，对条约签订的背景、谈判情况、条约文本和争议问题做了详细研究，写成《一六八九年的中俄尼布楚条约》一书，由人民出版社于 1977 年出版，这是我的第二部代表作。

《一六八九年的中俄尼布楚条约》写作于中苏边境冲突之后，明显具有政治性。写作之时，我也怀着强烈的民族感情，但我努力保持冷静的客观立场，力求从学术上研究中俄东段边界的沿革。当时，苏联方面公布了大量档案资料，包括谈判使臣戈洛文详细的日记；我国翻译了充当中俄谈判译员的两位外国传教士张诚和徐日昇的日记，又从故宫查找到满文中有关尼布楚谈判的奏折。因此，我得以详细地展示关于中俄使节谈判的具体情节。在古代史方面，由于史料不足，许多重要事件的真实细节鲜为人知，像尼布楚谈判那样生动而具体的情节，在史书中是不多见的。

1976 年粉碎“四人帮”，1978 年中国人民大学复校，清史研究所正式成立。鉴于社会上尚无一部系统、完整而篇幅适中的清史著作，我向郭影秋副校长建议，先编写一部简明扼要的清史著作，以便清理清朝近三个世纪的发展线索，探讨其中的重要问题，这样就开始了《简明清史》的写作。我担任该书的主编，投入的力量很大，阅读了大量历史资料，研究、琢磨了很多问题，该书初稿是集体写作的。我在审稿时逐章、逐节、逐句、逐字，几乎重新写定。七十多万字的篇幅，花费了大约七年时间，这是我的第三部代表作。

清史是我毕生研究的专业范围。我前半生研究中国近代史，属于晚清时期；后半生研究鸦片战争以前清史，属于清前期和中期。这上下三百年，包含着多少人物和史事，兴衰隆替，悲欢离合，胜败斗争，升沉起伏。中国从传统的农业社会走向近现代，从独立的封建国家变为半殖民地半封建国家，有众多的经验教训可供汲取，有无穷的哲理遐想可以反思。我成天和这段历史打交道，研究它、熟悉它、热爱它，把全部身心都奉献给它。有时感到，我和这段历史如此贴近，我们今天的社会问题，大千世界中林林总总的复杂情态，追根溯源，几乎都可以在清史中看到它的根苗。要了解今天的中国，认识国情，清史是必需的、不可缺少的知识。有时，我又感到和这段历史相距如此遥远，它纷纭复杂、深奥多变，使人难以揣摩，给人留下了众多的重大疑团。中国社会的发展在近代何以落在西方国家后面？中国近代化的道路何以如此坎坷曲折？中国在近几个世纪内达到了怎样的历史伟绩，又丧失了哪些历史机遇？中国有没有走一条更加便捷、畅通道路的可能？历史学家寻遍资料，搜索枯肠，但尚没有得出一致、令人满意的结论。岁月流逝，历史学家将探索下去，探索这一斯芬克斯之谜。

由于“文化大革命”造成的工作中断，又由于《一六八九年的中俄尼布楚条约》和《简明清史》耗时十多年的写作，回过头来再考虑拖延很久的《中国近代史稿》，已无法继续执笔。《中国近代史稿》的第二卷和第三卷虽然已写出 50 多万字成稿，但那是二三十年前的旧作。在当年写作环境中，自己的思想很拘执，许多观点应重新考虑。“文革”以后拨乱反正，历史科学的恢复与发展非常迅速，关于洋务运动史的论文、著作、资料出版很多，势必要在大量阅读、研究之后，对旧作进行大量增补和重大修订，其工作量十分巨大。而我的行政职务（担任清史研究所所长，兼历史系主任）、社会工作

(中国史学会会长、第七届全国人民代表大会代表以及其他社会兼职）压得我喘不过气来，自忖已无余力完成我早年立下的写一部大型中国近代史的愿望。而且，“文革”以后，近代史研究方面名家云集，著述如林。我回到近代史研究中去，未必能有多少贡献。反观清代前期与中期史研究，尚在奠基、开辟的阶段，犹如一片尚未开垦的处女地，急需投入大量人力，因此，我继续留在鸦片战争前的清史领域中爬梳钻研，没有回头重操近代史旧业。我到晚年虽然仍很关注近代史研究的状况和问题，时常读一点论文和资料，但主要精力放到康雍乾的历史研究上。

原来，曾有组织全国力量编写一套大型清史的规划，也曾为此而努力忙碌了一阵子。我初步设想，大型清史可以包括以下几部分：(1）清代通史；(2）清代人物传；(3）清史编年；(4）清代专史；(5）清史图表；(6）清史书目。其中有些部分已做了些工作，产生了一些成果。但显然这样一个庞大规划的实施，需要大批人力、大量经费，需要强有力的领导和严密的组织，需要水平较高、团结一致而能协调共事的研究写作队伍，由于种种原因，这一规划尚未能实行。将来，国家的财政较为充裕，研究人员水平更加提高，研究成果积累更多，编纂一部大型清史的任务必将提上日程，老一辈革命家的愿望在不久的将来定会实现。

我六十岁之后，从事两方面研究：清代边疆开发和乾隆帝。我国边疆的统一和发展是清朝完成的伟大业绩，因此，我们今天才拥有辽阔的版图、世界第一位的人口和比较巩固的统一国家。我和一些同志曾对清代的边疆和民族关系进行研究，这一课题被列入国家的六五规划。以后，我又对乾隆这位杰出的历史人物产生了兴趣，写了《乾隆帝及其时代》一书，1992 年由中国人民大学出版社出版，这是我的第四部代表作。

人物和时代具有密切的关系。时代创造人物，给人物提供活动的舞台。而人物的思想活动并不是随心所欲的，人的思想具有时代性，他在时代的氛围中成长，反映时代的特色，执行时代的要求，解决时代所赋予的使命。当然杰出人物也参与、领导和塑造了时代，给时代打上他个人的印记。我研究乾隆帝，又对 18 世纪这个时代感到兴趣，由此而产生了新的研究课题，这就是我目前正和一些同志从事研究的“十八世纪的中国和世界”。这个课题的范围很广泛，包括 18 世纪历史中一切重要的方面，并且要把中国放在世界历史中进行对比考察，甚至要跨越时间之限界，对 18 世纪以后二百年来的历史走向做一些观察和研究。

除了以上的著作，我还写了近四百篇文章，许多文章都编进了《履霜集》(1987 年由中国人民大学出版社出版)、《步入近代的历程》(1992 年由辽宁大学出版社出版)、《繁露集》(1997 年由中国社会科学出版社出版）三本论文集中。此外还和杨东梁、华立合著了《甲午战争与东亚政治》(1994 年由中国社会科学出版社出版）一书。

历史学家所做的无非是三件工作，第一是叙述历史，第二是考证历史，第三是解释历史。历史上发生了什么事情，历史人物思考什么、怎样行动、建立了怎样的典章制度，人们怎样生存、怎样奋斗，等等。历史学家应该把历史上发生的大事情，清楚地、如实地告诉大家，这就是叙述历史。一部二十六史娓娓地诉述着古往今来的人事沧桑。好的历史学家应该忠实于历史真相，勿作粉饰隐讳。

为了弄清楚事实真相，历史学家必须占有丰富的第一手资料，对纷乱复杂、相互矛盾的记载进行分析比较，去粗取精，去伪存真，对史事进行仔细审慎的考证查核，这就是考证历史。这项工作虽然烦琐，要耗费很多精力，但为了使历史接近真实，考证工作是历史研究中不可超越、不可缺少的环节。

最后是解释历史。历史学家不但要告诉人们历史上发生过什么事情，而且要说明事情如何发生，因何发生，即探究历史的因果，揭示历史的规律，使人们更加深刻地理解历史，接受经验教训。司马迁总结他写史的目的是“究天人之际，通古今之变，成一家之言”，也就是要研究客观与主观的相互关系，弄清古往今来的发展变化，形成自己的思想观点，这就是对历史的解释。

叙述、考证、解释历史，三者是统一的。而我由于主客观条件的限制，治学成绩很微小，只能在整理和叙述历史方面做了一些工作，而在解释历史方面只有某些尝试。我的几部作品和许多论文大多是宏观性地整理和叙述史事，做出某些解释。只有《一六八九年的中俄尼布楚条约》偏重微观的研究，稍稍具考史的风格。我毕生研究清代历史，孜孜以求，希望把叙史、考史与释史统一起来，但这始终是我渴望而未曾达到的理想境界。

借来斋记*

最近，我有了一间新的书房，面积 12 平方米，虽不甚大，而粉刷一新，窗明几净，缥缃满架。我名之为“借来斋”。因为，这是领导见我旧居狭小，过于拥挤，暂时借给我的。

我这书房所在的铁狮子胡同大院，现为张自忠路 3 号，是京城里赫赫有名的区处。在清朝是历辈王公的府邸，住过许多位亲王、郡王、贝勒、贝子，如今风流云散，难于全部考知其封爵名号了。清末改为陆军部，王府建筑被彻底改造，矗立起十几座哥特式的西洋建筑群，富丽巍峨，是当时京城里时髦的杰构。不过大门还保留着传统样式，水磨砖墙、红漆大门，两旁蹲着大石狮子，轩敞堂皇，还保留着旧日王府的余威。进入民国时期，成为段祺瑞的执政府，今天，大门外尚树立着纪念三一八惨案的纪念碑，段祺瑞政府在这里向和平请愿的群众开枪，屠杀了刘和珍等烈士。

我的书房位于主体建筑的前部，紧挨着大办公室，又靠近大门口。我猜想：这间小房可能是清朝陆军衙门和段祺瑞执政府的文件收发室，故至今墙上保留着一个小窗口，当年有多少机密文件曾在这窗口递进递出！

我渴望一间书房久矣！古人云：“贫无立锥之地”，这是夸张的说法，但“无立书之地”却是我多年来的苦恼，大概也是时下知识分子普遍的窘态。知识分子与书籍相依为命，虽然清贫度日，没有多少富余钱，但一进书店，总是手痒难禁，要买上几本书。日积月累，自己买的，朋友送的，临时借的，积存亦颇可观，虽无珍椠善本，而册数何啻累千上万！现在宿舍奇缺，分配房子按人口多少而

---

* 原载《光明日报》，1993 年 10 月 23 日。

不论书籍数目，因此安顿这么多的书籍，甚费周章。我本来有一间很宽敞的书房，面积有20多平方米，还是1958年分配给我使用的，那已经是35年前的事了。那时，我是个青年教员，人口少，书籍亦不甚多，偌大房间，颇有回旋余地，进房甚至有空空荡荡的感觉，朋友们都艳羡我拥有这样大的书房。这十多年，大家生活水平提高了，居住条件不断改善，可幸运之神始终没有光临寒舍，35年一贯制，我一直在这套老屋里蹲着。人口比以前增加，书籍更恶性膨胀，越积越多。环壁十几个书柜书架都是“超龄服役”，“超负荷运载”，书籍层层堆放，装得满满当当，巨大而坚实的书架竟被压得腰扭肩斜，幸亏书架相挨并排，相互支撑着，不至于倒下。地上也堆满了书籍，开始是在旁边，堆码得尚为整齐，以后堆放日多，扩展到房间中央，错杂凌乱，无心经常整理，日积月累，竟然成了一座座书山书城，桌下床边，无不是典籍遍处，书卷纵横。担心的是两个小孙儿经常在这里游戏打仗，把书籍变成了堑壕，于是玩具手枪、变形金刚、塑料恐龙以及小兔、小熊、小车、布娃娃之类，出没于书山书城之间。儿童们一场战斗之后，书籍与玩具东倒西躺，真有点像战场上的一片狼藉。

我旧日的书房早已成了多功能厅，兼作饭厅、卧室、会客室、游娱室、电视室。书籍堆得太高，竟挡住了挤放在墙角里的电视机，还要费点事，把太高的书籍移开，才能纵目观赏现代化的传播媒介。前些年有人说：读书太多必愚蠢，这是不对的；但藏书太多成累赘，却是千真万确的。

家里人催促我把书籍处理掉一部分。其实，我的书早经多次“处理”。最彻底的一次是“文化大革命”中，被多次抄家，文艺小说类早已荡然无存，多年心血荟萃的读书笔记和资料卡片也损失了很大部分，至今心怀耿耿。去“五七”干校，横下一条心，不再读书“吃闲饭”，一次“处理”书籍报刊达两吨之多，每公斤值两分钱，当年所得为40多元。古人云：书籍有水、火、兵、虫等灾，十年动乱之灾，有过之而无不及。现在，由于居室拥挤，还不得不时常处理书籍，当作废纸卖掉。不过，现在不是成批地囫囵甩卖，而要坐下来挑拣一番。说实在，许多书和我的专业并不相关，闲置在一边，很可能这辈子不会去翻读它，但是为了“处理”书籍，自然不去找那些经常使用的专业书籍，而着重去挑拣那些可有可无的“闲书”。我的眼光盯向了素被冷落的书群，翻翻其目录序跋，浏览其内容片段，估量其水平价值。这样，默坐在书堆里，竟被那些“待处理品”所吸引，津津有味地读了下去，觉得开卷有益，弃之可惜，下不了“处理”的决心，如同啃嚼鸡肋，只有寥寥几本书，可在割爱之列。借着这个机会，倒也浏览了几本专业以外的书籍，增长了一点见识。一生与书籍为伴，也一生为书籍所累。如今总算有了一间专用的书房，尽管是借来的。“知足者常乐”，在这教师宿舍十分紧缺的年头，能有暂借一间书房的殊遇，也算十分难得的了。欣悦之余，做此“借来斋记”。

我和清史*

清史是我的专业，我将毕生的精力贡献给它。可说是寝于斯，食于斯，学于斯，行于斯。清史是我理念之归宿，精神之依托，生命之安宅。

阅读和研究清史犹如站在高山之巅，凝视先人们走过的那段路程，有喧嚣的朝市、血洗的战场，也有崎岖的山径、冷漠的村庄，一幕又一幕不同的历史场景显示在眼前。

阅读和研究清史犹如漂荡在汪洋大海之中，政治、经济、军事、文化、外交、社会生活众多的浪潮奔腾澎湃，一个个像雪花似的喷溅，缤纷多彩，目不暇接。

阅读和研究清史犹如谛听一曲优美的交响曲，有金戈铁马之雄健，有缠绵悱恻之哀怨，有勇往直前之奋进，有神态自若之淡定，各种情感交替迸发，交织映现。

阅读和研究清史，展示三百年封建王朝的际遇和命运，匆忙地奔驰过兴、盛、衰、亡的轮回，从盛世的辉煌走向末世的凄凉，其间的经验教训使人感慨，发人深省。

现在呈献给读者的这本书大部分是讲清史的，讲清朝的人和事，讲清朝的兴、盛、衰、亡，讲近年来我所从事的清史编纂工作。

我常读清史，爱读清史，也常写和爱写清史文章，尤其进入老年专嗜清史，几乎摒弃其他书籍于不观，谢绝其他文章而不作，集中精力，专骛清史，专写清史。因为清史的书籍和资料浩瀚广博，无穷无尽，就是毕生专读清史也只能读极小部分。人的生命太短促，只能就广阔无垠的清史知识海洋中掬取一勺之水，或观其大体态势，

---

* 原载《东吴学术》，2010 年第 2 期。

或测其某个角落，并不能达到全真和全知。“吾生也有涯，而知也无涯”，这句话，我到老年体会得越来越真切。

清史研究是自己的工作、专业与职责，我刻志自励，以至诚之心力求敬业，用探索精神去追求未知，用怀疑精神去发现问题，用勤奋精神去搜寻资料，用科学精神去分析疑难，用理性精神去阐释历史，在客观历史千变万化的运动发展中寻求其规律，真实地、清晰地揭示历史的真相。司马迁说“究天人之际，通古今之变，成一家之言”，我材质驽钝，难期高明，虽不能至，而心向往之。

“暮年多见世上客，未识真容已白头”，说的是人到暮年，见多识广，但还没有能了解世人和世事。其实做学问比这还要难，因为每一种学问，广阔无比，其深难测，学问要靠积累才能成熟。清朝灭亡还不到一百年，清史研究今天还处在起步阶段。我们清史学科以至整个社会科学必须更加努力、更多积累、更善创新、更快前进。中国需要更成熟的社会科学、更成熟的历史学和清史学，因为这是提高民众文化素质之必需，加强爱国主义教育之必需，深入了解国情以建设中国美好将来之必需。我相信：中国的社会科学、历史学和清史学发展将越来越成熟，积累将越来越丰厚，研究将越来越精深，在本世纪内为中华民族的文化复兴做出辉煌贡献。

姚文元《评新编历史剧〈海瑞罢官〉》的反动实质*

十三年前，阶级异己分子、反动文痞姚文元抛出了《评新编历史剧〈海瑞罢官〉》。这篇黑文章是“四人帮”反革命集团发迹起家的资本，是他们为了大搞封建法西斯专政、搞现代文字狱树立的一个黑样板。黑文发表后，在全国造成了极大的混乱与恐怖，多少人受到残酷迫害、无情打击。现在是时候了，“四人帮”欠下革命人民的这笔血债必须清算。他们一手制造的许多冤案、假案、错案，包括对吴晗同志及其《海瑞罢官》的诬陷，必须彻底昭雪平反。

《评新编历史剧〈海瑞罢官〉》是由江青指使，姚文元出名，张春桥参加，三人合伙炮制出来的。1965 年，这三个人躲在阴暗的角落里，密谋策划了很长时间。江青在 1967 年 4 月的一次讲话中招认：是她，窜到上海去组织了这篇文章。她说：“暗中藏着评《海瑞罢官》这篇文章”，“对外保密，保密了七八个月，改了不知多少次”。还说，张春桥、姚文元“为了这个担了很大的风险”。由于他们干的是见不得人的事，所以做贼心虚，鬼鬼祟祟，严密封锁消息。那时候，谁也没有想到这一小撮反革命分子正在酝酿着一个空前的大阴谋。

这篇黑文章十分阴险毒辣，而在表面上他们却故意把它伪装起来。一看题目，好像仅仅是一篇评论文章。文章中称吴晗为同志，好像是同志之间讨论问题。姚文元还大谈明史，东拉西扯，好像是一篇谈历史的文章。但是，读下去，不对了。什么要人民公社退田啦，什么反对无产阶级专政啦，什么提倡反动的“刚直不阿”啦，

---

* 原载《北京日报》，1978 年 12 月 30 日。

什么为地富反坏右鸣冤叫屈啦，帽子棍子，铺天盖地而来，露出一片杀机，分明是要置人于死地。这是怎么回事？一出历史剧，即使有缺点错误，怎么能上到这样的纲上？对于吴晗同志这样一位忠于党、忠于毛主席的共产党员，这样一位有贡献的优秀历史学家，怎么能这样狠下毒手，无端陷害？当时，善良的人们是想不通的，很多人纷纷出来为吴晗同志抱不平。有些同志提出了书面的或口头的意见，也有些同志在报上写了反批评的文章，认为姚文元的黑文是粗暴的，不讲道理的。还有许多同志虽然写文章参加了所谓“批判”，但并没有按姚文元的调子唱。其实，大家都上了当。这不是什么粗暴问题，也不是一般的不讲道理。这是“四人帮”精心设下的圈套，周密布置的陷阱。他们就是故意要让一大批人出来表态，然后抓住辫子，大打出手，打击一大片，造成天下大乱，从而乱中夺权，达到篡党复辟的目的。

当“四人帮”把群众的注意力集中到对吴晗同志《海瑞罢官》的所谓“批判”以后，他们就把问题逐步升级，无限扩大，进一步诬陷吴晗同志和彭德怀同志配合，向党进攻。这样，在中国共产党领导的新中国，竟然出现了这样的怪现象：甩开党的组织，无视党的政策，践踏党的原则，从学术批判一下上升到政治斗争，从政治斗争又上升到扣反革命的帽子，一直发展到搞人身凌辱和肉体摧残。并且无限地扩大打击面，在诬陷吴晗同志的同时，把各种人都投入到他们设置的陷阱里。

第一种人，不同意姚文元的黑文章，为吴晗同志抱不平，说了几句公道话，就被认为是大逆不道。如上海的平心、北京的羽白等一大批人，被打成吴晗的“黑爪牙”“黑帮分子”。

第二种人，虽然批判了吴晗，但没有按姚文元的调子唱，就成了假批判、真包庇。如向阳生、李琪，被打成十恶不赦的“反革命”。

第三种人，曾经在舞台上演过海瑞，也被罗织牵连。如优秀的京剧表演艺术家周信芳、马连良，被迫害致死。

第四种人，多年以前，看过《海瑞罢官》这出戏，说过几句好话，也遭到猛烈围攻。如常谈、方三、繁星、曲六乙等，被诬蔑为“破门而出”的“牛鬼蛇神”。

第五种人，和吴晗同志合作写过文章，或者只在文章体裁、风格上和吴晗等人的文章相似，也被说成是“三家村”“四家店”，一批一批被揪斗。

第六种人，不同意吴晗同志的某些学术观点，多年以前，曾写文章和吴晗进行过学术讨论，也成了罪状。如星宇写过《论“清官”》一文，被扣上折中主义、阶级调和论、反革命修正主义等帽子。

还有，海瑞是个清官，于是，历史上的清官都被株连。“四人帮”发明一种奇特的“理论”：“清官比贪官还坏”。因此，包公不行了，孙安不行了，谢瑶环是个女清官，也不行了，都被打入十八层地狱。并非清官，但带点清官色彩的人，如于谦、郑板桥也被波及，遭到批判。真是“城门失火，殃及池鱼”。不仅是清官，凡是写过关于清官的文章，编演过清官戏的作者、演员，也都跟着倒霉，挨批斗，一律戴上反革命修正主义分子的帽子。历史上，一个人物被批判，现实中，就有成百上千的人倒下去。即使是没有写过文章，只在课堂上讲过这些历史人物的，都算“放毒”，都算吴晗的“徒子徒孙”。和吴晗同志认识的、有关系的人固然是罪大恶极，就是和吴晗不认识、未见面、无关系的人也受株连。有一本集体写作的书，作者几十人，大多数未见过吴晗，只是由于吴晗给这本书写了序言，作者们就都成了嫌疑犯，被勒令交代审查，弄得人人胆战心惊。

这场白色恐怖，株连之广，实在令人难以置信。它在人们心中留下了深刻的创伤，至今记忆犹新。在社会主义的条件下，这种惨无人道的封建法西斯镇压，始作俑者，就是反动文痞姚文元的《评新编历史剧〈海瑞罢官〉》。这不是一般的坏文章，而是一把沾满革命干部、革命知识分子鲜血的屠刀。细读这篇反动文章，横竖只有两个字：“杀人!”

从这篇反动文章出笼之日起，“四人帮”就撒开了他们的反革命的罗网，把大批无辜的人围在里面，打击迫害，无所不用其极。这面反革命的罗网越收越紧，步步升级，真有要把大批革命干部、革命知识分子一网打尽之势。岂止是一个吴晗！吴晗同志不过是“四人帮”捉来开刀祭旗的第一个牺牲者。江青在讲话里一语泄露了天机：“一个吴晗挖出来以后，就是一堆啊!”他们就是拿着这把反革命屠刀，对着大批忠于革命的干部、知识分子和群众，砍杀过去。他们是杀人越多越好，以杀人为乐，以杀人为荣。其狠毒残酷，比历史上一些反动统治者对广大知识分子的镇压，有过之而无不及。多少人因此丧失生命，含冤死去；多少人被整得家破人亡，妻离子散；多少人被关进监狱，受非刑拷打；多少人挨批斗，被凌辱，遭围攻。“四人帮”是一批杀人不眨眼的刽子手，他们炮制了姚文元这篇反动文章作为杀人武器，用人民的鲜血染红了自己的顶子。回顾这段历史，姚文元《评新编历史剧〈海瑞罢官〉》的反动本质岂不是一清二楚的吗?!

姚文元的黑文章不但政治上极为反动，造成了很严重的恶果，而且横行霸道，蛮不讲理，伪造历史，践踏科学，从内容到文风充满着令人作呕的帮风帮气。文章毫无逻辑，胡乱联系，把历史和现实混为一谈，把风马牛不相及的东西扯到一起，血口喷人，栽赃陷害。被他点了名，就像被毒蛇咬了一口，其毒无比。吴晗同志的《海瑞罢官》是一出历史剧，剧中所写的海瑞大体上是真人真事，是离今天已有四百年的历史真实。但姚文元硬说他是影射现实。海瑞要徐阶退田，明明是要求一个封建大地主大官僚退出兼并的田地，这是一件真事，海瑞要徐阶退田的书信，载在他的文集中，有目共睹，而姚文元偏说这是吴晗同志要求人民公社给地主富农退田。海瑞曾多次打击豪强，平反冤狱，这不仅在历史上有记载，而且在民间历来流传很广，而姚文元却说这是吴晗同志反对无产阶级专政，为地富反坏右鸣冤叫屈。姚文元给吴晗同志定下的罪名，毫无根据，完全是一派罗织诬陷之词。

其实，姚文元这个反革命小丑才是玩弄影射史学的惯家。在他手里，影射史学发展到登峰造极、无以复加的地步。“四人帮”想打倒谁，就可以用这个手段把谁打倒。他的一种办法是诬蔑别人搞影射，毫无根据地把别人写的文章说成是影射现实，是反党反社会主义，使人有口难辩。他对吴晗同志就是采取了这种办法。另一种办法是他自己搞影射，煞有介事地“研究”历史，把“四人帮”想要打倒的对象写成历史上的反动派、投降派，什么“批儒”呀，什么“批孔老二”呀，什么“批宰相”呀，什么“批宋江”呀，云山雾罩地大闹一气。他对敬爱的周总理和邓副主席，就采用这种办法指桑骂槐地进行恶毒攻击。在“四人帮”那里，历史没有任何别的意义，仅仅是他们用来打人的一根棍子。想打谁，就打谁；想把历史变成什么样，历史就得是什么样。什么历史真实，什么历史规律，什么历史科学，统统都不存在。他们的格言是“古为帮用”，他们崇奉的信条是把历史作为打人杀人、篡党夺权的工具。

中国历史上也有过文字狱，清朝的文字狱搞得很厉害，而“四人帮”的现代文字狱却大大超过了它。清朝的文字狱有的还沾点边，如“夺朱非正色，异种也称王”，这里面有朱元璋的“朱”字，“异种”一词，也沾了反清复明的嫌疑；又如“清风不识字，何故乱翻书”，这里面有个“清”字，也算触犯了忌讳。而吴晗同志写《海瑞罢官》，这种字面上的联系也没有，这类嫌疑、忌讳也说不上，居然被打成反革命，被迫害致死。人们常说：捕风捉影。吴晗同志这一冤案，真是连风也没有，影也没有，无端被姚文元的反动文章“捕捉”了一大堆耸人听闻的罪状！

按照姚文元的逻辑，任何人都可能变成反革命。只要你写历史，谈历史，他就可以无中生有，给你加上莫须有的罪名。你肯定某些皇帝的功绩，他就说你歌颂帝王将相，为地主阶级树碑立传；你批判封建皇帝，他就说你骂皇帝，说你攻击无产阶级的领袖，对无产阶级专政怀着刻骨仇恨。总之，举手投足，动辄得咎。从前人有所谓《罗织经》，专讲怎样给无辜的人捏造罪状，姚文元的办法比《罗织经》更加狠毒，它使人无处躲避，无处藏身，无从申辩，无从洗刷。

从《评新编历史剧〈海瑞罢官〉》开始，姚文元接连抛出了许多篇毒草文章：《评“三家村”》《评反革命两面派周扬》《评陶铸的两本书》等等，一脉相承，都是打人的棍子，杀人的刀子。再读读这些文章，隐隐可以闻到血腥味，仿佛可以听见无辜被害的干部和群众在反革命大棒下的抗议和呻吟。

当前，揭批“四人帮”的斗争正在步步深入，我们应该乘胜前进，深入批判“四人帮”，批判姚文元的《评新编历史剧〈海瑞罢官〉》，进一步拨乱反正，为吴晗同志平反昭雪。吴晗同志的罪状完全是“四人帮”硬栽在他身上的，他牺牲在“四人帮”的诬陷之中，含冤于九泉之下。这场冤狱不平，民心不服，民气不伸。这不仅是吴晗同志一个人的问题，纠正了这个冤案，实际上也就是为一大批受牵累、被株连的革命干部和革命知识分子昭雪平反。我们相信这必将有利于深入揭批“四人帮”，有利于拨乱反正、澄清是非，有利于树立民主作风、加强法制观念，有利于团结广大知识分子、调动积极性，有利于全国的安定团结，使我们能够紧跟党中央的战略部署，把党的工作的着重点转移到社会主义现代化建设上来，大干快上，加速实现四个现代化。

金田起义出大湟*

一个阴雨的天气，浔江上下，春雨潇潇。“纪念太平天国起义一百三十周年学术讨论会”的全体代表从广西桂平县出发，向北驰往金田村。说实在话，我们这支以研究太平天国历史为专业的队伍中，大多数人还是第一次前往金田。大家的心情异常兴奋，像要去会见从未见过面的亲人一样。车队向前飞驰，雄壮巍峨的紫荆山隐现在烟雨迷蒙之中，仿佛在伸张着两臂，欢迎、拥抱我们。车中肃静无声，人们都凝神屏息地眺望着。啊！多年梦寐向往的太平天国起义的策源地已经映入了眼帘。

我们先到了现在的金田公社所在地新圩，这是当年经过战火洗礼的地方。太平军起义后，在紫荆山区与清军搏战了九个月，最后在新圩突围，经五峒山，攻克了第一个城市永安州（今蒙山县）。新圩，这是太平军撤出紫荆山区的最后的据点，也是向全国进军的起点。当年，太平军的指挥部就设在这里的三界庙中，三界庙保存完好，里面有许多石碑，都是太平天国起义前后所立，反映了金田地区的经济和阶级斗争的状况，有很高的历史价值。陈列中还有一个紫荆山区的模型，吸引着我们这些不熟悉当地地理形势的人，高高低低的山水、村落，密密麻麻地标满了地名，金田村、犀牛岭、大湟江、风门坳、双髻山、蔡村江、江口圩、古林社、东乡、茶地、屈甲、花洲、东王冲、官村……对于治太平天国史的人来说，这些地名，耳熟能详，并且都和某件史事、某次战斗、某个人物联系着，它们都密集在百余里的地区之中。就在这弹丸之地孕育了史无前例的、被称为“农民战争最高峰”的太平天国运动。

---

* 原载《文史知识》，1981 年第 4 期。

车队离开了新圩，折而向西，奔驰在金田的田野上。在别人的指点下，我认出了大湟江，江身并不宽阔，微雨挥洒在水面上，荡起层层涟漪。这条江水向东注入浔江，它灌溉了两岸的良田沃土，使这里盛产稻米、甘蔗。南方的春天来得早，男男女女都冒雨赤脚，在田里劳作，已是一片春耕农忙的景象。"金田起义出大湟"，我想起了这句民谚。它可以有两种解释，一种解释是"金田起义出大王"，南方人读音，"湟"与"王"不分，意思是金田起义拥戴出洪秀全这个大王；另一种解释是太平天国起义军从大湟江出兵，闯出了紫荆山区。

可是，后一种解释不很确切。太平军起义后，的确顺着大湟江东出，占领了江口圩，在此停留了两个月。由于浔江江面已被清军和艇匪所控制，太平军还没有水师，不能从水路冲出去，只好又沿着大湟江回到新圩。"金田起义出大湟"，可太平军并没能从大湟江口冲出去，以后向西越过紫荆山，到达武宣、象州，在那里和清军、团练相持三个多月，西出的通路也没有打开，仍旧回到了新圩。

当时的形势，险象环生。起义以后九个月，太平军东奔西突，进行了许多次战斗，仍然回到了老地方新圩。清军愈聚愈多，蝇集蚁附，从四面八方扑向新圩。为什么太平军起义之后要在紫荆山区徘徊九个月之久，致使清廷赢得了时间调集更多军队，把他们围困在这里？他们有什么必要浪费这么多宝贵的时间？现在，历史学家对此做出不同的解释，互有争论，最流行的说法是根据李秀成供状，为了"招齐人马"。李秀成说：

> 天王到金田之后，移营上武宣东乡、三里，招齐拜上帝之人，招齐武宣之人，又上象州招齐拜上帝人马，招齐仍返金田新圩。

李秀成那时还在藤县家中，没有参加起义队伍，他后来的这段话可以解释清楚太平军起义后长期停留在紫荆山区的原因吗？似乎不行！拜上帝会的会众大多散布在毗邻的桂平、贵县、平南、武宣、象州、藤县，声息可闻，道路畅通。况且，团营的命令在一年前早已下达，并不需要在这里为招齐人马而逗留这样长久。"兵贵神速"，太平军为什么迟迟不打出去，给清朝一个措手不及，而使自己坐困在紫荆山区。这真是一个谜。

我从观看景色，不知不觉进入历史的遐想，而且想出了神，仿佛回到一百三十年前的古战场上，竟为太平军的被围而忧心忡忡。

“嘎”的一声，汽车停了，打断了我的遐想。我们已经来到了紫荆山的隘口风门坳。真是沧海桑田，这里已建成了金田水库，当年以雄峻险峭而知名的隘口已沉没在万顷碧波之中。周围山岭层叠，树木苍翠，云封雾绕。水库大坝和发电站的高大楼房雄踞在谷口，俯视着前方的金田平原，当年的古战场上洋溢着大干“四化”的火热的气氛。

我们这些人，三五成群，冒着细雨，踩着泥泞，一步一滑，像孩子一样喜悦地到处奔走。有的想观看一百三十年前古道的痕迹，这是当年进入紫荆山的唯一通道，洪秀全、冯云山到山里传教，一定要走这条路，这里该多少次印下了这两位革命巨人的足印！有的想寻找一下残存的工事，也许还想侥幸找到当年的一矢一镞。太平军被困在新圩，风门坳是最后一道屏障，太平军在这里该是进行了多么顽强的抵抗。我们几个人观察着这里的地形，话题就转到了风门坳战斗上。

关系重大的风门坳战斗究竟是怎样打的?《浔州府志》留下了如下记载：太平军防守在这里，“断山下路，而垒石安炮于坳上。两边山梁复起望楼及草棚数百间，以为踞守”。向荣、巴清德率领清兵分成三路，“衔枚疾走至山麓，齐放枪炮进攻”。这一记载太简单了，没有提供具体的战况。但是，即使找到更详细的记录，也不可能记录下这场战斗的一切细节。历史记载的空白只好由想象来填补。这里，山势挺拔，也许就是太平军构筑望楼的所在；那里，林木幽深，也许就隐藏着清军偷袭的小径。这场战斗，双方都投入全力，战况必定十分激烈。多少农民英雄为保卫革命而牺牲在山巅涧底，他们用鲜血浇灌了壮丽的太平天国革命事业。

令人震惊的是：风门坳竟然失守了。太平军虽据有利的地形，却未能阻挡住敌军的攻势。八月初三凌晨，清军先占领了两侧山梁，然后夺取了风门坳隘口。当然，太平军不会也不能够任凭敌军长驱直入，须知他们的父老妻儿就在身后。他们且战且走，用自己的血肉阻滞敌人推进的步伐，后来变成了逐村逐屋的白刃战。这时，清朝方面兴高采烈，气焰嚣张，咸丰皇帝听说夺取了风门坳，立即下达谕旨："贼首韦正（昌辉）、洪秀泉（全）、杨秀青（清）、冯云山、胡以洸（晃）等，此时均在新圩各村围困之中，一经大军攻破，必须按名擒获，或临阵歼毙，亦须确切认明。"

敌人高兴得太早了。太平军为了解救危机，正确地做出决策：突围。为了迷惑清军，他们故意砍竹编筏，装出要渡江向南的姿态。中秋节夜晚，却出敌不意，全军携带老幼家口，向北钻进险峭的五峒山里，"弃辎重，攀山越涧走"。这是一次十分漂亮的行动，据《桂平县志》的记载，"五峒高山在县北宣一里……绵亘数十里。咸丰元年八月十五夜，洪秀全被围食尽，遂由此山窜永安，盖其势陡绝，官兵不能追也"。这次成功的突围，革命人民感到欢欣鼓舞，而地主阶级为之战栗饮恨。

"太平军竟守不住天险风门坳"，这个念头老是盘旋在我的脑际，须知，清军突破这个要隘，对革命形成了多么大的威胁。再联想到太平军为什么在紫荆山区停留九个月之久。尽管有种种解释和争论，答案也许是极其简单的，那就是初起的太平军太弱小，没有力量打破包围圈，因此在紫荆山区东奔西窜九个月，连最后一道屏障风门坳都守不住，这难道不是说明了它的弱小吗？一部战争史告诉我们：以弱敌强的好办法就是"走"，避开强敌的进攻，以保存和发展自己。中秋节的新圩突围，太平军很好地运用了"走"的战略，不采取这一战略，轰轰烈烈的太平天国运动有可能被扼杀在摇篮之中。

我们歌颂历史上敢于起来反抗封建统治的农民英雄，不愿意多讲他们的缺点、问题，可是，对农民过分美化，对农民的力量估计过高，也会背离历史的真实。一些文章和著作中，把初起的太平军描绘得每战必胜，打得清军狼狈逃窜，已掌握了战争的主动权。这样，太平军长期停留在紫荆山区以及风门坳战斗失败等历史，就难以解释清楚了。

新生的力量必定是幼弱的。很难想象，它一开始就能压倒陈旧的力量，这里必然有一个艰苦奋斗和发展壮大的过程，太平军在紫荆山区九个月，时间没有白白浪费掉，他们团聚队伍、总结经验，在战斗中学习，在艰难中成长。这群普通农民并不是天生的英雄，他们在实战中才锻炼成了出色的指挥员和勇猛的战士。太平军初起，号称几万人，但大多是老幼妇弱，精锐的战斗人员只有三千人，却面对着装备齐全的上万清兵和大批地主武装。尽管清军怯懦无能，内部矛盾重重，但似乎不能说太平军的力量已超过清军。清军的战略一开始就是要把太平军困死在紫荆山区，断绝其米盐给养，堵塞其出路，不使其远走滋蔓。太平军奔突九个月，硬冲猛攻，打不破这个包围圈是可以理解的。中秋节的新圩突围是利用复杂的地形，巧妙地跳出了包围圈，从内线转到了外线。中国农民战争史上不乏这种成功的战例，就是太平军后来在永安突围，打法也与此很相似。当然，仅仅跳出包围圈，危险还没有解除。清军见即将到手的猎物要逃走，很不甘心。向荣率领清军从崎岖山路，蹑尾穷追，太平军杀了个回马枪，在官村设下埋伏，向荣追赶中伏，被打得一败涂地。“军械全失，几不能军……向（荣）之丧师失律，未有甚于此役者。”突围不是单纯的逃跑，太平军把突围和反击相结合，打败了向荣这个死对头，才真正脱离了险境，长驱北上，攻克永安州。

我们的车队已经要返回桂平了，我凝望着新圩背后隐约的山影，那边应该就是五峒山。可惜限于时间，不能去看看突围的现场，不能去探索当年太平军脱险的小径了。

冯云山初入紫荆山写了一副对联：“暂将荆山栖彩凤，聊将紫水活蛟龙。”新圩突围，太平天国这烈火中的凤凰、大泽中的神龙，腾空而起，挟带着满天风雷，飞出了紫荆山，飞向永安州，飞向全中国。

历史科学战线上的几位新兵*

近年来，在党中央正确方针政策指导下，历史学界呈现了生机盎然的繁荣景象，大批青年史学工作者正在迅速成长，令人可喜可慰。

我认识一些有理想、有干劲、有才能的年轻人，这里只介绍四位同志：吴廷嘉、孔祥吉、郭成康、卿斯美。几年来，他们各自发表了十几篇或几篇论文，可说是新露头角，初试才华。他们从事专业、专攻历史是在党的十一届三中全会以后，算来只有四五年。但他们焚膏继晷，在短短的时间内，获得了较大的进步。通过他们，可以看出这一代有为的年轻人向着科学高峰奋勇攀登的矫健步伐。

吴廷嘉是一位勤奋、聪明、热情、开朗的女青年。她攻读硕士学位时，一家五口分处在北京、上海、重庆三地。家务繁重、经济拮据，再加上健康欠佳，可是她以顽强的精神，迎击困难，锐意进取。我初次认识她是在录取研究生进行口试时，她知识广泛，析理透彻，雄辩滔滔，几个考试委员无不感到惊讶和喜悦。她本是科学社会主义系的学生，从学习马列主义理论入手，后来转入历史专业，具有较深厚的理论基础。她治学的路子宽广，具有理论概括的能力，思路开阔，卓有识见。她已发表十几篇文章，涉及各种课题，既有历史理论的，也有太平天国和戊戌变法专史的，也有关于形象思维的，她还搞了一段近代经济史。锻炼理论思维的能力，广泛地吸取知识，开阔视野，打好基础，由博而约，深入专业领域，这是她治学的特点。

孔祥吉同样也勤学、敏捷、聪慧、思路清晰，有较好的理论准

---

* 原载《人物》，1983 年第 3 期。

备。他专攻戊戌变法的历史，长期蹲在档案馆、博物馆里，从第一手的档案资料入手，爬梳抉剔，把康有为在戊戌时期的奏折原件和流行的刊本详细对勘，找出两者的差异，指明康有为后来对自己的奏折做了重大的修改。过去的研究者只根据经过修改了的奏折，未曾见到原件，因此，对戊戌时期康有为和维新派的评述不完全符合实际。现在，孔祥吉正在整理这些原件，争取尽快公布，他和其他人的研究和整理工作将会推动戊戌变法史的研究，使我们对康有为和维新派的思想、行动有进一步的新认识。他发表的文章，大多围绕这个问题。辛勤地查阅和掌握大量的第一手资料，突破一点，穷追根究，锲而不舍，这是他做出较好成绩的重要原因。

郭成康的特点是沉稳、凝重、刻苦、踏实。他专攻清朝入关以前的历史。这段历史有很多未曾利用过的满文资料，他根据自己所攻专业的需要，决心在课程很繁忙的情况下，加学满文，以极大的努力，在不到一年的时间内，基本上掌握了满文并逐步提高。现已和别的同志合译了十多万字的满文档案资料，即将出版。他写了近十篇文章，能利用满文资料，充分地发挥这一优势，去研究清朝开国时期的八旗组织和政治法律制度。由于掌握了不少新资料，他的研究工作就能够深入到别人所未接触到的新领域。

以上三位青年都是经过大学、研究生，循序而进，获得了硕士学位的。卿斯美则是自学成才的。她在“文化大革命”之初，是个初中学生，和许多青年一样，下乡插队，在动荡的岁月中坚持自学，努力不辍，在历史和英语两方面都有一定的造诣。她的学术论文，在 1981 年辛亥革命七十周年的全国学术讨论会上，得到好评。她是参加这次水平较高的学术会议的少数年轻人之一。她的另一篇论文又在长沙召开的青年史学工作者会议上获奖。

他们各有不同的经历、特性、爱好，比较善于利用自己的优势，发挥各自的长处，说明成才之路并没有一成不变的模式，应该根据自己的特点在实践中摸索和开辟自己的前进道路。

但人才的成长也有一些共同的规律。他们相同的一点就是勤奋刻苦，不畏艰难，不图侥幸，不贪捷径，顽强地朝着既定的目标不懈地前进。他们在十年动乱中都被夺去了不少宝贵的时间。当历史为他们重新提供了学习机会的时候，他们面临的任务十分艰巨繁重。许多基础课程要补习，专业知识几乎要从头搞起，还要付出大量时间去学习外国语、少数民族语。他们毫无例外地具有求知的强烈紧迫感，为了寻找专业书刊、稀见资料，他们经常跑图书馆、档案馆，钻进尘封灰积的纸堆里，阅读着、抄录着。两个冷馒头，一杯热开水，就算一顿午餐。节假日也很少休息。他们正以加倍的勤奋来夺回“荒废”了的时间。勤奋的动力来自理想和事业心。正是对社会主义的热爱，对科学的热爱，对“四化”建设的责任感，使他们以苦为乐，感到苦中有乐，苦即是乐。

他们成长较快的另一个原因，大概是都经历了上山下乡或基层工作的锻炼，具有相当丰富的社会阅历。历史就是过去的社会生活，要研究它、理解它，就必须投身到社会生活中去，如果只从书本、文字上来研究，显然是不能体会得那样深切的。理解今天的社会对于理解昨天和前天的社会具有重要的意义。尽管上山下乡使他们失去了读书的机会，但只要善于利用、理解那一段可贵的社会阅历，对于历史的研究是十分有用的。

他们在治学上有了良好的开始，但毕竟还是新兵，要想真正有所成就，还有赖于今后长期的努力。“长江后浪推前浪，满园春色尽新卉。”预祝他们在开创祖国历史科学的新局面中做出更大的贡献。

科学发展史上的一件大事情*

——纪念周口店中国猿人头盖骨发现五十五周年

五十五年以前，即1929年，在北京周口店发现了中国猿人的第一个完整的头盖骨，这是科学发展史上的一件大事情。这一发现，肯定了猿人在人类发展史上的地位，证明了我们祖国是文明起源和人类发祥地之一。从19世纪中叶达尔文的进化论发表以来，人类起源于动物界在理论上已得到解决。恩格斯曾撰写了《劳动在从猿到人转变过程中的作用》，提出“劳动创造人”这一历史唯物主义的原理。北京猿人头盖骨的发现，以具体、确凿的证据证实了人类起源的科学理论，证实了历史唯物主义。而且这一重大发现也驳斥了“中国人种西来说”，证明我国首都的附近就是人类的摇篮。中国的文明源远流长，中华民族的祖先在远古时代就劳动、生息在中国这块大地上。

从北京猿人第一个头盖骨发现以来，我国古人类学的研究突飞猛进，又有一系列重大发现，如蓝田人、元谋人、大荔人、和县人、马坝人、腊玛古猿以及最近在辽宁金牛山发现的猿人头骨。我国成为古人类化石和遗址最丰富的国家之一，遍布各个地区，包括古猿、猿人、智人几个不同的阶段。这一系列发现，填补了人类史前时期的空白，使我们了解了太古的先民在混沌初开的艰难环境中是怎样生活、怎样斗争、怎样进化和发展的。

现在，全国正在进行爱国主义、历史唯物主义的教育，周口店北京猿人遗址可以成为进行爱国主义和历史唯物主义教育的生动的

---

* 原载《北京社联通讯》，1985年第1期。

课堂。我们以及我们的后代要热爱国家、热爱民族，就应当更多地了解我们的国家和民族，了解她的过去和未来，了解国家和民族的历史，知道我们的祖先怎样通过劳动，经历艰苦的斗争，改造了自然环境，同时也改造了人类自己，使人类逐渐脱离动物界，从猿进化到人，从自然的奴隶变成为自然的主人。过去，国内外都盛行过宗教的、神话的创世说，外国的说法是上帝造人，造了亚当和夏娃，人类全都是亚当、夏娃的后代；中国的说法是盘古开天辟地。北京猿人的发现是用新的创世说、科学的创世说代替了宗教的、神话的创世说，应该成为历史唯物主义教育开宗明义的第一章。

前些时候，北京周口店北京猿人的遗址遭受到破坏，社会各界进行呼吁，党和政府十分关心这个问题，花了很大力气，拨了大笔款项，准备迁走遗址附近的工厂，使得全世界绝无仅有的珍贵的古人类遗址得以保存，显示了社会主义国家对科学、对文物的高度重视。现在，我们可否进一步设想，如何来利用和进一步开发周口店北京猿人的遗址，使古人类学的科学研究和实际应用相结合，为首都社会主义精神文明的建设服务。

我建议：应当做出长远的规划，在周口店逐步建立古人类博物馆和遗址公园，在较大的地区范围内，模拟几十万年前的自然环境和生态条件，整理山川、进行绿化，研制模型、从事建设，再现古代人类生活和劳动的情形，使人们一走进遗址公园，就仿佛亲历其境，置身于几十万年前的洪荒时代，目睹当年的山水景观，当年的森林草原、飞禽走兽、男女人群。这是用生动的形象进行科学教育，进行爱国主义、历史唯物主义的教育，其意义是很大的。前几天报纸上登载一篇通讯，报道加拿大有一个古生物公园，走进公园就如同进入太古时期，看到很多现已不存在的动物和植物，吸引了全世界的许多参观者，成为旅游的胜地，也是古生物的博物馆。我想：如果在周口店逐步建立古人类遗址公园，它的科学价值更高，吸引力也更大。

建立古人类遗址公园不是空想，而是一个可以逐步实现的目标。中国古人类遗址很多，化石和遗物十分丰富，有充分的条件建设古人类遗址的公园和博物馆。当然，这需要一定的土地面积、一定的资金和条件。北京市，作为中华人民共和国的首都，作为驰名世界的历史文化名城，应该具有这样有科学价值的创新的博物馆，希望在首都的长远建设规划中能有周口店古人类遗址的地位。

总结经验　攀登高峰*

纪念林则徐诞辰二百周年学术讨论会，是一次富有成果的学术会议。

这次学术讨论会的主题是：林则徐和鸦片战争。到会的同志，紧紧地围绕着这个主题，比较全面、详细地分析林则徐这个杰出的历史人物，从他的禁烟活动、抗英反侵略斗争到他的思想和在各地的政绩。此外，许多论文还涉及对林则徐所处的时代、鸦片战争、社会状况、中外关系以及跟林则徐同时代的一些历史人物的研究。在讨论会上，许多同志还把林则徐放在整个鸦片战争的历史背景下，和许多历史事件、人物紧密地联系起来进行研究，讨论十分热烈。

这次讨论会最大的特点是提出新观点较多，对一些问题的分歧也比较多。对于林则徐的思想，有十多篇论文分别从军事、经济、哲学思想，或从经世思想、爱国思想、民本主义等不同角度、不同方面来进行探索。与会代表虽然对林则徐思想的评价，都加以肯定，但对他的思想体系内容的理解，却有差异。如谈到民本主义的内容，有的提重民思想，有的提人民性，提法不同，内容是否有区别，没有来得及展开。有的认为，林则徐的思想体系是民本主义与爱国主义的结合；而有的认为，林则徐的思想属于爱国主义思想体系，其中包含着反侵略、改革、开放、缜密等四个组成部分。对林则徐思想总的评价都肯定，但肯定的程度有差异，内容和分析也不相同。

有些同志联系林则徐的思想分析当时的文化思潮，对当时经世思想的渊源、发展、流传，通经致用学说，它的派别、表现，也有些不同的看法。有的认为，经世思想是从封建思想过渡到近代思想

---

* 原载《福建论坛》，1985年第6期。

的桥梁；有的认为，经世思想发展复杂，后来有分化，向左右分化。也有的提出经世思想和洋务思想、维新思想的关系问题。还有一个重大争论：鸦片战争失败是不是必然？如果执行林则徐方针，清政府有无可能战胜或者顶住英国侵略？这个问题的争论也是针锋相对，有的认为必然会失败；有的认为失败不是必然的，也有可能取胜。双方都提出了理由。讨论最热烈的是统治阶级中的人物，对很多人物有争论。第一个问题是1836年以后，清政府内部有没有弛禁派？有的文章提出：许乃济奏折被批驳之后，不存在弛禁派。琦善不是弛禁派的代表，相反，他在直隶禁烟是很有成绩的。这里牵连到道光、琦善、穆彰阿一连串人物的评价问题。所以有的认为，道光帝始终坚持禁烟、坚持抗英。从严禁派、弛禁派联系后来主和派，在主战主和问题上，也有的分析了主战如何转变成主和。对于改革派，有的认为已形成，有的认为没有形成，林则徐不是改革派。总之，在鸦片战争前后，对政治派别的分野提出了新的意见，存在分歧。第二个问题，讨论最热烈的是对叶名琛的评价，有的认为他是个昏庸、无所作为的官僚；有的认为他是中国传统文化的标本；也有的认为他深沉坚毅，可和林则徐相比，不过斗争方式不一样而已。显然分歧是很大的。第三个问题是对历史人物评价、对历史人物的肯定歌颂怎样和开创性研究结合起来，涉及评价人物的理论问题。还有人对刘韵珂、梁章钜做出了新的评价。

在讨论会上，一些同志还提出了其他新问题和新观点。如，同样是面临着外国侵略，日本为什么能奋发图强走上资本主义道路，而中国仍是落后挨打，成为半殖民地国家？当时中、日两国抵抗外国资本主义的侵略方式有什么不同？两国的国情又有什么差异？又如有的同志认为林则徐充军到新疆是道光对他采取保护性的措施；有的同志则不同意这种观点。还有的同志认为，林则徐在云南并不是镇压回民起义而是平叛剿匪。有的同志提出，中国近代史开端于1839年的九龙之战，因为中英战争实际上已经开始。上述一系列争论和新观点，表明了这次学术讨论会是认真、热烈的，表明研究林则徐和鸦片战争历史在深度和广度上都有所前进。

这次学术讨论会分组会上，大家争先恐后发言，畅所欲言，毫无保留，这是很值得提倡发扬的好风气。大家态度都是严肃直率的，主张什么，反对什么，观点明确，旗帜鲜明。对不同的意见，在讨论时能虚心倾听，尊重对方见解，进行同志式的切磋，听起来都振振有词，言之成理，持之有故。对于不同的意见，我们很难在短时间内判断谁是谁非，须要有一个消化和思考的过程。

这次会议，主要是交流、讨论，没有可能来做什么结论。我认为这些不同意见、新见解的提出就是会议的成果。我相信，有些意见经过进一步讨论，会被大家所接受，成为定论。有些意见，可能不全面，有缺陷，甚至被淘汰。但是，即使这些不正确的意见，也促使我们去思考、去研究，“他山之石，可以攻玉”，从发展学术来说，仍是有意义、有价值的。我们希望发扬这种学术自由、学术民主的精神，发扬友好讨论、尊重争论对方的精神。有时候争论的一方可能是少数，感到孤立，但我们希望这些同志不要气馁，不要感到压力，学术是自由的，主要的是要继续研究，完善自己的论点，充实自己的论据。有时候真理是在少数人手里，只要你掌握真理，最后一定能说服别人。

尽管这次学术讨论会有很多争论，提出很多新意见，但是在许多基本点上，却是一致的。比如大家都高度地评价林则徐的历史地位，肯定他是中国近代史上杰出的爱国主义者，是民族英雄，是睁眼看世界的人。当中华民族面临着外国侵略时，他不畏强暴，坚决禁烟，坚持抵抗，打击了侵略者的气焰，表现了中华民族不屈不挠的英勇气概。虽然抵抗斗争失败了，但林则徐所选择的这样一条抵抗道路是正确的。林则徐的抵抗侵略行为，并不是蛮干、鲁莽，抵抗者的鲜血并没有白流。中国人民继承和发扬了林则徐的爱国精神，在反侵略的道路上继续前进。中国近代反帝斗争从林则徐开始，经过鸦片战争、中法战争、中日甲午战争、戊戌变法、义和团运动、辛亥革命，虽然都失败了，但是，这一系列的失败，为后来新民主主义革命的胜利准备了条件，奠定了基础。因此，林则徐反侵略斗争的精神，值得崇敬，值得纪念。这是我们讨论会的主题、主旋律。

这次学术讨论会也暴露出我们研究工作中一些薄弱环节，不足之处。例如，这次会议征集到的七十多篇论文中，研究林则徐和其他人物有五十六篇，占四分之三。研究林则徐文章多，这是正常的，会议主题就是纪念他诞辰二百周年。但我们在征文时，原来有个想法，希望加强鸦片战争前后社会变化、经济状况的研究；还希望能把鸦片战争放在整个世界范围考察，从宏观角度来考察鸦片战争。但提交会议的有关这些方面的文章较少。还有我们对外国情况了解、研究少，特别是英国方面。战争是双方的，要知己知彼，知彼这方面我们很差，对英国当时情况，经济、军事力量，战略部署，内部矛盾，中英关系的研究较薄弱。可见，林则徐和鸦片战争的研究还有不少空白点、不少薄弱环节。从研究队伍的分布来看，代表来自十六个省级区域，但文章集中在四个地方，福建、北京、上海、广东，共有五十六篇，占四分之三。这一方面由于组织征集工作做得不够好，另一方面也反映了研究力量分布不平衡。还有，这次会议涉及面广，问题多，争论多，这虽是好事，表明学术气氛活跃，但也可以看出，在一些重大问题，一些原则问题、理论问题上，还有较大分歧，需要做更深入的研究，需要更为透彻、更有说服力的阐明，有些问题也需要重新估价。我们应该开阔视野，在当时世界总形势下来认识鸦片战争。这次会议上少数文章应用“三论”，即系统论、控制论、信息论做比较研究，这是新的尝试。“三论”在历史学领域如何应用，应用效果如何，现在还很难说。但有一点可以肯定，马克思主义不是偏狭的学派，它可以而且必须接受人类文明的新成果来丰富自己，充实自己。凡是合理的、有用的方法、理论，我们都要吸收借鉴。马克思主义将在吸收自然科学、社会科学新成果的基础上向前发展，当然并不是用“三论”来取消、代替马克思主义。在史料方面，这次讨论会上许多文章用新史料，有的用新出的林则徐书信，有的利用历史档案馆的档案，有的大量用《中国丛报》和英国宪章派报纸，有的利用伦敦所藏的叶名琛档案，有的介绍英国外交文书、未刊的稿本、书信，等等，在史料利用、发掘上很有成绩。现在看来史料发掘还是大有潜力的，清宫档案是个宝库，林则徐跟同时代人的书信墨迹还会有，苏州保存的上万封清人书信还没有整理。我在北京看到过林则徐写的条幅、对联，还有私人收藏清人书法二三千件。国外的情况我不太了解，英国外交文书并未充分利用，当年东印度公司的档案数量甚多，也有待发掘。因此，林则徐和鸦片战争的研究，无论从理论上、方法上、史料上还能进一步突破，还能有较大前进，只要我们有勇气、毅力、干劲，就一定会攀登上新的科学高峰。

有的同志提到，现在鸦片战争比起中国近代史其他段落的研究，相对落后，我也有同感。如太平天国、辛亥革命、洋务运动、义和团运动研究的成果较多，近几年来多次召开全国性的会议，各地轮流做东道主，定期集会讨论。我曾说，这好像接力棒，一个地区传到另一地区，相互合作，多少年传下去，这的确是个好形式。研究工作有继承性，一个历史事件的研究中心，不一定都要集中在北京，北京也不可能都当中心，应分散到全国各地，因为这些地方研究队伍较强，资料较集中，成果较多，由它们联合、负责推动研究，组织学术会议，沟通消息，甚至出版刊物，这样全国配合，形成研究网络，形成定期集会的研究体制。近代史各段落都有，唯独两次鸦片战争史还没有。这种全国性研究网络、定期集会体制，并不是预先计划，而是在这几年实践中自然形成的。我们有必要这样搞，这样搞适合于我们的情况。我们国家很大，省、直辖市、自治区多，而我国的历史悠久，须要研究课题很多，研究力量分散各地，很难搞全国统一的研究机构、研究会，那样在联系方面、经费方面、组织会议方面都有困难。要发挥各地方的积极性，发挥地方的优势。各地方形成自己研究特点，几个地区联合，重点研究一个课题，使全国各地既有分工又有合作，各个地方既有重点又照顾全面，这样来推动中国历史的研究更有实效，更容易做到。福建能不能把鸦片战争和林则徐作为重点研究课题，多考虑如何推动与促进组织今后的研究工作，我想，福建应该当仁不让，也是义不容辞的责任。

我们要特别感谢海外学者，他们远道而来参加会议，带来文章和宝贵意见。有的还介绍国外研究情况、资料情况，介绍鸦片战争在国外的影响；有的还提出新的观点。他们参加会议，使这次会议大为增色，开阔了我们的视野。搞学术交流，我们之间必然也会有些学术分歧，就像这次会议上一样，通过坦率的、友好的讨论，将有益于科学的发展，也可加深彼此了解和友谊。海外研究鸦片战争的学者很多，成果累累，外文资料也很多。今后鸦片战争和林则徐研究的进一步发展，离不开海外学者的合作支持，我们衷心希望在这一领域里国际间的交流能够进一步扩大。

鸦片战争发生在近一个半世纪以前，当时中国落后于西方，和西方拉开了很大差距，所以中国被侵略，受屈辱，国家和民族灾难深重，它使我们懂得了一条真理：落后就要挨打。一百多年以来，我们全民族竭尽努力，流血牺牲，就是为了改变挨打局面，改变落后局面。这种努力今天仍在继续，我们的“四化”目标就是要改变落后，赶上世界先进国家，建设社会主义现代化的国家。林则徐的时代已经一去不复返了，但是，他的爱国主义精神，永远鼓舞后代人民前进，为着实现“四化”、振兴中华而努力奋斗！

五四运动与中国青年*

1989年是五四运动七十周年，青年史学工作者举行座谈会，纪念这个节日，我代表中国史学会向青年史学工作者致以诚挚的问候。

五四运动是反帝反封建的爱国运动，是思想启蒙和文化革新运动，同时又是青年节。五十年前即1939年，五月四日被定为全国青年节，因为五四运动开始是由北京的青年学生发动并掀起的，以后工人阶级也投入了斗争，运动在全国范围内轰轰烈烈地展开。五四运动代表了中国青年运动的方向。今天由中国的青年史学工作者来纪念和座谈七十年前的这场伟大运动，更有特殊的意义。

毛泽东主席对中国青年在革命中的作用给予了很高的评价，说中国青年起了先锋队的作用，说知识青年和学生青年组成了几百万人的军队，是反帝反封建的一个方面军，和工人、农民组成的主力军配合，去攻破敌人的坚固阵地。五四运动的意义是极其伟大的，青年在革命斗争和社会建设中的作用也是应当予以充分肯定的。

青年是社会上的活跃力量。他们有朝气，有热情，有理想，最富进取精神。历史的前进道路往往由他们去开拓，许多伟大的业绩常常由他们去完成。就拿五四运动来说，参加运动、推动历史前进的就是青年。当时五四运动的指导者、青年的导师其实都是青年。当年陈独秀只有39岁，李大钊只有30岁，鲁迅只有38岁，胡适只有28岁，其他是更为年轻的人，如毛泽东26岁，周恩来21岁。可见青年能够担当起大事情，这并非五四运动时特有的现象，而是历史上很普遍的情形，拿中国近代革命运动来说，几乎全都是由青年所发动、策划和组织的。太平天国金田起义时，领导人洪秀全37

* 原载《繁露集》，北京，中国社会科学出版社，1997。

岁，杨秀清 31 岁，石达开 20 岁。太平天国后期的将领陈玉成被害时年仅 26 岁，李秀成被害时也只有 41 岁。戊戌变法时康有为 40 岁，梁启超 25 岁，谭嗣同 33 岁。孙中山组织兴中会时 28 岁，担任同盟会总理时 39 岁，推翻清朝出任民国临时大总统时 46 岁，其他革命者，辛亥革命时黄兴 37 岁，章太炎 42 岁，秋瑾被杀害时 33 岁，邹容瘐死狱中 20 岁。

我这里说的是：青年能够承担大事情。历史上许多巨大的业绩往往由青年去完成。革命事业如此，科学研究也是如此。当然要承担更大的责任，青年应该更加勤奋不倦、刻苦钻研，更加谦虚谨慎、戒骄戒躁，更加努力用马列主义武装自己的头脑。近年来老一辈的历史学家相继谢世，历史学界迫切需要补充新生力量，希望更多的青年成长起来、脱颖而出，承担起繁重的研究和教学任务，这是新陈代谢的客观规律。未来是青年的，青年应该有信心也有能力接过老一辈历史学家的班，中国的历史科学后继有人，今后一定会更加繁荣兴旺。

纪念鸦片战争　弘扬爱国精神*

今年是鸦片战争爆发150周年。鸦片战争是中国历史发展的重要转折点，世界资本主义列强，用武力打开中国的大门，把一系列不平等条约强加给中国人民，从此独立的封建中国逐步地沦为半殖民地半封建社会，中国人民陷入水深火热的痛苦生活之中。

鸦片战争是由英国向中国进行殖民扩张并非法贩运鸦片而引起的。长时期以来，英国商人在其政府的支持下，从事肮脏的鸦片贸易，掠夺中国的财富，扰乱中国的经济，毒害中国人民的身心健康，也使清朝政府的税收减少，清朝士兵的素质下降。就像林则徐所说：鸦片“流毒于天下，则为害甚巨，法当从严。若犹泄泄视之，是使数十年后，中原几无可以御敌之兵，且无可以充饷之银”。清政府也曾三令五申禁止吸食和贩运鸦片，但外国鸦片贩子用贿赂和走私破坏禁烟的命令，英国鸦片商人日益猖獗的贩毒行为使中英矛盾大大激化。马克思当年在《毒面包案》中曾经指出：发生这场战争的根源是“因为中国当局不愿意让他们的人民为了东印度公司和英、法、美各国少数不法商人的金钱利益而被鸦片所毒害的原故”。

在鸦片日益泛滥的情况下，清政府派遣林则徐为钦差大臣到广东禁烟。林则徐是具有爱国精神、开明思想和廉洁正直作风的伟大人物，他在广东雷厉风行地禁烟，迫使英国鸦片贩子交出2万多箱鸦片，于1839年6月3日在虎门销毁。这一行动向全世界宣示了中华民族高尚的道德精神和反抗外国侵略的决心。

英国政府为了维护贩毒的利益，决定派遣侵华远征军，1840年4月，英国议会以9票的微弱多数通过对华远征军费的拨款；6月，48

---

* 原载《人民日报》，1990年6月18日。

艘英国船舰来到中国海面发动进攻，鸦片战争爆发。

清朝政府为了维护自己的利益，曾经进行了禁烟和抵抗。但当时它的统治已趋衰落，政府腐败，财政困难，军队战斗力低下，因此，清政府不可能也不愿意把抵抗进行到底。它在英国的坚船利炮面前，畏怯动摇，时战时和，方针不定。战争进行了两年之久。清朝罢免了禁烟有功、备战认真的林则徐、邓廷桢，任用琦善、奕山等妥协派，使战局失利。1841 年 1 月英军武装占领香港，进攻虎门，关天培等爱国官兵坚守阵地，血战牺牲，数万清军在错误的指挥下完全退缩进广州城，任凭侵略军横行无忌。1841 年 5 月 30 日广州郊区三元里人民奋起抵抗，他们用原始的刀矛锄镢，把侵略军包围在山岗和树丛中，狠狠地打击了敌人的嚣张气焰。“一时义愤同赴，不呼而集者数万人”，显示了人民群众中反侵略的伟大力量。此后战火蔓延到浙江和江苏，清朝统帅指挥紊乱，一触即溃，狼狈逃窜，但江浙人民自发进行抵抗，许多爱国官兵如陈化成以及镇江的旗兵英勇作战，以身殉国。恩格斯在《英人对华的新远征》中热情地称赞中国官兵的爱国精神，他说：抵抗英国的镇江旗兵“决不缺乏勇敢和锐气。这些驻防旗兵总共只有 1 500 人，但却殊死奋战，直到最后一人。……在这次战斗中，英军损失了 185 人……如果这些侵略者到处都遭到同样的抵抗，他们绝对到不了南京”。

有人说：鸦片战争时，中国不应该抵抗，因为中国的武器落后，军事和经济力量不如人，战争必败，何必抵抗？这种观点是错误的。难道弱者就只能被强者所欺凌，只能逆来顺受，而不允许反抗？林则徐和三元里人民不畏强暴，保卫国家的尊严和利益，正是爱国主义崇高精神的表现。中国也只能在斗争中逐渐锻炼和积聚力量，在抵抗外国侵略的同时学习外国的长处，才能由弱变强。何况当时的英国虽强，但远在数万里外，只派出了少数军队，在中国的沿海、沿江作战，不能进入内地。如果清政府政治上较清明，能够坚持抵抗，英国就不会那样轻易地取胜。

1842 年 8 月侵略军进逼南京，清政府做城下之盟，向英军乞降，接受《南京条约》。其主要内容为：（1）割让香港岛给英国，由英国

“常远据守主掌，任便立法治理”，从此香港成为英国在远东的军事和商业基地，给帝国主义侵略中国提供了方便。(2) 中国开放广州、厦门、福州、宁波、上海为通商口岸，英人可以自由居住、自由贸易，中国的门户完全洞开在外国侵略者的面前。(3) 中国赔款 2 100 万银元，其中 600 万银元为烟价，300 万银元为商欠，1 200 万银元为军费。另外尚有 600 万银元广州赎城费。这笔巨额赔款相当于清政府一年财政收入的一半，使中国陷入更贫困的境地。(4) 英国进出口货物的纳税“均宜秉公议定税则”，也就是说海关税率须与侵略者议定。从此中国开始失去海关主权，外国商品在低税的保护下向中国倾销，中国民族工商业和农民小生产者遭到沉重的打击，中国的社会经济凋敝不振。

总之，《南京条约》是丧权辱国的条约，是外国侵略者捆绑中国人民的第一道锁链。从此帝国主义纷纷前来欺压中国，向清政府提出种种侵略要求。有人说：鸦片战争对中国有利，给中国带来了文明。这是十分荒谬的。鸦片战争带来的是割地赔款、主权丧失和鸦片泛滥，带来的是野蛮而不是文明。至于中国和世界文明的接触，这是历史发展的大势所趋，而不是侵略战争带来的。相反，由于中国和世界列强开始交往时就遭到重大打击，以后又不断挨打，使得经济凋敝，人民贫困，国家衰弱。事实是帝国主义的侵略造成了中国近代社会发展的迟缓，造成了中国的苦难和屈辱。

帝国主义的疯狂侵略激起了中国人民的强烈反抗，所以一部中国近代史既是帝国主义侵略中国的历史，又是中国人民反对帝国主义侵略的历史。中国的无数志士仁人为了拯救国家危亡，振兴中华民族，或者浴血奋战、英勇献身，或者奔走呼号、力图革新，或者潜心探索、寻找救国的真理，他们走过了艰难曲折、荆棘丛生的路程。尽管面对的敌人十分强大，但中国人民团结一致、不畏强暴，坚决抵抗、百折不挠，爱国主义浪潮空前高涨。近代中国遭受那么多帝国主义国家的军事进攻，经历了多少残酷的战争，但中国没有被瓜分，没有被灭亡，最主要的就是在爱国主义的鼓舞下，中国人民英勇奋战的结果。

值此鸦片战争爆发150周年之际，回顾历史，反思中华民族走过的路程，应该进一步弘扬爱国主义。爱国主义是对生于斯长于斯的土地田园和自己人民的深挚的眷恋，是对悠久历史和文化传统的崇高自豪，是对国家、民族的命运的高度责任感。爱国主义是一种巨大的精神力量，它深深地植根于中国久远的历史之中，产生在一定的政治、经济和文化的基础之上，又反过来给予政治、经济、文化的发展以重大的影响。无论人们属于什么阶层和民族，信仰什么宗教，是什么职业分工，心底深处都蕴涵着爱国主义。这种崇高精神的发扬能够变成实实在在的物质力量。正是依靠这种精神，我们度过了许多次民族危机。爱国主义的精神世代延续，日益发扬，它像长江、黄河那样宽阔浩荡，源远流长，灌溉、滋润着中华民族儿女的心田，使我们国家和民族自强不息，具有伟大的凝聚力和生命力。

今天和150年前的情况根本不同了，中国已发生了天翻地覆的变化。在中国共产党的领导下，中国人民推翻了帝国主义、封建主义、官僚资本主义的统治，正热火朝天地进行伟大的社会主义建设。在过去战争时期，我们需要爱国主义；在今天和平建设时期，我们同样也需要爱国主义。无论什么时候，人总是要有点精神的。一个国家和民族如果不努力提高道德情操，不注意建设精神文明，就谈不到国家的繁荣和民族的振兴。当前要社会稳定、经济发展，进行社会主义现代化建设，必须要凝聚全体人民和全国各民族的精神力量。改革开放十年以来，我国建设已取得辉煌的成就，但也遇到了外部的压力和内部的困难，十年以来风风雨雨，很不平静，在社会主义道路上绝不是一帆风顺的，我们在前进中还会遇到很多艰难险阻。但困难虽多，并不可怕，“多难可以兴邦”，众多的困难恰恰可以化为磨炼和激励有志者奋力拼搏的动力。只要我们坚持正确的路线、方针、政策，在党的领导下同心同德、艰苦奋斗，全民族团结奋进、弘扬爱国主义，就一定能够顶住压力、克服困难，取得社会主义现代化建设的伟大胜利。

爱国主义是一个历史范畴。各个时代的爱国主义既一脉相承，前后延续，又不断发展，增添新的内容。古代的爱国主义者，如屈原、岳飞、文天祥，他们的爱国精神彪炳史册，名垂青史。但他们那时候反对的是本国异民族的压迫，并且和忠于君主密不可分，带有局限性，因此往往使他们的爱国行动以悲剧告终。鸦片战争时代林则徐等的爱国主义则以反对外国侵略者、拯救民族危亡为内容，其意义更加深远，但仍和忠君联系在一起。到了辛亥革命，以孙中山为代表的爱国主义者则把推翻清朝政府作为爱国主义的内容，因为清政府已成为帝国主义的走狗。近代历史上的许多抱有爱国愿望的志士仁人并没有找到拯救国家的正确方案。戊戌变法主张实行资产阶级君主立宪的维新改革，只维持了103天，在反动势力的反扑下昙花一现，化为泡影。辛亥革命推翻了清王朝，随之出现的却是帝制复辟和军阀混战，资产阶级的理想并不能实现。五四运动以后，马克思主义在中国广泛传播，并且和中国工人运动相结合，产生了中国共产党。在党的领导下，中国人民选择了从新民主主义走向社会主义的道路，这是唯一正确的选择。一批又一批的爱国主义者在革命实践过程中，接受马克思主义并转变为社会主义者、共产主义者。中国共产党人是历史上最伟大的爱国主义者，因为是党高举了爱国主义的旗帜，并把它发展到新的高度，是党把积贫积弱、支离破碎的中国变成了生气勃勃、奋发前进的中国，是党把过去许多世代爱国者未能实现的愿望变成了现实。

在今天的社会主义新中国，爱国主义更加充实，并且具有许多新的内容：

第一，今天的爱国主义和社会主义是统一的。因为，社会主义体现着国家、民族、人民的利益，是中国走向现代化的必由之路。没有社会主义制度的确立和巩固，就不可能在40年内取得如此辉煌的成就，就不可能把一个人口众多、一穷二白的旧中国变成初步繁荣富强的新中国，就不可能使中国赢得独立和尊严，在国际事务中发挥举足轻重的作用。社会主义在中国已存在和发展了40年，它深深地扎根于中国的土壤中，日益显示出强大的生命力。相反，如果背离了社会主义，使资本主义复辟，中国必将陷入停滞、混乱、四分五裂，重新沦为帝国主义的附庸，那将是国家的不幸和人民的灾难。越来越多的爱国主义者自觉地认识到，只有社会主义才能拯救中国、复兴中国，因此爱中国和拥护社会主义是有机统一、紧密结合的。坚定地捍卫国家尊严和期望民族昌盛的爱国主义者大都会成为社会主义者或社会主义的朋友。

第二，今天的爱国主义必须具有改革开放的内容。40 年来社会主义建设的实践证明，改革开放才能发展社会生产力，使中国繁荣富强。改革开放是要改革不合理的体制和规章，引进先进的经验和技术、设备，使国民经济持续而稳步地增长，使社会主义民主不断改进和完善。在当今世界上，一个国家如果故步自封、墨守成规、闭关锁国，那是不会有前途的。“落后就要挨打”，中国人有过沉痛的教训和深刻的体会，应该永远牢记。同时必须牢记，改革开放是社会主义制度的自我完善和发展，必须坚持四项基本原则，坚持正确的政治方向。

第三，今天的爱国主义必须正确地对待民族文化。每个国家和民族都在长期的历史发展中创造了自己富有民族特色的文化，它是国家的精神财富，是维系民族成员的心灵纽带，是民族生命的重要组成部分。中华民族的文化更是丰富充实、博大精深、源远流长。真正的爱国主义者既反对虚骄自大的复古主义，也反对摒弃、蔑视传统历史遗产的民族虚无主义。我们应该正确地、慎重地对待这份珍贵的文化遗产，用马克思主义进行分析，批判继承，取其精华，弃其糟粕，在这一基础上建设高度的社会主义精神文明，这是每个爱国主义者的神圣使命。

第四，今天的爱国主义和无产阶级的国际主义是紧密结合的。我们同情和支持世界上一切被压迫的阶级和民族。他们反对压迫、争取解放、要求进步的斗争是正义的事业。每个国家的爱国主义者都将支持其他国家的爱国进步运动。在国际交往中，我们主张国与国之间和平共处、平等往来、相互交流，反对任何大国沙文主义或狭隘民族主义的倾向。一个真正的爱国者既努力维护本国的主权和正当利益，也必须尊重其他国家的主权和正当利益，坚决反对霸权主义，反对用任何形式干涉一个国家的内政，以及进行颠覆、制裁和施加压力。

让我们更高地举起爱国主义的旗帜，加紧学习，努力工作，提高觉悟，把青年培养成为有理想、有道德、有文化、有纪律的新人，在社会主义现代化的道路上昂首阔步，奋勇前进。

纪念北京市历史学会成立三十周年*

今天参加北京市历史学会成立三十周年纪念会。作为学会的老成员，和大家共聚一堂，既高兴喜悦，又感慨怀念，心情是十分复杂的。

一种心情是高兴喜悦，因为看到了北京市历史学会今天的盛况。三十年来，在党的领导下，在北京市全体史学工作者的努力下，马克思主义历史科学日益发展。历史著作、文章之丰富，研讨会、学术讲座之活跃，队伍之壮大，国内外学术交流之大大发展，与三十年前的情况不可同日而语。北京历史学研究的水平有了很大提高，中青年历史学家大批涌现。看到这种兴旺发达的情况，每一位历史学会的老成员会满怀喜悦，过去三十年的辛勤工作，有了成果，有了收获。

另一种心情是感慨怀念，怀念北京市历史学会的缔造者、创始人，包括会长吴晗同志，副会长邵循正同志、赵征夫同志，秘书长许师谦同志，副秘书长王绍岳同志，还有给北京市历史学会以领导和大力支持的当年的市委书记邓拓同志和廖沫沙同志。这些创始人，因各种原因，均已故去，过早地失去了生命。今天纪念学会成立三十周年，首先想到了他们，缅怀他们创业时的艰难和功绩。我当时担任理事和中国近代史专业组的组长，在他们的领导下，和他们长期在一起工作。回想当年情形，他们的音容、笑貌，历历如在眼前。他们的学问、人品、作风、能力，给我留下很深的印象，值得好好学习。参加创建的同志很多人已故去了，但北京市历史学会至今巍然屹立，而且日益发展壮大，在我国史学界是一支水平很高、十分

---

* 原载《探索与交流》，1991年第1期。写于1990年。

活跃的力量。许多创始人、缔造者虽已不在，但他们的事业、功绩是永存的。

北京市历史学会成立三十年以来，经历的道路是很不平坦的，风风雨雨，一言难尽。十年动乱，会长吴晗同志首当其冲，遭受迫害。北京市历史学会也被诬蔑为“黑组织”，被迫停止活动达十四年之久，尽管它受尽摧残、打击，但它还是恢复了，继续存在并发展了。这说明了什么？说明真理战胜了邪恶，马克思列宁主义最终胜利了。北京市历史学会从建立开始，就高举马列主义的旗帜。当时，它的成员对马列主义的信仰很坚定，努力学习马列，用马列来指导历史研究。当然，由于水平所限，我们对马列主义的运用还不好，但主观上都想提高马列主义理论水平，重视理论的钻研。可是，“四人帮”把北京市历史学会诬蔑为“黑组织”，其成员不是走资派、反动学术权威，就是反革命修正主义分子。“四人帮”气焰嚣张，不可一世，曾几何时，他们毕竟垮台了。可见错误的东西不可能永远欺骗群众，不可能长期占上风，马列主义在错综复杂的环境中更加显示出自己的正确性和力量。改革开放十年以来，历史科学的发展是非常迅速的，北京市历史学会从恢复活动以来做了许多工作，继承了吴晗同志等创始人的意愿，不断前进，成绩斐然。当然，这十年中，也有来自右的方面的干扰，不重视马列主义，甚至反对和诋毁马列主义，抹杀民族文化，否定历史传统，在群众中制造混乱。我们的任务就是要牢固地树立起马列主义的理论权威，用以研究历史，还历史以本来面目，克服那种歪曲历史和否定历史的错误倾向，使马列主义历史科学更加繁荣昌盛。

马列主义之所以强大有力，就因为它是科学的，是在继承了人类历史上优秀思想遗产和总结了世界人民的实践活动而产生、发展的。历史科学一定要以马列主义为指导，才能够正确地阐明过去，揭示规律，有所创新，取得丰硕的成果。三十年来，北京市历史学会一直在为坚持和发展马克思主义历史科学而努力，一直在和“左”的或右的反马克思主义思想做斗争。北京市历史学会虽然经历了三十年坎坷不平的道路，但我们仍然取得了巨大的成绩，没有辜负创始人、老一辈学者们对学会的期望，就是因为我们坚持用马列主义研究历史。今后，这一马克思主义历史科学的优良传统一定要进一步发扬。

三十年，对一个人来说，是很长的时间，正好是一代人的交替。三十年前，当北京市历史学会始建，我参加时还是三十岁出头的青年人，现在已是白发盈首，垂垂老矣。今天，我很高兴看到在座有很多中青年学者，他们年富力强、精力充沛，渴于求知、勇于探索，充满着朝气和活力。他们今天已经是历史学战线上的主力军，承担起了繁重的教学工作和研究工作。前些年北京市历史学会也是依靠了这支生力军，才能做得很出色。历史科学战线像其他战线一样，急需补充新生力量、新鲜血液，使我们的队伍不断更新、壮大。吐故纳新、新陈代谢，这是自然界的客观规律。回顾过去，瞻望未来，我们寄希望于青年一代，希望青年专家在马列主义的指引下，勤奋努力，更快成长。希望老一辈的历史学家积极扶植、帮助他们，使他们健康发展，更早地脱颖而出，接过前一代的接力棒。再过十年，将进入 21 世纪，新世纪是属于青年人的。在下一个新世纪中，社会主义现代化建设将进入一个新时期。中国将越来越繁荣富强，历史科学也将有巨大的发展。任重而道远，我希望今天的青年史学家将肩负起时代的使命，“青出于蓝而胜于蓝”，他们将做出比前人更大的成绩，攀登前人所未曾到达的高峰，为发展马克思主义历史科学而努力奋斗。

纪念太平天国　研究中国农民*

1991年是太平天国起义140周年。中国历史悠久，近现代革命道路曲折漫长，斗争十分激烈，其间重大事件、重要人物很多，值得我们纪念、回顾，给予我们很多历史反思的机会。去年有三次纪念活动，即鸦片战争150周年纪念，英法联军火烧圆明园130周年纪念，八国联军90周年纪念。这三次都是帝国主义侵略中国，代表中华民族被侵略的屈辱历史，三次侵略一次比一次凶猛，一次比一次深入，中国人民堕入苦难的深渊。历史说明了真理：落后就要挨打。中国人民必须振奋精神，进行斗争，快步前进，才能够自立于世界民族之林。去年全国各界利用三次纪念，反思被侵略的屈辱史，进行历史教育，提高爱国主义觉悟，收到了很好效果。

1991年又有三个纪念日，一是太平天国起义140周年，二是辛亥革命80周年，三是共产党诞生70周年。这三件大事正好代表了中国革命的三个阶段和三种类型。即农民革命、资产阶级革命和无产阶级领导的新民主主义革命。哪里有侵略，哪里就有反抗。一百多年的革命，道路漫长，斗争艰苦。尽管经历了许多次挫折和失败，但革命运动迅速发展，中国人民"吃一堑长一智"，觉悟更加提高，组织更加严密，战斗力更加强韧，新类型的民主革命代替了旧类型的民主革命，终于在共产党的领导下，推翻了三座大山，建立了社会主义新中国。我们也应当像去年那样，利用三次纪念活动进行历史教育和爱国主义教育，使群众和青年了解近现代革命的正义性、艰苦性，学习革命人民的英勇战斗精神，继承和发扬革命的传统，使大家进一步认识革命胜利来之不易，认识社会主义是历史的必然。

---

* 原载《繁露集》，北京，中国社会科学出版社，1997。

我们这次会议是纪念太平天国起义 140 周年，一方面这是纪念活动，反思当年历史，提高思想认识，另一方面也是利用这一纪念活动，推进学术研究。近年来关于太平天国史研究如何深入的话题，说得很多。确实，新中国成立以来 40 多年，太平天国史一直是历史研究工作者关注的热点，成果丰硕、资料很多，形成了强大的研究队伍，许多重要问题被专家们反复地探索、讨论、阐明，似乎已没有很多新的研究课题。某个学科，在其发展阶段上，有时进展迅速，资料层出不穷，研究不断深入，认识迅速发展；也有时新的资料不多，论题没有多少新意，认识似乎停滞下来，难有突破。这是科学研究中常有的情形。当然，人类认识无止境，科学的发展也不会有尽头。太平天国是一场伟大的农民战争，其规模之大、时间之久、影响之深举世无双，对它的研究并没有达到尽头。是否可以运用新的方法、转换新的视角去进行研究？今天中国仍是个农业大国，农民占全国人口的大多数，中国现代化的关键是农业的现代化，只有切实解决农村问题，使全国农民富裕起来，才算真正实现了社会主义现代化。因此，农民一直是我们关心和注视的焦点。了解农民不仅要了解他们的今天，也要了解他们的昨天，了解他们过去的被压迫、了解农民中蕴藏的巨大潜力、了解他们在革命高潮中曾经迸发的力量和智慧仍是很重要的任务，这是了解中国农民、了解中国国情的极重要的组成部分。

历史科学是基础科学，不像其他应用学科可以直接服务于生产、创造社会财富，但历史科学对于增进人类的聪明才智是必不可少的。对于世界上的任何事物，你只能通过现实与历史去了解它、认识它，要加深对中国社会和中国农民的了解，必须追溯历史上的农民战争。我认为：研究太平天国史不仅是要弄清楚一百几十年前这场战争的产生发展以及许多过程、细节，而且也应从宏观上了解中国农民的性格、地位和历史作用，这有助于中国农村的社会主义现代化建设，因此，这种研究是很重要的，不仅有学术意义，而且有现实意义。

纪念郑成功*

1992年是郑成功逝世330周年，也是他收复台湾330周年。我们之所以要纪念他，是因为郑成功在330年以前收复了我们的宝岛台湾，驱逐了荷兰殖民主义侵略者，保卫了祖国的神圣领土。同时，他又开始在台湾进行大规模的开发，促进了台湾的经济、文化发展。因此他的功绩是十分巨大的，中华民族的子子孙孙都不会忘记这位伟大的民族英雄。

台湾自古以来就是中国领土。高山族和汉族移民，世世代代都生活在这里。到明朝末年，荷兰强占了台湾，时间长达38年之久，任意掠夺、屠杀中国人民。当时郑成功正在福建沿海进行抗清斗争，这场斗争非常艰苦，是一场反抗国内的民族歧视、民族压迫的斗争。在这场斗争中，郑成功锻炼出一支强大的队伍。1661年，郑成功抱着收复祖国领土的决心，同时也为了要把台湾建成一个抗清的根据地，率领他的军队，从金门岛出发，经过澎湖，在台湾人民的支援、配合下，经过将近一年的战斗，打败了荷兰侵略者。1662年2月，也就是距现在330周年，完全打败了荷兰，驱逐了荷兰殖民主义侵略者，收复了祖国的宝岛，从此台湾又回归祖国的怀抱。郑成功在保卫祖国领土完整、反对外来侵略方面做出了巨大的、不朽的功勋。

大家都知道，中国是个文明古国，历史悠久。但中国在古代由于地理环境隔绝，交通不便，虽然和欧洲各国有所交往，但交往并不很多。除了元朝以外，中国和欧洲国家没有打过仗，直到世界进

---

* 原载《泉州学刊》，1992年第3期。

入资本主义原始积累时期，欧洲国家向海外扩张。葡萄牙、西班牙、荷兰、英国、俄罗斯先后来到中国，殖民主义的浪潮卷向远东。这样中西方两种文明、两种制度发生了冲突。中西方的第一场大规模的战斗，就是郑成功的收复台湾。当时，欧洲殖民主义先后在美洲、在南洋、在印度、在非洲等地横行无忌，可以说是势如破竹，但是来到中国时，在中国碰到了坚强的、有组织的抵抗。殖民主义的逆流被阻挡，郑成功的反侵略斗争取得了伟大的胜利，驱逐了荷兰侵略者。在郑成功收复台湾 20 多年后，即康熙中叶，俄国从西伯利亚侵略黑龙江。17 世纪西方侵略中国有两个方向，一个从东南海上，一个从西北、北部侵略黑龙江。在郑成功收复台湾 20 多年后，清朝康熙皇帝也跟俄国在黑龙江上打了一场战争，也取得了胜利，后经谈判订立了《中俄尼布楚条约》，划分了中俄两国的东段边界，这是中国 17 世纪对西方早期殖民主义的两次伟大的胜利，从两个方向挡住了殖民主义潮流的冲击，这是值得肯定、值得歌颂的。

郑成功的伟大历史功绩是我们永远不能忘记的。他在收复台湾的同时，就开始对台湾进行有计划的、大规模的开发，使台湾的经济、文化从此迅速发展。我们都知道台湾的土地很肥沃，物产很丰富，但自古以来人口很少。虽然已经有居民，有高山族人、汉人，但人数很少，经济上没有得到开发。郑成功的父亲郑芝龙曾经向台湾移民，但人数也不是很多。等到郑成功的时候，率领大批官兵及其眷属，还有好多的平民进入台湾，并且带来了先进的农业技术，带来了农具、种子、耕牛，因为郑成功想把台湾建成抗清的基地，所以一开始就非常重视台湾的建设。他在到达台湾打败荷兰殖民者以后，就发出布告，告诉军民、官兵，容许他们尽力开垦荒地，建造房屋，作为世世代代的产业，实行亦兵亦农、兵农合一的制度，所以他的军队都参加农业生产，同时也允许平民开垦土地。郑成功到了台湾不久就去世了，但他的这种思想——要经营台湾、开发台湾，他的政策、制度被后人所继承，他的后继者——他的儿子郑经，继续开发台湾，招来了福建沿海的人民到台湾去，特别是闽南人，另外就是广东的潮、汕人，以及客家人。这样，大陆先进的农业技术、先进的文化，在台湾迅速地传播。同时兴修水利，减轻赋税，提倡种植各种作物，特别是种甘蔗，使台湾出现“糖谷之利”。糖和大米大量运往大陆，几年之内台湾的人口和经济有了很大的发展。在郑成功到了台湾以后，当时台湾的汉族人口大概只有十多万（有的说 20 多万，有的说 15 万，有的说 12 万，大概就是十几万人），但是 150 年以后翻了 10 倍，也就是鸦片战争前达到了 200 万，鸦片战争到现在又是 150 年，现在大概 2 000 万，又翻了 10 倍。所以郑成功进入台湾后，人口大量增长，经济迅速发展，大规模地开发台湾得以开始。同时郑成功到了台湾，大陆的文化也传播到台湾，主要是福建的文化，我们现在把闽台文化连在一起讲就是这个道理。特别是闽南文化，台湾方言主要是闽南话。衣食住行、民风习俗和泉州、漳州几乎是一样。儒家的文化也在台湾得到了推广，最早的孔庙是郑经建立的。许多民间的宗教信仰也跟福建、广东沿海一样，像妈祖、观音、关羽（关公）这种信仰台湾都跟大陆一样，所以台湾文化实际上是闽南文化的一个分支。康熙年间，台湾和大陆统一了，清朝继续开发台湾，泉州、漳州这一带人是开发的主力。当年到台湾种地的人，很多是单身的农民，他们的妻子、儿女、父母都留在大陆，每年春天去种地，冬天回大陆，所以大陆和台湾有着割不断的血缘上的联系，有着经济上、文化上、政治上的联系。台湾现在的经济很繁荣、生活很富裕，跟大陆的交往也越来越频繁了。饮水思源，我们缅怀 330 年前郑成功既要和清朝打仗，也要和荷兰作战，在那种艰苦的环境中，英勇抗敌，收复台湾、驱逐侵略者，又开始了大规模的经济开发。这种战斗、开发的功绩，这种筚路蓝缕的辛劳，永远值得我们景仰，郑成功的名字，应该永远在中国的历史上大书特书，彪炳于史册。今天我们纪念郑成功，就是要继承他坚强不屈、反对侵略的爱国主义的伟大精神，就是要学习他草创开辟、艰苦奋斗、发展经济的伟大精神，就是要发扬他宏图大略、建设国家、造福人民的伟大精神。这样来促进我们海峡两岸人民的团结，加强海峡两岸人民的交流、往来。

郑成功是我们的伟大的民族英雄，是我们中华民族的骄傲，也是我们中华民族学习的榜样，纪念他，就是为了今后更好地激励我们前进，早日实现祖国的统一，早日实现祖国的繁荣和富强。

第十八届国际历史科学大会纪实*

国际历史学会是全世界历史学家的组织，有 56 个成员国，总部设在法国巴黎，每五年举行一次大会。1995 年 8 月 27 日至 9 月 3 日，在加拿大蒙特利尔召开第十八届国际历史科学大会。

中国是在 1985 年申请并被批准为国际历史学会成员国的。1980 年，国际历史学会在布加勒斯特举行大会，夏鼐等四位中国历史学家以观察员身份参加会议，接着我国就筹备申请入会。1985 年在德国斯图加特召开第十六届大会，我国由刘大年同志率团参加，这次大会批准中国为成员国。1990 年在西班牙巴塞罗那召开大会，刘大年团长因事未能出席，由金冲及同志代理团长，率团参加。1995 年在加拿大蒙特利尔召开大会，由我任团长，率团参加，中国社会科学院副院长王忍之同志担任代表团顾问，代表团成员有金冲及、齐世荣、张椿年、耿云志、朱寰、王敦书、陶文钊、刘鲁民、彭坤元、杨少俊、刘明翰、耿昇、沈志华、端木美等共 24 人，这是中国代表团参加国际历史科学大会人数最多的一次。代表团的任务有两个：一是参加学术讨论，和各国历史学家交流、对话、交朋友。二是申请在北京举办 2000 年国际历史科学大会。

第十八届国际历史科学大会的正式代表 1 673 人，列席 400 余人，共 2 000 余人。大会讨论的议题分重大议题、专门议题、圆桌会议议题、国际历史学会附属和直属机构会议四个层次，同时进行。重大议题有三个：一、民族、人民、国家；二、妇女、男人及其历史变迁；三、移民聚居地产生的原因、形态与意义。专门议题 16 个，有政权、自由与历史、小说、传说、老年人与幼年人研究、战

* 原载《语冰集》，南宁，广西人民出版社，1999。写于 1995 年。

争与文化等。圆桌会议议题有 36 个，如 19 世纪欧洲资产阶级、20 世纪初的工人运动、中世纪欧洲和拜占庭等。一眼可以看出，这些议题都是重要题目，为当今世界注视的焦点。三个重大议题都有其历史背景，如民族、人民、国家是由于多年来世界各地的民族冲突，如阿拉伯、以色列的冲突，波黑问题，印度、巴基斯坦的冲突，把历史学家的眼光吸引到了这里，故而讨论十分热烈。每个主题都有若干篇文章，每人发言限 15 分钟，然后提问题，进行评论。8 天之内举行大小会议 80 次，题目广泛，形式多样，丰富多彩，气氛友好而活跃，学术空气浓厚。中国代表团提交了 13 篇论文，有我的《中国近代移民的规律》、陶文钊的《唐人街：华人移民海外的一种特殊现象》等。中国的学者参加了各种会议，并在会议上积极发言，既学习了许多新知识新方法，也使外国学者听到了中国学术界的声音，扩大了中国的学术影响。讨论一般比较友好，各抒己见，相互尊重，但在少数场合，也有人发表攻击中国的言论，我国学者进行了义正词严的驳斥。

这次大会上，中国代表团提出 2000 年在北京召开第十九届国际历史科学大会的申请。这是 1993 年第五届中国史学界代表大会上的建议，得到中国社科院的同意，报请外交部、国务院批准，由中国史学会提出申请，北京市市长李其炎签发邀请信。我们认为：这是向世界展示改革开放以来中国社会主义建设成就的好机会，也是介绍中国悠久历史、灿烂文化，推动我国史学更快进步的重大举措。这次申办的国家有五个，包括以色列的耶路撒冷、意大利的罗马、澳大利亚的悉尼、挪威的奥斯陆和中国的北京。投票的结果，挪威的奥斯陆被选为召开 2000 年第十九届国际历史科学大会的城市。

我们的申办虽然没有成功，但这是我国历史学界走向世界、与国际社会接轨的一次重大努力。事前我们做了充分的准备工作，对北京举办 2000 年国际历史科学大会做了可行性论证，准备了各种材料，和许多国家的历史学家进行商讨。8 月 27 日的国际历史科学大会上，我代表中国历史学界做了申办报告。29 日，中国代表团举行招待会，气氛热烈，参加的人数是各申办国招待会中最多的，一共来了250人。在投票的会议上，中国两位历史学家陶文钊和端木美分别用英文和法文发表演说，博得全场最热烈的掌声。许多历史学家对中国的悠久历史和古老文明很感兴趣，很多学者对中国予以鼓励、支持，如俄国的齐赫文斯基、英国的柏克、美国的贝伦特、西班牙的卢安诺等。

中国这次申办没有成功，最重要的原因是，国际历史学界的欧洲中心主义根深蒂固，牢不可破。国际历史学会有56个具有投票权的成员国，其中欧洲44个、亚洲6个、非洲2个、拉美3个、澳洲1个，亚、非、拉美、澳洲国家一共只有12个；另外40个专业委员会的主席也有投票权，而这些主席全部是欧洲人。因此，国际历史学会共有投票人96位，其中84位是欧洲人，历届大会都在欧洲召开，只有一次在美国，一次在加拿大。这些投票人宁愿选择在自己家门口开会而不愿意跑到遥远的地方去，或者说，他们不相信在欧洲以外的国家能够把会议办好。国际历史学会前主席、英国的柏克教授1995年10月2日在给我国历史学家陶文钊的信中说："你们向执行局全体会议提出申办2000年历史科学大会的工作做得不能再好了，书面文件无可挑剔，你和端木美的口头报告也是极好的。中国申办没有成功是执行局全体大会欧洲中心主义的反映。但事情总会变化的，而我们要极尽努力来促使人们接受一种更广泛的观点。"

申办之所以未成功，也与当时的国际大气候有关。大会举行时，正值李登辉在美国过境，引起中美关系的紧张。西方传媒利用人权问题对中国进行攻击，特别是当时世界妇女大会将在北京召开。对会址问题、签证问题、新闻报道问题、发言自由问题，西方记者做了不符合事实的报道，使很多西方历史学家心怀疑虑，他们担心代表们去北京会受到什么待遇。由于西方电台、报刊上不真实的报道，影响了执行局的投票结果。

本来，申办国共有五国，我们的机会只有五分之一，而且我们是第一次申办，当然有申办不成功的可能。对此我们也有充分的思想准备。通过这次申办，中国历史学界向全世界做了一次宣传，表明了我们的意愿。我们的申办也是对欧洲中心主义的一次挑战。亚洲国家和发展中国家的代表欢欣鼓舞，如日本史学家就表示，愿和中国联合起来，并团结亚洲国家，组织亚洲和环太平洋国家历史学家的会议。国际历史学会下属的军事历史委员会则希望到北京来举行全世界的军事史学家会议。国际历史学会新任主席贝伦特在大会闭幕式上宣布，国际历史学会准备在适当时候建立若干区域性的组织，以推动各个地区的史学发展。

参加这次大会，我个人有几点感想：

第一，参加这类国际学术会议，很有必要。尽管会议上欧洲人占多数，但还是具有广泛的代表性，能够接触交流，开阔眼界，中国历史学家应该走出国门了解世界历史学发展的潮流。我们因经费困难，历届大会参加的人数很少，因此在大会上的学术影响有限，这与我们大国的地位不很相称。苏联参加大会，有时达一百数十人。这次蒙特利尔大会上，俄罗斯虽因经济困难，出席的人数大为减少，但还有 30 多人，故许多会议上都能听到他们的声音。

第二，国际历史科学论坛上讨论的都是和现实密切相关的大问题，从全世界的宏观视野进行研究。如民族冲突，这是困扰着全世界的大问题；移民问题，大批移民涌入发达国家，引起世界性的社会问题；妇女问题，讨论女权运动兴起带来的社会变革。历史学家关心这些大问题，追踪其历史演变，这可以作为我国确定研究课题时的参考。

第三，我们代表团内，能听能说外国语的历史学家不多。国际历史科学大会是国际著名历史学家聚会的场所，由于我们外语能力差，影响了我们学习知识、广交朋友和交流心得。历史学界要真正走向世界，学习各国的研究成果，把中国的历史文化介绍出去，必须提高整体的外语水平。年轻一代的历史学家必须熟练掌握一门或数门外国语，以便在 21 世纪国际历史学会议上能有更多中国学者的声音。

继承、发扬孙中山的精神遗产*

纪念孙中山先生诞辰130周年学术讨论会，经过三天热烈讨论，圆满闭幕了。这是一次高水平、高质量、高效率、成果丰硕、意义深远的盛会。群贤毕至，少长咸集，会上交流了看法，发表了许多很有启发性的意见。

孙中山先生是中国近代史上伟大的革命家，他的思想一直是历史学家研究的热门课题，有关论著很多，而每个不同的历史时期又有着不同的注意点和侧重点。今天，在改革开放的伟大变革中，我们是以新的视角来探讨孙中山先生的思想和实践活动的。这次大会的主题是“孙中山与中国现代化”，我们在建设社会主义物质文明和精神文明的过程中取得了成绩，也遇到了一些问题和困难，我们正是带着今天的问题，以今天的心态，根据时代需要来纪念孙中山、学习孙中山，继承、发扬他的精神遗产的。我们讨论这个问题，就必然想到今天面对的现实。历史与现实沟通，才能意义深远。而会议讨论也集中在这个主题上。会议的一大特色是百家争鸣、各抒己见。

这次会议讨论的问题很广泛，概括起来大体有三个方面：

一、会议讨论了孙中山领导革命的丰功伟绩，阐发了孙中山关于民族独立、国家统一以及民主共和的思想。孙中山从创立兴中会、同盟会，提出三民主义，到推翻清朝，建立民主共和国，经历了很多艰难曲折。他一生带领革命党人和群众奋勇斗争，把中国的民主革命不断推向前进，晚年和中国共产党进行合作，走向了他革命里程的光辉顶点。他的一生是为祖国的独立统一、民主富强而奋斗的

---

* 原载《语冰集》，南宁，广西人民出版社，1999。末署1996年。

一生，为中华民族的复兴、为中国的现代化做出了伟大贡献，所以受到海内外华人的一致拥戴。

在小组讨论中，关于孙中山晚年思想的发展存在不同看法：孙中山联俄、联共、扶助农工三大政策是出自内心的真诚要求，还是策略上的考虑？这两种意见似乎并不是绝对对立的，一方面是真诚要求，另一方面也有策略上的考虑，可以统一。因为孙中山思想中有倾向社会主义的内在根据，他认同苏联，希望向苏联学习，因此联俄是他的真诚要求；同时他处在险恶的环境中，力量对比对自己不利，希望借助国内外一切可以借助的力量，出于这种策略需要，必须联俄。孙中山晚年思想转变了多少？还有哪些没有转变？这些复杂问题还要留给学者们进一步研究。

会议论文和发言中，对孙中山先生领导的革命和他的革命思想谈论很多，领域非常广泛。有的论者论述了以反满口号进行社会动员的特点和得失，论述了革命和统一的问题，分析了孙中山先生的统一观、统一的含义和来源、统一思想对今天的现实意义，分析了孙中山先生爱国革命思想的时代特点；有的论者论述了孙中山民权主义、民主思想的发展阶段，民权思想对当代中国政治现代化的意义；也有许多论者论述了孙中山和华侨、留学生、会党的关系，论述了孙中山和同时代革命家宋教仁、章太炎、蔡元培、徐锡麟的关系。

会上有几篇从地缘关系上论述孙中山的文章显得颇有特色。孙中山一生除在广东出生地生活外，长期流亡国外，也有一段时间住在上海（“五四”前后），他还去过浙江、北京等许多地方。这次提交会议的文章有的论述广东这个侨乡对孙中山的性格和他走上革命道路的影响，有的论述孙中山对上海建设的关怀，有的论述孙中山建设东方大港的理想，有的则论述孙中山实业计划的地理基础，这些都是富有新意的题目。过去对孙中山在浙江、北京的活动的研究不够，这次会议讲到了孙中山到浙江杭州、宁波、绍兴的活动，还讲了孙中山三次到北京。最近北京的黄宗汉先生，用自己的努力和影响筹集巨款，主持修复了北京湖广会馆。这是孙中山到北京后发

表五次演讲的地方，很有纪念意义。现在那里不仅可以演出，可以作为娱乐的场所，而且还设立了孙中山研究室，已成为北京研究孙中山的一个学术基地。

总之，我感到这次会议讨论孙中山的革命思想和革命活动，涉及面广，视角新颖，有许多精辟见解。我看了文章摘要，听了会议发言，深深体会到孙中山思想的博大精深，它像浩瀚的海洋那样宽广、丰富而精深，并对时代所提出的历史课题做出了答复。他的思想确具丰富性、先进性和世界性。

有人提出这样一个问题：孙中山先生算不算一个思想家？这涉及对孙中山的整体评价。对此，过去就有争论。有的论者认为孙中山的思想不够严密，前后有矛盾，虽然文章、讲演不少，但没有大部头的理论著作，因此不是思想家。我个人认为孙中山应该是伟大的思想家。那么什么是思想家呢？思想家可分为两类：一类是康德、黑格尔或者朱熹、王夫之那样的思想家，基本上坐在书房里，伏案著书，运用逻辑推理，构筑庞大精密的理论体系，写出大部头著作；一类是在斗争实践中，直接从现实中汲取营养，回答现实的问题，推动历史前进，也形成了比较系统、比较切合实际的思想体系。孙中山就属于后者。这两类人物都是有大智慧的思想家。近代中国社会变动大，思想的变化也快，因此前后变化以及思想复杂成为近代思想家的一个明显特征，梁启超、康有为、章太炎都是如此。孙中山生活在近代中国，其思想有时也有矛盾，如反满口号和五族共和；又如一贯的民主理想和有时的个人专断；再如思想来源比较纷杂等。我们应该承认他具有作为大思想家的共性，又有自己的个性；有自己的优点，也有其弱点。毛泽东曾经说孔夫子和孙中山都是中国优秀文化传统的代表。所以，如果否认孙中山是大思想家，那么在中国历史上就很难找到思想家。孙中山理所当然地在中国思想史上占有重要的地位。

二、会议肯定了孙中山最早全面系统地倡导了中国的现代化建设，规划了经济建设的蓝图，希望实现全方位的现代化。这是会议的主题，文章很多，发掘很深，议论很精彩。有些文章指出，实业计划是孙中山近代化建设思想的集中体现，它比前人或同时期的李鸿章、康有为、张謇等人的近代化思想更先进、更系统，内容充实，规模宏大，目标明确。有的文章把孙中山建设中国的思想概括为“振兴实业、均富大同”八个字，有的概括为“经济工业化、政治民主化、文化科学化、社会结构合理化”。孙中山的现代化思想符合历史的趋势和人民的愿望，“外察世界之潮流，内审中国之国情”。和今天相比较，我们建设有中国特色的社会主义在深度、广度、性质和规模上已大大超过孙中山当时所能达到的高度，但在内容上、方法上仍有许多相同或相近的地方，如沿海开发、河流治理、铁路建设、港口城市建设、农业矿业发展和边疆开发等很多方面。孙中山先生的理想规划，仍是我们今天经济建设中可以借鉴学习的思想财富。在现代化建设的方法、步骤和重点方面，孙中山先生提出了一系列正确的、比较符合实际的主张。孙中山把经济建设看作革命胜利以后最重要、最根本的任务，主张全面采用机器生产、发展生产力。他说：“能开发生产力则富，不能开发生产力则贫。从前在清政府之下，欲开发而不能，今共和告成，措施自由，产业之勃兴，可以预卜。”他对经济建设的前途十分乐观、充满信心。他认为经济建设必须对外开放，必须适应世界潮流并与国际接轨，积极引进外国资本、专业人才、机器设备和科学技术，以加快中国的经济建设步伐。他说：我无资本，利用外资；我无人才，利用外国人才；我无方法，利用外人方法。他竭力反对闭关锁国，但他利用外资、引进外国人才有一个原则，即“主权在我”，不能把主权丢失掉。这里涉及一个问题，有的论者认为外资引进太多，就会丧失主权，或难以保持主权。我个人的看法是：能否保持主权，关键在于如何引进、利用、管理、控制外来资本。如不引进外资，就无法学会利用、管理外资。外资引进的数量固然有关系，但不是决定性因素。当然这种顾虑提醒我们要看到引进外资和自力更生的辩证关系，要看到引进外资带来的一些问题，必须像孙中山先生说的那样“主权在我”，不能把现代化的希望完全寄托在外国人身上。

孙中山的实业计划经纬万端，涉及方方面面，而最强调的是发展铁路交通。他强调交通为实业之母，而铁路又为交通之母。辛亥革命后他希望十年内修建十万公里铁路，并为此而奔走，不遗余力。

孙中山的现代化方案不仅想到了建设兴利的一面，还想到了除弊防患的一面。在如何防止和对待建设以后产生的问题上，他看到了资本主义国家两极分化、贫富对立的现象，提出平均地权、节制资本和发展国家资本。尽管这些仍有很多局限性，也没有能够实现，但毕竟表明孙中山思想中的超前性及其倾向于社会主义的理想。也正因为他有这种思想倾向，所以他在晚年能和共产党合作，提出三大政策，把旧三民主义改造成为新三民主义。

三、会议十分重视研讨孙中山关于文化建设和思想道德建设的论述。孙中山曾说："吾觉欲收革命之成功，又有赖于思想之变化。"尤其在革命受到挫折以后，他深深体会到唤醒民众、建立健全国民人格的重要性。他在《建国方略》中把心理建设列为第一篇。他强调心性文明的重要性，心性文明实际上包括两个方面：一方面是文化科学知识。"知"在孙中山哲学思想中处在十分突出的地位。所谓"知难行易"，是针对当时社会上愚昧无知、迷信盲从，为了提倡科学、兴办教育、普及文化科学知识而提出来的。另一方面是道德。孙中山很重视道德，他说："大凡一个国家所以能够强盛的原故，起初的时候都是由于武力发展，继之以种种文化的发扬，便能成功。但是要维持民族和国家的长久地位，还有道德问题，有了很好的道德，国家才能长治久安。"他当时讲的"心性文明"，相当于今天讲的"精神文明"。他对物质文明和精神文明的关系，以及建设精神文明的重要性，已有很深入的理解。

孙中山看到了国民性格和行为中的一些弱点，也看到了中国传统道德中的优秀部分。他提倡爱国、合群、以天下为己任的精神，希望把被称为"一盘散沙"的老百姓变成团结有为、朝气蓬勃的公民，继承和改造旧道德，例如忠孝仁爱、信义和平，使古为今用，以之规范人们的思想行为，健全国民人格，使中国成为讲文明、重道德、有礼貌的国家。孙中山的这些思想内涵丰富，与我们当前建设社会主义精神文明的重大任务有密切关系，使我们倍感亲切。

孙中山先生还具有正确的中西文化观。他少年时到檀香山受过正规的西方教育，了解欧美国家的长处。他强调向外国学习，中国要赶上世界潮流必须“学欧美的长处，然后才可以和欧美并驾齐驱”，“对欧美文明必须采取开放态度”，但又强调对西方文明不能全部照搬。孙中山很熟悉并很注意汲取中国传统文化的优秀部分。他把自己的思想归结为两个来源，归结为中西文化的整合，一是欧美学说，一是五千年来中国的历史文化和传统。这次会议上有好几篇文章谈到古代民本思想和三民主义的关系，也有文章提出不同的意见，认为：“在古代封建民本思想中，民不是主体，而是附庸。所谓爱民重民，是统治者的恩赐。孙中山的三民主义是民有、民治、民享，民是主体。”我认为这个看法有道理，孙中山三民主义中的民众是主体，不是依附，不同于古代民本中的民，但不可否认这两者之间又有继承关系，它们既有联系，又有区别。我想对思想史上的继承关系，都应该这样来理解，既不要把前后思想混为一谈，又要看到它们的联系。

此外，这次会议还涉及历史和现实的关系问题。孙中山先生是历史学界长期以来研究的热点，各方面的问题被很多专家反复地研究过，话似乎已经说得差不多了，但研究工作毕竟是不可穷尽的。这次会上提出了一些尚待深入探究的问题，如孙中山与农民、孙中山和日本的关系、孙中山对宗教的态度等。还有一些新的史料有待发掘，如最近公开的苏联藏共产国际档案中就有大量孙中山晚年活动的记载，英、法、德、日、美各国档案和私人信函、作品中也有很多史料，此外上海工部局档案中的史料也还没有被利用。由于时代的发展，研究者的视角不断变换，方法逐步改进，一些从前不受注意的问题会凸现出来，如近年来对孙中山《实业计划》、开放思想以及他对传统文化的态度等的研究。还有运用社会史方法、心态史方法对孙中山的研究，也会得出有意义的新成果。这次会议上还涉及历史学如何为现实服务的问题。我同意这样一种意见，即历史科学可以为也应为现实服务，它对现实的借鉴功能是十分重要的，所谓“以史为鉴，可知兴衰”。但研究历史必须实事求是，把历史当作客观进程，根据唯物史观，科学地对待它，不要满足于因现实需要而去随意寻找个别的历史例证，更不允许歪曲、篡改历史。利用纪念活动来研究历史，不失为推动历史研究的好形式，好处就在于一段时间内把许多学者、专家的注意力吸引到一个问题上，这有利于研究的深入。但要防止一种倾向，不要因纪念而故意拔高或讳言缺点和不足。这次讨论孙中山就做得很好，既充分肯定了他的丰功伟绩，肯定了其思想的丰富性、先进性，也讲到了他的局限性和缺点。这并不是苛求前人，而是为了更全面、更科学地理解孙中山，更实事求是地评价他伟大的一生。

孙中山先生逝世 70 多年了，他没能看到中国革命的胜利，更来不及看到今天中国社会主义现代化建设的伟大成就。孙中山一生为之奋斗的现代化理想正在中国大地上逐步实现，我们今天的事业正是孙中山等老一辈革命家为之奋斗的事业，他们的功绩、他们的思想值得我们永远怀念、永远学习，并将变成推动我们继续前进的强大动力。

世界一体化潮流中的桃源乐土*

2000年8月初，北京尚是暑热天气，我们中国史学会代表团，包括王忍之、金冲及、齐世荣、张椿年等十多位历史学家，登上去挪威奥斯陆的飞机，去参加第十九届国际历史科学大会。改革开放以来，我国历史学界在对外开放的大形势下，和中断联系30年之久的国际历史学界恢复交往。1980年，夏鼐等同志以观察员身份参加了在罗马尼亚布加勒斯特举行的第十五届大会。此后，中国成为国际历史学会的正式成员。大会每五年轮流在世界各大城市举行一次，中国史学会代表团每次都应邀出席，与全世界大约二千名历史学家欢聚一堂，共话大家所关心的历史问题。今年已是第六次参加大会了，会址设在风光秀丽的北欧城市奥斯陆。

奥斯陆的气温低于北京，已进入天高气爽的秋季。从飞机舷窗下眺挪威，它是个森林满野、河湖遍布的国家，农田所占的比例很小，到处是葱绿的树林、草坪、浅蓝的湖泊、溪河，给大地披盖上淡雅的素装。听人介绍，挪威的资源、财富大抵和树林、湖海有关。国家的支柱产业是捕鱼、木材、造船、海上石油。挪威人自古以来就是海上的渔民，住在小木屋内，驾驶着自己打造的木船，出海捕捞，世世代代过着靠海谋生的生活。在古代，这里还以出剽悍的海盗而闻名，奥斯陆专门有一个海盗博物馆，陈列着一千多年来海盗的服饰、武器、船只、用具，参观者络绎不绝。这里各种古怪的陈列品，向参观者娓娓诉说历史上这一特殊群体的生活、习性和打劫行径，把听众带进一种神秘而又有点恐怖色彩的气氛中去。

奥斯陆是挪威的首都，是个不大的海湾城市，广阔而美丽的海

---

* 原载《社会科学战线》，2001年第3期。

湾是闻名的旅游胜地。海湾里停满众多的游艇，桅杆林立，缆索齐全，欧洲国家的许多历史学家就是乘坐自有的游艇，渡海前来奥斯陆赴会的。海湾中有小岛，遍布各种别墅，还有博物馆、餐馆、游乐场等等。奥斯陆人口不多，面积不大，街道不宽，富有欧洲传统中等城市的情调。公园很多，绿坪如毯，鲜花竞放，水泉喷涌，构成各种景观。市内较少高层建筑，更没有见到摩天大楼，却整齐清洁，尘泥不染。大街上许多鸽子缓步慢行，摇摇摆摆，与行人争道。业余乐手喜欢在街头吹奏演技，不时响起悠扬的琴声或笛声。

到达奥斯陆的第二天，我们就去会议场所报名注册。会场主要设在著名的奥斯陆大学内，大学在近郊区，离市中心不过十里地左右。大学内有十几座高楼大厦，恢宏壮丽，室内的装修、布置和设施都很精美而现代化，与市内建筑的传统古老情调大异其趣。这里有舒适、明亮的大会议室，但没有一个能容纳两千人听讲的大礼堂，因此，举行全体大会还得借用市政府的报告厅。我们住在市中心的旅馆内，每天乘坐地铁往返。我们国内，一二百人的会议已是大型会议，召开几千人的大会是很罕见的，在国外却经常举行这类大型学术会议。这类会议的好处有三点：第一，议题广泛，海阔天空，无所不谈，各抒己见，充分地自由交换意见。有不少人参加会议只带耳朵去，既不写论文，也不作发言，只是聆听会议，了解学术信息。第二，结交宽广，可以认识很多朋友。人们来自天涯海角，南北西东，各个国家，各个民族，各种肤色，各类专业，可以结交和认识许多人，增强国际间的友谊和交流。第三，学术讨论与旅游相结合。世界性的旅游已成为全球风尚，会议在世界各地轮流召开，可以借参加学术会议之便，顺便观光和游览全世界，故各地学者对大会很感兴趣，趋之若鹜，而会议亦长盛不衰，历届会议参加的人数有上升的趋势。需要说明的是：绝大多数参加国际历史科学大会的学者都是自费参加会议的，故而无“公费旅游”之嫌。

此届国际历史科学大会讨论的主题有三：一是如何编写全世界的整体历史；二是时间和历史；三是历史学的功能。其下还有 25 个圆桌会议和 20 个专题会议，有各种各样的讨论，都是小型会议，任凭学者们自由选择参加。圆桌会议和专题会议的题目有："近代化的使命""20世纪历史学的总结""家庭结构和婚姻变迁""环境保护与人类生活""文化交往与文化冲突""经济交流与合作史""太平洋世界的发展""20世纪的穆斯林社会""种族和民族——正在增长的世界冲突的根源""世界性移民""妥协、条约与和平""18世纪的中国和世界""半个世纪的冷战历史""苏共历史档案的开放"等。这么多的会议和精彩的讨论题目，真让人目不暇接，不知道该上哪个会议去听。世界历史学家关心的正是这些当代人类生存和发展中的热点，关系到人们切身利益的重大问题，而传统历史学所重视的战争场景、政治事件、英雄人物、典章制度退居于次要的地位。

这次国际历史科学大会给我十分深刻的印象：随着中国国力和国际地位的提高，中国历史在全世界人们心目中的分量大大加重了。这次有个圆桌会议，议题为"18世纪的中国和世界"，由中国代表团主持，这是国际历史科学大会破天荒第一次，吸引来参加讨论和听讲的人达60人，是各个圆桌会议中人数较多的一个会议。中国悠久的历史和灿烂的文明越来越引起全世界的注意，大家都希望能多多了解中国的过去和现在，所以参加听讲、进行提问、发表意见的人很踊跃。

第十九届国际历史科学大会讨论的三个最重要题目，共有30多篇论文，其中竟有5篇完全是讨论中国历史的，这5篇论文的题目是《中国和西方世界历史著作的比较研究》《从琉球到香港海域的变迁》《满洲和17世纪的红夷大炮》《中国历史学中的正统论》《褒贬与经世——中国传统历史学的功能》。世界历史学家对中国历史表现出如此强烈的兴趣，这是出乎我们意料的。

大会组织了一次旅游，向西到北海沿岸风景区卑尔根。我们的旅游队伍约一百人，随着一位女向导，乘坐火车，爬上高山，沿途都是森林、牧场、瀑布。火车在几个旅游点暂停，下车观光、用餐、购物、休息，这里是高寒地带，我们几乎穿上了冬装，地上有薄薄的积雪。到达终点以后，并不循原路返回，而是改乘游艇，从水道回奥斯陆。水路风光更加优美，两岸或是丛林峡谷，或是奇峰怪石，或是花木草坪，或是教堂农舍。我们在一条不断变换着景观的亮丽的风景线上遨游，游艇上欢声笑语，老相识，新朋友，相互问好致意，充满着浓郁的友谊。大家尽情呼吸着新鲜、湿润的空气，欣赏着大自然之美。傍晚，还吃了一顿风味餐鳕鱼，这是北欧国家的特产，味鲜肉嫩而少刺，加上高超的烹饪技术，人们开怀大嚼，大快朵颐。这次旅游，出发在早晨六时半，回到旅馆已是深夜十一点，可说大饱了眼福和口福，兴尽乃返。

这里有许多幽静的去处，你可以在海滨漫步，谛听海浪的拍击声，可以在林间小路徘徊，观赏小鸟的舞姿，没有人会惊动打扰你。这里的人们喜欢在露天设置的咖啡座上闲坐、看报、聊天、晒太阳，这时刚刚初秋，但奥斯陆人已经在户外晒太阳了，这大概是他们传统的生活习惯。宁静的气氛笼罩着城市，一切都按部就班，时间在缓慢的节奏中流逝。星期天中午，我独自在街头行走，忽然听得远处音乐喧天，人声嘈杂，走近一看，人群麇集，一个个彩服盛装，载歌载舞，有的还骑着骏马，穿着古代骑士服装。狭窄的街道上人流不断，正在举行舞会、音乐会、赛车会和各种即兴表演，广场上摆设许多地摊，销售土特产、食品和旅游纪念物，与平日里街道上的清冷寂寞形成强烈的反差。后来听说奥斯陆每个假日都有这类街头盛会，这可能是静极思动，以调节生活的节奏。

挪威人生活富裕、悠闲、舒适，国民平均收入每年达 6 万美元，这对于不发达国家来说几乎是天文数字，而且又是高福利国家，许多人随自己的爱好从事艺术、体育、收藏、旅行，不必为衣食而奔忙、发愁。可是征税极重，收入越高，征税越多，因此缩小了贫富差距。一位教授抱怨说，他所得薪金名义上高出他的助教五倍，而征税以后，实际所得，只高出一倍多。有人开玩笑说：这是一个吃洋大锅饭的国家。

挪威人得天独厚，生活幸福，他们好像是住在桃源乐土中的群体，远离战火，不识贫困饥饿为何物，却也有自己的苦恼。当前世界一体化的潮流汹涌澎湃，势不可当。而挪威人酷爱自己的家园，酷爱历史传统，竭力要保存自己的民族特色和独立性，希望置身于潮流之外。所以欧盟已成立多年，可包括挪威在内的斯堪的纳维亚国家全民投票，不参加欧盟，不使用欧元。他们凭借丰富的资源、高超的科学技术和僻处一隅的地理位置，成为生活在桃源乐土中的人民，悠然自得，与世无争。他们没有打扰过任何人，也不希望别人来打扰自己。挪威国家虽富，但是人口稀少，工业基础薄弱，市场狭隘，必须通过贸易和世界互通有无。挪威正在经济全球化的惊涛骇浪中受到冲击，它会走向何方?

当我告别挪威时，恋恋不舍地凝眸回望，内心蕴藏着一个疑团：这片幽静、美丽、富裕的国土将会发生什么变化?我情不自禁地为它的未来祝福。

尊老崇文　抒写新篇*

——在纪念北京市文史研究馆建馆 50 周年大会上的讲话

各位领导，各位馆员，各位来宾：

我们伟大的中华人民共和国刚刚度过了 53 周年华诞，今天，我们又迎来了北京市文史研究馆建馆 50 周年。首先，让我代表北京市文史研究馆向莅临今天这个纪念会的国务院参事室、中央文史研究馆的各位领导，向市委、市人大、市政府、市政协的各位领导，向专程赴京参加我馆纪念活动的各地馆员、工作人员以及离开岗位的老领导、老同志表示亲切慰问，向多年来与馆员携手共事的北京市人民政府参事致以亲切的问候和真挚的感谢。

中华人民共和国成立之初，毛泽东等老一辈党和国家领导人建议成立中央和各地文史研究馆，礼聘和安排一些学有专长的耆年宿学之士，利用他们的专长，发挥他们的余热，为正在开始的社会主义建设事业增添力量。这充分体现了中华民族尊老敬贤的优良传统，体现了党和政府尊重人才、尊重知识的政策。这已成为党的统一战线工作中的一个重要组成部分，是具有中国特色的一个创举。

文史馆是一个统战性、荣誉性的机构。它的设立对于弘扬中华民族优秀传统文化，对于党和政府密切联系文化界党外人士，对于建设两个文明和推动祖国统一大业的进程起着重要的作用。今天我们回顾北京市文史研究馆走过的 50 年历程，必将会推进新时期文史馆工作的开展，为首都的社会主义精神文明建设发挥更大的作用。

* 原载《涓水集》，北京，北京出版社，2009。末署 2002 年 10 月 18 日。

一、坚持尊老崇文宗旨，50年来成果丰硕

北京市文史研究馆于1952年12月17日成立，自建馆至今，前后共聘任馆长3人、副馆长19人、馆员224人。首任馆长邢赞亭为著名无党派爱国人士，后兼任中央文史研究馆副馆长。继任馆长张国基是著名华侨教育家、著名侨领，曾与毛泽东同学，早年加入新民学会，参加过南昌起义，新中国成立后任全国侨联主席、名誉主席。历年来所聘任的馆员大都是夙有声望的文人耆宿，学识渊博的专家学者，造诣颇深的画坛名人，以及社会各界名流。他们都是文学、艺术、历史、教育、体育、医学等各个学术领域里的专门人才，在社会生活中发挥着独特而重要的作用。他们有大量专著、译著和文史资料问世，为弘扬民族优秀文化做出了可贵的贡献。

50年来，在党和国家三代领导集体的关怀下，北京市文史研究馆同全国各地文史研究馆一样不断发展、不断壮大，在现代社会生活中越来越发挥了不可替代的作用。北京市的历届市委、市政府领导都十分关心文史馆的生活和工作情况，经常来馆通报市情，走访和看望馆员。

随着改革开放的不断深入，特别是国务院〔1988〕57号文件和国务院办公厅〔1995〕21号文件贯彻实施后，北京市文史研究馆在市委、市政府的领导下，工作形式和内容发生了重要的、历史性的变化，对馆员的工作从生活服务型逐步转为工作服务型，努力为馆员提供和创造有利条件，最大限度地发挥他们的专长和优势，积极开展各种文史研究活动和多种社会公益活动，为繁荣文史研究、弘扬民族优秀文化、推进“一国两制”、促进祖国统一以及首都各项事业的建设贡献力量。北京市文史研究馆的50年是不平凡的50年，是团结进步的50年，是做出积极贡献的50年。

二、致力弘扬民族优秀文化，积极为两个文明建设做贡献

文史研究馆是人民政府礼贤敬士之所，名流汇集之地。中国共产党十一届三中全会以后，北京市文史研究馆以国家有关文史馆工作的文件为政策依据，从实际出发，不断探索新时期文史馆工作的新特点，走出了新路子。

1. 著书立说，为建设社会主义先进文化服务

文史馆馆员学识渊博，阅历丰富，饱经沧桑，深谙国情，对中国传统文化有着深厚的感情和深刻认识。他们通过著书立说、编史修志、艺术创作、授课讲学等多种方式，宣传爱国主义精神，弘扬中华民族优秀传统文化。馆员撰写了大量文章、资料，发表在各种报刊上。许多馆员还出版了专著、译著、画册、诗集。

自1990年起，我馆开始编辑、出版了《京华风物》《耆年话沧桑》《传统花鸟画选》《书法篆刻选集》等文集、书画集，在建馆50年之际，又有大型画册《馆员书画作品选集》《北京市文史研究馆馆员传略》《翊运集——北京市文史研究馆馆员文选》等一批新书问世。我们于1992年创办了《北京文史》杂志，至今已出版19期，不仅为馆员发表笔记文章开辟了一个园地，而且对北京史、地、民俗的挖掘、整理及利用起了重要的传媒作用，扩大了文史馆的社会影响。

2. 多种形式开展文史研究，用传统文化服务于社会

馆员的研究领域和专长各有不同，如何利用和发挥他们的优势与特长服务于社会，使他们的研究成果产生良好的社会效益，是近年来我们探讨研究的一个新课题。为此，我们召开了“社会主义精神文明与中国传统文化”和“中国传统书画的继承与创新”两个研讨会。书画家馆员对继承与创新的辩证关系进行了研讨，提出了“参古定法，望今致奇”的观点和“珍重传统，敢于创新”的主张，对以笔墨为灵魂的中国画如何以新的面貌来切入当代生活而又不失民族特色，进行了认真的探讨。

我馆还先后主办了“宣南文化研讨会”“运河文化研讨会”，这些研讨活动对于保护首都文化遗产、合理规划城市建设、挖掘开发文化产业、实施“人文奥运”战略具有非常重要的意义。

3. 开门办馆，开展公益活动，增强文史馆工作的活力

在初创时代，馆员以诗词唱和、书画雅集的活动形式，抒发爱党、爱国、爱社会主义的情怀。随着形势的发展和馆员队伍的变化，文史馆组织馆员走出馆门，积极参与社会活动和社会实践，深入农村、工厂、部队，开展了笔会联谊、艺术辅导、外出采风、社会调查、文化下乡、义卖救灾等多项活动。

北京市文史研究馆注意加强同兄弟馆间的横向联系，多次组织馆员参加全国性的书画展览。90 年代我馆曾主办了“三北地区文史馆工作座谈会”“迎接香港回归祖国书画联展”“纪念周恩来诞辰 100 周年书画联展”等大型活动。我们同天津、河南、福建、贵州文史研究馆联合主办的“京、津、豫、闽、黔文史研究馆书画邀请展”也即将在中国革命博物馆开幕。

为丰富馆员的创作生活与实践，我们组织了许多采风活动，馆员通过采风活动饱览了祖国壮美河山，目睹了各地改革开放的大好形势和翻天覆地的变化，激发了创作热情，有的撰写文章，有的泼墨挥毫，创作了许多佳品。

长期以来我们坚持书画下乡、春节慰问农民、八一建军节慰问解放军等活动。在亚运会、大运会、世界环保日、支援西部大开发等国家重大活动期间，馆员都踊跃参加笔会，捐赠书画作品，表现了积极参与和支持的极大热忱。

1998 年我国发生特大洪水灾害期间，文史馆举行书画赈灾笔会，将义卖获得的人民币 6 万元捐赠给灾区人民。馆员还多次慷慨解囊，通过文史馆向受灾地区捐款赠物，向希望工程和边远山区学校捐资助款达 10 余万元，得到社会各界的高度赞扬。

4. 加强与海外文化交流，促进祖国和平统一

文史馆馆员多数出身于名门望族，或生长在书香世家。他们家庭的许多成员、亲朋故旧生活在港澳台地区或定居在海外，彼此间

有着千丝万缕的联系。馆员通过书信来往、探亲会友、出国访问、海外讲学、举办展览等多种形式加强与海外亲友的交往，为促进文化交流，引进资金和技术，推动祖国的和平统一，做了大量富有成效的工作。馆员曾接待了亚洲、欧洲、拉丁美洲和港、澳、台地区的众多学者、朋友和亲属。并且馆员还访问了美国、加拿大、日本、新加坡、韩国、俄罗斯等国家和中国台湾、澳门等地区。部分馆员还在国外举办了个人书画、摄影展。

5. 抢救馆藏资料，给馆员建档立传，为社会留下宝贵财富

文史馆馆员大都家学渊源，亲身经历过重要历史时期，有些人还见证和参与了一些重要历史事件和文化活动，馆员这个群体本身就是一部丰厚凝重的史料，他们的著作、作品是国家和民族的宝贵财富。把馆员从事创作和研究的成果尽可能完整、系统地保存起来，流传下去，是文史馆的重要工作职责和义务，是对子孙后代的重要贡献。这对继承传统、昭示后世是一项非常重要的任务。近年来，我们投入大量的人力和物力对馆存的大量书籍、字画、音像资料、文书档案以及馆员资料进行了清查整理，特别是为每个馆员建立了资料库，并建档立传，由专人负责管理。

三、把握机遇、开拓创新，力争使文史馆工作再上新水平

新的世纪，世界已经迈入了知识经济的时代。发达国家与发展中国家之间经济上的差距，实际上就是知识和人才的差距。文化要素在综合国力中所占的比重愈来愈大，它不仅为经济发展和社会全面发展提供精神动力和智力支持，而且本身就已成为一个日趋庞大的产业。文史馆馆员年高德劭、群贤雅集，文史研究馆的建立不单纯是为了团结和发挥老年知识分子的作用，它对我们以几千年古国文明为基础，继承传统，不断创新，融入世界，实现中华文明的伟大复兴具有深远的意义，这正是 21 世纪文史研究馆存在的意义所在。新时期文史馆要迎接新的发展机遇，与时俱进，开拓思路，为

繁荣先进文化承担起历史责任和文化使命。

1. 树立创新意识，为繁荣先进文化贡献力量

先进文化是人类社会发展的灵魂，是人类文化前进的必然方向。先进文化是以优秀的传统文化为基础，以不断的创新来保持其生命力的。江泽民同志曾指出："发展社会主义文化，必须继承和发扬一切优秀的文化，必须充分体现时代精神和创造精神，必须具有世界眼光，增强感召力。"

文史馆的宗旨是弘扬民族优秀文化。弘扬包含了继承和扬弃，继承传统的目的是为了创新，传统脱离了创新就没有了生命力。"苟日新，日日新，又日新"，求新思变的思想是中华民族几千年繁荣发展的内在动力，是古代中国 16 世纪以前长期走在世界前列的内在支持。康乾盛世之所以成为落日的辉煌，其教训也正是由于当时的统治者夜郎自大，失去了创新精神所致。因此，无论是开展文史研究，还是书画创作，都必须不断地探索，在深厚的传统文化底蕴的基础上开创出新的领域、内容和表现形式。如上所述，近年来我馆在这方面做了很多努力，并取得了一定成绩，今后要继续坚持走继承和创新相结合的道路。随着经济全球化的进程，一种吸收了世界各民族文化精华的，既有统一性又有多样性的世界必然出现。具有五千年悠久历史的中华文明，将以其博大精深的文化内涵和独特民族风格成为世界文化中的重要组成部分。因此，对于祖国文化遗产应该结合时代精神加以继承和发扬，做到古为今用；对于西方文化要注重取其长处，避其短处，做到洋为中用。这是中国文化前进的唯一正确方向。在繁荣先进文化方面，文史馆具有不可替代的作用和义不容辞的责任。

2. 树立开拓意识，为弘扬民族优秀文化注入生机和活力

开拓思路、勇于创新是推进文史馆工作的持久动力。要立足于文史馆工作的特点和性质，围绕弘扬民族优秀文化和社会主义精神文明建设，不断创造文史馆工作的新思路，不断推出新举措，切实做到与时俱进、开拓进取。我们要注重文史工作理论方面的研究和探讨，力求打破多年来形成的思维定式和工作方法，敢于解放思想，

用创新的意识、科学的理论和稳妥谨慎的尝试，推动文史馆工作的新局面。我们要从馆员的队伍建设入手，充分利用首都人才荟萃的优势，面向社会，扩大视野，广聚贤达，善于发现并积极争取将符合馆员标准的各类代表性人士遴选到馆里来。力争形成一支研究领域广泛、界别齐全、专家学者人才如云、文史研究和书画创作两翼并举的馆员队伍，从而体现文史馆的工作性质和广泛性、多样性的统战工作方针。我们还要破除囿于局限、孤芳自赏的封闭状态，要走出馆门融入社会，在丰富的社会实践中开展文史研究和书画创作，将文史研究及书画创作同服务于社会主义精神文明相结合，同继承和弘扬中华民族传统文化相结合，努力为社会和国家做出贡献。我们要进一步加强和全国各兄弟文史馆之间的联系，开展经常性的请进来、走出去的学习研讨活动，交流馆务工作经验，开展具有实质性的广泛合作，真正体现全国文史馆是一家！

3. 树立统战意识和服务意识，为贯彻“尊老崇文”的宗旨奠定牢固的基础

建立一支高素质的馆员队伍和一支有较强统战意识、服务意识的工作人员队伍是文史馆体现统战性、荣誉性，做好各项工作的重要基础和保证。

馆员是文史馆承担文史研究和书画创作的主体，参与各项社会活动和实践是文史馆开展工作的重要载体。正是由于馆员积极参加各种富有成效的社会活动和两个文明建设，才不断为文史馆注入了鲜活的生命力，在社会上树立了文史馆的良好形象，提高了文史馆在社会上的影响和地位。因此，我们必须坚持中央有关文件中馆员聘任的标准和条件，严格遵守和执行馆员的聘任程序。馆员的称号不仅代表着荣誉，更体现着责任。文史馆的设立充分体现了它是统一战线工作的一个重要组成部分，从而决定了馆员应该是具有一定代表性，德、才、望兼备的老年知识分子中的杰出人士。他们不单高才硕学、披古通今，更应该能够为人师表、堪称典范。馆员的责任体现在能够时刻珍惜馆员的荣誉，以自己的学识和声望为弘扬民族优秀文化、繁荣新世纪的先进文化而尽心竭力。

文史馆的工作人员是为馆员服务、做好文史馆工作的基本力量，他们是“桥梁”和“纽带”。为了适应新形势的要求，文史馆已从生活服务型转变为工作服务型。这对工作人员提出了更高的要求，只有全面提高工作人员的自身素质，才能保证为馆员提供优质高效的服务。文史馆的工作人员要自觉树立政治意识、统战意识、学习意识、创新意识和服务意识，这是抓好机关建设的重要前提和保障。工作人员要有较高的文化水平，要有良好的道德修养，要有较强的协调能力，要有广泛的爱好，要有较强的亲和力，只有这样，才能使文史馆的各项工作适应新世纪的要求，为馆员提供全方位、多层次的优质服务。

各位领导，各位同仁，中国共产党第十六次全国代表大会即将召开，我们衷心预祝大会开得圆满成功！这次大会必将成为全面推进我国现代化建设、实现中华民族伟大复兴的重要会议。文史馆今后的工作任重道远，但我们一定要满怀信心，勇于开拓创新，机遇和挑战同在，困难与成功并存。让我们高举邓小平理论的伟大旗帜，以江泽民同志“三个代表”重要思想指导我们的工作，团结进取，更好地发挥文史馆的优势和作用，为创立和弘扬先进文化、全面繁荣首都文化事业、促进中国特色的社会主义现代化建设做出我们的贡献。

谢谢大家！

三百年沧桑的历史见证*

这次来承德参加国际清史研讨会，非常高兴。我跟承德很有缘分，第一次到承德是在“文化大革命”时期，接待我们的是地委书记袁震、宣传部部长翟向东。那个时候的避暑山庄满目疮痍，里面住着很多人，有老百姓、军人等各色人，有医院、学校、民居。那时是准备恢复的阶段，要把许多单位、住户搬迁出去，任务很艰巨。后来避暑山庄建庄二百八十周年、二百九十周年我都参加了（学术会），所以说我和承德缘分很深。

承德是清代第二个政治中心，是历史上中国强大、繁荣、统一、安定的象征。三百年来，避暑山庄和祖国一起经历了屈辱、苦难的岁月，可以说避暑山庄是中国三百年来发展的见证。中国很早就是一个统一的国家，但统一的规模程度不同，汉唐的统一与清朝的统一就有很大的不同。清朝的行政管理到达了边疆地区。有了和平统一的局面，老百姓才能安居乐业。如果没有统一，老百姓生活得不到保障，就会流离失所，灾难深重，所以老百姓有句俗语：“宁为太平犬，不为乱世人。”乱世的苦难特别深重，跟历朝历代相比，清朝可以说在历史上统一的规模、程度都比较巩固，老百姓的生活相对比较好一点。而今日中国的版图就是在这个时候确定的，康、雍、乾三世中国的国土面积达到 1 300 万平方公里，现在是 960 多万平方公里，东至东海之滨，包括库页岛、台湾岛，西到西藏、新疆，直到中亚细亚，南到南沙群岛的广大海域，北至外兴安岭，清朝的中央政权号令能够贯彻到全中国。

---

* 原载《清史研究与避暑山庄》，沈阳，辽宁民族出版社，2005。系 2003 年“清史研究与避暑山庄学术讨论会”上的发言。

避暑山庄建庄已有三百年。第一个一百年内，中原地区没有大的战争，社会安定，经济发展很快，工农业生产达到很高的水平。国民生产总值占全世界的三分之一，但质量不行，因为人多地大，人均水平赶不上英国。文化上也有大的举措，像《四库全书》《古今图书集成》等大规模的文化活动有很多。所以当时的经济、文化在全世界名列前茅。

避暑山庄兴建的时候清朝正逐步走向统一，避暑山庄为中国的统一发挥了重要作用。它的修建有避暑、休闲的目的，但更重要的是为了政治。避暑山庄是清朝接近边疆的决策指挥之地，是接待少数民族王公的地方，是安抚少数民族的地方。外八庙也都属于这一类建筑，它就是为了让少数民族王公来朝拜，皇帝每年到这里来与少数民族王公一起举行宴会、娱乐、赏赐等盛大的集会，所以康、乾两个皇帝每年都在山庄待很长时间，好多重大的事件都在山庄发生，好多重要的人物都到过山庄，当年山庄可谓是繁荣热闹。如招抚达什达瓦部、召见阿睦尔撒纳等，土尔扈特回归也是在这儿接见的，六世班禅也是在这里接见的，然后到了北京。安南国王阮光平、哈萨克领袖阿布莱都到过山庄，英国公使马戛尔尼也到过山庄。这些盛大的场面避暑山庄都经历了，所以避暑山庄的第一个一百年是建立、辉煌、光彩的一百年。

第二个一百年是19世纪，中国从封建社会走向半殖民地半封建社会，内忧外患，国无宁日。两次鸦片战争，英国打开中国大门，英法联军占领北京，火烧圆明园，再加上中法战争、中日甲午战争等，所以第二个一百年是中国长期受侵略者蹂躏的时期。咸丰皇帝逃到山庄，死在山庄，屈辱的《北京条约》是在这里签订的。中国由于落后、保守、闭塞而受列强欺辱，19世纪是中国挨打的时期。慈禧太后在这里策划辛酉政变，夺取政权，杀掉肃顺等上台，由此形成了晚清将近半个世纪的专制统治。这一百年是多灾多难的一百年，避暑山庄也经历了屈辱苦难的一百年，山庄停建了，皇帝也不来了，最后一个来这儿的皇帝是咸丰。

第三个一百年是20世纪，中国人民觉醒了，辛亥革命推翻了清朝，又进行了北伐战争、抗日战争、全国解放战争，长期进行奋斗。20 世纪前半个世纪，山庄也是遇到了很多的灾难，军阀战争中汤玉麟占领了热河，后来日本军占领了山庄，把须弥福寿之庙金顶上的金子都刮走了，所以我第一次来看到的须弥福寿之庙的金顶不像个样，遭到了破坏。但后来打败了帝国主义、封建主义和官僚资本主义，建立了中华人民共和国，避暑山庄又回到了人民的手里，修复了身上的创伤。尤其是改革开放后，避暑山庄进行了大规模的整修，国家投入了很多的力量，70 年代我们第一次来的时候，风景很美，但庭院、庙宇、佛像都破坏得很厉害。我去年来的时候，感觉变化很大，已经整修出一个观光、旅游、休息的非常好的地方。

所以山庄经历的三百年，可以说第一个一百年是光辉的一百年，第二个一百年是屈辱的一百年，第三个一百年是复兴的一百年。这也象征着我们祖国的历史命运，经历了长期的风风雨雨，沧桑巨变，今天的避暑山庄大不相同，面貌焕然一新。

三百年来避暑山庄与祖国共呼吸、同命运。今天的中国正走向富裕繁荣，中国的前途无可限量，山庄的明天也是无可限量、无比美好。所以我预祝中华民族的伟大复兴，也预祝避暑山庄进入第四个一百年会更加美丽、更加辉煌，前途无限光明！

在第三届明清档案与历史研究学术讨论会上的致辞*

各位专家，各位贵宾：

今年是中国第一历史档案馆 80 华诞，能够有机会参加这次会议，我非常高兴。因为一史馆是我们国家清史编纂委员会亲密的伙伴，关系密切，休戚与共；一史馆是我们编委会的依靠，是我们的坚强支柱。可以说没有一史馆的工作，我们的编史工作也没有办法进行。自从清史工程启动以后，中国第一历史档案馆全力以赴，投入力量，支持编委会工作，聘请几十位专家和工作人员，紧张地整理档案、录入档案，供清史工程使用。所以在这里我由衷地感谢中国第一历史档案馆的领导和全体同志。

回顾中国第一历史档案馆的本身和它的历史，感慨极多。档案馆同我们国家是同命运、共呼吸，国家有难，档案工作就萧条；国家兴旺，档案工作就健康发展。这恐怕是历史规律，在清时期是这样，在民国初年也是这样。

1925 年 10 月故宫博物院成立，该院下设古物馆和图书馆，图书馆下面又分设图书部和文献部，后者专门管理档案，设在故宫的南三所，就是档案馆的前身。这样我们巨大的档案财富就归属于国家，就有人来管理照料了。

新中国成立后，政府十分重视档案。档案获得了新生，档案馆独立建制，即从故宫分离出来，成为独立单位，后归国家档案局领导，是在 1955 年。从此以后，中国的档案工作出现了新的面貌，突飞猛进，档案工作又上了一个新台阶。档案过去分散得很厉害，这

---

* 原载《历史档案》，2006 年第 1 期。末署 2005 年 9 月 20 日。

个时候动用国家的力量回收档案，共400多万件。原来放在故宫里面的有500多万件，加起来有1 000多万件。从此档案工作走上了正轨，建立了一个数量丰富、价值珍贵、规模巨大的档案馆，这是档案发展史上的一个里程碑了。1975年建设了西华门档案馆大楼，到现在已有30多年了，保管条件好了，借阅条件也好了，研究工作、出版工作发展得也相当快，刚才邢馆长讲出版图书共计50多种4亿字，4亿字相当于半部《四库全书》，而《四库全书》当年用了4 200多人抄了5年才完成。

今年可以说是双喜临门，华诞80周年，现在又准备要建新馆了，因为旧馆又不够用了，设备也陈旧了，听说已做好了规划。可喜可贺啊！一步一步地往前发展，可见档案和国家命运是连在一起的。国家有难，档案当时真是惨啊，被偷、被盗、被抢、被烧，颠沛流离。现在呢，国家逐渐富强起来，档案工作蒸蒸日上，前程似锦，所以我预祝今后随着中国的和平崛起，国家的档案工作一定会越做越好，乘风破浪，更快前进。

在“王朝宫廷比较史国际学术研讨会”开幕式上的讲话*

各位女士，各位先生：

我首先要欢迎许多国外的专家不远万里来到避暑山庄，参加宫廷史会议，一起来探讨世界各国宫廷的情况，同时我也要感谢避暑山庄的主人——承德市文物局的师局长对于这次会议的盛情准备和热情款待。

避暑山庄是清朝从18世纪开始兴建的一组宫殿园林，这里风景秀美，山川秀丽，树林茂密，是非常理想的避暑胜地，经过18世纪一百多年的经营，这里成为一个规模宏大、富丽堂皇的行宫和皇家园林。外边还有外八庙等许多寺庙围绕着行宫，气势宏伟，壮观美丽。今天这里已经成为世界上著名的游览胜地，成为世界文化遗产。

避暑山庄不仅是美丽的宫殿园林，而且也具有重要的历史价值，这里被称为清代第二个政治中心，是中华民族完成统一大业的历史见证。为什么这样说呢？因为中国是一个人口数目巨大、民族众多、疆域辽阔的大国。古代中国分为两个部分，一部分是居住在北方、西北、西南地区的游牧民族，比如蒙古族、满族、藏族等；另一部分是农耕民族。这两个民族争斗了几千年，构成了中国历史非常重要的内容，游牧民族曾经多次进入中原，又被农耕民族驱逐出去，形成了几千年拉锯的局面。汉族建造了长城，阻挡游牧民族的南下。在这样一条历史长河中，不仅有民族的斗争，也有民族间的交流和融合，很多次游牧民族进入中原、建立王朝以后，受到汉族文化的影响，和汉族通婚，接受汉族文化的熏陶，民族的痕迹逐渐消退，

---

* 2006年9月27日。

发生了民族之间自然的融合。到了清朝，到了18世纪，历史的机遇终于到来，满族是一个半农耕半游牧的民族，进入中原地区以后，凭借中原地区丰裕的物产财富，以这个地区为舞台，进行了全国的统一事业。17—18世纪，清朝致力于全中国的统一，先后在中国的蒙古、新疆、西藏、青海、云南、贵州等地，使用政治和军事手段，进行了全国的统一。其政治指挥中心就设在这个地方。每次练兵就在距离这里不远的木兰围场练兵。每次政治、军事的决策都在避暑山庄。每次招抚少数民族的首领、上层人士，进行赏赐、见面，讨论国计、联络感情，也都在这个地方。不仅对本国少数民族如此，而且国外的使者到中国来，也都在避暑山庄接见。如接见英国使臣马戛尔尼、越南国王、哈萨克的领袖，以及朝鲜、琉球、荷兰、缅甸、俄国的使者，都是在承德进行接待工作。清朝的康熙和乾隆是非常有名的皇帝，他们两个在位总共121年之久。康熙的晚年经常住在避暑山庄；乾隆在位60年，到避暑山庄一共53次，可见次数之频繁。

避暑山庄的兴建，不仅是为了避暑和游览，而且是为了处理和少数民族的关系，处理国家统一的大计，有远大的政治目的。这里是中国进行统一活动的桥梁。因为当时西、北少数民族不习惯中原的气候，不习惯进入北京，进入北京的西、北少数民族常常会传染天花，染病身亡，但是承德天气比较凉爽，没有天花传染病。比如满人的顺治皇帝就在北京死于天花，康熙也出过天花，康熙一共有35个儿子，其中有十几个儿子死于天花，可以想见天花对于西、北少数民族的威胁之大，所以不能让西、北少数民族到北京去。为了保护西、北少数民族，就在这个地方建了一座行宫，来接待西、北少数民族。当时居住在长城以外的蒙古部落的首领和牧民，每年都会有很多人赶着牛羊，携带着全家老小，到承德来，和皇帝见面。可见这个地方是农耕民族和游牧民族建立联系和相互交流的重要地方。因此这里是中国的农耕民族和游牧民族相互加强接触、逐渐融合的地方，也是中华民族统一和逐步形成的历史见证。它的历史意义、政治意义是十分重大的。

这次各位专家学者到承德来，可以看一看300年前清朝的帝王在这里建造的宫殿，雕梁画栋，非常宏伟，也可以看一看这里的青山绿水，风景非常优美，也可以体会一下300年前对全中国进行统一事业的艰辛和困难，以及中华民族长期以来形成的凝聚力的增加，也可以把避暑山庄和其他世界各国著名的首都、著名的宫殿进行比较，来推进我们的认识。敬祝大家身心愉快，度过一个美好的讨论、观光、游览的时光，敬祝这次会议圆满成功。

清史研究所建所三十周年感言*

中国人民大学清史研究所走过了风风雨雨的三十年，目前，它的许多研究人员正全力以赴投入国家重点学术工程清史的编纂之中。

清史是历史学科中年轻的分支，它历时三百年，内容丰富，资料浩瀚，变化迅速，道路曲折。它显示过自己耀眼的光辉而又充满了许多苦难与屈辱，清朝覆亡刚刚九十六年，距离今天很近，和现实的关系极为密切，它所包含的经验、教训对今天有着重大的启迪教育意义。

历史是包罗万象的关于人类过去的学问，现实从过去而来，植根于过去之中，要透彻理解现实，必须向过去求教。为了揭开现实的面纱，分辨那些朦胧混乱的现实问题，明智的观察者常常需要退后几步，去观察它在过去历史时段中的存在形式。一个能够很好地反思自己过去的民族才会拥有光明的未来。

过去的历史可以教会人们能够做什么，应该做什么，以及不可做什么，而这只有在人类过去获得了怎样的失败，并经过总结反思之后才有可能，这就是我们今天致力于研究和撰述清史的原因。

---

* 原载《清史研究》，2008年第3期。

致季老（羡林）*

［2001年3月27日］

季老惠鉴：

久违芝仪，伏维起居安泰，步履康宁，是所至祷。

今为促进大型《清史》之编纂工作，拟于四月五日上午邀请学界耆宿，共筹长策。有清一代，史事繁复，勒成信史，殊为艰巨。季老德高学富，泰山北斗，众所仰止，对修史盛事，当甚关注。仰恳拨冗光临，剀切指导，俾后学得获规矩，有所遵循，不胜感谢之至。附奉材料一份，略述《清史》编纂之缘起，以供参考。

专此即颂

春祺

戴逸

2001年3月27日

---

* 原载《涓水集》，北京，北京出版社，2009。

致茅海建*

[2002年3月]

海建先生：

大作洋洋洒洒，十余万言。穷两日之力，拜诵一过，深受启发。尊文内容精深，广征博引，方法绵密，考评严谨，结论大多可信，为不可多得之佳作，给戊戌变法史研究重要的总结与推动，功不可没，可敬可佩。近日报刊文章，多染浮躁之风，出处不详，引证不广，华而不实，立论武断，无丰富之史料，无创新之见解。先生之作，令人耳目一新，对学风文风当有所匡正。所论问题，十分具体，小中见大，材料极为丰富。勘对细致，娓娓论述，谈来如剥笋抽丝，步步入扣，引人入胜，饶有兴趣，故能一气读毕而不觉其冗长烦琐。

有几点小意见，供参考。

(1) 第二节所言“事后报告制度”“事前请示制度”，用“制度”二字，分量似乎太重。太后干政，为违反清朝祖制之举，亦不敢明立某种固定的制度。折片上呈慈览，只可认为是垂帘所遗留的“旧例”“惯例”。制度者，一旦确立，不能轻易改制（如大作66页称，清代处死刑，必须经冬审勾决。故六君子不行审讯行刑为违制，上谕特详加解释）。而“旧例”“惯例”无严格之约束力，故常有破例“不呈慈览”者。

(2) 称帝后权力关系，太后有监督权。当时实际上光绪备受太后制约，但亦难以明确有监督权。“上呈慈览”表明太后对大事有明确的“知情权”与“介入权”（可与皇帝议论政务，进行干涉。清前期后妃并无这类权力，如乾隆对生母很孝顺，有一次母亲说，市内某庙宇破损太甚，令帝修葺。乾隆虽遵母命修葺，但严责外戚和太

---

* 原载《涓水集》，北京，北京出版社，2009。

监不应将市井琐事，上达母后天听）。至于重大政务，更无“知情之权”。

（3）文中引周传儒听梁启超谈天津阅兵欲行废立之事，此事非梁晚年才出口。当变法时，梁启超即曾屡言之，他给夏曾佑书信中说：“惜覃溪（指翁同龢）以阻天津之幸，至见摈逐。”“常熟去国，最为大关键。此间极知其故，然不能形诸笔墨。”（光绪二十四年九月，《戊戌变法》二，542页）梁很早就言之凿凿，似非康、梁所造谣言，也可能“事出有因，查无实据”。

（4）政变虽为突发事件，然而有渐进演化之过程。其初只是知情权、介入权，稍后意见分歧、冲突、争执，直接插手政务（如令二品以上大员谢恩、翁同龢罢官），更后取得认可权（大事须事先请示），限制皇帝权力，至捕拿康有为及其他人，最后禁锢光绪，完成政变。这是一个矛盾激化逐步升级的过程。因之难以确定政变发生在哪一天。

（5）47页谓伊藤觐见决定于八月初三，时间仓促似不可能。去颐和园尚需几天前通知，何况如此大事。且此事须与伊藤商议。伊藤觐见事，当时虽议论纷纷，但对促成政变并非主要因素。

（6）初五以后，帝后有一次重大争论之说，难以成立。争论应在以前，帝早有“朕位且不保之诏”。

我阅读匆忙，既未核对史料，亦未详细推敲，仅是一些粗浅印象。管见所及，录之以备参考，先生一笑览之可也。

专此即颂

春安

戴逸

2002年3月

致郭成康、陈其泰*

[2003 年]

成康、其泰同志：

两函均收到，修改后之《清史目录》第五稿更趋完善，较第四稿大有改进，足见体例组同志缜密研究，一丝不苟，思虑精详，甚感甚佩。所加说明，亦简明扼要，可以照此印发第五稿，作为 25 日会议之文件。

唯《清史》六个部分之名称，尚需斟酌，希望仍按第四稿之名称印发。成康信中所谈，言之虽亦成理，但细加推敲，尚于义未安。“典志”之名，虽郑樵以典统志，似分上下二层，但核之古义，实指典章制度与历史掌故之书。《三国志·魏志·程昱传》曰：“远览典志，近视秦汉。”典指典籍，志为各方之书，并无分层之义。

讨论意见中，谓志记典章制度，专史不能入志，此意见可不采纳。按《周礼》郑玄注：“志，记也，若鲁之《春秋》、晋之《乘》、楚之《梼杌》。”《春秋》《乘》非专史而何？故典志之名可用，不必讳言。图录之名称，亦不必改。图录古代为图谶、符命之书。蔡邕《太尉汝南李公碑》云：“奕世载德，名昭图录。”章太炎《驳康有为政见书》云：“图录有征，符命可信。”可见，图录为古今常用之名称，可以沿用。如果改成纪、传、表、志、通纪、编年名称，有用一字，有用二字，未能整齐划一，于例欠妥，不如仍用原名。传可用传记或列传，表可用史表，均为二字。鄙见当否，请裁酌。肃此奉告。

即颂

秋安

戴逸

2003 年

---

* 原载《涓水集》，北京，北京出版社，2009。

致祁龙威*

［2004年2月4日］

龙威砚兄如握：

今日接奉来翰，读尊著《重印〈越缦堂日记〉序》。此书名噪学界，昔日以未睹全豹为憾，今广陵书社斥资将全书影印出版，嘉惠士林不浅。

越缦老人学识渊博，但贫困潦倒，秉性狷介，时有愤世嫉俗之语，观尊作所引数条，已可见其对官场世态之揭露，确实入木三分，淋漓尽致。

弟承乏《清史》重任，如挟山过海，心有余而力不足，时怀履冰之念。桑榆已晚，犹欲老骥奋蹄，与青年才俊，逐队争先，不亦难乎？弟之际遇心境，必在吾兄烛照之中。

窃思清史中之异说极多，昔孟森、罗尔纲等先生多所论述，评论考证，厥功甚伟。异说纷纭，徒乱耳目，无所适从。弟欲仿司马温公《通鉴考异》之例，撰写《清史考异》一书。其内容有：（1）可将以往前辈已提出或已解决之问题，如雍正夺嫡、洪大全等作介绍；（2）亦可提出新问题，或胪列众说，不作判断，或自出机杼，折衷一是。我已与参加写作《清史》者商议，必须就自己所写范围中，撰若干条“考异”，以备采择。不知此计划能否完成？

但撰写此书难度甚大，必当有人专司其事，而此人必须有渊博之清史知识，有考证之基本功底，又须文笔清通简洁。求索再三，虽学人百千在前，而难得其选，彷徨无计，仰屋嗟叹！岂我交往不广难能物色乎，抑我有眼无珠不识真才乎？昔韩愈叹息：“世有伯

---

* 原载《涓水集》，北京，北京出版社，2009。

乐，然后有千里马。千里马常有，而伯乐不常有。”但望今世有伯乐复出，推毂荐引，助我鼎力。我兄久居南中，与史界交往极广，声气相应，夹袋中必有人才。万望掬诚相告，举贤荐能，是所至愿。

专此即颂

春安

戴逸

2004年2月4日

答传记组同志问*

［2004 年 2 月 16 日］

问：光宣时代 3 卷人物传，共 300 人，实际上没有这样多，可以减去 1 卷吗?

答：光宣时下接 20 世纪，此段历史包括洋务运动、中法战争、中日战争、八国联军、晚清新政、辛亥革命等重大史事，人物较多，是中国传统社会向近代社会转型的开始时期，两卷恐不足容纳。《清史稿》为光宣人物立传较少，因为《清史稿》系民国初年编纂，按照“生不立传”的原则，故未立传，我们应将其纳入新修的《清史》中。如晚清、民国之间人物可以立传者甚多，据记忆所及，胪列 60 余人如下。此 60 余人，有若干人可不立传，有若干人可入类传，尚有若干思考未及，举此例可见应考虑入传人物甚多。

如果编纂过程中，确无 300 人之数，可将同治朝若干人移充光绪卷一，改名同光卷。

以下附清朝进入民国之人名录 60 余人（不完全，如袁世凯、徐世昌、岑春煊、张謇等未列，《清史稿》中有传者亦未列）。

光绪宣统卷人物（生活至民国，少数《清史稿》有传）：

载沣　奕劻　善耆　载振　溥儁　载洵　载涛　溥伟　世续　那桐　荣庆　崇礼　溥良　毓朗　绍英　魏光焘　锡良　陶模　陈夔龙　周馥　升允　张人骏　奎俊　瑞澂　张鸣岐　李准　王之春　柯逢时　聂缉椝　张曾敭　林绍年　袁大化　庞鸿书　钱能训　赵尔巽　柯劭忞　沈家本（民国二年卒）

王闿运（民国五年卒）　缪荃孙（民国八年卒）

杨守敬（民国四年卒）　陈宝琛（溥仪之师）

---

* 原载《涓水集》，北京，北京出版社，2009。

叶昌炽（民国六年卒）　樊增祥（民国二十年卒）

沈曾植（民国十年卒）　林纾（民国十三年卒）

严复（民国十年卒）　范当世　陈衍（民国二十六年卒）

唐国安（清华第一任堂长、首批留美学生）

李瑞清（民国七年卒）　夏曾佑（民国十三年卒）

姚永概（民国十二年卒）　易顺鼎（民国九年卒）

康有为（民国十六年卒）　刘师培（民国八年卒）

王先谦（民国七年卒）　陈三立　吴士隙　金梁　吴汝纶
张彪　梁鼎芬　恽毓鼎　叶德辉　蔡锡勇　赵凤昌

2004年2月16日

写给魏玮小朋友的一封信*

［2004年2月23日］

魏玮小朋友：

你好！看到你的来信，我非常高兴。你小小年纪，就关心到雍正继位这一历史疑谜，可见你读书之多，对历史兴趣之浓，希望你更加努力，求得进步。

康熙确是一位历史上有作为的皇帝，但他一生的重大失误之一就是未能妥善处理接班人问题。他有许多儿子，均英武能干，怀抱雄心。康熙早已立了太子，而身体健康，在位时久，太子久久不能继立，心怀怨望。康熙废太子，遂开诸皇子觊觎帝位之渐。你信中所录康熙遗诏，是他死后由雍正等发出，非他生前所立。种种迹象表明，康熙生前颇属意于皇十四子允禵，命他领兵西征，以资历练。康熙虽已年老，但死前不久尚能赴热河、南苑打猎，他自己未料到会死得那样突然，故未及召允禵回来。至于康熙喜爱乾隆，事诚有之，但康熙孙辈甚多，他最喜欢的孙子应是废太子之子弘晳，其他皇子皇孙自幼养育宫中者很多，而乾隆活到十二岁，康熙还不认得他。五月间是一次偶然机会，他看到了乾隆，因背诵《爱莲说》而得宠爱，夏天带往热河围猎，至十一月康熙突然病死。时间仅半年，短短接触时间，不见得就解决积存在康熙心中几十年之久的接班人问题。这方面的资料，浩如烟海，有利于雍正的有，不利于雍正的亦有。史学界分成两派，争论不休，连篇累牍。我想你如有兴趣，将来定会阅读到。斧声烛影，千古之疑。目前，争论双方均难拿出铁证解决此公案。

---

* 原载《涓水集》，北京，北京出版社，2009。

我读了你的来信，非常喜欢，故不惮老眼昏花，亲笔草此复信，略述梗概，笔难尽意。

即致

敬礼

戴逸

2004年2月23日

致杨国强*

［2004 年 5 月 10 日］

杨国强先生钧鉴：

久闻阁下令名，惟缘悭未曾睹面。近读尊著《百年嬗蜕》，笔底雕龙，才高倚马，思畅句炼，自成一家。兹因《清史》启动，此为国家新世纪之标志性工程，必当延请才俊，成此事业。通纪部分为全书之核心，其中同光时洋务自强一卷（约 40 万字，1864—1895 年，期限 4 年），尚缺人执笔，环顾宇内，阁下应推首选，甚盼能承担此责。以阁下之宿学隽才，龙腾虎跳，出手撰述，必能得心应手，挥洒自如。所有写作之要求与条件，请潘振平先生详细奉告。寸衷殷切，伏祈犀鉴。如肯拨冗参与，援手推挽，不胜感激，当重金礼聘，于秋后详议签约。肃此恭候复音。

敬祝

撰安

戴逸

2004 年 5 月 10 日

---

* 原载《涓水集》，北京，北京出版社，2009。

致陈祖武*

[2004年5月23日]

陈祖武先生台鉴：

日前编纂委员会会议期间，因冗事缠身，未能抽暇详谈衷曲，颇以为憾。仆自承乏史职，时怀惴惴，自审才驽学浅，难负重任。深盼阁下出手相助，匡我不逮。阁下致力经史，才富学醇，对清代学术研究极有心得。昔读尊著多种，颇为倾倒。贵所又多隽才学士，知多识广，学养俱优，激芳扬芬，播馨驰誉，皆一时俊彦。今《清史》传记部分之类传《学术》一卷尚无人承担，阁下如俯允领衔此卷，适与专业相合，未知肯屈就否？如能得阁下一诺，仆欢忭快慰，感谢无既。阁下与贵所同人联袂出山，发挥宏才，必能卓荦成章，为史卷增色。谨展示诚悃，肃缄敦请，深盼阁下承担此卷，幸甚！幸甚！

即候

夏祺

戴逸

2004年5月23日

---

* 原载《涓水集》，北京，北京出版社，2009。

致张海军*

［2004 年 6 月 7 日］

《文汇读书周报》主编转

特约撰稿张海军先生：

你们好！我在《文汇读书周报》2004 年 6 月 4 日读到张海军先生所写《山西发现八十余封北洋军政要员信札》一文，很感兴趣。写信人物均为清末民初政治舞台上的重要人员，所谈史事为当时重要事件，深恐这些珍贵资料或有散失，不知这些信函现存于何处？保管者何人或何单位？地址、电话、邮编为何？愿闻其详。深盼张海军先生来函告知。冒昧渎请，不胜感谢之至。

专此即颂

夏祺

戴逸

2004 年 6 月 7 日

附录：山西发现八十余封北洋军政要员信札

张海军

81 封北洋时期军政要员、社会名流的信札原件，最近在山西浑源县被民间收藏家发现。这批信札对一系列军政重大历史事件多有涉及，极具史料和文献价值。

这批由不同信笺组成的信札，全部裱贴在一大开本民国时期油印教科书《东西洋伦理学》上。浑源当地一位中医在整理祖上留下

* 原载《涓水集》，北京，北京出版社，2009。

的故物时发现了这批信札并将其散出。写信人共涉及四十七位民国北洋名人，其中既有段祺瑞执政时期的皖、闽两派代表人物徐树铮、曾毓隽，又有北洋武力中坚李兆珍、吴炁、王怀庆、李毓芬、姜桂题、言敦源、倪嗣冲、吴凤岭及社会名流马玉昆、曾广銮、钱明训等人的信札。同时，时任督办军务处帮办的庆亲王奕劻亲笔信也包括在内。据初步考证，此批信札收件人为民初曾任多伦镇守使、察哈尔省都统的福建人王懋澄。

这批信札涉及内容广泛，诸如袁世凯与段祺瑞之间的政治关系；兵部设陆军部收回北洋六镇后“士官派”与北洋“武备派”的纷争；袁世凯旧部在北洋六镇整编后相互勾结、伺机再起的密谋；还有督军团成立后，各省督军之间如皖派、直派代表人物之间与各省军阀错综复杂的利益关系；以及王士珍内阁下台、段祺瑞上台后发生的“河间、合肥争攘权力”时秦皇岛截械一事的过程和北洋军阀在热河、察哈尔与山海关内外的军事部署等。

民初北洋党政要人信中对一系列军政重大历史事件多有涉及，因是私交同僚间的信函，且信主多为事件的亲历者或参与者，间或因写信人身份特殊和洞悉时政内情，披露了不少鲜为人知的史实，如张勋复辟，铁良与陆军部的相互钳制，奕劻拉拢军阀势力，徐树铮与倪嗣冲、曾毓隽就截械达成共识等，信中均有述及。这批信札大多可取可信，可作史料钩沉，为研究近代北洋军阀统治时期历史提供了又一实物佐证。

致柯愈春*

［2004年7月29日］

愈春先生台鉴：

适奉手书，感承关注。我因赴大连休息，故复信迟延，甚歉。回首当年与先生晤谈诗文集之事，岁月电驰，已同隔世，不胜沧桑之感。仆以老朽之年，承乏史职，才疏任重，常怀临渊履冰之惕，深望当世饱学之士，援手推挽，共成宏业。先生质醇行谨，学富思精，倾毕生之力浸渍于清人诗文集中，胸罗万卷，学富五车，见识之广，当世无双。前岁尊著出版时，口碑载道，誉满学林。闻先生编此著作时，尚得副产品清人小传数逾十万人，故请潘振平诚邀先生出任《清代人物辞典》之职，韫椟而藏，珠光不掩，及锋而试，剑鞘长鸣。唯先生谦冲自抑，以衰病辞谢。仆自当遵命恭听，但憾失真才于交臂耳！

先生来文以研究之三项目见告，可见先生读书时处处留意，故多收获。其中《杨大瓢集》一项甚有意义。昔研究《尼布楚条约》时，读杨宾所著《柳边纪略》一书，赞叹此书内容丰富，于边徼见闻记载真切，可备史乘采集，又文笔简净，可读性强。后又知其工于书法，字体遒劲。但杨宾此人之籍贯、踪迹、行事、思想，懵然不知，知堂老人曾加推许，其诗文烬余尚有50万字，必有可观。如能收集出版，或影印或校点，当可有助于修史，兼能保护文化遗产，阐扬幽光，实功德无量，意义深远。

---

* 原载《涓水集》，北京，北京出版社，2009。

我已将尊函交文献组陈桦同志（中国人民大学人文学院院长）处理。专此奉复。

即候

夏安

戴逸

2004年7月29日

致任老（继愈）*

［2004 年 8 月 27 日］

继愈先生钧鉴：

收到《中华大典·文学典》明文学部分样稿，我因患足疾，病卧床榻，不能详读，又不能参加会议，谨向您告假。现粗加阅览，略陈己见。

明文学之编者，读书颇多，为后学指引蹊径，功不可没。所选段落亦甚有见地，如 849 页汤显祖、1056 页袁宏道之传记，不选《明史》本传，而选郑迪光所撰传与袁中道之《行状》，尤以中道《行状》写其兄事迹甚详明，极富感情，是难得之佳作。

又《文学典》体例，不写本人事功，而陈子龙之传记逸事写陈死节之事，此为必不可少之文，编者不为成例所拘，甚是。

但明文学甚丰富，可能为字数所限，引书尚感狭窄。昔读宋文学部苏轼七十万字而明归有光仅两万字，汤显祖仅三万五千字，多寡悬殊，似失平衡。清人评论明文学之书甚多，样稿中反映较少，尤以清中叶后仅引《啸亭杂录》《越缦堂日记》《苌楚斋随笔》数种。清代桐城派，以文章宗主自居，对明代诗文论述极多，如梅曾亮、管同、姚莹、张裕钊、吴汝纶等桐城名家，以及诗人叶燮、袁枚、陈三立、陈衍等议论诗文法则，古今派别不一而足，样稿中均未引述，仅见方苞一人之评语，又见转引刘声木《苌楚斋随笔》中姚鼐之语（503 页），既转引刘声木，何不直接引姚氏之《惜抱轩集》。

大醇之中，难免小疵，以下引疑问数条：

88 页，《列朝诗集》，文中又作《历朝诗集》。“历”与“列”，以何为准？

---

* 原载《涓水集》，北京，北京出版社，2009。

89 页，《列朝诗集》，《苌楚斋随笔·钱谦益》约 600 字。除起始 100 字外，皆为诋毁钱牧斋之词，与《列朝诗集》本题无涉，似可删汰。

140 页，《续玉笥诗谈》第二行“交□传诵”，应为“交口传诵”。

109～111 页，《明文海》将《四库总目》置于黄宗羲、黄百家、徐秉义之前，应以时间排序，《四库总目》应放置于后。

以上浅俚之见，仅供参考。

谨祝

钧安

戴逸

2004 年 8 月 27 日

致潘振平

［2005 年 1 月 14 日］

振平同志：

您好！给我的十篇传记样稿，我读了六篇，感到都可以。六篇文章总的说，叙述清楚，词语通畅，史料确实，行文与史体符合。

《陈沅》一篇与多年前陈生玺所作雷同，框架亦未变，似是根据陈作改写，但陈文较长，枝蔓冗杂，而此文较简洁，叙事明快，但无新材料，遣词用语，尚有可推敲之处。

《陈天华》与多年前林增平所作比较，林文丰富充实，文字稍长，此文甚简明，但对陈天华作为革命宣传家之特点，表达不够突出。

《吴兆骞》一文亦畅达，引用史料颇多，而行文稍有语病，可略作润色。有清一代，文学地位似吴者甚多，字数亦可稍减。

《允禩》一文叙事清晰具体，内容充实可用，文章长四千多字，稍多。

《倭仁》一文引用史料颇多，如《翁同龢日记》《越缦堂日记》，研究较深，文字亦通顺，唯对倭仁的升迁履历笔墨略多，稍感烦琐，对倭仁为学能够客观陈述，而已显示其顽固之性格。

《邓世昌》一文有新史料，文字亦流畅，颇佳。

我对这六篇样稿尚感满意，但信笔所至，作了些文字改动，匆促未及长考，可能有不妥误改之处。观此六文，文章格式尚有应商榷处，如生卒年如何书，可否于姓名后书（某年—某年），以省笔墨，又如皇帝如何称呼，或呼“某某（年号）帝”，或呼其名，或呼庙号，最好能统一格式。我初步考虑，应按约定俗成，称“康熙帝”“乾隆帝”而不称“玄烨”“弘历”，或“圣祖”“高宗”。年号尽人皆知，而知帝名或庙号的人较少，现在传文中均称其名与庙号。而陈天华传中又按约定俗成称“慈禧”，不称那拉氏或孝钦后，未免抵牾。

又呈送《北京文史》一册，32页有《老北京满族人的溜冰》，其中提及晚清吴桐轩、那德等溜冰能手。我们曾议及设立技艺类传，包括拳师（甘凤池、杨露禅、霍元甲等）、围棋国手（范西屏、施襄夏、黄龙士等），评书（柳敬亭、石玉昆等）、溜冰亦有能手，不知布库能找到代表人物否？

以上意见，供参考讨论。

即候

岁祺

戴逸

2005年1月14日

致李文海

［2005 年 1 月 18 日］

文海同志：

近阅《灾赈志》纲要与样稿，条举目晰，简明有序。样稿“义赈之兴起”写光绪初年北方各省之义赈，详叙其始末，列明主持人，赈灾区，赈银数，赈灾活动，甚生动具体，颇有新意。赈灾为民生之重大问题，此篇以科学的目光总结赈灾经验，超越前史之《灾异志》。得此篇幅，可为新《清史》增色。

读后愚见略作补充。封建王朝之赈灾运作中，弊窦甚大，匿灾滥赈，贪污冒赈，不一而足。提纲中未见标示，您以前的文章中论列甚充分，知之甚悉，提纲中似宜标举。

又读了“义赈之兴起”样稿，我素知您文章观点鲜明，思虑周密，词语犀利，体现您的才华和睿智。读此稿，似非出于您的亲笔。

样稿中第 5 页称“自古以来，赈出官府的单一荒政格局”。此一断语，不能无疑。清前期普遍设立“义仓”，应为义赈之先导。系民捐民办，积谷防饥，但规模较小，距离甚近，无长途出赈之大举。且名之为“仓”，所赈均为粮谷，因灾区有银亦难买粮也。康熙年间，山西富绅毕氏即建仓赈民。毕氏自行出资，但仍称“社仓”。至乾隆七年湖北大水，“汉口镇盐、当、米、木、布、药六大商行各建义仓，积谷数万石”，其原则是“听其情愿捐输，不得官为勒派”，“择客商之谨厚者为义长，听其经理”（见晏斯盛：《请设商社疏》，《皇朝经世文编》卷 40）。此次汉口赈灾，规模稍大，民捐民办，与近代之“义赈”相同。乾隆初直隶总督方观承在直隶全省建立义仓一千余座，捐输办法“听捐户自登姓名谷数，无抑勒，无假手”，赈灾之法是“即于仓所设粥厂，极贫民赈粥，次贫民赈粟”，“行之才数十年积谷已及四十万石”。可以说，到乾隆时义赈已很普遍，规模亦较大，成为“官赈”的有力辅助。至道光三年陶澍在《劝设义仓章程疏》中明确规定义仓的储存“民间量力捐输”，“不经官吏之手”，“不减粜，不出易，不借贷，专意存储，以备歉时”，“凶年不妨尽用，丰年仍可捐输”，这就把义赈的性质鲜明地突出起来，与常平仓、社仓因缺粮而借贷，至半年低息偿还完全区别开来，故义仓即义赈，可见封建后期已非“官府的单一荒政格局”。提纲中亦提到义仓与常平仓、社仓并列，未知内容如何，其实义仓的性质已迥异。

文章中似应进一步考虑此时义赈何以能兴起？因当时社会经济发展，城市和富商增多，财力稍雄厚。尤其到近代，清朝衰落，官府已是穷措大，千万饥民，无力救助。近代因对外通商而发财的人（文中慷慨解囊的胡雪岩、唐廷枢、徐润均买办，盛宣怀为官商首富，李金镛主办漠河金矿）略发恻隐之心，故不吝重金救灾。近代之义赈资金更雄厚，组织更完备，规模更大，且有出省赈灾之大举，样稿中写得很充分，很出色。但如云义赈兴起，应该要早些。我未研究灾赈史，所提意见不一定正确，瞽瞽之见，聊供参考。

又，样稿中少数地方可否略作修改。如第1页，“不乏富绅慷慨捐输，但数量寥寥，十不得一”，既云“不乏”，又云“寥寥”，似稍抵牾。第1页末行说李金镛不用本地之人办赈，此法固可减免串通作弊，但外地人猝至灾区，人地生疏，办赈程序极为复杂，需查勘受灾程度，登记灾民名册，分别极贫、次贫，或赈米粥，或赈银钱，面临极大困难，文中称“手续既便且速”，似与情理不合。2页第二段谈外国传教士的办赈，谈到谢家福的激愤，说传教士意在收买中国人心，后患无穷。传教士办赈亦有其人道主义之一面，可以不必谈其收买人心。

第2页，“李金镛即由赣榆出江西境移师山东”，赈灾人士非军队，称“移师”亦欠妥。

以上仅为小疵，无碍整体，此文如再在文字上进行推敲、修改，会更加流畅。

岁除在即，风寒凛冽，希珍摄！

吴孝英同志代为问好！

戴逸

2015年1月18日

致吴建雍*

［2005年2月16日］

建雍同志：

阅史表组送来《中外约章》《报刊》《教案》《部院大臣》四表，执笔者均饱学之士，学养渊深，故立论有据，体例明晰。

史表之要素在全、简、准、新四字，日前李文海同志给鄙人信函曾言之。今阅各史表体例，方汉奇、黎仁凯、郭卫东三同志亦言之，可谓“英雄所见略同”。

史表既以简明为上，愚见，《中外约章表》中签约代表不必书写官爵，如《布连斯奇条约》中方代表书“特遣多罗郡王和硕额驸策凌、兵部侍郎图理琛”，俄方代表书“帝国公使萨瓦·伏拉迪斯拉维奇伯爵”，仅需写“策凌、图理琛”与“萨瓦”即可，以省篇幅。其他条约同此办理。

《约章表》中应标明条约名称，如《中俄尼布楚条约》《中英南京条约》，按签约时间排列，不以国别分类。表中必写明签约时间地点、代表、条约语种，但不必一一标明“签约时间”“签约地点”“签约人”“条约语种”字样，可参照表样“参考九”，颇简明。签约人可称中方、英方、俄方，但有些国家不可简称，如刚果不能称刚方，巴拿马、巴西不能称巴方，恐致混淆。

《中外约章表》政策性最强，划界与边界走向均关系国家之主权与利益，必须慎重书写。约章内容不必尽用条约原文，作者可概括言之。但其中有作者画黑线部分，系作者引申语、判断语，应全部删去。

《教案表》中之教案冠名不必用“乾隆”“光绪”字样，因教案一概按时间排序，已有时间概念。教案当事人，不用皇帝名字，如

---

* 原载《涓水集》，北京，北京出版社，2009。

10页雍正禁教案当事人书“雍正帝”，可改为“清廷”。

《考异》一概以考证之内容作标题，如“李自成之死”“顺治出家”“太平天国起义日期”，不必追述教案之学术史。将来诸卷《考异》要集中打散，按时序排列，不以类分。

《报刊表》可分汉文、少数民族文、外文三类，以语种分列，不必分列五种（古代、近代、少数民族、外文、海外华文），既有古代而表名为《清季报刊表》。“清季”系晚清之谓，而又有清前期报刊，似相矛盾。

凡中文报刊（含古代、清季、海外华文）均按时间排序，后列少数民族语言报刊，最后列外文报刊。外文报刊亦按时序排列，注明英、法、日、俄等语种。报刊在国内出版者一般只列地名，不列省名（如地名偏僻可注省名，但为特例）。国外出版者应注明国名、地名。如表中《皇城新闻》，只注汉城未注朝鲜，应加上（但不能注韩国，因当时无韩国名称）。

《部院大臣表》官职冗繁，人数甚多，升降调度频繁，此表工作量极大，六部二院共四十五职，每职官员自清初至清末将近三个世纪，一一考明，殊非短时间内所能完成。所写样稿吏部尚书一职，自顺治四年至十八年，仅14年，样稿仅占全表的千分之一，似乎太少了。联系人与史表组应注意此进度大有问题。应集中全力，写出本表，履历可以不作（因官员很多人有传，属重复劳动），又资料长编、考异均非急务，不必多耗精力，能否按期完成，要抓实抓好。

又现表一职一表，俱依时列，固有其优点，但同僚关系难于查明，如吏部尚书下同时之左右侍郎为何人，同时之六部尚书为何人，均非一览可得。可否一个衙门一张表，表格可稍减，信息可即见，其中利弊，我亦未能深知，希望斟酌讨论，择善而从。如果有不同意见，亦可再议。

此致

敬礼

戴逸

2005年2月16日

致徐和雍*

[2005 年 2 月 27 日]

徐和雍同志：

您好！

来信获悉。您愿参加清史编纂的某些工作，我表示欢迎和感谢。

你们现在编辑的《孙诒让全集》，就是清史基础工程中的绝好项目。我们正在编《王鸣盛全集》《新编汪中集》，以及政治人物《李鸿章全集》《康有为全集》《梁启超全集》《袁世凯全集》等。如果能将《孙诒让全集》纳入清史工程，我们欢迎之至，并可适当予以经费和出版方面的支持。

孙诒让为清代朴学的殿军人物，著作甚多，不知编纂有何困难？你们的经费问题是怎样解决的？预计何时编辑完成？许嘉璐先生是文字学专家，国家领导人，是主编之最佳人选，我们愿意支持此一巨大而有意义的文化工程。

希望您将《全集》的规模、工作情况、存在问题详细告知，以便进一步考虑。

专此即颂

春安

关于清史消息，请查阅中华文史网。又吴光同志现在何处工作，能否打听到他的单位、地址、电话？

戴逸

2005 年 2 月 27 日

---

* 原载《涓水集》，北京，北京出版社，2009。

致祁龙威*

[2005 年 3 月 10 日]

龙威学长：

朴学研究的对象主要是古代典籍，但与近代之科学精神有相通处，此其所以可贵也。它从文字、声韵等小处、要处入手，质疑推理，重视求证，无征不信，孤证不立，不盲从，不轻信，研精覃思，实事求是，其能开辟清学新境界者即以此故，为近代学者所尊崇者亦以此故。惜以种种客观条件所限，未能推广此种精神与方法，研求自然界与人类社会之真理。希能于《朴学志》中推阐和发扬此种理性之科学精神，俾后来者知所取向。

戴逸

2005 年 3 月 10 日

---

* 原载《涓水集》，北京，北京出版社，2009。

致潘振平*

[2005年3月25日]

振平同志：

您送来的九篇传记样稿，我只读了三篇，写下读后感，向您交卷。《代善》《周汉》两篇，写作稍佳，《王鉴》亦合格，但较冗杂。

关于《代善》篇：

代善为入关前重要人物，仅次于努尔哈赤、皇太极。此文优点有三：一、较多使用了《满文老档》和朝鲜史料，揭示了某些清朝官方史料中隐匿的事实。如代善与大福晋的关系，代善听信谗言欲杀硕托，代善失去其父宠信未能继承帝位，以及代善在两次帝位递换中的作用，等等，均为近年研究之新成果；二、条理清晰，叙事有序，抓住代善一生经历中的要点，显示他的作战勇敢与为人谦善；三、有些生动的战争与对话细节，尚有可读性。但此文遣词用字稍有生硬欠妥之处，我在稿上作了些修改。

关于《周汉》篇：

此文引用《教务教案档》、《湘报》、传包等新史料，人所罕见。叙述亦清楚，但尚可简约，如文中第一页第三段叙及同乡崔暕事及太平天国拜上帝教事，共200余字，谈的是周汉所受的思想影响，如果全删去，仅以“咸同年间，湖南全省绅民纷起反对洋教，周汉深受其思想影响”，不到30字即可表达清楚。此文对周汉倔强、直率之性格有所描述，但他实为一顽固无知之排外主义者，可否稍加点明?

关于《王鉴》篇：

全文篇幅约2 300字，王鉴一生以画为业，与王时敏齐名，并无

---

* 原载《涓水集》，北京，北京出版社，2009。

特出之事迹，在清初文人画派“四王”中排序应在最末，传记字数似稍多。传文主要引述各家对其作品之评论赞扬，其中不无“过誉”之词。史传中可适量引用，不必如此之多。又，传文中论述南北宗画法，缕述历代画家之姓名，更无必要，均可删除。修史应力图内容丰富，文字简明。我试加删削，共删约700字，尚余1 600字，今将删削稿附上。但此传与恒慕义《清代名人传略》中之《王鉴》比较，此传远远胜出。

专此即颂

著安

戴逸

2005年3月25日

致卞孝萱*

［2005 年 5 月 20 日］

孝萱教授钧鉴：

承惠手书，对《清代诗文集汇编》提出宝贵意见，清词谠言，殷殷启迪，铭感在心。

弟以菲才，承乏编纂《清史》之任，目前工作稍有头绪，然前途尚多困难，荆棘丛集，常怀临深履薄之思，希学界师友多赐教言，匡我不逮。

编史中，因念有清一代，著作繁富，诗文集即有四万余种，颇多稿本、抄本、未曾刊刻之书，因发一宏愿，甄选影印其中三千种，亦仅及其百分之七八。然工程已极为宏大，弟学浅力薄，难以胜任，请人大、北大之正副校长担任主编，又得两校图书馆倾其馆藏，共襄盛举，故而得举斯役。现在正进入选目阶段，已将尊函转致编辑们，嘱其按尊见厘定补正。阁下学识宏博，智虑精详，希今后对修史及《诗文集》事多加关注，常赐诤言，幸甚！幸甚！

专此即颂

近安

戴逸

2005 年 5 月 20 日

---

* 原载《涓水集》，北京，北京出版社，2009。

致蒋寅*

［2005 年 5 月 27 日］

蒋寅先生大鉴：

仆曾读阁下文章，心仪已久。上月会议上得挹芝颜，唯匆匆散会，未申问候之意。

目前承惠赠《清诗话考》一册及论文一篇。尊著洋洋 50 万言，学博思精，系凿空钩玄之作，盖读书有得，故能议论风生，发人之所未发。因卷帙宏富，不遑毕读，未窥全豹，仅览序言及目录提要几则（如《谈龙录》《随园诗话》等）。又拜读所赐论文，于清代诗文集功力甚深，于其类别、版本、目录、索引，旁征博引，溯源追流，指称其类别价值，流传庋藏，剖析精微，言之有理有据。

国家清史编纂委员会现与人大、北大合作，编辑出版清代诗文集 3 000 种，规模甚大，工作繁重，最要最难之事在于甄选作家、制订目录、寻求版本、精心编排，工作前景甚费周章。仆甚恐学殖疏浅，难以蒇功。阁下对清代诗文钻研深邃，登堂入室，著述琳琅，腹笥亢盈，深盼多加关注，不吝赐教，裨此项工程有方家指导润色，得以补过拾遗，差强人意，不致贻讥于后人，是所愿也。肃此借申悃诚。

即颂

著祺

戴逸

2005 年 5 月 27 日

---

* 原载《涓水集》，北京，北京出版社，2009。

致程歗[*]

［2005 年 8 月 1 日］

程歗同志：

近日读史表阶段性成果，因篇幅浩瀚，匆匆浏览，未能仔细研求，亦未翻阅史料核对，读后印象颇佳。日前通电话一次，已述说观感，通话后又阅读多日，方才完毕，今将意见书面奉告。

首先你们和三级项目组同志工作勤奋，炎暑无间，讨论修订，劳作不遑，故能有此成绩，深表敬意。

此次所阅包括《史事年表上》《教案表》《历科进士表》《诸臣封爵表》《学政表》《布政使表》，前三表前人未曾做过，俱属创制。后三表前人已有著作，今在已有著作上补充订正，虽非创制，然推陈出新，修补亦多。因主持人、作者及联系人夙有学养，敬业从事，故成品史料宏富，考证缜密，别择精审，可信度甚高。虽非尽善尽美，但此六表无愧于修史之责，可代表 21 世纪初之学术水平。读后颇感欣慰，谨向各主持人、作者及二级项目组成员致礼感谢。

一、《史事年表上》

此表叙事准确，剪裁得宜，文字简练通畅，颇具史法。征引史料极丰富，功力甚深。唯顺治元年正当闯王进京明朝覆亡，清兵入关，南明初立，史事繁赜，故记载密集达 7 000 字之多。按此卷最多不能超 40 万字，至嘉庆止包含 170 年史事，平均每年只能写 2 500 字。我不揣浅陋，缩写至 5 000 字（改稿附上），亦嫌字数多。但削

---

* 原载《涓水集》，北京，北京出版社，2009。

减过甚，恐损精华，无可奈何！以后每年或可大加压缩。改稿未必可用，聊备参考。

二、《教案表》

此表叙事清晰，文字通顺，一目了然。史料搜罗甚为努力，主要为《教务教案档》，旁及《筹办夷务始末》、文集、日记、笔记等，可信度较高。据初步统计，清代教案多达1 000余起，势不能全部纳入正表内，必须选择其中重要教案，列表叙说。另外将全部教案列为简表，注明时间、教案名称即可。（因教案大多以地为名，青浦教案、扬州教案、遵义教案，似不必注省名，但小李村教案，阅者不知为何地，应注直隶柏乡。）有此简表，清代全部教案，一览可知。

按《史表编纂则例》之六“书写规则”中说明：“日期独列于表格中，可省略年月日等字，如光绪三十二年九月二十一日乙亥（1906年11月7日）可简写为光绪卅二·九·廿一乙亥”，但《教案表》未能按照此规则书写，故数字增多，盼能作修改，以省篇幅。（此中，“乙亥”可省，公历不必注。）

原附表三篇，均可不作。鸦片战争前清廷禁教表可包括在全部教案名单中，义和团事件教案可在正表与全部名单中查知，分省统计不必设表，史法忌多次重复，研究者可据表自行统计。若分省统计之例一开，如《书院学堂》《历科进士》《报刊》诸表亦作分省统计，则史书将臃肿不堪。

三、《诸臣封爵表》

此表用力最勤，旁征博引，增补考证史事甚多，斐然可观。较著者，如李永芳之籍贯与授爵，长生与天保应为兄弟非叔侄，李永芳后裔改隶镶黄旗汉军，李侍尧两次袭爵，穆赫林在海澄自杀，以及许多人姓名之误，考证精细，发人所未发，如裒集提高，可独立成一考证集。

《诸臣封爵表》尚存在体例问题，需加考虑：

1. 有清一代封爵袭爵者人数繁多，不可胜数，全部登载有所不能，篇幅太多。如选择记载，则以何为标准？可否以侯爵以上为准？伯爵、子爵、男爵过多，可否全部屏弃不载？

2. 外戚承恩，赐封爵位，新《清史》未设《外戚表》，可否将侯爵以上之外戚列入诸臣封爵之内？

3. 袭封恒及数代，甚至有十余代者，绵延枝蔓，袭封者大多无功德言行。如果屏弃不录，似史有遗缺，如果一概记载则冗长不足观，记不胜记，应如何处理？我的不成熟想法是，除世袭罔替之亲王、郡王外，其余爵位均一传即止，以节篇幅。

四、《学政表》《布政使表》

二表相类似，对每位学政、布政使均有详细之史料注本、考订，资料选辑，用力綦勤，考证甚深，补订颇多。如《布政使表》仅直隶补充二十人，皆钱实甫、魏秀梅表中所失载。其中引用地方志，做学政、布政使等地方官员表，此举尤为切要，开拓了更多新的信息资源。

按《清史目录》，《提督》《学政》《布政使》《按察使》四表合为一卷，每卷字数最多 40 万字，每表仅 10 万字，如布政使，清代共达 5 500 人左右，每人只能写不到 11 个字，除姓名、籍贯外，任免时间已不能记载。故必须将四表总人数大体摸清，每人分配多少字，大体平均，以免畸轻畸重。清代学政人数 1 752 人，若分配 10 万字，每人可写 57 字。两者之间不平衡，将来必为史表之大弊，此事二级项目组同志当十分重视，设法调整。

史表十二卷，篇幅太少，各表普遍问题是分配的字数太少。二级项目组及主持人必当千方百计，撙节篇幅，可减则减，勿事铺陈。

举例如下：

如《学政表》5页刘藻，现为58字，可否减写为："刘藻　鲁菏泽　乾六·十·廿九以礼侍督　乾八·二·廿降调"。减缩至20字。其中"山东"简为"鲁"，科目可略，因学政必为科目中人，年月日不必干支，不必书公历（因全书附阴阳历表），官衔"礼部侍郎"简称"礼侍"。"提督"改为"督"，因《清史稿》学政皆简称"督"，称提督易与武职提督混淆。

又如曹秀先现为54字，可否减写为："曹秀先　赣新建　乾卅·九·七以祭酒督　乾卅二·九·八报满"。减缩至21字，如此压缩，似尚无大碍于书写之信息量与准确性，但篇幅可大为节省。

又《布政使表》表中5页方观承，现有42字，可减写为："方观承　皖桐城　乾九·十一·廿三由直臬升　乾十一·九署鲁抚"。减缩至23字。

8页之贺长龄，可减写为："贺长龄　湘善化　道十六·正·十二由闽藩调　未到任　道十六·正·廿一升黔抚"。

五、《历科进士表》

此表属初创，资料搜集极为丰富，如《登科录》《同年录》《朱卷集成》《进士题名录》及实录、方志、文集、碑传集等。对每名进士祖辈之名字履历亦关注记载，足资参考。作者用力甚勤，殊可赞赏。

可以注意之点，亦在篇幅之盈缩。有清一代，进士达2.7万余名之多。《历科进士表》预计设一卷，若每名进士写15字，已达40万字，再加历科之考试官，必将大大超过一卷35万字之限定。

现在试写稿字数，每名进士约计35字，总计全部进士字数多达90万字，故正表中字数不得不割爱减削。

如第1名吴鲁，可减削者：（1）编号栏可省；（2）姓名栏，生卒年公历改为阴历："道廿五～民元"；（3）籍贯，福建简称"闽"，浙江简称“浙”。（“民”字亦可删，因各科进士大多为民籍，此科仅321名。孔繁朴为“儒”，应注明。别科有满洲、蒙古亦应注明，不可删。）（4）三代改为一代：“父廷选国学生”；（5）身份、中举年可删；（6）仕历：“修撰　吉林提学使”。可简写为26字：“吴鲁　道廿五～民元　闽晋江　父廷选国学生　修撰　吉林提学使”。

再如23名：“李经畬　咸八　皖合肥　父瀚章两广总督［按：不必书知府等官］　侍读”。共17字。

再如261名：“孙洞　生卒年不详　闽黄岩　父纯木”。共13字。

另外，《历科进士表》应密切注意进度问题。清代科举约有126科，如果三年完成，每年需完成40科，任务甚重，质量与进度盼能兼顾。资料之搜集考证很重要，本表做得相当好，但要注意时间，避免迁延过久，前松后紧，甚至完成不了进度。

以上六个史表包括其史料考证、注释、存疑，资料长编，篇幅浩大，达数百页，工作繁重可见，我穷十多日之力仅能草读一遍，眼目昏花，头脑紊乱，思虑甚不周全，又无暇查阅有关史料。所言或有不当于事理者，请予摘出讨论。总之，六表质量俱佳，应保持此优点，并密切注意篇幅，可简则简，不能膨胀。亦须通盘筹划，注意进度，则史表之成可拭目以俟，余有厚望焉。

　　馀此即颂

夏安

戴逸

2005年8月1日

致严云绶*

［2005 年 8 月 10 日］

云绶教授钧鉴：

久闻阁下之名，甚相钦慕，而晤面缘悭，引以为憾。

清史工程启动，蒙阁下承担“桐城派文献”项目，圭璋藏怀，智珠在握，必能胜任愉快。仆闻此讯，额手相庆，深喜得人。

今阅《简报》2005 年第二期，将“汇刊”适度调整，共计 23 部，博采精选，深思熟虑，严谨认真，成功可期。

桐城派，为清代文学之中坚，在中国文学史中绵延最久，影响最深，作家潮涌，文章如林，讲究文理文气，言之有物有序，所以流传二百年之久，自有其地位与价值。前人称“选学妖孽，桐城谬种”，是为文学革命中之激烈言论，时代使然，然不免诋之过甚。今编此“汇刊”，得此 23 家，皆桐城派之佼佼者。可以观其作品，知其线脉，赏其文采，论其得失，对此一巨大之文化遗产，做出公允合理之评价。

窃意最后姚永朴一卷，可否增附姚永概？永概为桐城派最后之传人，其文不多见，若能略选若干篇，数量不必太多，附见于姚永朴卷，以示神龙之尾及明桐城派之最后归宿。且兄弟合璧，亦清代文学中之佳话也。

鄙见是否有当，敬请阁下裁定。

专此奉候，遥祝

暑安

戴逸

2005 年 8 月 10 日

---

* 原载《涓水集》，北京，北京出版社，2009。

致朱诚如*

［2005 年 8 月 19 日］

诚如同志：

观《图录组工作月报》2005 年 7 月号。

你们的工作进展顺利而有序。大连会议很有成果。《会议纪要》中所谈工作思路，除历史性、精品性必应坚持，可否加观赏性？因各博物馆所藏清代绘画、书法、器物甚多，可否收集一些？前田家英同志为准备清史收集清人书法 3 000 件，我曾得窥原藏，琳琅满目，美不胜收，凡清代名人几乎均有墨迹流传（今藏国家博物馆），将来收集图片，此类墨宝应予重视，其艺术价值与观赏性甚高，不知博物馆能否将其照片慷慨出让？我们可以保证不经他们的同意决不公开发表。

图录丛刊目录亦过目，尚感不足，因其品种较单一，如天津图书馆，舆图与书刊插图二类均属地图，共计 137＋94＝231 幅，占全书图片之半数，集中在一起未免枯燥单调，缺乏观赏性。读者观其一二十幅，得一印象即舍之而去。出版丛刊之重要目的，为适应读者观赏要求，所收图片应多样化，应有艺术品、清代建筑、民风习俗的照片。

天津档案馆图片目录亦有同样问题，其商标图片即收 200 余张，占全书图片的 40％。

我相信各博物馆藏品必是丰富多样，已整理归类，井井有条，从某类某目抽取大量图片，省时省力，若欲从众多类目中选取，必费时费力，恐发生错乱现象。我们似宜要求各馆提供之图片必应类目多样，有观赏性，否则读者不愿购买，亏本贴钱，不堪负担。我

---

* 原载《涓水集》，北京，北京出版社，2009。

想各馆均有清代书法、绘画、照片、器物、建筑、画像、信札、家具、陶器、玉器类目，多藏精品，有历史价值与艺术价值，可以增加知识，赏心悦目，各博物馆如能拿出这样的图片，方能给读者收藏丰富、藏品精美之印象，对提高博物馆之声誉亦至关重要。

致

敬礼

戴逸

2005年8月19日

致郭成康、赫治清*

［2005 年 9 月 5 日］

成康、治清同志：

读冯尔康先生《宗法制在职官、选举中的体现》，此文研究较深较细，征引有据，叙述清晰，寓论于史，具见作者深厚之功力。

“回避”“终养”“丁忧”“恩荫”“封赠”“归宗”，清代官员均有严格之行为规则，读史撰史时常能碰见。但今所编《清史》仅有《职官志》一卷，内容甚多，只能记录内外官署、职官执掌及其升转降免、保举、考绩等，难以遍及官员之各种行为规则。而《宗族志》中有与其交叉之内容，移在此处叙明，可补《职官志》之缺，此法可行，不必顾虑与其他志之重复。

文内有几处显系引自上谕与官书，带有朝廷或皇帝口吻，但未加引号。似应改写或加引号。举例如下：

4 页倒数第二行：“嗣后由朕酌量委用”，此处未加引号。建议或去掉“由朕”二字，或加引号。

5 页倒数 9 行：“各官殁于王事者”，亦属朝廷口气，酌改。

6 页 2 行至 5 行一大段：“皇考特立贤良祠酬勋念旧……”。

6 页 10 行：“雍正十三年，乾隆帝上谕：朕登极诏内……广为推恩，以遂显扬之志”。未加引号。

此外，本文采用文内注与体例似不尽符合，可以研究一下如何处理引文与注释。

专此即颂

近祺

戴逸

2005 年 9 月 5 日

---

* 原载《涓水集》，北京，北京出版社，2009。

致吴建雍*

[2005年9月17日]

建雍同志：

上周和您通电话后，所谈意犹未尽，笔述如下：

目前新编《清史》中有《台湾志》《港澳志》，而大陆的城市均未设志，好几位同志建议设《北京志》或《京师志》，考虑再三，事属可行。中国幅员广大，地区和城镇繁多，其政治、经济、文化已分见于各专志之中，势不能将城市全部胪列设志，只能设一《城市志》，略写其总体面貌，而港、澳、台三地，均属特殊情况，长时期沦为殖民地，其行政、法律、经济、文化与大陆的省区和城市差别极大，故特设专志，记其规制，述其生活习俗。而北京作为首都，全国政治、经济中心，其布政施治与其他城市异，地位更加重要而特殊，理应设立专志，以突出其重要性与特殊性。从前未予考虑，似属疏失。

电话中您提出意见，认为设立《京师志》是否与其他志多有重复，编撰失宜，恐成蛇足。尊虑不为无见，但经仔细考虑，京师为首善之区，大陆城市只设京师一志似无不可，记其特殊之政经文化与社会群体。可能重复之处，则应与各志协调商议，努力避免。

如果撰写《京师志》，不揣浅陋，设计如下，但此为即兴之想，未作研求，只供参考。

一、综合篇　记地形山川、自然状况及历史沿革。

二、军政篇　记军政建置及在北京发生的战争。

三、经济篇　记工农业生产、商贸情况及晚清洋务举措。

四、社会篇　记宫廷、贵族、旗人社会与汉官、民众生活。

---

* 原载《涓水集》，北京，北京出版社，2009。

五、文教篇　记北京文学诗词、戏曲、杂艺、国子监、同文馆、八旗学堂、京师大学堂及晚清报刊等。

六、建筑篇　记宫殿、园林、陵寝、王府、民居。

七、市政篇　记京师街市坊巷、道路及市政设施。

如果设《京师志》，撰写者应推您为首选之人，无人能及您之项背，未知您能否将主持之《外贸志》调换为《京师志》?《外贸志》主持人尚能罗致，《京师志》主持人实难物色，如能俯允所请，甚感欣慰，极致谢忱。

此致

敬礼

戴逸

2005 年 9 月 17 日

致郭成康*

[2005 年 11 月 2 日]

成康同志：

阅祁龙威教授《朴学志·概述》与《小学篇》之《尔雅》，启迪良多，录写读后感如下：

《概述》内容精深，条理清晰；文字为语体，简古通畅。顾炎武、阎若璩为朴学之先导，有开创之功。惠、戴、钱、段、王、阮诸贤奋起，群星灿烂，朴学如日中天。俞樾、孙诒让振起衰微，承先启后。其阐明朴学之意义、内涵、成绩，兼及其弱点局限，有述有议，不足万字而甚得要领。

《尔雅》之学，戴震首倡，以本经与诗书诸子互证，及以字考经、以经考字之研究方法，开辟了训诂学研究之新途径。邵晋涵《尔雅正义》"先证六书，次述古义"，笃信汉儒，不为臆说，其解释"初，哉，始，基，始也"，又谓"若，善相通"，"已，此相通"，"光，横相通"，于古籍中皆得确证。

戴震校《方言》，改讹、补缺、删衍，共数百字，《方言》之功臣也。而卢文弨、王念孙及毕沅《释名疏证》研究愈趋精密。

审音识字，专门之学，祁君所论，今几绝响矣！

匆匆读竟，其余《史地》《算学》《淮南子》《校勘》诸篇，尚未暇过目，书此以就正。

此致

敬礼

戴逸

2005 年 11 月 2 日

---

* 原载《涓水集》，北京，北京出版社，2009。

致郭成康等典志组专家*

［2006 年 2 月 12 日］

成康同志及典志组各位专家：

春节，读您组所编《清史典志总篇目》，篇幅浩瀚，卷帙厚重，内容丰富多彩，记述有清一代典章制度与社会历史之诸多方面，按题编撰，如能清晰胪叙、详备确切，洵为知识之渊海。现有 38 志，分为 50 多个项目，其分类排序似尚需斟酌。

1. 《天文历法》《地理》《生态》《人口》《民族》，可将《华侨志》调整于最后，成六志，为第一组。探究自然环境与人民之状况、演变及相互关系，学究天地人，求三者之和谐。

2. 《职官》《礼乐》《法律》《科举》《兵志》《边政》，似宜将《邦交》《教育》二志调整于此，《邦交》列《礼乐》之后，《教育》列《法律》之后，成八志，为第二组。研究政治、军事、外交、法制、教育，究内外之大政，历代史家所关注，内须自强，外须御侮，为国家之要政。

3. 《农业》《手工业》《商业》《对外贸易》《交通》《工矿》《财政金融》《漕钱盐》类属经济，关系国家财政、人民生活。《灾赈志》亦可调入置于《漕钱盐》之前，成九志，为第三组。此则有关国家岁计、人民生活，古代以农立国，最重农事，次则工商。晚清枪炮、轮船、工矿、铁路、电报，纷纷传入，故新设《工矿》《交通》等志，中国进入近代社会，经济基础于是丕变。

4. 《京师》《城市》《港澳》《台湾》，调入《租界》一志，成五志，为一组，为地域性记述，列于经济之后。京师为首善之区（似应添附盛京、承德，每篇 3 万、5 万字即可）。城市则遍及全国，只

---

* 原载《涓水集》，北京，北京出版社，2009。

能分类略述，港、澳、台、租界系特殊地域，故别标单列，区域辽阔，情形特异，为第四组。

5. 第五组共七志，排序宜为《朴学》《思想文化》《西学》《文学艺术》《民俗》《宗教》《教门会党》，请加调整。此叙清代之学术思想、文学艺术、民间风俗、宗教信仰，属意识形态范围，西学东渐为其关键，中国传统文化随社会转型而发生巨变。

6.《科技》《水利》《医药卫生》三志属自然科学范围，清代科技多受西方影响，水利非全属科技而多管理、工程之事，医卫则中国自成体系，可附以西医之传入。

排序应为：(1)《天文历法》(2)《地理》(3)《生态环境》(4)《人口》(5)《民族》(6)《华侨》(7)《职官》(8)《礼乐》(9)《邦交》(10)《法律》(11)《教育》(12)《科举》(13)《兵志》(14)《边政》(15)《农业》(16)《手工业》(17)《商业》(18)《对外贸易》(19)《交通》(20)《工矿》(21)《财政金融》(22)《灾赈》(23)《漕钱盐》(24)《京师》(25)《城市》(26)《港澳》(27)《台湾》(28)《租界》(29)《朴学》(30)《思想文化》(31)《西学》(32)《文学艺术》(33)《民俗》(34)《宗教》(35)《教门会党》(36)《科技》(37)《水利》(38)《医药卫生》

如此排列是否妥当，不敢自信，请您组专家斟酌讨论后示知。惜《社会》《建筑》二志，未得其人，如能于年内物色人选立项，尚可补入。时间过迟，只能付之阙如。又可否立《诸艺》一志（传记类不列诸艺类传）？

以下对大纲内容略加评论。大纲共有58个项目，篇章详备，但偏多偏琐（《民族志》尤甚），均宜删繁去琐，归并项目，简明扼要，持其大体，毋需细大不遗，冗杂琐碎。尤忌细事大写，篇幅膨胀，字数超过者一般均不合格。

一、篇目应一致

1. 篇目层次、词语名称，《则例》中应予规定。现各志均以篇，章，一、二、三，（一）（二）（三）为结构，唯地理志标题特殊，可否将各省归并列成数区，区以篇名，省以章名（如东北内蒙地区、北方地区……）。各省如何分区，应以三级项目组意见为准。

2. 各志中有制度、政策、法令等篇，名称各异，如《手工业志》设政策法令与制度组织两篇，《商业》《外贸》两志各设制度一篇，《宗族志》称政府法令、政策篇，《教育志》称规制与政令篇，《医药卫生志》称医事制度篇，可否通盘考虑，量予划一，勿使名称歧出？

3.《科举志》说明中（296 页）“行文中出现之人物都要标明其身份，如雍正三年（1725）太常寺少卿李钟峨”，此议欠妥，全书中出现人名甚多，如果均加官衔，篇幅必将膨胀，一般不必加官衔，必要时才加官衔。又皇帝名称，我意仍用年号，称康熙帝、道光帝，而不用庙号圣祖、宣宗。因清帝年号，尽人皆知，而庙号知者甚少，以约定俗成为宜。如遇光绪二十四年光绪帝下诏等字样，可简化为光绪二十四年帝下诏，以免词语重出。

4.《民族志》中出现六级标题（志、篇、章、一、（一）（二）（三）、①②③），一般可简化不用六级标题①②③。

5.《邦交志》所立章名甚长，有至 20 字以上者，成长句，不似标题，应简化，有些章目可能内容不多，无可撰写。

6.《职官志》之篇名有称衙署，有称官职，有称官制，宜加统一，用“官制”为好。

7.《民俗志》设章而不设篇，与体例不符。

8. 对宗教及戏曲小说等篇，清廷之政策管理，称呼亦各异，基督教称政策（211 页），伊斯兰教称组织管理（212 页），佛教称事务管理（214 页），道教称沿革与管理制度（216 页），教门称政策措施、法律条文、实践结果、经验教训（用字太多，218 页），会党称清廷对策及其演变（220 页），戏曲篇称管理戏曲谕令，小说篇称政府法令和社会舆论。宜稍加整饬，尽量一致。

9.《华侨志》中有“关系篇”，未知华侨与谁的关系？应标明“华侨与祖国关系”。

二、重点宜突出

1. 藏传佛教为清廷要政，凝聚蒙藏之纽带，关乎统一之大事，现列附佛教之后，位置不显，篇幅不多，建议单独立篇，物色人选，迅速立项，10万字左右。

2. 小说篇中应特别重视《红楼梦》《聊斋志异》《儒林外史》《镜花缘》《孽海花》《老残游记》《二十年目睹之怪现状》《官场现形记》等。现在篇章中未见踪影，应单独立章，介绍各书。另清末林纾之译作风行一时，仅置于12类小说文体中叙述，且林译皆用文言，何以置于白话小说之中？

3.《科举志》中列目详备，但缺科场案。按，科场案为清代重大案件，罹罪甚多，影响颇大，全书无叙述之处，《科举志》可否开辟科场案单篇，叙述重要之科场案。

4. 铁路篇中，清末已开始筑路，如淞沪、唐胥、台湾、京汉、京张，应将清末所筑铁路列具名称、起讫点、开工日期、资金来源等叙明，或列表以明之（工场、矿山均列一览表，铁路似亦可列表）。

5.《商业志》中似应有商帮。

三、前后去重复

此58个项目大纲中相互重复甚多，不可胜计。

1.《兵志》应只记军队组织、编制训练、管理等事，不应写战争。而北洋海军有专节叙甲午海战与北洋海军之覆没，应简略。

2. 平准、平回应在通纪中叙述，而《民族》卷维吾尔族篇51页有平定大小和卓、统一新疆专节，应删节。

3.《邦交志》越南篇四章、五章（126页）详叙中法战事，应在通纪中叙述，此处应略。南亚、中亚篇（127页）叙廓尔喀战争，亦应在通纪中叙述，此处应略去。

4.《交通志》邮电篇（156 页）对驿站的接管裁撤可删，因本志驿递篇有驿递制度终结之专章。

5.《边政志》重复最多。建制篇与《职官志》重复，边疆建省与通纪重复，典章篇与《法律志》、《民族》各志、《宗教》各志重复，全志甚少不重复之处，此问题甚为突出，请专议办法。

6. 西学篇中近代科学技术与西学篇之自然科学工程技术重复。

7. 金融篇内有社仓、义仓、赈贷与《灾赈志》重复，且仓米赈贷是实物借贷，不属金融类。

8.《民族志》所列蒙古盟旗与《地理志》重复。

9.《民族》各篇与《宗教》各篇亦多重复。

四、叙述勿琐细

最突出的是《民族志》各篇胪列标题一、二、三、四，层次甚多，内容琐碎，长达 54 页之多。应有所取舍，加以归并，压缩类目。

五、问题宜斟酌

1. 外蒙现已独立，《清史》内容似不宜叙及，如果不写则《布连斯奇条约》之北疆划界、恰克图贸易以及和通泊、光显寺之战、三音诺颜部之建立、青滚杂卜之变，皆不能叙及，如何应对，请考虑。

2.《邦交志》叙乾隆征缅，说缅雍籍牙对中国疆土有野心，此战役由边境冲突引起，并非缅甸有侵略中国之野心。

3. 满族志主要写入关之前，入关后篇幅甚少，旗民生计、京旗移垦（拉林、阿尔楚喀）可简略叙述。

4.《民族志》回族风俗宗教，列事目三十余，过于烦琐，其余民族亦类此。有些问题略作叙述即可，连篇累牍，殊无必要。

以上为读后之印象，不一定正确，请加考虑。

即候

春安

戴逸

2006年2月12日

致马楚坚*

［2006 年 2 月 13 日］

楚坚先生钧鉴：

自别香港，已十余年，流光转睫，几度春回。当年承赵公令扬之介，得识阁下，常时晤面，款待殷勤，感荷良深，友谊恒久而尺素难尽，未能申谢忱之怀。今接来翰，感慰之至，一切均悉。

多年前读尊著《驿传》之作，功深力厚，才隽思深，允推精品。伏知阁下著作盈案，云路高翔，鹿洞藏径，鹏程奋翮，前途无量。《清史》立项，承蒙阁下担负驿传篇之撰写，得人之庆，私心愉悦。

尊著《南明史事镜窥录》虽尚未寓目，必为阁下精心结构之作，翘想裔采，先读为快。唯作序一事，万不敢当。一因鄙人虽专事清史研究，对南明史略加问津，尚未涉堂奥；二因忝任史职以来，冗事丛集，应接不暇，实难稍作思考；三因近日身体不适，常去医院。自愧体衰才短，实难拨冗染翰，为尊著作序。区区衷心，乞阁下体谅。许我藏拙，不胜感谢之至。

专此肃缄，恭候

文祉

戴逸

2006 年 2 月 13 日

---

* 原载《涓水集》，北京，北京出版社，2009。

致章开沅*

［2006 年 2 月］

开沅同志：

近日于冗务倥偬中得我兄寄来之“辛丑—乙巳”新政两万六千言，读后如饮甘露，启沃在心。我兄长期专注于此段历史，谙熟习晓，成竹在胸，故下笔挥洒，游刃有余。内容既充实而有新意，此五年间之新政，排列有序，叙述明晰，少有议论，甚合史法，条理清楚，详略得宜，文章畅达如行云流水，以良史之才，握雕龙之笔，既感且佩。通纪各卷如均能得此佳构，《清史》之成可以预期，弟乏才负重之感亦可纾解矣！读后欣喜，略书数语以表感谢之忱。

新春在即，虔颂鸿禧，阖家安康为颂。

戴逸上

2006 年 2 月

* 原载《涓水集》，北京，北京出版社，2009。

致程歗*

［2006 年 9 月 19 日］

程歗同志鉴：

上星期听说史表组要进行讨论，我翻阅了你们发的资料《史表表文选编》，虽未能细读，但可以看出史表组工作总体上是很好的，工作规范，井井有条，进度也在前列，明年有些表就要结项了。

我着重看了一下《皇子世表》，发现一些问题。这些问题对史表组整体工作而言，仅仅是次要的瑕疵，但就《皇子世表》而言，还是重要而必须进行修改的。问题的产生可能不完全是作者的失误，其中有编委会设计时考虑不周的问题。

我以前读《清史稿》，最头疼的就是《皇子世表》。人物成千上万，表格区划不清，谁是谁的后裔，谁承袭谁的爵位，云山雾罩，一片混乱。后来设计此表时也未深入考虑究竟应该怎样做。现在《皇子世表》仅有九页（第 115～123 页）。而《清史稿》的《皇子世表》有五百多页（我手头的《清史稿》是吉林人民出版社版）。我们的世表压缩达 98%，压缩太多，十分单薄，已看不到天潢贵胄的浩大声势和猛烈滋生。许多重要人物也不见踪影，有失为皇家立谱的本意。

删削过多，为《皇子世表》最大弊病。举些例子说明：

努尔哈赤的长子褚英，得罪被幽囚死。褚英之子多人，仍为政坛上活跃人物。我们表内只列了尼堪一人。按尼堪是顺治朝十分重要的人物，封敬谨亲王，被李定国击毙。李定国“两蹶名王”（一是桂林打死孔有德，一是衡阳打死尼堪），是南明最辉煌的战绩。尼堪仅记其下一代为止，实则其最后一代全福在光绪二十五年袭爵。更

* 原载《涓水集》，北京，北京出版社，2009。

应补充的是褚英长子杜度为入关前著名战将，曾参加征讨朝鲜，又曾出任主帅，入关攻下济南，俘人口二十万，功甚大。又参加松锦之战。封安平贝勒（可能因父亲褚英囚死故而未得王），其子七人个个勇猛善战。《清史稿》均有记载。但因我们删去杜度，故其诸子皆未入表。杜度的孙子苏努是康熙时战将，征噶尔丹时统领前锋。全家都信从天主教，耶稣会士曾记其人其事。雍正夺位时，因与皇八子结党。这一支因杜度删削，被全部除名。

努尔哈赤次子代善一支最旺，人数最多，爵高位重。代善本人封礼亲王，由满达海承袭，又由满达海弟祜塞承袭。嘉庆时之昭梿（《啸亭杂录》的作者）即为其裔（袭礼亲王）。至光绪时礼亲王世铎为军机大臣。世铎之后亦应标出。

代善长子岳托封克勤亲王，由罗洛浑承袭，改平郡王，雍乾时之平郡王福彭为曹雪芹之亲表兄。平郡王母曹氏夫人丧，乾隆下谕哀恤，备极尊荣，曹夫人为曹寅之女、曹雪芹之姑母。

代善之孙勒克德浑封顺承郡王（府邸在今之全国政协礼堂），支脉繁衍，著名者勒尔锦、泰斐英阿、锡保（振武将军）等。

代善二子硕托封贝子，与其侄阿达礼因私议拥立多尔衮，处死刑。表中未见硕托。

清初八个铁帽子王代善家占三个，即礼亲王代善，克勤亲王岳托，顺承亲王勒克德浑。其他皇太极家有两个，即肃亲王豪格（清末承袭者善耆），庄亲王硕塞，后康熙十六子允禄袭爵，至清末庄亲王载勋附义和团，夺爵赐自尽。另有三人是努尔哈赤之侄郑亲王济尔哈朗（被慈禧杀死之端华、肃顺均其裔，最后承袭者昭煦）与睿亲王多尔衮、豫亲王多铎。

除此八家外，怡亲王允祥、恭亲王奕䜣、醇亲王载沣，亦为世袭罔替，此十一家谱系应加详。

历史上曾建功立业的皇室应在史表中显示。如阿巴泰此支亦甚显赫，如其子安亲王岳乐（岳乐有子二十人）、蕴端、玛尔浑皆文学家，伍尔占、色亨图卷入雍正夺位案被杀。阿巴泰孙彰泰征吴三桂，封定远大将军，破昆明。乾隆时历任各省巡抚之德沛号称贤能，为济尔哈朗之裔。割让东北国土之奕山为康熙十四子允禵曾孙，还有一个奕经不知出于何支。清末亲贵，有载濂、载漪、载澜、载瀛、载潢。濂、漪、澜均由义和团事件得罪，载漪之子大阿哥溥儁，慈禧欲令代替光绪未得逞，此人在史表中未列出，殊为失误。载瀛有人说是同治的儿子（此说不确），但均应表中有名。醇亲王奕　只列儿子载沣一人，亦为无理，载沣系宣统之父，清末摄政王，他还有弟载洸、载涛（军谘大臣）、载洵（海军大臣），均官居要职，何以亦不列？

总之，此表删削太多，应大力增补，可否更名为《皇子皇孙简表》。

所提意见，当否，请斟酌。

戴逸

2006年9月19日

致马自毅*

［2006 年 9 月 24 日］

马自毅同志：

您在今年 3 月 29 日给翁飞同志的长信，我今天方才看到。由于工作同志怕我事务冗繁，且年迈体弱，太过分心，故没有主动把信件给我。不久前，我听说您有一封陈述工作困难的信件，经我催索阅读，才得看到。因此拖延达半年之久，不能不说是工作中的失误，对此深表遗憾和歉意。

我首先对您认真敬业的态度和勤奋努力的工作精神充满敬意，在十分艰难的条件下，还每天去图书馆翻阅报刊，积累资料，并组织学生参加编纂工作。这种勤恳踏实的工作之风，难能可贵，持之以恒，必有所成。

我对“上海报刊中的淮军”这一项目抱有信心和厚望。淮军是中国军事近代化的嚆矢，但成军之初，记录不详，上海是淮军的组成和初练之地，当时上海已有近代传媒工具，必有较详之采访报道，为上好的第一手资料，采择成书，对后人研究中国军事近代化的初始当有重要的参考价值，深盼此项工作能赓续进行，勿使中断。

您信中所述困难，我很理解，当尽力相助，予以解决。我建议：（1）此项目单独立项，由您担任主持人，将来监管、联系、拨款均直接与华东师范大学接洽。（2）请您尽快草拟一个项目申请书，寄给国家清史编纂委员会文献组审批。（3）项目进行时间可适当延长，工作费用由您根据节约精神起草预算，由编委会讨论审批。（4）工作组内须聘人员，全部由您负责。

---

* 原载《涓水集》，北京，北京出版社，2009。

我以前从已故吴廷密同志处听到过您的情况，他非常称赞您的为人，也在几次会议上和您见过面。我诚挚地希望您不要辞退这项工作，因为这一工作必将有裨于今后的学术研究（王尔敏的《淮军志》中恐无此类资料）。

专此即候

秋安

戴逸

2006 年 9 月 24 日

致朱育礼*

[2006 年 9 月 26 日]

育礼仁弟惠鉴：

前年小聚，匆匆相离，交因久而谊深，时逢秋而思切，临月迎风，每念故人。忽惠寄图画，展卷而触目生辉，摩挲而内心欢悦。百尺长松，枝干挺立，十里风生，清气扑面。雅什如珠，神采远接石谷，字重琳琅，风格可拟翁相。彩笔馥郁，案头留百日之香，雅意殷勤，胸襟洒及时之雨。足下以云鹤之闲致，擅才艺之名实，韫椟而藏，璞玉不同于土石，及锋而试，龙泉果胜于铅刀。念及伏枥老骥，耄耋之年，惠赐图轴，朵云颁来，霁月流辉，受之而益增歉愧。仆滥承史职，老之已至。光阴难挽，而事繁任剧，勉强从事，力不从心。黾勉以赴，以报国家。足下年尚富强，无簿书案牍之劳，有读诗作画之趣。宝车画舫，徜徉于虞山、尚湖之间，视逐逐市朝、仆仆风尘者奚啻霄壤。感谢足下心存老朽，抛珠掷玉，拭墨生香。仆拜领敬受，铭感五内。

临颖神驰，肃候

起居安好，阖府迪吉

戴逸

2006 年 9 月 26 日

---

* 原载《涓水集》，北京，北京出版社，2009。

致汪敬虞

［2006 年 10 月 31 日］

敬虞先生道席：

接奉瑶翰，知先生贵体违和，不克参加洋务运动研讨会，先生谦抑冲和，来函语气恳切，甚为感动。愿先生善自珍摄，不日康复，早占勿药。

仆叨承史职，时怀兢惕，思拜天下饱学耆宿之门请益受教，先生智深学醇，思虑精详，妙笔璀璨，婆娑于翰墨丛林，楼船锦绣，奔驰于学术海洋，允推经济史研究之巨擘。仆心仪神往，步趋恐后。伏念清史研究中经济史部分甚多，执笔诸公水平参差不齐，自愧才学疏浅，难能鉴别辨识，虽不敢屡渎先生，常作不情之请，但若有大疑大难，必求先生过目，援手相助，感谢不尽，肃此恭候。

敬颂

秋祺

戴逸

2006 年 10 月 31 日

致郭成康*

［2007 年 6 月 27 日］

成康同志：

读了博士生刘文远的《思潮志》经世篇前沿报告，很高兴，报告写得很好。

刘生搜集了近人的大量研究成果，包罗百家，众说毕呈，洋洋洒洒，议论风发，概括了清代经世思想之前沿。条理清晰，颇有心得。可见他读书之博，钻研之深，用力之勤。

清代思想史研究者甚众，成果极多，几成显学，各种观点有同有异，头绪纷繁，不易爬梳。刘生颇能追根寻脉，辨析源流，议论亦有启发意义。

自章太炎评清代理学已“竭而无华”，几成定论。刘生提出“躬行践履”之特色，可为清代理学定性，此虽复述众多专家之意见，鄙见亦以为所论甚当。再，刘生指出我们的《清史》中有考证之史而无撰述之史，建议写章学诚方志学以为补救，甚有见地。再所论汉学家之“以礼代理”确为当时风气。晚清郑珍、黄式三、黄以周、孙诒让等汉学家皆以治礼知名，亦以申救时经世之志也。

刘生具研究之才能，他的作品对了解清代的整体思想脉络亦有帮助，希望他循此精进，奋发努力，能攀登学术之巅峰，是所祈愿。

即候

暑安

戴逸

2007 年 6 月 27 日

---

* 原载《涓水集》，北京，北京出版社，2009。

致孙燕京、宝音*

［2007年7月11日］

孙燕京、宝音同志：

《广东清代稿抄本》目录略加翻阅，甚为丰富。目录共70页，估计近二千种稿抄本，诚为一大文化遗产，颇有价值，但精粗混杂，玉石未分，须详加清厘，作必要之删削，始可成为精品。

其中，成于民国之书甚多，目录上有所标明，另须仔细翻检，悉数剔除，如郑师许所著书甚多。郑为民国时人，大约逝世于新中国初期，除所写少量清史外，皆与清代无关。

又童蒙习作，如《便蒙通鉴》《动植生理习作卷》等，八股文章《制义截抄》《时艺精选》，目录书《清史稿目录》，占卜书《星学精华》，小学书《切韵》《二十一部古韵》，皆可不选或少选。

又现世已有通行之较好刊本，如无大差异，亦可不录，如《东华录》《啸亭杂录》《夷氛闻记》《触藩始末》《英杰归真》等。

陈澧为广东人，所遗稿抄本特多，既有《东塾遗稿》已为全璧，另尚有不少零散之各类陈澧所著书，若有重复，或可一律屏除。

出版时应稍加归类，族谱家谱甚多，可归一类，地方志亦可归一类，《东塾遗稿》有486册之多，归一类，中山大学藏本归一类，其他可按经史子集排列。

匆匆过目，走马观花，未能详细考虑，以上意见，仅供参考。

戴逸

2007年7月11日

---

* 原载《涓水集》，北京，北京出版社，2009。

致赫晓琳、赵晨岭*

[2007 年 10 月 16 日]

赫晓琳、赵晨岭同志：

你们接办《清史参考》很有成绩。我每期必读。近读 39 期江太新《清代灾情与救灾》一文，以极少字数较全面地介绍有清一代各地灾情，统计灾情的种类和危害程度及备荒赈灾措施，简明扼要，给人启发，颇有资政的功效，希望今后多有这类佳作。

但此文有一缺点，只谈了官府赈灾，而未谈及义赈。义赈即为社仓和义仓发展而来，至晚清而更盛。各地绅商遇灾时大量捐粮捐款，有的组织队伍深入灾区，帮助很多灾民存活下来，如清末之杨斯盛、叶澄衷等。史为之立传作为楷模，以激劝后人。

本文 3 页“光绪三年（1877 年）山西被灾，曾国藩称：‘省南灾重粮缺，哀鸿遍野……’”。按：曾国藩死于同治十三年，怎能说光绪三年的山西灾情，应是其弟曾国荃的话。因曾国荃正是当年的山西巡抚。请于下期刊一勘正声明，以昭郑重。

祝你们工作顺利！

戴逸

2007 年 10 月 16 日

---

* 原载《涓水集》，北京，北京出版社，2009。

致缪廷杰*

［2007 年 11 月 29 日］

廷杰学长雅鉴：

华翰遥颁，承赐画作诗什。品重琳琅，才工月露，抛珠作唾，拭墨生香。弟少离家乡，萍踪远托，白云亲舍，魂牵梦萦，得知友诗画，稍慰乡渴。展视而屋室生春，吟玩则口颊留芬。吾兄岐黄妙手，续命有方，工作之余能有此等上乘之作，敬佩之至。亦由吾乡系人文荟萃之区，才人辈出，流风余韵涵润弥久，故能孕育如吾兄之槃槃大才，多艺多能，诚为桑梓之庆，同窗之骄。

专此铭谢，遥望南天，临颖神驰。

敬祝

大安

秉衡（戴逸）上

2007 年 11 月 29 日

---

* 原载《涓水集》，北京，北京出版社，2009。

致程必定*

[2007 年 12 月]

必定院长大鉴：

京华离别，倏忽三月，话语匆匆，未及畅伸景慕之忱。仆承乏史职，力薄能鲜，不胜负荷，思邀天下贤士鼎力相助。翁飞先生素所熟稔，曾在我处攻读博士，已在贵处任职多年，英年壮志，才思敏达，写作奋勉，芹香早掇。《清史》为国家标志性文化工程，需得各方英彦援手，共建此业。仆甚愿翁飞先生来京，参与编校，想先生春风雅量，必能俯允所请，乐助其成。若蒙慨诺，感激不尽。今托童本道先生专程赴皖，奉商此事，面聆教言，一切手续、程序、办法、条件，请详明示知。

专此谨修芜函，恭候佳音。

即颂

近安

戴逸

2007 年 12 月

---

* 原载《涓水集》，北京，北京出版社，2009。

致罗老（哲文）*

［2007 年 12 月］

哲文老先生钧鉴：

平日倾心风采，欲识荆州。唯机缘未遇，奉教无从。日前接获十月十八日及十月二十九日两函，先生为“避暑山庄学”事拳拳于怀，殷殷嘱咐，存注深切，关心国家之历史文化胜迹。仁者之言蔼蔼然溢于楮墨，敬佩无既，铭记在胸。弟学浅才疏，滥竽史席，书牍盈案，疲于应对。“避暑山庄学”尚需仰赖老先生之德才名望，以资号召。王仲宣之登楼，众皆唱和，刘梦得之筑室，人所瞩目，不有老成，宁能持久！弟必当追随左右，殚心竭虑，勉效绵薄，以期事之有成，是所至愿。

专此肃函。恭祝

冬安

戴逸

2007 年 12 月

---

* 原载《涓水集》，北京，北京出版社，2009。

致汤志钧*

［2008 年 1 月 14 日］

汤公阁下台览：

弟尘事鞅掌，又懒慢性成，故音问颇疏，敬乞谅宥。但每闻阁下消息，秋水春树，未尝不萦怀在抱也。日前于王汝丰教授处，得见吾公大札。岁末以来，计有数封，回环捧诵，如获圭珍，对月临风，想望风采。吾公慨允编纂《梁启超全集》，诚学界之幸也。

梁任公一代伟人，著作等身，泽被全国。逝世九十年，迄无全集问世。每念及此，辄以为憾。幸吾公浸渍于斯，致力多年，积稿盈笥，真有“斯人不出，如苍生何”之感。

国家清史编纂委员会力微任重，唯于清人著作，关注殷切，愿尽绵薄之力。吾公龙门峻望，德才俱隆，卷轴罗胸，智珠在握。梁氏全集当赖全力玉成。唯吾公年过八旬，仍当以颐养天年为主，可物色若干助手，公居中调度，必能指挥自如，水到渠成。如有困难，敝处必倾力襄助，编纂事权唯吾公之主张是从。所有问题可与汝丰教授联系商榷。将见伏枥之驹，奋蹄绝尘；旁山之晖，光芒射目。感难言尽，谢岂有极！欢忭之余，奉呈尺素，用布悃诚。

即颂

岁安

戴逸

2008 年 1 月 14 日

---

* 原载《涓水集》，北京，北京出版社，2009。

致杨遵道*

［2008 年 8 月］

遵道老友台鉴：

二十余载，未得获见老友，秋水明月，时切伊人之想，忽得《仁宇八旬自述》一书，喜出望外。因冗务鞅掌，断断续续，至近日方得读毕。如重临其地，如再见故人，不亦快哉！此书叙事切实，情真意挚，记忆鲜明，文笔流畅。而评论公当，宅心仁厚，亲情友情，充溢于纸笔之间，老友真“性情中人，宽宏长者”也。读此书忽忆当年与足下读书议论，游览闲话，吞吐謦咳，欢声笑语，犹历历在耳，今俱往矣！年过耄耋，鬓发如霜，回首前事，不胜唏嘘感慨之至。

当年足下助我写作《中国近代史稿》第二册，此稿久置箧中，尘封多日，本已无心问世。前年，同事同学及出版社劝我与第一册共印一次，劝说再三，盛情难却，不得已而为之。因无时间，一切仍旧，未作修改，仅留作纪念，兼供好友参考耳！第二册中之“合作政策”“中法战争”为您提供初稿，我改写而成，今已四十年矣。献此陈册，敬表感谢之忱。

仆自承担纂修《清史》之职，才疏学浅，事艰任重，如怀履冰之惕，常思益友之助，足下如有治史长策，获闻史界议论，不吝赐教，肃此奉呈。伏中酷热，伏惟起居珍摄。

向履谦尊嫂问安！

戴逸

2008 年 8 月

---

* 原载《涓水集》，北京，北京出版社，2009。

致马大正

[2008 年 9 月 17 日]

大正同志：

《重大学术问题表述》一文已阅，感谢 9 篇稿子的作者，他们的意见，我基本上同意，有几点不成熟的想法，提出供参考。

清史中重大有争议的问题很多，非三言两语所能阐明。重大问题有两种：一种是事实之认定，如太后下嫁、雍正继位、琦善曾否签署《川鼻草约》、光绪之死等；另一种是人物之评论，如明清之际的降臣（贰臣）、曾国藩、李鸿章、洪秀全、慈禧等评价或事件之性质、作用、意义，如征缅之役、平定准噶尔、闭关政策、清末新政等，在《清史》中之表述均宜全面、明确、公正、简短，不宜详细描述。我们所谈只能是我们时代所能断定的意见，后人仍会有各种说法。

具体问题应具体分析，如洪承畴松、杏（山）战败，可写其降清事实，不必解释是认清大势、弃暗投明，但亦不抹杀他后来抚定南方之功绩；如施琅之降清，他本就是郑芝龙手下海盗，与明对抗后随郑芝龙受招安，未可责其叛明降清，即清廷亦不以贰臣视之；如曾国藩镇压太平天国，以此为其毕生主要事业，应予谴责，但他在学识修养、军事才能、传承中国文化甚有功绩；如李后主、宋徽宗均为亡国之君，政治上甚昏庸，但其文学艺术亦有卓越贡献。以上意见不知妥否？

既要修撰《清史》，重大问题不能规避，不能模棱不定，不能草率评议，对之经过深入研究、缜密考虑后宜有一倾向性意见，旗帜鲜明而立言简要，以待后人之评论、校正，亦不必要以很大篇幅再存异说。（此事另有《清史考异》。）

历史上的人物、事件及其作用、性质都是客观存在。历史学家应尊重客观事实。但如何评价，人的主体认识具有时代精神和群体意识的观照，故常有移位、差异，甚至意见截然对立。我们的《清史》应该以21世纪初中华人民共和国多数公民的价值观念作标尺，对各种历史人物和事件进行深入的考衡，慎重的判断，而作简要之阐明。

戴逸

2008年9月17日

致典志组

［2008 年 10 月］

典志组：

田汉云教授《朴学志》经解篇引言已收阅。

经籍弁冕群书，地位极尊。经籍中包含自然界和社会界知识之全体，古代中国人对客观世界之认知大多根源于此。汉代有五经博士，后衍为九经，又衍为十三经，内容丰富，流派纷呈。古来说经之作，浩如烟海，而清代对经籍研究，功力最深厚，且别出蹊径，从审音识字始，推之于义理之阐发。他们对经籍累世研究，孜孜不倦，考订精审，注释详尽，溯源探流，穷其奥义，究其音训，求其本真，著述大备，叹为观止。有清一代，对中国经籍作了最可贵的总结。前有《通志堂经解》，中有《皇清经解》，后有《续经解》，洋洋大观，其他成果之数量与质量，远迈前代。田汉云教授这篇引言，在祁龙威老先生的指引下，写得简明有序、内涵精深、条理清晰、有理有据，是对清代说经成果导读之佳作。

请向祁先生、田先生转达敬意。

即颂

秋祺

戴逸

2008 年 10 月

致典志组各位专家

［2009年4月9日］

审改是提高《清史》书稿质量的关键，此项工作即将启动。为统一审改的标准与办法，已印发《清史编纂手册》（其中有各种大纲和撰写则例），可以作为依据。但因书稿成于众手，很不规范，审改又由许多专家执笔，各人的思路、理解不一，故专家们提出实际操作时仍感到困难。为了求得共识，特选取两篇书稿（海关篇一万字，会党篇五千字），试作审改示例二篇及小序四篇（海关篇、会党篇、漕运篇、中日邦交篇，每篇限500～1 000字），供专家们参考讨论，以收举一反三之效。审改稿与小序稿定有不当之处，恳请批评指正。

即颂

春祉

戴逸

2009年4月9日

《邦交志》中日篇小序

清代之中日关系极为复杂，屡经变迁。最初仅有贸易关系。康熙时清廷曾经通过朝鲜政府传达敕谕，遭日本幕府拒绝，但仍保持和平而又疏远的关系。

日本明治维新后，派柳原前光来华，与李鸿章谈判。同治十年（1871年）签订《中日修好条规》，这是两国建交之始，该约基本上是平等之条约。签约后，各设公使馆，互派公使。

明治维新以后，日本在启动近代化的同时，军国主义逐渐抬头，它国土狭小，资源缺乏，急于对外扩张。同治十三年（1874年），悍然出兵，侵略中国领土台湾，后被迫撤退。光绪五年（1879 年）公然吞并中国的朝贡国琉球，中国未予反击，示弱于日本。日本继而专注侵略与中国相邻的朝鲜，意在以朝鲜为跳板入侵中国，屡次挑起衅端。光绪八年（1882 年）和十年（1884 年），日本先后制造壬午事变和甲申事变，挑动并参与朝鲜内部的派系斗争，甚至出兵占领朝鲜王宫，遭到当时清朝在朝鲜驻军的反击，未能得逞，但事后中日签订的《天津条约》中规定：日后朝鲜如有重大事件，中日两国，各可出兵，遂埋下中日战争之祸端。

光绪二十年（1894 年），清军应朝鲜国王请求，入朝协助镇压东学道起义。日本亦趁机出兵朝鲜，对清军不宣而战，大举进攻。清军战败，北洋舰队覆没，日本强迫清廷签订《马关条约》，赔巨款，割台湾。光绪二十六年（1900 年），日本又参加八国联军，派军队攻入北京城，后因与俄国利益发生矛盾而发生日俄战争，俄国战败，它在南满之利益悉为日本所夺，日本在中国的势力咄咄进逼，清廷步步退让，继续丧失了许多权利。

海关篇小序

中国海关可远溯到唐朝在广州设立的市舶司。清初因郑氏据台湾，清廷有禁海令，康熙二十三年（1684 年）始解海禁，在粤、闽、浙、苏四省设海关，专管海洋贸易事宜。乾隆时为限制中外贸易，仅留广州一口通商，设粤海关，通过公行商人为中介，向外国来华商人征收关税。

鸦片战争后，五口通商，传统对外贸易体制为条约贸易体制所取代。上海地方当局初设盘验所，管理洋货商税。咸丰三年（1853 年）上海小刀会起义，海关征税陷于瘫痪，由英国领事代行海关职权，在租界内设立江海新关，外国开始霸占中国海关。

咸丰八年（1858 年），英法联军时所订《中英通商章程善后条约》中规定“邀请英人帮办税务”，“各国画一办理”，英国人李泰国被任为海关总税务司。后李泰国被辞退，由英国人赫德继任总税务司，达半个世纪之久，直至清宣统三年（1911 年）赫德病死，由安格联继任，中国海关利权长期被帝国主义所霸占。

上海江海新关建立以后，李泰国、赫德相继将上海的海关制度推广到各通商口岸。各海关均聘用外籍税务司和大批外国人员。按规定海关业务正项为监管、缉私、征税、统计等。税率限为值百抽五，后因厘金兴起，外国商货获得免交厘金特权，只加收子口税百分之二点五。

近代中外贸易激增，税收甚旺，自咸丰十一年至宣统二年（1861—1910 年），海关税收总数达九万亿两。中国海关被外人长期把持，虽管理良好，井井有条，亦少贪污腐败之事，但税则被限，手足受缚，外人司钥，门户洞开，严重阻碍了中国的经济发展与民族工商业之进步，故近代要求收回海关权利之呼声，此起彼伏，震撼朝野。

漕运篇小序

清代定鼎北京，集中大批皇室、贵族、大臣、官吏、将兵，八旗人口及诸多服役商贾，集中居住于此，人户殷繁，北方粮食产量不足，艰于供应，因于江苏、安徽、浙江、江西、湖北、湖南、山东、河南八省每年征收漕粮、白粮，运贮北京、通州各仓，以供北京官兵人口食用。计征漕粮正米 400 万石，耗米 200 万石，扣除耗损、改折、截拨外，计每年运抵京、通各仓者约 300 万石，保证京师饷需民食。漕运为清廷之一大政。

漕运系统、机构、运作极为复杂，专设漕运总督司理其事，下设粮道、郎中、主事、漕标、运丁，分管征收、押解、入仓、查验、造船、河工等事，北京、通州及运河沿岸设粮仓存贮漕粮，此制相沿数百年，制度复杂，操作烦琐，利薮所在，流弊甚多。

清初直到嘉庆时，漕粮均经运河运至北京。清中叶后，黄河屡决，殃及运河，淤塞不通，漕粮阻滞。道光时改行海运，南方漕粮集中于上海，雇募商船，由海道运往北京，海运节费、省力、利国便民，其后沿海行驶轮船，漕粮由轮船海运更为安全迅捷。至光绪三十年（1904 年）河运全停，清廷长期实施的漕运大政遂告终止。

会党篇小序

清朝中叶以后，人口激增，迁移频繁，加以市场经济发展，大批无地农民游离到工商城镇与运输码头求食。他们无家室之荫庇、无稳定之职业、无谋生之技能，生活极为艰辛。为了生存，相互帮助，集结成伙，久而结党立会形成势力，称霸一方，惹事起衅，鱼肉乡里，是为“会党”，亦称“帮会”。

会党主要分布在南方沿江沿河一带。有三大派系，一为天地会，盛行于福建、台湾、广东、广西、湖南、江西，亦称“洪门”；一为由啯噜演变而成之哥老会，盛行于四川及长江中下游；一为起源于罗教之青帮，盛行于运河沿岸，南起江、浙，北至天津。

会党无统一组织，是地方性的小团体，山堂林立，名称繁多，各行其是。会中成员结拜为异姓兄弟，长幼为序，相维相联，固结不解，有结拜入会之仪式，有会章帮规之约束，有暗号手势之联络，平日什百为伍，游手好闲，酗酒窝赌，掠夺劫杀，从破产的劳动者堕落成为市井无赖。

会党成员大多数出身于社会最低层，因此也具有反抗封建势力之性格，清中叶以后曾发动多次抗清斗争。尤其是天地会与哥老会，辛亥革命前同盟会员在其中活动，组织反清起义，声势甚大，清朝之覆亡多资其力。

厘金篇小序

厘金起于晚清，因太平军兴，清军饷银匮乏，不得已而抽取的一种商业税。始创者左副都御史雷以諴，据说雷听从其幕友钱江的建议，于咸丰三年（1853 年）在扬州仙女庙抽厘助饷，初每米一石抽厘金五十文，分“坐厘”“行厘”二种，“坐厘”抽之于店铺的坐商，“行厘”抽之于过路的行商。其后，此种特殊商税逐渐推广到全国，为晚清财政的一大弊端。

厘金是一种工商税，为中国近代商品经济发展之产物。但因产生于特殊的环境下，临时应军需之急，未作长远考虑和通盘计划，随时随地开征税率不一，征收办法各异，且设卡甚多，处处征收，官吏朘削，病商害民，而洋货、土货征收亦无统一办法，轻洋货而重土税，外国商品除关税外只收百分之二点五的子口税即可通行全国，无须再交厘金，而中国商品处处抽厘，步步陷阱，中国新兴的民族工商业处于极不利的竞争地位。下至肩挑负贩之贫穷小民，米盐柴油、日常琐细之物均须抽厘。

太平天国战争后理应裁撤厘金，但抽厘日久，地方官吏视之为利薮，坚决反对裁厘。清廷又屡谕整顿，减少厘卡，但整顿无效，厘卡林立如故，民怨沸腾。戊戌以后，国内民族意识觉醒，要求洋货既免厘金，应加关税，与列强进行加税免厘之谈判，而列强多方拖延阻挠，至清朝覆亡时，加税免厘之谈判迄无定议。直到 1931 年（民国二十年）北伐战争后，全国改征工商税，厘金制度方才被废除。

《文学艺术志》诗词篇小序

中国素崇“诗教”，《诗》三百篇列在经典，风雅久播，数千年诵习不衰。在长期的创作吟诵中，形成了中国诗词特殊的格律、声韵、语境、风格，在世界文化创作中吐芳扬芷，独树一帜。人们之喜怒哀乐，发而为诗，情见乎词，寄托深远。由于朝廷之倡导而社会人众亦常以诗自我陶娱，故诗甚普及。词为诗之变体，故称“诗余”，功能稍隘，填写难工。中国之诗，唐代最盛，词以宋代为盛，元明中衰，而清代诗词复兴，臻于高峰。有清一代，诗人之众，诗词之多，诗会之盛，诗评之精，皆远迈唐宋。其流派繁多，异彩纷呈，姹紫嫣红，各擅胜场，百花齐放，蔚为大观。诗词随时代之推移而变换其风格。清初国破家亡，黍离麦秀，多遁世之哀声。康熙以后，国力日强，统一版图，承平日久，燕舞莺歌，多盛世之元音。王士禛倡神韵说，诗格清淡，自然流畅；沈德潜主格调说，清真雅正，温柔敦厚；翁方纲举肌里说，博学多识，以学问入诗；袁枚立性灵说，抒写真情，尊崇天性。诗坛进入盛境，歌舞升平，风流蕴藉。乾隆后期，国力渐衰，多恤民警世之作。诗风由宗唐变而宗宋，江西诗派活跃于同光之际，然其时列强入侵，国事多艰，愤悱慷慨之心发为爱国诗词，又因西学东渐，诗风丕变，新事新词摭拾吟唱之中，而呼吁改革进而鼓吹革命，风潮鼓荡，"南社"之诗会、诗风盛行晚清民国易代之际矣。

致郭成康等专家

［2009 年 5 月 5 日］

郭成康、华林甫、何一民同志钧鉴：

对何一民同志主编的《城市志》初稿意见，及华林甫同志来信，专家会议座谈纪要，以及何一民的答辩材料，我今天才能读完。因我今年三月、四月连续得病，两次住院治疗，未能及时阅读，故复信迟延，请予谅解。

我对清代城市全无研究，这次读了你们的长篇驳辩，对我说来是个学习机会，几无可以置喙之处，难以作是非之判断。只是谈谈读后印象，如有不当，请予指正。

《城市志》立项已久，先由川大隗瀛涛教授领项，隗老病逝后，何一民教授慨承全责，出任主持，全组成员勤奋从事，积稿已数十万言。但《城市志》为新辟项目，前史所无，难度甚大。何谓城市？与设治中心或群居聚落如何区别？此类基本问题即已聚讼纷纭，争辩不决。在专家讨论纪要中吴松弟、张利民、成一农三位先生意见很精辟，阐发有得之见，鄙人深表钦佩。但三人对城市之布局、功能、架构、观点均有分歧意见，令我等外行之人乍观亦难分是非，可见学问之难，需铢累之功，非一日之力。《城市志》今日如能起步，必应吸纳百川，他年方能汇成汪洋，蔚为大观，是所愿也。《城市志》初稿中问题甚多，专家们尚难首肯，维非始愿所及，但亦在意料之中，因新学科之始创甚难，舛误较多，深望何一民先生虚怀若谷，细心研究意见，择善而从，改善稿件。今清史编纂时间已久，即将进入审改阶段，如果全盘重来，从头再做，旷日持久，不能按期完成，将贻误全书之问世，关系重大，不敢轻举。

以上一孔之见，未知可否采纳，以息纷争。

专此即颂

近安

戴逸
2009年5月5日

致潘振平等专家

［2009年10月28日］

振平同志和传记组各位专家：

你们去安徽开会，我因身体欠佳，难以同行，不能与会参加学习，感到抱歉和遗憾。

东梁同志要我就洋务人物谈点看法，我也没有进行研究和深入思考。简单写了几段话，不见得正确，供你们讨论时参考与批评。

祝大家

愉快、平安

戴逸

2009年10月28日

附：关于洋务派的一点意见

晚清，世界的近代化与一体化进程正在加速，中国也从传统的小农社会向近代社会转型，洋务运动伴随着中国社会的转型而产生。这时中国的任务是反帝反封建，要完成这一艰难任务，必须面向世界，与先进国家交往，学习它们的长处，中国才可能独立、生存并复兴。洋务运动即是应时而生的必然过程。洋务人物也是在这一历史潮流中诞生。他们的是非功过都要放到这一历史大趋势中进行考量评估。

但是封建社会向近代社会转型是一个漫长艰难的历史过程，对中国而言，尤其如此。洋务运动是近代化的开始，是转型的起步，必定会遭到层层阻碍，重重难关。洋务人物出生于封建主义的母胎中，生长于列强的浸透与侵略下，“新的方生，旧的未死”，他们具有复杂的思想、经历、性格、理念，为了推动自己的事业，捍卫自己的利益，必然要和周围强大的封建势力和外国势力碰撞、冲突和抗争，又对他们存在依赖、抱有幻想。同时洋务派也挣扎在自己矛盾的性格之中，他们在近代化轨道上艰难起步，但步履蹒跚、进程迟滞，浪费了时间，失去了挽救中国的机会。当然，这是洋务派所处的环境及其自身软弱性格所决定的。一个有悠久历史和辉煌过去的农业大国，身上背着重大包袱，在转型时必定需要更多的时间去洗刷身上的积垢，而且东邻日本正在迅速崛起，同时在转型时的中日两国必有一战，“一山不容二虎”，在当时弱肉强食的世界上不会有共处双赢的可能。

洋务派是最早向西方探索富国强兵之道的中国人，是中国近代化路程上的先行者。由于当时国内外的险恶环境和自身的弱点，他们失败了。中日甲午战争使之破产，但他们给后世留下了可贵的遗产，一批新式工业、矿山、铁路、电报、学堂、报刊在中国产生了。社会结构开始变化，出现了稚弱的资产阶级、无产阶级和新型知识分子，新事物的产生和壮大是后来进行变法新政和革命的基础，中国的前途有了希望。

近代中国犹如一个竞赛场，洋务派、维新派、同盟会、国民党以及共产党人正在进行一场接力赛跑。洋务派走了，第一棒虽然跑得很慢，落在世界的后面，但毕竟起步了，中华民族的觉醒给后来的竞跑者注入了越来越强的活力，一棒连接一棒，跑得更快更远，正在超过许多竞跑者，走到世界的前列。

致周远廉

［2010年6月12日］

远廉先生钧鉴：

仆与贤伉俪虽同在京华多年，但因尘事鞅掌，未曾多获雅教。然昔日捧读尊著多种，史笔严劲，文采斐然，敬仰高才，寸心早篆，击节赞赏，推为上品。后闻知学琛女士仙逝，惊诧异常，仆闻讯已迟，未能亲往吊唁，歉憾交并，失礼之至。阁下晚年悼亡，内室鸾分，生离死别，情何以堪！惟逆境顺受，宽怀善处，珍重贵体，此千里远人所深愿切祷者也。

此次奉函，实因仆材质驽钝，奉职史席，已历七年余，赖史界同仁齐心协力，幸免陨越，今初稿将次第杀青，已提交审改。审改系全局中之大事，必须邀请高才硕德，主持其事，阁下以班马之通博、机云之才思，如能鼎力相助，方称完善。但多次访寻，未获阁下去向。近从思治先生处得知阁下已回四川乡居，闲云野鹤，脱俗绝尘，故托思治先生代为说项，以作先容，仆方敢执笔邀请先生出山，审阅本书通纪第一卷（努尔哈赤、皇太极史事）30余万字。此为本书开卷第一篇，非得如阁下之史事详赡、文章馥郁者，难以胜任。今蒙应允，实仆与同仁之大幸，衷心感谢，笔难尽宣。

合同订约、稿件寄送、审稿办法等事宜，由刘仲华同志负责，近日仲华先生当与阁下联系。

专此奉告，诸希珍摄，即候夏祉！

戴逸

2010年6月12日

致郭成康

[2011 年 4 月 2 日]

成康同志：

谢谢您！《农业志》与《外贸志》初稿已收到，我正阅改毕通纪第四卷乾隆部分，其中叙及农业与外贸之处甚多，正好可互证。

郭松义先生所写《农业志》甚为精详，可称佳构，鲜明、充实、清晰流畅。我虽略加浏览，但颇为钦佩。如果新修《清史》均能达到此水平，可以无憾矣！审改时不必大改动，郭先生文中未说全国耕地数、粮食总产量，这正反映了郭先生的科学态度。因为全国的田数、产粮数不可能计算出来。我从前写乾隆一书时，断为 10.5 亿亩和 2 040 亿斤，这是当年估测所得，与吴承明、吴慧先生虽有不同，但较为接近。通纪第四卷即使用这个数字。我的态度是写书尽量不留哑谜，尽力破解。如果论断有误，后世必能改正。郭先生的态度很严谨，如果难作判断，宁肯存疑不说。我充分理解和尊重郭先生的态度，将来审改时应保存其原文，不必与鄙见看齐。农业部分，郭志内容和质量超过通纪第四卷，我深感快慰。

《外贸志》的前部分也写得不错，此稿按时间顺序叙述，亦合史法。唯材料较单一，大多用马士著《东印度公司对华贸易编年史》，中文资料较少。且关于贸易制度、章程、税则、纠纷、公行商人与商欠等，全未涉及，字数达十万字。写至鸦片战争以后，估计第九卷中虽可参考，但难以直接采用。陈争平先生似亦写作之高手，因种种原因只能弃置勿用，不无可惜。

即此奉告，谨祝

春安

戴逸

2011 年 4 月 2 日

又《农业志》37 页中说《耕织图》为楼琦所作，我似乎记得是楼璹（宋人），不知是打印之误，还是我记忆有误，请查正。

致郭成康

[2011 年 4 月 4 日]

成康同志：

读《农业》、《外贸》（部分）二志，甫写信告知，又读《书画》卷中书法部分。再写一信，将读后赘言，渎陈一二。

我既字体拙劣，又不谙书道，本无评论资格，但三十年前得观田家英所藏清代书法数千件，兴趣甚浓，故业余喜观清人之法书。本卷字数较少，内容稍单薄，重点亦嫌失当。书法部分（除篆刻、绘画外）约三万字。以王铎开首，写四千字，王铎书法极佳，但本为降臣，士林不齿，而同时之傅山、八大山人等亦书法翘楚，一共不到数百字，似为失衡，此为作者鉴赏眼光，尚可存而不论，但清代盛传之四大书法家翁（方纲）、刘（墉）、成（成亲王永瑆）、铁（保）竟只字未及，不知其故。或四人均为帖派名家，作者存重碑轻帖之见（但文中论帖流派尚公允）。

清代科举作文，甚重书法，故士人苦练字画、书法极盛，如朱彝尊、王鸿绪、张照、蒋衡、郑板桥、王澍、钱南园、翁同龢、吴昌硕等与四大书法家，本卷均未提及，可以略作补充，文字不必甚多（王铎可稍减）。鄙见可行否，请裁酌。

春安

戴逸

2011 年 4 月 4 日

致沈秋农

［2011年10月23日］

秋农先生钧鉴：

足下翩翩华章，时惠老人，叙事状情，绘声绘影，才高月露，笔舞蛟龙，奖誉鄙人，愧不敢当。仆近日身心尚健，伏枥如常，史席研讨无虚日，唯冗务繁剧，鲜有成效，岁月蹉跎，难挽时日，亦未能执笔回音，不胜歉仄。寄来尊稿阅讫，条理清晰，叙事精警，文采斐然。回顾昔年往事，几同尘梦。谨将记忆所及，略作补充，稍加涂抹，以清眉目，其中不免有赘语剩言，乞加改正。先生尽心费力，为我采访写作多篇，铭感于怀，长揖致谢，聊申敬佩之忱。

秋意渐深，虞山之巅，尚湖之滨，花发鸟鸣，正暇时览胜之佳日，耄耋游子，乡情亲思，能不动心兴感乎？唯衰朽之躯千里之行，力不从心耳！怅望南天，感慨系之。

敬候

秋祺

戴逸

2011年10月23日

致编审组

［2011 年 11 月 6 日］

编审组：

读了文海同志对通纪第六卷一审稿的《验收报告》，他看得认真，改得仔细。其总体评价我很同意，即①观点正确，②资料丰富，③结构严谨，④文字流畅。评价与一审专家符合，是一部好书。此稿已经多位专家审阅修改，即可通过。

有几条建议：

第一，错字太多，应引以为戒。通纪组要安排一个同志，将文海所改的地方，录入新的定本。

第二，我们所发《则例》《工作手册》中有矛盾和不统一之处，可否查阅一次，统一订正，发一个最后能够通用于主体工程的《则例》，以后均按新本修改。

第三，要注意打字时的错字率。此卷我亦修改过一遍，多大段删去和大段增写。

第一段是讲上帝教是否邪教（修改时注意了夏春涛的意见，称"上帝教"），清稿 19～20 页约 600 字，错字达 10 个。19 页，10 行"时"应为"是"，14 行"梯昂"应为"天国"，21 行"太平合理"应为"公平合理"，末行"包括"应为"包裹"。

第二段讲太平天国胜利进军，自清稿 58～59 页，约 900 字，共错字 14 字。58 页，10 行"如此胜利"应为"如此辉煌胜利"，13 行"被掳，服役"应无标点，16 行"欢饮"应为"欢迎"，17 行"贼至争迎之"应为"贼至则争迎之"，19 行"遂以酿成"应为"则遂以酿成"；59 页，2 行"对位之制"应为"队伍之制"，6 行"虽死不饶"应为"虽死不挠"，9 行，"开赴开地"，应为"开赴别地"，9 行"具有各省"应为"俱由各省"，14 行"拔兵而自卫"应为"按兵而自卫”，19行“法令”应为“传令”，24行“迫近”应为“追近”。

错字率万分之一百以上。其他大段增写还有五段，无一错字，可能是两人所打，质量不同。

定本上的错字、漏字一定要牢牢把关，否则错误百出，不堪入目，贻笑大方，千万注意！

戴逸

2011年11月6日

致周琦珍

［2011 年 12 月 26 日］

琦珍学友：

您好！收到来信，我十分高兴，古人说“每逢佳节倍思亲”，我们虽非亲戚，却有乡情故谊，收到来信正好是圣诞节，故而倍感亲切。

您的来信不由使我想起自己的两个姊姊戴素琴和戴素金，她们都是您的朋友，一位在“文化大革命”初期去世，一位在“文化大革命”刚过去也病故。她们的死对我打击甚大，我听到噩耗，痛哭失声，我们姊弟之情极其深厚、真挚。您的来信使我回到过去，沉浸在和两位姊姊相处的遥远岁月中，充满着思念之情。

您说曾寄给我一本画集，我未曾收到，最近的常熟报纸也没有看到。他们对我作了溢美的报道，我愧不敢当，谢谢您馈寄的画册、书信。

寄上《北京文史》和《自选集》三本，请存以留念。

祝

健康、愉快、幸福

戴逸（秉衡）上

2011 年 12 月 26 日

致编委会各主体组

［2011年12月31日］

清太祖努尔哈赤为清朝创业称帝之第一人，现在书籍中对其汉译名多不一致，大多为努尔哈赤，实系衍变之俗称。最早编于崇德元年（1636）之《清太祖高皇帝实录》称之为“弩尔哈奇”，后实录多次修改，乾隆时《武皇帝实录》称之为“弩尔哈齐”，玉牒亦作“弩尔哈齐”，当时明朝实录中称之为“奴儿哈赤”，其他《万历武功录》《东夷考略》《辽夷略》以及日本人稻叶君山均称之为“奴尔哈赤”。

按，奴为奴隶，赤近赤身裸体，均系丑化或贬称，不足取。

《清史稿》作“努尔哈齐”，民国史家孟森、萧一山称之为“努儿哈赤”，从此我国史学界均沿此称呼。改革开放后之《清代简史》、《简明清史》、朱诚如《清代通史》及李治亭、阎崇年诸家传记、《清代人物传稿》、恒慕义《清代名人传略》均称“努尔哈赤”。

新修《清史》应统一名称，如果从今多数俗称可作“努尔哈赤”，如果从清朝实录、玉牒、《清史稿》之传统可作“努尔哈齐”，何者较妥，请各主体组专家一议，作出决定，即以此名称之。

此问题在新出版之张杰教授《清朝三百年史》中有详细考证，其论断似可采信，请参阅。

专此通知，并祝

岁安

戴逸

2011年12月31日

致潘振平

［2012 年 3 月 29 日］

潘振平先生：

您好！

穷数日之力，将《传记·遗民》全部读毕，共 46 篇 47 人。且读且改。此稿文笔甚通顺，改动甚少，且所改不一定正确。有可改可不改者，亦有所改为误者，请您按页复阅。如所改为误，请弃置勿用。

所改在 2、3、10、14、20、22、27、30、32、37、44、47、49、52、55、58、85、90、92 页。

多年前《遗民传》立项前，我心存疑虑。因遗民人数甚多，恐有喧宾夺主之嫌，且遗民效忠前朝，立传新朝是否适宜，后见《清史稿》立郑成功、张煌言、李定国三传，又立《遗逸传》，吾意乃决。

《遗民传》内容极为丰富生动，传中诸人心志相同，而其行事、遭遇、思想各有不同。逃亡、拘留、隐藏、漂泊，坎坷磨难而心志百折不回，可歌可泣，特立独行，可以启沃后人之心智品行。

阅改中见 92 页屈大均传有“春，至北京，哭拜于崇祯帝自缢处”。按崇祯自缢于景山，清代乃宫禁要地，屈大均到北京，岂能进入？必无此等事，即使史有记载，亦非事实，此句可删。

《遗民传》初稿我多年前曾读过，当时尚粗糙，质量不齐，经数年锤炼，已臻成熟，切磋琢磨，功效非浅。请代向传记组专家与撰写、审改同志致敬。

顺颂

春安

戴逸

2012 年 3 月 29 日

致郭成康、宋元强、陈铮

［2012年4月9日］

典志组郭成康、宋元强教授转陈铮编审：

您组送来的有关《教育志》审改情况及附件已于4月6日收到，浏览后提出如下意见。

我们所聘专家有的秉性刚峭，但确有才华，应特别尊重。但有时在稿件进度与质量问题上发生龃龉，我们当然亦有底线，尽量以缓和口吻进行协商，争取其认同，因为将来稿件出版，他们要署名负责，所以处理时需格外慎重。

《教育志》长达45万余字，我未能全阅，翻检100余页，豹窥一斑，且过目匆匆，未能评论全体，只能略谈印象。

作者治学谨严，稿件质量较好，内容丰富，表述清晰。审改者尽心努力，意见缜密详尽，甚见功力，所改或为硬伤，或为错字，或为冗文，或为欠通之句，或用词不当，绝大部分意见是正确的，提高了稿件的质量，十分感谢陈铮先生的努力投入。

我的意见如下：

一、同意卜键同志批示，请陈铮先生继续审改，不必再与作者商榷。

二、尽量尊重作者，他所采纳意见已有260处，可见颇有虚怀纳言之雅量。

三、所改意见大多是有错误或瑕疵的非改不可，但亦有部分可改可不改的，可以少改或者不改，以尊重作者，使感情上不致多有抵触。

可改可不改者举例如下：

一、文中所用“的”“亦”等字有的应删，有的可删可留，不必全部删除。

二、1页“仍沿明史”四字可不必加。

三、21页“奉旨照所议办理”，“奉”字不必改为“谕”字。

四、25页“北京”不一定改成“京师”。

五、27页“李提摩太最早建议成立学部”此句不应删，删后只剩下“李提摩太先后发表……《论新学部亟宜设立》……等文章”，抹掉了他最早建立学部之意，似应恢复原句。

六、30页“张之洞逝世”不一定要改为“张之洞卒”。

七、31页学部司科职责可保留，而62页各省提学使六课职责可删节，因前者是国家机构，后者是省级机构。

八、“原因在于”不必改为“由于”。

九、5～6页无系统时期可否改为“初期”或“早期”，有系统时期可否改为“正规时期”。

十、71、72页《卧碑文》《训饬士子文》可全录，82～84页谕旨可摘录。

十一、59页两广学务处章程可删节。

十二、98页国子监在明朝的经历可不必追溯。

十三、7页末段之红笔说明可删。

十四、17页“嘉庆年”三字不通，按前文所言似应为嘉庆九年，或改嘉庆年间。

十五、207页关于全国书院数之争议，注文语气较生硬，可稍作变动，史表组有《书院表》，可与他们对照商议，有无确切数目。

以上例证十五条不一定妥当，因时间仓促，无暇细读，未经深思，仅供审改参考，总之审改时微小差异无关宏旨者，尽量保持原稿面目，不要多加删削和增添，以缓和专家之抵触情绪，所言如有不当，窒碍难行，亦请指正。

即颂

春祺

戴逸

2012年4月9日

致郭成康

［2012年11月3日］

成康同志：

我第一次拿到了粉红色版钱法篇，望穿秋水，匆匆翻阅，仅能略读而已，获得不少知识，但还难以置评。

开头引言约1 300字，我试行改写，得500字，不知是否太简，全志应统一，或用稍长的引言或用较短的小序，请你们再考虑。

祝

健康平安

戴逸

2012年11月3日

小序（钱法篇）试行改写稿

清代货币先后有银两、制钱、银元、铜元、纸币等。清初到中叶一直流通银两与制钱，百文制钱值白银一两，但实际比价时有涨落。清廷设户部宝泉局、工部宝源局，各省亦设局铸钱。为了保证铸钱的铜斤来源，初时在日本采购铜料，后在云南开发铜矿。乾隆时铜矿业盛极一时。

清廷收纳赋税及市场大宗交易以银两为主，银两的铸造形式（银锭），其成色、称量均有规定。清中期产生了公估制度及银两的平、色、兑，使银两制度有所进步。列强侵入中国，外国的银元随之在中国流通。光绪年间，中国购买机器，亦自铸银元。清代在短时期也曾发行钱票、纸币，但随即停止，未长期使用。清末外商银行进入中国，外国各种纸币均在中国流通使用，货币市场日益紊乱，同时世界市场金贵银贱，汇价上涨。中国对外贸易及赔款、外债发生严重的镑亏。清廷在实行新政时希望实行币制改革，于是有实行金本位制或银本位制之争论。宣统二年，清廷颁布《币制则例》，拟进行币制改革。翌年，辛亥革命起，清亡而改革未成。

致郭成康

［2013 年 5 月 11 日］

成康同志：

读了方伟评论陈万鼐先生文章的意见再次思考，有某些意见和问题写出供考虑。方伟是一位年轻而勤奋的学者，认真阅读，对陈作有许多认可和赞许，应按编委会新规定给以若干奖金。

他所指出的问题亦非常强烈尖锐，有的属于学术意见的分歧，如对曾侯乙墓编钟的音律，可存而不论。

主要涉及学术规范。他指称陈先生违反近代的学术规范，近代学术规范目前尚属习惯而无严格的成文规定。史学的规范更加特殊，中国古代有句话“文忌非己出，史忌己出”。文史属一家，但以一种规范要求，尚属牵强。国史必须用材料说话，必须有引文、有出处，故很容易有雷同文字。前个月，我处理通纪第三卷的雷同文字，用了极大力量勉强将雷同文字从 27.8％减至 8.8％，深知其中苦衷。故对《清史》全书要求雷同文字放宽容许到 10％左右，希望典志检查雷同文字可参考。

至于陈万鼐先生著作中有二章雷同文字太多，可酌予删减。陈先生是该作者王耀华的老友，不仅注明了出处，且为此书写序，他应用此书应是同意此书意见，当然应用时不宜全文照抄。其他有抄袭他人说法之处，只要注明出处，注得清楚、明确，完全允许。

科学的发展只能是站在前辈科学家的肩膀上逐步登高，不可能从平地上一跃而起，完成全功。

敬礼

戴逸

2013 年 5 月 11 日

致谢俊美

［2013 年 6 月 1 日］

俊美先生台鉴：

与君相识多年，足下风骨俊朗，勤奋著作，文藻秀逸，史才纵横，神思敏捷，自成一家。仆年迈衰老，未能常通鱼雁，深表歉意。忽得惠寄“珍稀白茶”二盒，承邀关注，赐赉先加，寸心铭感之至。

仆自忝任清史编纂之职，伏枥老骥，德薄能鲜，实难膺此重寄，幸参修诸君，俊才荟萃，群策群力，鼎力完成，今全稿已收齐，正在审阅修改之中。此事规模甚大，时长日久，冗事殷繁，苦不胜言，今后工作尚需二三年。困难尚多，当鞠躬尽瘁，全力以赴。前途若有需求，尚需请求足下慷慨出手相助，叨在知己敢布心迹。

肃候起居，即颂夏安。

戴逸

2013 年 6 月 1 日

致主任办公会议、项目中心、各业务组

［2013年7月9日］

主任办公会议、项目中心、各业务组：

收到《清史·典志·会党教门志·会党篇》及二审专家的意见，因全稿与评审意见甚长，只能大略过目，未曾深入研究。

评审专家认为此稿不合格，评语较尖锐。评审专家对此专题造诣甚深，且认真审阅，严格把关，我们表示欢迎和感谢。此稿确有缺点，结构较松散，史料多堆砌，断语欠清晰，有加工修改的必要。

但专家所议亦有可商酌之处，如教门会党初起时似有弱势群体为生存而且相互帮助之需要，帮会一般成员俱属贫苦人民，故结会之始有帮规、戒约，劝善戒恶以为约束，但经长期变化发生“异化”，因没有正确的思想和指导，故沦为打家劫舍、杀人越货之匪类。此事经典作家论述颇多，见于恩格斯、普列汉诺夫的著作。即毛泽东亦曾赞扬汉末黄巾初期组织的互助性质。评审专家指“互助性质”为“皮相之见”，未必恰当。

再，帮会教门之分类极为复杂，须以其所奉宗旨与信仰，迷信色彩之浓厚，组织方式之严密或分散，分布地区之南北，参加人群之差别全面考察，很难仅以有无师徒关系作为唯一之标准。中国北方教门专崇无生老母，以宝卷作宣传，参加者多农民；而南方之会党崇信五祖，迷信色彩稍轻，多见码头，以手势隐语作联络，参加者多码头水手、手工业工人与城市游民。但众多秘密组织在长期历史传承中相互影响、相互渗透，虽各有特色，亦同具共性，青帮即地处南北之交，故有北方教门重视师生关系的特点。青帮为罗教影响甚深，仅以此有无师徒关系一端，专家推崇的许地山“秘密宗教、会党、帮”的“三派分立”说，即难以成立。

中国之教门会党源远流长，难以一纸尽说，况我对此未作专门研究，所言恐有贻笑大方之处。但教门会党本身文件较少，且多隐语图录，甚难解读，故庐山难识真面目，仁者见仁，智者见智，各是其是，此种学术歧见，聚讼纷纭，莫衷一是。

但此稿作者亦为国内名家，知识丰富，运用史料甚多，所用档案文献如上谕档、朱批奏折、录副奏折、宫中档、会典、实录几乎占全书引用的70%，评审专家称其不用档案，类似坊间通俗作品，不知何故？

我认为：此稿虽较粗糙，未达理想的水平，但以目前学术界状况而言，应已达到合格的水准，不可轻言放弃，但尚有进一步提高的必要，可否请联系专家（或作者）按评审专家意见，虚心阅读，择善而从，进行修改，以提高书稿之质量。

因未阅完全稿，豹窥一斑，不一定正确，请大家讨论商定。

敬礼

戴逸

2013年7月9日

致潘振平

［2013 年 8 月 14 日］

振平同志：

我初步读了《传记名单编排》，你考虑很认真、仔细，同意按此执行。名单编排甚为繁重，又很重要。因为：第一，将来正式出版即基本按此排序，必须慎重妥当；第二，立传人数达三千多人，应按标准分别时代、职级、类别、贡献排列，井然有序，诚非易事；第三，还要考虑有无重要人物遗漏，要及时补写，时间紧迫，再晚就赶不上了。杨珍、杜家骥、张玉兴、白新良的意见可采纳，他们是前期专家，后期专家不知曾否提出意见？我看到后期宗室亦有错排者，如奕经为乾隆四世孙（成亲王永瑆之孙），奕山为皇十四子允禵之五世孙，肃顺与载垣是兄弟，为郑亲王济尔哈朗之裔孙，但均未入宗室行列。

康熙诸子分别按重要性分排二卷，固属有理，但我意还是按序排列为好，自允礽至十四子允禵排于康熙下，但十三子允祥及允禄、允礼、允禧均排雍乾卷，理由不赘述。

我几个月来均多阅览传记、典志，阅传记康熙下、乾隆上、道光、咸丰、遗民、工商、华侨、革命党人、民族各卷，边阅边改，虽有微疵，均属上乘之作，甚为高兴，对您和各位专家深表敬意，但尚有一些不成熟的意见，请你们考虑。

我比较多的意见是立传遗漏尚不少，我在屡次会上所说，清代文化普及四大家的编者《古文观止》的吴楚材、《唐诗三百首》的孙洙、《治家格言》的朱柏庐、《纲鉴易知录》的吴乘权四人仍未立传，建筑家仅有“样式雷”三字，按雷家是宫廷世代匠师，其始祖雷发达、三世雷金玉、四世雷家玺、五世雷景修、六世雷思起，究竟谁立传，谁不立传，似尚未考虑。我处有“样式雷”世家一书，可作参考。还有一些重复立传的人，如魏禧既在学术类又在文学类，冯自由既在华侨类又在革命党人类。还有些人，类序似不妥，刘于义传似应移至上卷雍乾而不放在乾隆。林丹汗附于额哲，是以父附于子，不妥，勒克德浑是铁帽子王（顺承郡王，其王府即今政协之地），单立传不必附于多铎。范文程降清最早，应置第一卷（他在皇太极时即发挥重大作用），还有如孙元化、孟乔芳应否立传，屈大均则必应立传在文苑中。方苞现在学术卷应入文苑，阮元在学术类传应改为正传，王士禛在文苑亦应改正传，尼堪外兰是努尔哈赤最早仇敌，似亦可立传。这些问题繁杂细小，但对每个人的定位又很重要，我亦无力顾及全体，只就所见提及，遗漏必多，意见亦不一定妥当。

最让我不放心的是咸丰朝传记，材料丰富，新颖事迹亦生动，应属上佳，但写法颇有袒护清朝之嫌（当然也是轻微的小过失），对太平军击杀的清朝大吏同情较多，甚至赞扬。如巡抚吕贤基在舒城战败投水死，录其遗诗“笑赴清泉死，泉香骨亦香”；巡抚邹鸣鹤在南京死，录其遗诗“太仓一粒粟，沧海一微尘。人生百年耳，忠尽人乃纯”。这不是有点像烈士遗诗了吗？其他江忠源、李续宾、罗泽南等均用很多笔墨写他们力抗太平军勇敢殉难。无论怎么说，太平军缺点很多，但还是被压迫者的反抗，是正义之师。我们可以客观地写他们为捍卫清廷而力战，但不可流露同情和赞扬之意，但可以按实际情况写清廷对他们的追封赐谥等。

我这封信写得啰唆混乱，因沉溺稿件之中，脑子一片混乱，语无伦次，供你采择。

问好

戴逸

2013 年 8 月 14 日

致陆文灏

［2014 年 3 月 6 日］

文灏先生大鉴：

千里来鸿佳音可喜。读后并欣赏《书画联谊展》，钦佩之至。字体铁画银钩，龙腾虎跳，气宇不凡，钦我邑之多才隽，羡陆氏之有传人，一门诗风，阖家爱国，可庆可贺。

承邀老朽题写书名，再三考虑，实不敢应承，因老朽幼年未习书法，性懒心拙，字体丑陋，难登大雅之堂，率尔拿笔，必玷污佛首，殃及全书，祈请免老朽弄拙，幸甚！幸甚！

关于尊书名称，诸友之议有理，用《陆氏春秋》似嫌过大，但用《陆氏珍闻》又疑过窄，鄙意是否可用《虞山陆氏卓行录》。陆氏一家望高学醇，满门爱国，令人肃然起敬，前人著有《历代忠烈孝义卓行录》（似载于《清史稿·艺文志》传记类），情形颇为类似。鄙见为一得之愚，未必妥善，聊备参考。

函中所言戴秉炎确为我之幼弟，异父同母。常熟解放，他即参军从戎，今离休于藕渠附近，因病不常活动。他与我幼妹戴素濂同时参军。因我在北京大学被国民党拘捕到特刑庭，幸得胡适与恩师郑天挺保释，逃往解放区，改名戴逸，“逸”者逃逸也，他们受我影响故参军较早。往事如影，不胜感慨，幸现今国运日隆，富强可期，得遇盛世，实为大幸。

专此即颂

春安

戴逸（秉衡）

2014 年 3 月 6 日

致编委会主任会议

［2015 年 3 月 12 日］

编委会主任会议：

阅“礼篇”之工作报告。治“礼”甚难，古人言“如治紊丝”。在古代，礼为制度之准绳，行为之规范。民国以来，礼崩乐坏，传统文化失落，古礼、古乐无所传承，几成绝响。

《清史稿》之作者生活于清末民初，礼乐尚在其生活实践中，故耳熟能详，写作尚易。《清史稿》之《礼志》多达 13 卷，详尽切实，后人尚议其非佳志。况生长于新中国之学者，从未接触清廷之礼乐，欲求内容完美，超越旧志，犹如挟山超海，戛呼难矣！

主持人岳明君自认未写出满意之作品，态度谦逊，不必深责，联系专家评其“质量不高”亦言之有理。但考虑到礼乐志在存史中之重要性与目前学术界之学术水平，实难提出更高之要求。撰述者努力四年得 16 万字，略存规模，可观梗概了，可否就其原稿再作一次修改，去芜存精，力求改进，勉力达到一定水平，虽有瑕疵，仍保存在《清史》之内，勿轻言弃置。此议可否，乞诸公议定。

敬礼

戴逸

2015 年 3 月 12 日

致编委会主任会议

——学习习近平总书记批示感言

［2016年7月24日］

读了习总书记的批示，认真学习，十分兴奋、感动。这是总书记对我们的关心、爱护和支持，对我们提出了很高的要求并指明了前进的方向、道路和方法。

非常感谢文化部雒树刚部长、杨志今副部长对清史编纂工作强有力的领导，对我和编史同人的关心支持。我还要感谢清史中心努力而有序的工作。我年老体弱，近日阴雨连绵，又得了感冒，未能参加会议，只能辗转病榻，学习批示和思考今后工作。

我的思考尚未成熟，急需与诸公细商。初步印象是工作的任务、目标、步骤、方法不作重大改变，但必须振奋精神，协力推进，务必好上加好，精益求精，力求写好这一部信史良史，不辜负国家和总书记的嘱托和期望。

具体的工作方案和时间不变，至2017年交出送审稿。大力加强目前的三审工作，一方面把全部稿件审读一过，另一方面坚持正确的政治导向，理顺思路，提高水平，消灭瑕疵和矛盾。要抓大放小，抓重放轻，不纠缠于琐小无益的无效考证，以集中精力和时间。敢创新说，立论坚实，颠扑不破，对敏感问题如边疆、海洋、民族、宗教、邦交诸篇章，务必加强审读。篇幅须删繁就简，文章要清新流畅，语言要生动活泼。此次三审为关键战役，务必全力以赴，战必全胜。

三审至明年（2017年）六月底止，必须完成。因尚需留下最后之总体整合时间，这样庞大之工程出于千人之手，如无最后之整合以及考虑篇目排序、列名编撰审改诸人姓名，并所用开本、字体、封面设计等，必呈凌乱无序之象。此虽为送审稿，亦不可掉以轻心。

因多次未参加学习，心存愧疚，书此短简与清史同人共商共勉，编史之任必矢志相从，毕生素志，鞠躬尽瘁。

感谢文化部领导的鼓励支持，向编史同人祝福平安吉祥。

戴逸

2016年7月24日

致成崇德、郭成康、刘仲华

［2018年1月22日］

崇德、成康、仲华诸同志：

近日翻阅通纪甲午战争及典志《邦交·朝鲜篇》，疑虑丛生，急思补救之策。

通纪甲午战争前夕之壬午事变、甲申事变文字简奥，语意不明，能否参考典志《邦交》，作些修改，以简明少重复为要。

典志中亦有壬午、甲申事变，书写过详，朝鲜邦交几近十万字一百页。我稍作修改，但删改甚少，成康同志能否再删些，有的无关大局、事体琐屑，可删去。特别是甲午战后朝鲜脱离藩国，仅须一笔带过。此后又写二万字，实为日本殖民地变迁，已非中朝邦交。晚清唐绍仪、徐寿朋、许台身、曾广铨先后出任公使，已属蛇足。它有几年称大韩帝国，实是李完用玩的傀儡戏，后来干脆取消帝国并为日本一部分，我们不必以正式国家相待。第五章“清朝与大韩帝国的邦交”，我们似乎不应以此命题，不承认其为独立国家。

101页之后内容涉及中朝边界，即所谓间岛问题，实非中朝之间问题，而是日本企图侵占我国延吉地区而制造借口，《邦交志》中可以不写。因为间岛问题太复杂，实为中日之纠纷，已非中朝之纠纷，不能写在中韩邦交之中。且此事上涉康熙时之查勘长白山，下至宣统时之谈判，又涉及图们江之源流和南北岸等地理问题，不能也不必在《邦交志》中详说，故典志《邦交·朝鲜篇》中“朝鲜与大韩帝国的邦交”标题不能成立，我们只知20世纪初有被日本并吞的朝鲜，而不知有独立的大韩帝国。101页之后，唐绍仪等使者不必出现在《清史》中。

此意见当否，请酌议。

戴逸

2018年1月22日

图书在版编目（CIP）数据

学界记往/戴逸著. —北京：中国人民大学出版社，2018.11
（戴逸文集）
ISBN 978-7-300-26399-1

Ⅰ.①学… Ⅱ.①戴… Ⅲ.①回忆录-作品集-中国-当代 Ⅳ.①I251

中国版本图书馆 CIP 数据核字（2018）第 248337 号

北京市社会科学理论著作出版基金重点资助项目

戴逸文集

学界记往

Xuejie Jiwang

出版发行	中国人民大学出版社		
社　　址	北京中关村大街 31 号	**邮政编码**	100080
电　　话	010－62511242（总编室）		010－62511770（质管部）
	010－82501766（邮购部）		010－62514148（门市部）
	010－62515195（发行公司）		010－62515275（盗版举报）
网　　址	http://www.crup.com.cn		
	http://www.ttrnet.com（人大教研网）		
经　　销	新华书店		
印　　刷	涿州市星河印刷有限公司		
规　　格	160mm×230mm 16 开本	**版　　次**	2018 年 11 月第 1 版
印　　张	21 插页 2	**印　　次**	2018 年 11 月第 1 次印刷
字　　数	289 000	**定　　价**	69.00 元
